SKYFIRE AVENUE

天火大道 1

—唐家三少 著—

湖南少年儿童出版社
HUNAN JUVENILE & CHILDREN'S PUBLISHING HOUSE

图书在版编目（CIP）数据

天火大道. 1 /唐家三少著. — 长沙 ： 湖南少年儿童
出版社，2015.1
ISBN 978-7-5562-0848-7

Ⅰ.①天…Ⅱ.①唐…Ⅲ.①长篇小说－中国－当代
Ⅳ.①I247.5

中国版本图书馆CIP数据核字(2015)第007976号

天火大道 1

策划编辑：李芳　　　　　　　责任编辑：唐龙　　向艳艳

特约编辑：梁洁　　　　　　　统筹编辑：李薇　　路培

质量总监：郑瑾　　　　　　　装帧设计：杨洁

出版人：胡坚

出版发行：湖南少年儿童出版社

社址：湖南省长沙市晚报大道89号　邮编：410016

电话：0731—82196340（销售部）　82196313（总编室）

传真：0731—82199308（销售部）　82196330（综合管理部）

常年法律顾问：北京市长安律师事务所长沙分所　张晓军律师

经销：新华书店　印刷：湖南天闻新华印务有限公司

印张：19.5

字数：390千字

开本：710 mm×1000 mm　1/16

版次：2015年1月第1版

印次：2015年1月第1次印刷

定价：28.00元

目录
CONTENTS

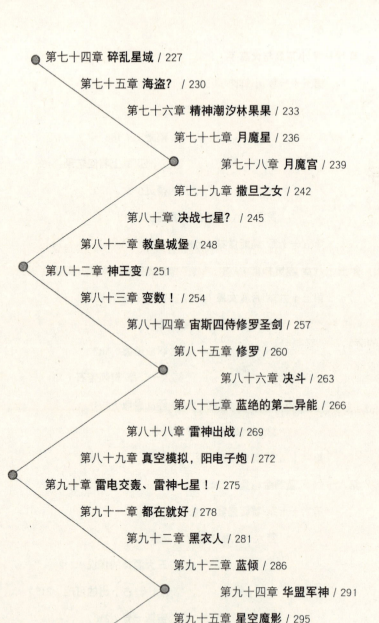

楔子

一抹亮丽的光芒在远方绽放。

刚开始的时候，它只有一个点，渐渐地，它变成了一条线。当这道光线完全绽开之时，那亮丽的光芒变得更加夺目。它仿佛充斥整个世界，又像在毁灭整个世界。

宇宙，广袤无垠。

光芒的背后，总有黑暗。

看着视线中那无尽的光芒，他笑了。

"再见，赫拉。"

巨大的阴影出现在他身后，他飘然后退、融入。

阴影闪烁，瞬息千里。

第一章
宙斯珠宝店

天火星，天火城，天火大道。

这条著名的街道不允许任何车辆和机器人通行，机甲更不可以。哪怕是巡逻的警察，都只能用步行这种最古老的方式。因为这里是步行街，一条隐藏于高科技社会之中的贵族大道。

青色而平整的条石铺就了这条两千零四十八米长的街道，街道两旁的建筑绝不雷同，每一座都有独特的底蕴与来历。

这里有上元时代古法国那种尖顶耸立的哥特式建筑，有恢宏雄伟、雕栏玉砌的古中国式建筑，甚至还有古罗马式建筑等等。

就是这样一条看不到任何高科技存在的街道，却坐落在天火城正中央最繁华的地段。据说，在这里，每一平方米土地就价值一台最新款的顶级迈凯利P12高空飞车。

天火大道中部，有一家不是很醒目的小店。之所以说它小，是和周围那些巨大而高贵的建筑物相比。

店铺临街有十几米，整体设计融合了古典奢华与简约的新古典主义风格，拥有深蓝色墙壁、明亮的橱窗。橱窗里展示着几件光彩夺目的珠宝。临街铺面顶端正中，四个字母组成了闪烁着宝蓝色光芒的店名——Zeus。

门是由不知名的深蓝色金属铸造而成，没有过多的装饰，只有一道大大的闪电形印花。

Zeus，宙斯，上元古希腊神王，掌控雷电之力。

所以，这家店就叫宙斯珠宝店。

店内是一片宝蓝色的世界——宝蓝色的地毯、宝蓝色丝绒墙面，就连展示珠宝的柜台的衬布都是宝蓝色的。

宙斯珠宝店的柜台后站着两名少女。她们穿着一样的低胸白色连衣短裙，长得都很美，但又美得不同。

一位身材高挑，眉似远山，面若芙蓉，青丝披肩，像一幅清丽的画，很有几分古典韵味。

另一位娇俏可人，淡蓝色短发修剪得很精致，有一双深蓝色的大眼睛，一副古灵精怪的模样。

"老板，我要吃冰激凌。"短发少女哆哆地说道，那声音甜得腻死人。

一个懒洋洋的声音随之响起："是你去买，还是我去买？"

声音是从柜台后面传来的，原来店内还有第三个人。他看上去二十岁的样子，坐在一张皮质转椅上，双手垫在脑后，舒服地靠坐着。他有一头很精神的黑色短发，身穿黑色衬衫、黑色长裤以及印有上元古希腊神庙图案的白色马甲。

"都可以嘛！"短发少女嘻嘻笑道。

"可儿别闹。"长发少女有些无奈地说道。

青年坐直身体，动作舒展而优雅，尽管头发有点乱，却丝毫不给人邋遢的感觉。

他的眼睛很明亮，嘴角处带着一丝慵懒的微笑，每一个动作都是那么优雅、好看，一看就是受最好的贵族礼仪熏陶多年才养成的习惯。

他从怀中摸出一块银色怀表，怀表表面镶嵌了很多颗细小却精致的宝石，勾勒出一幅美丽的星空图案。

"时间差不多了，我整理一下，然后去喝一杯。修修、可儿，你们回去吧。"

长发少女修修看着他，笑得很温柔："老板，你去忙吧，店里有我们。"

青年笑得和煦："修修最乖了。"

短发少女可儿顿时噘起嘴，青年不得不再加一句："嗯，可儿也乖。"

"叮叮叮。"银铃般的脆响声传来，店门被推开，从外面走进来一个女人。

看到这个女人，青年的眼睛更加明亮了。

那是一个很美的女人，妆容略浓，很难准确判断其年龄，身高一米七左右，身材修长，脚下踩着顶级奢华品牌梵克雅宝私人定制版银色水晶高跟鞋，完美衬托出她那双纤细笔直的小腿。她身穿白色过膝百叶裙、白色小礼服，长发盘在头顶，十分整齐。

她眼睛的颜色很特别，是如同祖母绿宝石一般的碧绿色，仔细去看，似乎能摄人心魄。

她走进店内后，略微停顿了一下，目光在橱窗中扫过。

修修迎上去，微笑着问道："您好，欢迎来到Zeus，我可以帮您什么吗？"

女人没有看她，而是将目光落在了青年身上，道："我想要一枚五十克拉以上的星光蓝宝石吊坠，不知可有？"

青年从柜台后走了出来，微笑道："当然有。修修，带这位女士到贵宾室。"

修修向女人做出一个请的手势，另一边，可儿已经打开了深蓝色真皮包覆的贵宾室门。

贵宾室不大，只有十几平方米，依旧是蓝色的地毯、蓝色的墙面，还有一排蓝色的保险柜镶嵌在墙壁上，一共六个。

除此之外，贵宾室内还有一张桌子和三把椅子，一把椅子在内侧，两把在外侧。

这里才是真正的交易区，最顶级的珠宝永远不会出现在橱窗里。

青年请女人坐在桌子外侧的一把椅子上。

修修倒了一杯温水端进来，递给青年，并没有直接送到女人面前。由老板送上的饮品自然要比雇员送的更有味道。这是细节，但细节往往决定成败。

修修悄然将贵宾室的门关上，没有发出声音。店内有一项不成文的规定——只要老板在，贵宾室的客人就由他亲自接待。

青年走到女人身边，将手中的水杯递了过去，道："请喝水。"

女人接过水杯，抬头看向他，道："宙斯！"

青年脸上依旧带着优雅而慵懒的微笑，道："您认错人了，我叫蓝绝，不叫宙斯。或者，您是在叫我这家店的名字？"

女人仿佛没听到一般，目光灼灼地看着他，道："宙斯，我想请你为我做件事。"

蓝绝脸上的微笑消失了，从女人手中拿回水杯。

水杯亮了，里面的清水毫无预兆地变成了蓝色，里面带着无数细小的雷电。

蓝绝淡淡地看着她，一言不发。女人的身体微微一颤，仿佛中了定身法一般，愣住了。

蓝绝将杯中电光缭绕的水一饮而尽，推开贵宾室的门走了出去。

"她不是来买东西的，请她离开，我去喝一杯。"

第二章
哥特老酒坊

天火大道上的行人并不多，因为来这里需要资格，不只是钱，还得有品位。

十七项考核项目全部通过，才有获得天火徽章的可能，当然，也需要交钱。这钱名义上是天火大道公共维修基金。

蓝绝走出Zeus，脸上恢复了淡淡的微笑，店里发生的事似乎并没有影响到他的心情。

他信步走到天火大道对面。那是一座上元时代古法国的哥特式建筑。

高耸的尖塔、尖形拱门、绘有圣经故事的花窗大玻璃、尖肋拱顶、飞扶壁、修长的束柱无不营造出轻盈的飞天感。框架结构牢牢地支撑顶部，使整个建筑以直升线条、雄伟的外观、空阔的空间著称。

和蓝绝的Zeus珠宝店相比，这座哥特式建筑简直就像巨无霸一般，在整条天火大道上都是非常夺目的亮点。

蓝绝推门而入，摸摸脸上的胡楂，不禁露出一丝苦笑，心想：又要被那个严谨的家伙批评了。

"珠宝师，欢迎您来。"一位身材高挑、有金色长发、身穿古法式宫廷长裙的美丽少女迎了上来，向蓝绝行了一个标准的法式礼节。

蓝绝向她微微颔首，道："伊娃，你好，品酒师在吗？"

伊娃展颜一笑，只露出八颗皓白的贝齿，道："在，美食家和咖啡师也在。"

"哦？"蓝绝眼中闪过一丝惊喜，"美食家也在，真是太好了。"

伊娃微笑道："我带您过去。"

一张足以容纳二十人同时用餐的法式宫廷长桌旁，坐着几个人。主位上的是一位老者，看上去六十岁的样子。他穿着一身考究的法式礼服，头戴假发，坐得端正而优雅，面部表情严肃。

长桌一侧坐着两个人。其中一位年约四十，身材颀长，穿着白色衬衫、黑色马甲。他的短发显得很精神，脸上带着柔和的笑容。

另一个人年约三十五岁，身材中等，穿着一身白色西装。他的金色长发梳理得一丝不苟，从鬓角两侧一直向后垂至肩头，光可鉴人。他的眉毛很浓，眼睛很大，脸上的笑容带着几分坏坏的味道。

长桌的另一侧也坐着三个人，一名老者、一名中年人和一名年轻人。

相比其他人，他们似乎略显局促。

"咦，今天又到了考核时间吗？"蓝绝在少女伊娃的带领下来到长桌旁，拉开白西装男子身旁的椅子坐了下去。

"珠宝师，你没有刮胡子和打理你的头发。"主位上的老者皱眉说道。

蓝绝拍了拍自己的额头，道："我就知道你会说。好吧，我错了。虽然我只是想表现得沧桑一点，和你们这些老年人拉近距离。"

品酒师冷冷地道："错了就要受到处罚，我们的规矩，你懂的。"

坐在蓝绝身边的白西装男子点了下头，酷酷地道："支持。"

蓝绝瞥了他一眼，又看向品酒师，问道："晚上吃什么？"

白西装男子的嘴角抽搐了一下，终究还是忍不住笑了。

品酒师也笑了，道："吃什么待会儿再说。你既然错了，就面试这几个人吧。这方面你比我擅长。"

蓝绝摇了摇头，道："不，这会耗费我的脑力。"

天火大道十七项资格考试之一，酒。

品酒师道："如果面试的结果让我满意，今晚的酒，我请。"

"好。"蓝绝道。

白西装男子撇了撇嘴，讥笑道："你就不能矜持点？"

蓝绝淡淡地道："那你别喝。"

坐在白西装男子另一边的黑马甲中年人第一次开口，道："支持。"

白西装男子不满地道："美食家，你为什么总是向着他？"

美食家道："因为他比你有品位。"

主位上的品酒师也点了点头，道："是的。"

蓝绝却在这时将目光转向了对面，道："三位，我们开始吧。第一位。"对他来说，能够有品尝好酒的机会，他绝对不愿意浪费时间，立刻进入正题。

坐在对面第一位的老者的表情立刻变得严肃起来："您请问。"

蓝绝问道："这里是哥特老酒坊，你可知这里的酒从何而来？"

老者显然早就做好准备，立刻回答道："哥特老酒坊是天火星开发后，天火城的第一批商家之一，以出售上元时代各国美酒著称。这些美酒通过空间技术进行保存，基本保持在上元2020年时的状态。它最珍贵的是，喝一瓶，就会少一瓶，所以价格高昂。品味这些上元美酒，是贵族的象征。"

蓝绝不置可否地继续问道："你最喜欢的红酒是什么？"

老者越说越顺畅了："拉菲城堡，出产自上元时代古法国波尔多产区左岸，1855年梅多克列级庄，是五大一级庄之一。"

蓝绝道："如果今天我们七个人共饮一瓶拉菲，你是主人，你会怎么做？要详细说明。"

老者道："我会小心地打开它，先倒出一点，看看它的颜色，闻它的香味儿，然后试一下酒。确认它没有坏后，再分给诸位，共同品尝这瓶美酒。"

"你可以走了。"蓝绝靠在椅背上，淡淡地说道。

"我通过了？"老者一脸惊喜地问道。

蓝绝摇了摇头："不，你被淘汰了。"

老者吃惊地问道："为什么？我并没有说错什么啊！"

蓝绝皱眉道："你只是在背资料，而不是真正地喜欢喝，你也不会喝。一瓶上元时代的拉菲，如果照你这种喝法，只是暴殄天物。

"无论什么年份的拉菲，保存时都是横置的，在喝之前，首先要将它竖起来，在酒窖中放置三天，完成沉淀。打开它时，确实要先试酒，却不只是为了试好坏，更是要通过品尝它的味道来确定它的状态，从而决定要醒多久。醒酒是品尝红酒时最重要的步骤之一。一瓶正常状态的拉菲，至少要倒入醒酒器中醒两个小时。否则，它不会比醋好喝多少。它需要时间来释放自己的芬芳。你连这都不知道，显然不会喝酒，甚至没有喝过好的红酒。所以，不要浪费我的时间。"

老者不甘地道："可书上都是这么写的。"

蓝绝撇了撇嘴，道："在书里写拉菲的人，根本就没品尝过它，只是想当然而已。那种把拉菲开瓶就喝的说法，是对它的侮辱。那样喝，还不如把它倒在加湿器里。"

第三章
上元、新元

上元2235年，人类第一批星际移民进入太阳系的天火星。从那时开始，人类进入了星际移民时代，即新纪元，简称新元。

短短一百年间，人类已经拥有了包括天火星和母星在内的二十三颗行政星。

天火大道，哥特老酒坊。

老者垂头丧气地走了，剩下的两个人的表情变得更加严肃。

蓝绝将目光转向那位中年人，问道："上元古法国出产的红酒主要分为哪两个产区？"

中年人道："波尔多和勃艮第，其中波尔多又分为左岸和右岸。"

蓝绝问道："波尔多八大名庄是指哪八个？"

中年人道："指的是波尔多左岸上元1855年梅多克列级庄的四大一级庄和后来入选的木桐古堡，以及波尔多右岸的三大酒庄。左岸的五大一级庄分别是拉图古堡、拉菲古堡、玛歌古堡、奥比昂古堡和木桐古堡，右岸三大酒庄则是柏翠古堡、欧颂古堡、白马古堡。"

蓝绝道："很好。我刚才说左岸的拉菲古堡一般要醒两个小时，那么，勃艮第产区最顶级的红酒一般要醒多久？譬如康帝产区的Latache。"

"这个……"中年人犹豫了，试探着道，"醒酒需要看酒的状态和储存情况，所以不好判断。"

蓝绝笑了："你是不是觉得自己很聪明？"

中年人心中一紧。

"你可以走了。"蓝绝道。

中年人苦笑着站起身，问道："我错在哪里？"

蓝绝道："勃艮第和波尔多完全不同。它只需要稍微醒一下，一般不超过半个小时。而最好的勃艮第其实不用醒，喝的就是它在接触空气后不断出现的变化。或许你喝过勃艮第，但次数绝对不多。"

中年人认真地点了点头，道："受教了。"他站起身，向蓝绝四人致意后转身离去。

坐在中年人身边的青年也站起身，一脸苦笑地道："我想，我也走吧，等我想办法多喝一些酒再来。"

品酒师看着蓝绝，道："每次由你来考核，都能在最短的时间内解决问题，虽然有些刁难应试者的嫌疑。"

蓝绝微笑道："但也直指本心，不是吗？你不愿意问得太过凌厉，是因为你要风度。我是珠宝师，不是品酒师，或者说，我只是个想快点喝到美酒的酒鬼罢了。今天，请我们喝什么呢？"

品酒师道："你自己去酒窖随便拿吧，仅限一瓶，多的请付费。"说着，他将一块银白色的金属块放在自己面前的桌案上。

"好。"蓝绝立刻站起身，经过品酒师身边的时候，拿起那块银白色金属块，向后面走去。

穿过高达十丈的走廊，走上回旋阶梯，盘旋向下十丈后，一扇古朴的褐色大门出现在他面前。

蓝绝走到近前，张开手掌。他手中的金属块就像感应到了什么似的，飘然飞起，轻飘飘地烙印在那扇大门之上。

大门如同水波一般荡漾了一下，没有发出光芒，就像熔化了一般奇异地消失了。

蓝绝微微一笑，缓步走了进去。

他站定不动，周围的一切都在轻微地扭曲着。大约半分钟后，扭曲感才彻底消失，一切恢复正常。

这是一个硕大的地下酒窖，上元古法国特级白橡木制成的酒架整齐地排列着，一眼望不到边际。一个个巨大的橡木桶堆积在旁边不远处，占满了一面墙壁。

尽管不是第一次来到这里了，但蓝绝依旧忍不住赞叹。真不知道品酒师当初是如何将这么多上元时代的美酒带到天火城的，还用如此强大的空间、时间技术将它们封存。单是这里的白橡木，每一平方米的酒架，价值都要超过一万新元币。一个普通的天火星家庭一个月的收入大约是一千新元币。

这里的时间和空间都是静止的。如果不是蓝绝头顶上方悬浮着的金属块散发着柔和的光芒将他笼罩在内，他也将变成这静止中的一部分。

唯有将时间与空间静止，才能保证这些上元美酒的状态。

蓝绝缓步向内走去，一边走，一边看着那一排排瓶装美酒的酒标。

"每一瓶都是精品啊！果然是喝一瓶就少一瓶。"他一边看，一边赞叹着。

突然，他仿佛感觉到了什么，停下脚步，抬头向上方望去。

那是一盏灯，散发着昏黄的光晕。在普通人眼里，它只是一盏灯，但蓝绝看出了其中一些微妙之处。

只是一盏灯的话，它的光晕似乎太大了。

一层柔和的蓝光在蓝绝身体周围亮起，他随之悬浮离地。当他的身体接触到那昏黄的光晕时，扭曲的空间变化再次出现。

"嗖！"

他来到了另一个房间。比起外面，这里要小一些，大约五百平方米，和外面的布置几乎一样。

墙壁上，一瓶瓶在单独酒架上横置的红酒呈现在他眼前。

当蓝绝看到它们的时候，双眸瞬间就变成了蓝色，充满电光的蓝色。

"好家伙，这里是品酒师的宝藏啊！可惜只能拿一瓶。"

一向淡定优雅的他不禁加快步伐，来到酒架前，将一瓶红酒捧了起来。看着那洁白的酒标，他就像在看一位为他敞开心扉的绝色美女，眼中充满了痴迷。

他转身就要走向那昏黄的光晕，但刚迈开一步，就停了下来。

一抹带着几分邪气的笑容浮现在他的嘴角处："为它吝啬，品酒师恐怕做得出来，不能给他反悔的机会。"说着，他手腕一翻，不知道从什么地方摸出了一把专开红酒木塞的海马刀。

第四章
罗曼尼·康帝

她看上去只有十八岁的样子，有白皙如玉的肌肤和酒红色的大波浪长发，一身白色法式宫廷蕾丝大摆长裙将身姿完美勾勒出来。

只是，这位少女此时看上去有些紧张，低着头，白皙的面庞和天鹅一般的脖颈都微微发红，长长的睫毛略微颤动，脸上满是歉然之色。

"对不起，我迟到了。"

品酒师严肃地看着站在桌旁的少女，淡淡地道："你走吧。迟到是不能原谅的错误。"

"为什么不给她一个机会呢？"蓝绝的声音响起。

品酒师端坐不动，道："迟到意味着不尊重。"

蓝绝道："我们年轻人都有一颗爱美之心，不如就看在我的面子上，给她个机会。"

身穿白西装的咖啡师道："他说我们老。"他脸上带着笑容，似乎在说"我可不是挑事的人"。

品酒师皱了皱眉。

美食家却开口道："珠宝师，看在你手中拿的那瓶酒的分上，这次我支持你。"

品酒师下意识地扭头向蓝绝看去，当他的目光落在蓝绝手中的酒瓶上时，就再也挪不开了。

一直沉稳、严肃的品酒师猛地站了起来，他的嘴唇和指向蓝绝的手指同时颤抖起来："我只是让你随便拿一瓶！"他咬牙切齿地说出这句话。

蓝绝认真地道："我可不是随便的人。"

"还给我！"品酒师一个箭步就到了蓝绝面前，一把夺过他手中的酒瓶。

蓝绝没有闪避，任由品酒师将酒瓶夺过去。

可此时品酒师手中却只有一个散发着淡淡酒香的木塞。

"浑蛋，你竟然开了它！"品酒师气急败坏地说道。

"爆粗口是一个贵族不能被原谅的错误。"蓝绝向他摇了摇手中的酒瓶。

白裙少女此时抬起了头，也看到了那瓶酒。她一双水蓝色的眸子中满是亮晶晶的光彩。

品酒师的呼吸显得有些粗重，用力喘息了几次后，一把抢过蓝绝另一只手中的银色金属块，道："伊娃，温水，白面包片。七十二个月的上元西班牙黑毛猪火腿，刨片。"

"是，老爷。"

"等一下。"美食家叫住伊娃。他站起身，似笑非笑地看着紧紧攥住木塞的品酒师，道："原来你还有七十二个月的黑毛猪火腿这种好东西，平时都不舍得拿出来。"

品酒师恶狠狠地道："先祖当年一共就带过来十九只火腿，目前还剩十四只，本来是留给我自己享用的，便宜你们了。"

美食家微笑道："别恼，品尝美食与美酒需要好心情。而且，一只火腿能吃很多次。伊娃，把整只火腿都拿来，再拿一个大点的瓷盘、二十根蜡烛，我来处理一下它。"

伊娃看向品酒师，品酒师向她点了下头。不知道品酒师是不是听进了美食家的劝说，脸上恼怒的表情渐渐散了。

蓝绝走回自己的位置坐下，看向那正悄悄吞咽口水的少女，问道："你认识这瓶酒吗？"少女用力地点了点头。

蓝绝微笑着道："说说看。"

少女毫不犹豫地道："这是世界酒王罗曼尼·康帝，也是法国勃艮第产区之王。勃艮第因为有它而自豪。曾经有品酒师说过，勃艮第仅凭借罗曼尼·康帝就可以战胜波尔多八大名庄。它在上元时代就是世界上最昂贵的红酒。"

蓝绝道："说说它的味道。"

少女眼中瞬间流露出迷醉之色，道："那是一种能够贯穿味蕾、贯穿牙龈，仿佛能钻入人体每一个细胞中的味道。馥郁持久的香气，芳香醇厚，细腻而有力，平衡而又凝缩，丝绒般的质地柔滑优雅，几乎将顶级黑皮诺葡萄的优点集于一身，是不可复制的梦幻之酒。进入新元时代后，母星因为环境变化与过去的破坏，早在上元2025年之后，就再也没有出产过真正的罗曼尼·康帝了。"

听了少女的话，蓝绝、品酒师和美食家脸上都流露出惊讶之色。

品酒师问道："你喝过？"

少女有些羞涩地轻轻颔首，道："曾经有幸品尝过一杯上元1981年的罗曼尼·康帝，虽然不是它最好的年份，但那味道牢牢地烙印在我的灵魂之中。"

美食家微笑着道："是个有品位的姑娘，看来珠宝师又对了。"

蓝绝看向品酒师，品酒师点了点头，道："看在罗曼尼·康帝的分上，算你考核过关。记住，以后无论做什么事，作为一名贵族，都不能迟到，无论你有什么原因。"

少女深施一礼，道："是。"

品酒师道："你去吧。伊娃会给你办手续。"

"谢谢您。"少女再次行礼。

她犹豫了一下，鼓足勇气问道："如果以后我获得了天火徽章，可以来您这里购买罗曼尼·康帝吗？"

品酒师冷冷地摆了摆手，道："罗曼尼·康帝，我只款待朋友。"

少女脸上流露出一丝失落的表情，再次行礼后，转身离去。

几名侍者送上四支黑皮诺红酒杯、一盘白面包片、四杯温水，还有一只长达一米、最粗处直径约三十厘米的巨大火腿，以及一个正方形的白瓷盘。

品酒师冷冷地看着蓝绝，道："以后再也不让你帮我考核了。"

蓝绝微微一笑，道："品酒师，要学会宽容。好东西要和大家分享才有乐趣。"

品酒师哼了一声，拿起罗曼尼·康帝，拇指扣入瓶底凹陷处，食指、中指、无名指托在瓶侧，一只手将瓶子举起。

看着瓶子上的酒标，他喃喃地道："上元2005年的罗曼尼·康帝，你小子太狠了！"

蓝绝看着自己面前的杯子，道："我看到还有上元1990年的。"

美食家眼神一凝，道："那你怎么不拿？上元2005年虽然是顶级年份，但上元1990年可是康帝的传奇年份啊！"

蓝绝正气凛然地道："做人留一线，我可不想被品酒师列入黑名单。"

美食家似笑非笑地将二十根蜡烛排好，道："放心吧，别人或许会，但我们总还是不会的。"

品酒师没好气地道："我欠你们的？"

蓝绝和美食家相视一笑，异口同声地道："酒友难得。"

第五章
天神遗珠

鲜红色的酒液滑入杯中，很稳，没有溅起半分涟漪。酒香并不算太浓郁，似乎所有味道都被锁在了那晶莹剔透、宛如红宝石一般的酒液之中。

品酒师的手没有丝毫震颤，四杯酒倒得极其均匀，都是横向两指的高度，肉眼完全分辨不出差别。

蓝绝看着酒，美食家看着面前硕大的火腿，他们的眼神同样痴迷。

二十根蜡烛密集而均匀地排列，正好比那方形空瓷盘略小。美食家的右手在蜡烛上方扫过，二十根蜡烛几乎同时亮起，火苗不高，但明亮。

美食家捏着瓷盘边缘，将它平放在烛火上，让烛火的外焰灼烧着盘底。

咖啡师问道："你累不累？你自己的火不行吗？"

美食家看都没看他一眼，道："所以说你没品位。如果不是运气极好，你是不可能喝到今天的酒、吃到这样的火腿的。我的火是阳火，燥热、暴烈。烛火是阴火，柔和、温润、均匀。我现在需要的是后者。"

咖啡师有些不服气地道："为什么不可能？我不信！品酒师，他说的是真的吗？"

品酒师没有吭声，捏起面前的高脚杯。他捏住的是下面长长的水晶柱，将它高举过头，借着灯光，看着杯中鲜红通透的酒液。

咖啡师又扭头看向蓝绝，道："美食家鄙视我！他有什么理由那么说？"

蓝绝的目光停留在酒杯上，他的动作几乎和品酒师一样——拿着自己的杯子，看着那杯中的晶红液体。

"他说得对，而且当然有理由。品酒师不说，是不想伤害你。不过我可以告诉你，算是对你刚才挑事的报复。"

"好，你说。"咖啡师不服气地说道。

蓝绝笑道："想学习知识是要付出代价的。把你杯中的酒给我，我才告诉你，不然叫什么报复？"

咖啡师有些羞恼地道："好，如果你的理由能够说服我，我就把自己这一杯给你。"

蓝绝将自己的酒杯放在桌面上，然后看向品酒师，道："不许抢。是他问我的，谁让你刚才不说。"

品酒师叹息一声，道："他肯轻易让出一杯罗曼尼·康帝，其实就是很好的理由了。"

蓝绝微笑着道："但这并不足以说服他，因为他可以说自己的求知欲比品味美酒更重要。"

蓝绝拿起水杯，喝了一口温水，终于将目光转向咖啡师。

"其实，理由很简单，因为你是咖啡师。尽管你很懂美酒，也懂得美食，但你终究是一位咖啡师。"

咖啡师有些茫然地道："这算什么理由？"

蓝绝道："这当然是理由。相比红酒，你更爱咖啡。请问，你每天要喝几杯咖啡？"

咖啡师道："三杯。"

蓝绝道："喝咖啡已经成为你生活中最重要的习惯，越好的咖啡，香味就越悠长、浓郁。但是，它也会侵蚀你的味蕾。我们在品尝一款顶级红酒之前，为了能够感受它全部的香气，至少三天内不能吃任何味道重的东西。咖啡、茶、巧克力这些是绝对禁止的。否则，你的味蕾就会被占据，哪怕用白面包中和这些味道，也多少会有一丝残留，这些味道会影响美酒对你灵魂的升华，是对美酒的亵渎。"

蓝绝停顿了一下，微笑着看向咖啡师，问道："那么，最近三天内你喝过咖啡吗？"

咖啡师苦笑道："当然喝过。"

"谢谢。"蓝绝优雅地拿起咖啡师的杯子，将他杯中的酒液全都倒入自己杯中，再将空杯子送回他面前。

品酒师叹息一声，轻轻晃动手中的杯子，送到鼻端轻闻一下，顿时，他眼神中的严肃消失了，取而代之的是迷醉。

他喝了一口酒，在嘴里略微回味之后才咽下。

蓝绝也喝了一口，低下头，轻吸气，口中发出轻微的水声，然后才抬起头将酒液咽下。

品酒师的表情半晌之后才恢复正常，道："石榴红的光晕，层次明显；典型的罗曼尼·康帝的香气，甜椒和玫瑰花瓣的气息，轻巧和谐；在口中感觉强度比较收敛，带着极其悠长的回味。"

说到这里，他看向蓝绝，道："你很会选，这瓶罗曼尼·康帝刚好在适饮期。"

蓝绝轻出一口气，道："花香和辛香完美融合，优雅愉悦。在口中显现出惊人的流动性和和谐，红果和樱桃的气息，丰富细腻的单宁。这款酒的存在对我们来说是一个惊喜！果然不愧是有天神遗珠之称的世界酒王啊！我想，未来三天的时间里，我的味蕾中都将是它那美妙的味道。可惜三天不能喝酒了。"

咖啡师看着他们的表情，忍不住道："有没有那么夸张啊？品酒师，再给我一点。"

品酒师叹息一声，道："那盘白面包就是为你准备的，让你吸一下味蕾上的杂味。罗曼尼·康帝味道强劲，本来你可以勉强品尝一下。可是，你自己的酒已经输给了珠宝师，而我本来也只打算分那一杯给你，所以抱歉，今天没有你的了。"

美食家收回烛火上烘烤着的盘子，将它放在桌子上，拍了拍咖啡师的肩膀，道："这才是珠宝师的报复。这家伙很记仇的。"

咖啡师扭过头，恶狠狠地看向蓝绝。

蓝绝再次饮入一口天神遗珠那美妙的酒液，道："卡梅尔小姐那天去了我店里，虽然她没有买东西，但从她的眼神中我能看出她喜欢的是什么。"

咖啡师脸上的表情一僵，幽幽一叹："你赢了。"

蓝绝举杯向他示意，咖啡师恢复了淡定，道："不过我不会就这么走的，虽然酒没喝到，但这火腿我还是要吃的。"

美食家手中不知道什么时候已经多了一把纤长却窄薄的刀，轻轻一划，一片薄如纸的火腿片就飘落在了餐盘之中。

他的手在空中带起一道道残影，很快几十片纤薄的火腿就铺满了瓷盘。

"为什么要先烤一下？"品酒师向美食家问道。

美食家道："你所说的黑毛猪，其实应该叫伊比利亚猪，通常是在位于上元古西班牙中西部的林间牧地畜养的。该地区为典型的地中海自然环境，有广阔的牧场及以青橡树、西班牙栓皮栎为主的林木。在广阔的牧场里散养的猪的主要食物来源是这些林木的果实——橡子。橡子是获得真正的橡子伊比利亚火腿必不可少的条件。

"制作时分以下步骤：把猪切割开；冷冻猪肉至六摄氏度；腌制；冲洗及静置。一经腌制完成，火腿用冷水冲洗以洗掉盐粒，然后放入仓库存储两个月，以便盐分均匀分布；自然干燥，挂入天然山洞中静置至少二十四个月方可食用。顶级的西班牙伊比利亚火腿甚至要静置四十八个月。

"你拿出的这一只乃伊比利亚火腿中的极品。只有完全用橡子喂食并且百分之百纯种的伊比利亚猪制作的火腿才能在山洞中静置七十二个月这么久，在上元时代也是有钱都买不到的好东西。

"但这种火腿有一个问题，那就是本身油脂太过丰厚，虽然味道纯美，但香味在一定程度上被脂肪掩盖了，在咀嚼时虽然能吃出来，但终究还是有所欠缺。我先烤盘，再将火腿切片放入，盘子的温度会让脂肪融化。这些脂肪会浸润到瘦肉中，所有的香气将完全展现出来。你们看，白色的脂肪已经变得透明了。"

果然，原本红白相间的火腿片上，白色的脂肪已然透明，看上去就像水晶冻一般。淡淡的香气从盘中飘逸而出，凝而不散。

蓝绝抬手捏过一片，送入口中，瞬间为之动容。浓郁而纯粹的醇香在口中长留，久久不散。再喝上一口罗曼尼·康帝，他已沉醉。

品酒师同样吃下一片，与蓝绝一样动容，然后苦笑着道："看来，以前我的吃法让它蒙尘了。"

美食家吃着火腿，喝着杯中的美酒，微笑着道："吃你的，喝你的，还要被你称赞，真是件美事。"

蓝绝悠然叹道："天神遗珠配伊比利亚顶级火腿，品酒师，以后我会常来的。"

品酒师不看他，但眼中已经有了苦涩之意。他知道，珠宝师不是一个随便的人，但随便起来的话……

咖啡师苦着脸，伊比利亚火腿的醇香超乎想象，可惜他已经没有天神遗珠来配。

第六章
信、玥、赫拉！

走出哥特老酒坊，蓝绝口中依旧充满浓郁的肉香和天神遗珠醇美的酒香。咖啡师从他这里得到了满意的答案，已经先走一步。

蓝绝扭头看看和自己一起走出大门的美食家，忍不住想笑。

上元古西班牙伊比利亚火腿确实是油脂丰厚，但美食家选用的那种吃法实际上还有一个作用——解腻。解腻之后，自然就能多吃点。

此时蓝绝脑海里还满是品酒师收起剩余火腿时那幽怨的眼神。

"走了。"美食家向他摆摆手，融入夜色之中。

蓝绝则穿过天火大道，向店内走去。他有些惊讶地看到，自己店里的灯竟然还亮着。此时天已经很晚了。

推门而入，他看到了面带微笑的修修。

"修修，你怎么还没回去休息？已经很晚了。"蓝绝疑惑地看向她。

修修微笑着迎上来，将手中的一封信递给他，道："老板，这是那位小姐留下的。我怕有什么重要的事情耽误了，所以等你回来交给你。可儿本来也想跟我一起等，但她困了，我就让她先回去了。"

蓝绝礼貌式地轻拥了她一下，道："你总是那么贴心。"

修修微笑着道："那我先回去了？"

"嗯，晚安，路上注意安全。"蓝绝轻吻她的面颊。

修修在走出店门前回过头，朝他嫣然一笑，道："你今天身上的酒味很好闻。"

蓝绝笑道："要是每天都这么好闻的话，品酒师就要找我拼命了。"

修修走的时候顺手将大门关好，蓝绝晚上就住这里，不是为了守夜，而是因为这里就是他的家。

蓝绝拿着信，信步走进贵宾室，在贵宾室一侧的墙上按了按，墙壁悄然横移，露出后面的房间。

蓝绝的住处不大，一共只有百余平方米，但各种用具一应俱全。每天修修和可儿都会义务帮他打扫，所以这里时刻都是纤尘不染的。

房间内还有两位姑娘留下的淡淡体香，蓝绝不喜欢绝大多数香水的味道，修修和可儿都知道。

蓝绝在沙发上坐下，拆开了手中的信。他本来不想看，因为不愿意破坏今晚品尝了天神遗珠的好心情。但人都有好奇心，他也不例外。而且，他隐隐有种感觉——这封信似乎并不简单。

信拆开，里面是一张白纸，纸上只有四个字，却是四个令他瞬间遗忘了天神遗珠味道的字。

蓝绝原本因为饮酒后有些不羁的眼神瞬间变得严肃起来，眼睛变成了蓝色，电光缭绕。房间中原本明亮的灯光轻微地闪烁着，忽明忽暗，还不时发出"吱吱"声。

赫拉未死！

这就是纸上的四个字。

赫拉是一个名字，是上元时代母星古希腊神话中神后的名字。

宙斯是神王，他的妻子就是神后赫拉。

而在新元时代，赫拉是蓝绝的妻子，在一场对他来说是灭顶之灾的爆炸中失踪。而那场大爆炸，足足毁灭了一颗小行星。没有人认为赫拉还会活着。

事情发生在三年前，后来，他就来到了这里，住了下来。

龙有逆鳞，宙斯也有。

蓝绝坐在那里，整整一刻钟纹丝不动。

一刻钟后，他掉转信封，在背面找到了一个通信号码。

左手在虚空中一按，沙发对面的屏幕亮起，四维立体画面随之出现，正是天火星的样子。蓝绝的左手边也多了一个光影触摸板。

蓝绝那修长而灵巧的手指带着残影般迅速输入那一串号码，屏幕中的四维图像开始转动。

数秒后，天火星图案消失，白天那名曾来过店里的女人俏生生地站在蓝绝对面。当然，那是她的四维立体图像。

"宙斯，现在我们可以谈谈了吗？"女人面带微笑地说道，很自信。

蓝绝的表情很平静，眼中的蓝色电光已经消失了，道："你知道骗我的代价吗？"

尽管他们是隔着通信器交流，但当那女人听到这句话的时候，还是禁不住脸色一变。强烈的心悸竟然让她有种心脏被紧紧攥住的感觉，但她很快就平静下来，道："宙斯一怒，天地色变，我很清楚。我叫玥。"

蓝绝冷冷地道："证明给我看。"

"好。"玥答应得很痛快，双手抬起，在空中横拉，一个画面随之出现。

画面上是一段视频，似乎是一个学校的课堂，学生们都穿着校服，正在鱼贯走入，准备上课。

突然，蓝绝站了起来，眼中刚刚消失的蓝光再次出现。

他看到了一个身影，一个对他来说早已铭刻在灵魂上的身影。

首先映入眼帘的，是她那一头黑色长发。她的头发有些天然而成的卷曲，乌黑柔顺，飞泻而下，一直垂至腰际。她那一双如白百合般洁白的手臂露在校服外面，身体修长，因为桌案遮挡，裙摆以下的位置暂时看不见。

最令人震撼的是她那一双眼睛。那是一双与众不同的眸子，蔚蓝如海，澄澈得没有一丝杂质，长长的睫毛向上翘起。这双蔚蓝的眸子成为她那精致五官中最动人的美景。被她看上一眼，似乎灵魂都要被她那美丽的眸光收摄一般。

黑发蓝眸，是她！

画面消失，玥的声音再次响起。

"宙斯，现在可以谈谈我们的合作了吗？赫拉穿的校服，单是在天火星就有超过两百所学校的学生在穿。而且，她所在的行星未必是天火星。我可以事先透露一件事给你——十天内，如果你还没有去找她，那么你必将后悔终生。"

蓝绝，准确地说，是宙斯蓝绝，目光越发冰冷了，问道："条件？"

第七章
冷凌夕

漆黑与浩瀚是两个本不该放在一起的词，但如果用来形容宇宙，是非常贴切的。

只是哪怕在漆黑的宇宙中，偶尔也会有一些亮丽的色彩，譬如现在！

一道亮银色的光芒悄然滑过漆黑的空间，朝着远方飞翔而去。

这是一艘飞船——新元时代十分常见的客运飞船，也被称为太空飞梭。它长五百三十四米，宽一百六十八米，外表是银白色的，乃人类进入新元时代后的三大势力中最强的北盟的代表色。

这艘太空飞梭能够同时运载大量人和货物，有设置好的固定航线，可以通过人类百年来找到的安全虫洞进行跳跃，往来于诸多行政星之间。

不远处，一颗巨大的行政星已然在望，正是北盟的首都星——洛星。这是一颗比天火星更大的行政星，其中有一半面积适合人类居住。

接近目的地后，太空飞梭的速度开始慢下来，准备进入洛星大气层。

太空飞梭进入大气层的速度不能过快，否则就会解体。

就在太空飞梭骤然减速，将速度降低到三倍音速的时候，其左侧的空间突然轻微地扭曲了一下，一道若隐若现的光影悄无声息地贴了上去。

更令人惊讶的是，太空飞梭对此并没有任何反应，它那敏锐的雷达似乎完全感应不到那光影的到来。

突然，太空飞梭剧烈地震动了一下，左翼上出现了一片淡淡的蓝色电光。

"嘀嘀嘀！"

太空飞梭内，刺耳的警报声响起！

贝森是一位驾驶太空飞梭三十年、有超过十万小时驾驶经验的老船长，听到飞船里传来的警报声，他不慌不忙地拿起通信器。

"请工作人员坐稳，系上安全带。我们碰到了大气层外的空间磁场电流，暂缓进入大气层，很快就会好的。与此同时，请暂缓客舱深度睡眠清醒程序。"

贝森船长的判断似乎很正确，片刻之后，太空飞梭的颤抖停止，一切都恢复了正常。

一艘太空飞梭中，百分之七十以上的空间都是用来装载货物的，剩余的才是运送乘客的空间，也就是客舱。

客舱分为三个等级——头等舱、中等舱以及经济舱。经济舱也就是所谓的平民舱。

这三种不同的舱位，价格和服务自然是天差地远的。

平民舱中，每个人只有不到一平方米的空间，配置的是简单的座椅和如同刑具一般用来固定的金属箍。进入光速航行时，他们深度睡眠时依靠的只有一个绝对说不上舒服的头盔。

中等舱要好一些，乘客起码可以平躺着，从深度睡眠中清醒过来时不至于像平民舱中的乘客那样全身酸痛，仿佛被人揍了一顿。

至于头等舱，那就只能用奢华来形容了。每一个头等舱的乘客都有二十平方米的空间，包括一个舒适的睡眠舱、一张可坐可躺的奢华座椅、一个淋浴间和一个更衣间。

在太空旅行的过程中，他们可以在睡眠舱中沉睡，不但能够得到最好的休息，更重要的是，这种睡眠舱加上搭配的营养液，能够使人体处于一种消耗极小的状态，以达到延缓衰老的目的。毕竟，一次长途飞行很可能超过一个月的时间。相比平民舱那种抵达目的地起码要减十斤体重的可怕过程，头等舱能帮人将状态调整到最佳。

而头等舱的价格是中等舱的十倍，是平民舱的一百倍！

一艘标准的太空飞梭中，头等舱只能配备三十个左右，毕竟过于昂贵的价格，着实令很多人都不会选择它。中等舱已经足以满足正常人的要求了。

冷凌夕在睡眠舱清醒程序的作用下，渐渐解除了深度睡眠的状态。

"呜……睡得真是好舒服啊！"她嘟囔了一句，随之透过面罩在睡眠舱中找到了绿色的按钮，轻轻一按。睡眠舱上方的舱盖顿时开启。

冷凌夕从有些黏稠的营养液中坐起，露出了姣好的身体曲线。她摘下脸上的换气面罩，呼吸一口清新的空气，顿时流露出释然之色。不过，她马上就有些厌恶地甩了甩手上的液体。

"头等舱是睡得舒服，只是这营养液黏黏的，真是难受，他们就不能将它改进成清水那样的吗？"

头等舱之间都是有隔层的，哪怕都坐满了，只要开启着隔层，乘客就无法看到对方。

冷凌夕爬出睡眠舱，在淋浴间洗掉身上的营养液，换上干爽的衣服，顿时觉得舒服多了。

她用力伸展了一下身体，做了几个大幅度的瑜伽动作，然后才走向自己的座位，同时开启隔层。

她身边的隔板在轻微的机械声中缓缓收起，露出她所在舱位旁的走廊以及外面的景象。

咦，有人动作比我还快？冷凌夕有些惊讶地看向左侧隔壁的位置。那个舱位的隔板也是开启着的，座位上坐着一个人。

那是一名青年男子，有一头黑色短发，相貌十分英俊，身穿深蓝色的运动装。

坐头等舱穿运动装？这一发现让冷凌夕不禁产生了好奇之心。她还是第一次见到这样的头等舱客人。一般来说，头等舱的乘客不都应该已经换好笔挺的西装或者时尚服饰，下了太空飞梭就投入到工作之中吗？

冷凌夕自己也是个例外，因为她身上就穿着一身白色的运动装，所以另一个例外很容易就引起了她的兴趣。

"你好。上飞船的时候我好像没见过你。"冷凌夕的性格和她的姓一点都不同，不但不冷，而且热情大方。

青年脸上浮现出一丝淡淡的微笑，非常绅士地向她点头致意："你好，美丽的小姐。"

好标准的礼节，而且看上去毫不做作，冷凌夕心中暗想，道："一觉醒来看到身边是一位英俊的男士，会让人心情愉悦，我叫冷凌夕。"

青年嘴角上翘，微笑着道："很荣幸。我是宙斯！"

第八章
奥秘

"宙斯？"冷凌夕笑了，笑容很好看。她那精致的容颜、酒红色短发、褐色的眼瞳，配上姣好的身材，足以吸引任何男人的目光。

"好特殊的名字，我以前好像听过。"冷凌夕笑眯眯地说道。

"哦？"青年饶有兴趣地看着她。

"自从当初有一个人叫了这个名字之后，就有很多人模仿他叫这个名字。不过，名字叫宙斯，可不代表你就是真正的宙斯！"

"呵呵！"青年笑了。

冷凌夕的眼神突然变得锐利起来，冷冷地道："这艘太空飞梭的头等舱一共有三十二个位子，这次售出十五个，除我之外的另外十四个人的身份我都一清二楚。你能不能告诉我你是从何而来？选择我从深度睡眠中刚刚醒来的时候来到我身边，看来你是要有所为了。不要以为你长得还不错，就能对我施展美男计。既然来了，你就没有逃走的机会。不过我不得不承认，你很厉害。我们这次一共来了二十几个人，乘坐不同的舱位，你能从中找到我、选择我，也算是十分精明了。不过可惜的是，你遇到了我。如果你认为我们女人好欺负，那你就大错特错了！"

"呵呵！"青年还在笑。

冷凌夕悠然地靠在椅背上，道："你笑得很开心嘛，只是不知道你还能笑多久。自报家门吧，说出你的身份，然后再老老实实地束手就擒，起码我可以不杀你，直接将你交给洛星的星际宪兵。想要少受皮肉之苦，你就乖乖听话。"

"呵呵！"

冷凌夕脸上的笑容突然消失了："呵呵你个头！本来你知难而退的话，我也不是不能放过你，可是你偏偏叫宙斯。本姑娘不揍得你生活不能自理，就不姓冷！"

青年有些惊讶地看着她，问道："为什么啊？"

冷凌夕解开腰间的安全带，站起身，冷冷地看着他，道："因为你竟敢冒充我的偶像，叫了他的名字！"

"呵呵！"青年又笑了。

冷凌夕不屑地道："被我识破了身份，你还笑得出来？"

青年微笑着道："那你知不知道我为什么要呵呵？"

冷凌夕愣了一下，问道："为什么？"

青年认真地道："在某些特定的情境下，'呵呵'这两个字的意思等同于'傻瓜'！"

冷凌夕有些呆滞的目光渐渐变得凌厉起来，道："你找死，那我就成全你！"

"呵呵！"

冷凌夕已经很久没有这么愤怒过了，她必须承认，眼前这个男人将她的怒火彻底激发了！

刺骨的寒意骤然迸发，冷凌夕的双眸瞬间变成了白色，右手朝着那青年做出一个虚抓的动作，五指齐张，五道白色气流顿时向那青年席卷而去。如果仔细看就能发现，这白色气流竟是由无数冰碴组成的。头等舱内的温度一瞬间就降低了十摄氏度。

冰封！冰牢！

自信源于实力，冷凌夕很有自信。她相信以自己的寒冰异能，就算是一头大象都能被瞬间冰封、冻结。她恨透了这个骂自己是傻瓜的家伙，决定给他一个终生难忘的教训。

眼看着那可恶的笑容即将被冰封，冷凌夕的心情顿时大为畅快。到这个时候都不闪避或者抵挡，他已经没有机会了！太空飞梭上的乘客是不可能携带任何武器上来的。

正在她心中得意之际，她那双漂亮的褐色眸子骤然睁大，眼神中充满了难以置信。因为那个自称宙斯的男人，突然碎了！

是的，碎了。

他的身体在寒冰异能落下的一瞬间骤然破碎，竟然变成了无数细碎的蓝紫色电光，钻出冰封笼罩的范围，从冷凌夕身边一掠而过。

怎么可能？不好！

意识到不好的时候，冷凌夕的身体已经控制不住地剧烈颤抖、软倒。一只修长有力的手正按在她的肩头，上面电光缭绕。

那破碎的青年好端端地站在她身后，任由她软倒在自己怀中。

冷凌夕瞪大了眼睛，大脑仿佛死机了一般。她竟然如此快地输了，甚至没看清他是怎么做到的。

不，这不可能！

身为冰系异能者，她拥有六级基因天赋，是北盟洛星天宇拍卖行的护送员、天才机甲师，也是北盟最年轻的王级机甲师。她竟然就这么输了！

三岁时，她的寒冰异能觉醒，被评测为六级基因天赋，是天才中的天才；八岁时，她第一次驾驶机甲；十二岁时，被机甲学院破格录取；十五岁时，成为洛星排名第十六位的三级机甲师；十七岁时，成为二级机甲师；十八岁时，提升至一级机甲师；十九岁时，晋升为特级机甲师。今年二十一岁的她，已经是王级初阶机甲师。

她怎么可能会输？

冷凌夕在心中疯狂呐喊着，可是此时的她根本一个字都说不出来。一丝淡淡的乔治·阿玛尼最顶级的三皇冠男士淡香水味道从后方传来，味道不浓，独含的西腓香和索马里乳香却令人记忆深刻。

"你太年轻，也太嫩了。"青年的声音在她耳边回荡，修长的手指在这一刻落在了她运动服的拉链上。

拉链轻轻下拉，寒冷的空气不禁刺激得冷凌夕一阵战栗。

"我无意冒犯，只是你将东西藏在这里，我只能说抱歉。"青年的声音此时听在冷凌夕耳中，和恶魔并没有什么两样。

一条银色的项链被那修长的手指拉了出来，不可避免地，他碰到了她的肌肤。

她活了二十一年，从没遇到过这种事，不禁呆住了。

银色的项链上带着淡金色的吊坠，制作得十分精美，吊坠中央是一颗通透的银色菱形宝石。

青年扶着冷凌夕的身体，将她放回座位，并且体贴地为她系上安全带。他的手指在吊坠上摸索了几下，然后在那宝石上轻轻一按。

空气轻微扭曲着，一扇直径一尺左右的小小光门悄然在空中开启——空间技术！

冷凌夕拼命地想要挣扎，可她的身体完全不听大脑的指挥。

青年探手伸入那光门之中，略微摸了一下，从里面取出了一个小箱子。

箱子不大，由黑色金属制成，上面却有三道密码锁之多。这是最精密的电子密码锁，必须在一分钟内将三条三十二位的密码全部输入才能开启，错一条，就要重新输入。错三次，箱子内部的自爆装置就会启动。

　　青年在项链上又捏了一下，光门闭合，项链上散发出的淡淡银光也随之消失。他凑到冷凌夕面前，将项链重新戴在她的脖子上，再为她拉好运动服的拉链。

　　冷凌夕恶狠狠地看着他，恨不得将这个近在咫尺的家伙撕碎。

　　"你别想从我这里得到密码！"冷凌夕冷冷地叫道。说出这句话的时候，她才发现自己已经恢复了说话的能力。

　　青年无奈地耸耸肩，道："你根本就不知道密码，我当然没想从你这里得到密码。"

　　"你怎么知道？"冷凌夕脱口而出。

　　"呵呵！"

　　"你去死！"冷凌夕在过去的二十一年里，从未像今天这样厌烦过一个词！

　　青年不恼，看着她的眼神中甚至充满了怜悯与歉意，道："抱歉，我对你的遭遇深表遗憾。你确实是个有品位、有眼光的姑娘。再见。"

第九章
四神君

这是一个装潢极其考究的房间，一百平方米的房间内，布置得并不复杂，却极其奢华。

墙壁装饰是典型的古法式，一盏盏手工打磨的纯铜鎏金壁灯将整个房间内映照得华贵而明亮。屋顶的大吊灯同样是纯铜打磨的，却附加了错金、珐琅等多种工艺。整个椭圆形大吊灯上足有一百多个烛台，一根根有着淡金色盘龙纹的蜡烛燃烧着柔和的火苗。

房间正中央是一张足以容纳二十个人的长桌，长桌两端呈弧形，弧形到尽头时突然拉直，然后转折延伸，形成了长桌的两条长边。

长桌上有古朴的花纹，生动而充满了雍容华贵的质感。如果仔细看就会发现，这些花纹并不是烫印或者刻上去的，而是用不同颜色的树皮，经过打磨之后，以一块块碎片的形式拼接而成的。这些树皮拼接得天衣无缝，才形成了这瑰丽而古典的木纹。

长桌两侧的二十把椅子都是用整块木料雕琢而成的，椅子靠背刻意雕琢成弧形，十分符合人体工学，哪怕坐很久也不容易觉得疲惫。镂空的花纹是两只相对站立的鹰，它们的眼睛以及每一片羽毛，和桌面一样，是用抛光后的树皮拼接而成的。

这些桌椅来自一个名叫弗朗西斯科·墨龙的家具品牌。早在上元时代，这个来自于古意大利的品牌就是给古欧洲皇室制作家具的。

此时，这张桌子两侧的椅子上，大多数位置都坐了人。坐在首位的是一位老者，年约六旬，一头银发梳得一丝不苟，一身黑色礼服彰显贵族气质。

房间内的气氛有些沉闷，没有人说话，只有轻微的呼吸声。

"咚咚咚！"房门被叩响。

老者沉声道："进。"

门开，一名身穿白色阿玛尼西装、戴着金丝边眼镜、很有书卷气的中年男子从外面走了进来。他快步走到老者身边站定，将一份资料放在老者面前的桌案上。

"调查清楚了？"

中年人点了点头，道："是的，洛董。"

"给大家讲一下。"老者挥了挥手。

中年人站在老者身边，目光从长桌两旁的人的面庞上扫过，最终落在一张有些苍白、又有些失神的美丽面庞上，眼神中流露出一丝怜悯。

"诸位好，我是天宇拍卖行情报部的主管郭心。关于此次密箱被劫事件，我们已经完成了初步调查。"

听到这句话，一直处于失神状态的冷凌夕猛地抬起头来，咬牙切齿地问道："是谁？究竟是谁？"

郭心有些同情地看向冷凌夕。第一次执行重要任务就被劫，他很理解这位天才美少女的心情。

"冷小姐请少安毋躁。"

洛董向冷凌夕做出一个虚按的动作。冷凌夕粗重地喘息了几次，然后才坐回自己的位子。

郭心道："通过实地勘测，我们发现，冷凌夕小姐带领的二十二位护送员乘坐的T-25号太空飞梭本身并没有受到任何破坏，只是内部监控有一段时间失灵。通过重重细节以及一些细微的痕迹，我们作出了初步判断。

"劫匪应该是通过机甲靠近太空飞梭的。他趁着太空飞梭进入大气层减速时贴近，使用不知名的方法，模拟了空间磁场电流，神不知鬼不觉地穿过了太空飞梭的防护罩，然后将机甲吸附在太空飞梭之上。

"然后劫匪就进入了太空飞梭内部，直接出现在头等舱。他的时间掌握得很好，出现时正好是所有头等舱客人刚好从深度睡眠中清醒过来的时候。他利用电流，麻痹了除冷小姐之外的所有人，然后又麻痹了冷小姐，从冷小姐那里夺走密箱，从容离开。

"在劫匪进行劫掠的整个过程中，他只是和冷小姐进行过一次短暂的交手，除此之外，并没有伤害太空飞梭上的任何一个人。我们现在唯一搞不清的，是他如何穿过太空飞梭的本体，进入太空飞梭内部，后来又是如何从容离开。"

洛董用手指敲了敲桌子，打断了郭心的话。

"结论，我要听结论。"

郭心停顿了一下，原本平静的脸色骤然变得凝重起来，道："我们目前的结论是，劫匪对冷凌夕小姐说的话可能是真的——他真的是宙斯！四神君中的宙斯！"

原本安静的房间瞬间变得一片嘈杂，每个人脸上都写满了震惊。

"不可能，这绝对不可能！那个浑蛋怎么可能是宙斯？"还没坐稳的冷凌夕瞬间弹起，就像被踩到了尾巴的猫，"宙斯怎么会干这么下作的事情？怎么会像星际海盗那样来抢劫？绝对不可能！我的宙斯绝对不可能做这种事！"

她的声音有些歇斯底里，吸引了在场所有人的目光。

"你的宙斯？"洛董有些疑惑地看向她。

冷凌夕脸上一红，道："宙斯是我的偶像，怎么可能是那个只知道……"说到这里，她眼前浮现出的，是那个只会发出"呵呵"笑声的可恶面庞。

郭心道："宙斯的能力是雷电，而想要神不知鬼不觉地进入一艘太空飞梭内作案，并且眨眼间制服你，恐怕也只有宙斯这个级别的强者才能够做到。"

冷凌夕的眼神有些呆滞，她突然想起那个家伙在临走之时说的话。

"你确实是个有品位、有眼光的姑娘。"

……

难道他真的是宙斯？可是他一直都在说她是傻瓜！这个坏蛋！

"肃静！"洛董威严的声音让会议室重新变得安静，"此次密箱被劫，我天宇拍卖行损失惨重，执行运送任务的一级护送师冷凌夕被降为二级，暂停一切护送任务，其他护送人员一律罚薪三个月。至于劫匪的身份，我会进行核实。散会！"

洛董第一个离开，然后是郭心，其他人也相继走了出去。

冷凌夕一直坐在那里没动。

左手食指敲击桌面，她在心中默默地道："他是宙斯！"

右手食指敲击桌面，她在心中默默地道："他不是宙斯！"

如此，重复！

第十章
红发楚城

洛星、星洲酒店、行政套房、阳台。

蓝绝此时正静静地靠在阳台的边缘眺望远方。他是这家酒店的白金会员，在任何一颗行政星的星洲酒店都可以用普通房间的价格享受行政套房的待遇。

在他的右手拇指、食指和中指之间，捏着一支上元时代古巴萨尔瓦多拉吉托工厂推出的6.5英寸、52环径的雪茄。这款雪茄有个名字叫1966，是稀有而珍贵的限量版。和红酒需要空间技术来保存不同，这支雪茄已经在雪茄窖中温养了数百年，它的味道之浓厚，犹如奇楠。而实际上它的生产日期并不是上元1966年，而是上元2012年。至于它为什么叫1966，已经没有人知道了。

这种保存完美的限量版1966，一支的价值几乎相当于三分之一瓶世界酒王罗曼尼·康帝。

蓝绝从不缺钱，但这种品尝一支就少一支的好东西，他也很少舍得拿出来。可今天，这支1966的前端有红光若隐若现，正在均匀地燃烧着。

蓝绝深吸一口，烟雾并不过喉，只是在口中从舌尖向舌根滚动、盘绕，再缓缓呼出。

雪茄浓重的咖啡豆风味和燃烧时绝妙的口感让人流连忘返。整支雪茄包含了奶油、皮革的味道，并在适当的地方充满了可口的牛奶巧克力的甜味，令人无法抗拒。强烈的满足感瞬间充盈在蓝绝心间。

尽管品尝一支极品雪茄会让他至少一周不能品尝红酒，可沉浸在1966的味道中，他无法自拔。

"好香，好香！只是独乐乐不如众乐乐，老三，难道你不打算分享一下吗？"懒洋洋的声音响起。蓝绝身边突然多了一个人。那人趴在阳台的栏杆处，和他一起眺望着远方。

那是一名看上去和蓝绝年龄相仿的青年，一头红发不长不短，随意地披在肩头，粉色的双眸显得有些妖异，嘴角处带着一丝微笑，有点坏坏的。他的相貌不如蓝绝英俊，却很耐看。他身穿黑衬衫、黑西裤、黑皮鞋，一身黑，仿佛要融入夜色，唯有那一头红发犹如黑夜中跳动的火焰。

"如果你想让我也按照这种方式叫你，你就继续叫我老三。"蓝绝看都没看他一眼，只是幽幽地说道。

红发青年脸上的笑容骤然消失了，道："为什么我要比你大几个月？为什么我要排在第二位？好吧，阿绝，我不叫你老三就是了。"

蓝绝终于转过身，面对身高和自己相差无几的红衣青年，道："阿城，抱歉。"

红发青年摆摆手，道："你故意向那小妞泄漏自己的身份，又故意留在洛星上等我，还说什么抱歉？如果你想隐瞒自己的身份，谁能猜到是你？我只是很好奇，你隐退三年，究竟是怎样的事情能让你这佣兵界的传奇重新出山。"

蓝绝吸了一口雪茄，轻轻吐出烟雾，说出了让他离开天火星的那张纸上的四个字——赫拉未死！

红发青年的身体明显颤抖了一下，下意识地站直了身体，问道："真的？"

蓝绝点了下头，道："这次任务的目的，就是知道她的下落。"

红发青年深吸一口气，抬手拍了拍蓝绝的肩膀，道："好。哥帮你扛了！"

蓝绝看着他，笑了，眼神暖暖的，问道："损失大不大？"

红发青年悠然道："天宇拍卖行，我家只有百分之三十的股份。"说着，他从蓝绝手中捏过1966，叼在自己嘴里，"它是我的了，你做错了事，总要付出代价！"

蓝绝的面部肌肉抽搐了一下，道："我就带了一支。"

"废话，我知道！"红发青年陶醉地深吸一口。

蓝绝抬手拍了拍额头，道："楚城，你简直就是个强盗！"

楚城瞪大了眼睛，道："你刚抢了我家的东西，还骂我是强盗？你不是总自诩为贵族嘛，为什么说这么粗鲁的话？"

蓝绝做了做扩胸运动，道："我明天走。"

楚城道："赫拉那边，需要我帮忙吗？"

蓝绝摇摇头。

楚城笑了，笑得很放肆："也是，你要是搞不定的事，我也搞不定。"

"今晚陪我？"蓝绝瞥了他一眼。

"好。"楚城再次深吸一口1966，用力地点了下头。

蓝绝走回房间，楚城依然靠在阳台边缘，脸上笑容不减。

少顷，蓝绝一只手拿着两个白兰地杯，另一只手拎着一瓶白兰地回到楚城身边，将酒杯放在阳台的扶手上，打开酒瓶。顿时，一股馥郁、浓烈的酒香飘逸而出。

楚城眼睛一亮，道："阿绝，亏你还记得。哥喜欢烈酒，最爱白兰地。这瓶轩尼诗XO虽算不上极品，但也能入口了。"

蓝绝微笑着道："你不是总觉得比我大了几个月在排行上吃亏了吗？怎么还一口一个哥？你以为现在是上元时代吗？能找到XO级别的白兰地已经很不容易了。X是'格外'的意思，O是'老'的意思。这种'格外老'的白兰地已经很罕见了。"

说着，他在两个白兰地杯中各自倒入了三十毫升左右的酒液。

"来点冰块！"楚城端起杯子说道。

蓝绝瞥了他一眼，一脸鄙视地道："我们贵族喝白兰地，都是略微加热了喝。"

楚城惊讶地问道："白兰地还能加热了喝？"

蓝绝指了指自己面前的杯子，没有说话。

楚城左手轻弹，两簇小火苗分别出现在两个白兰地杯下方。片刻之后，蓝绝一挥手，火苗熄灭。

蓝绝捏起白兰地杯的杯柱，轻嗅一下，酒精混合着浓郁的葡萄香扑面而来。抿一口，葡萄香化为暖流顺喉而下。品尝雪茄之后不能再喝红酒，但配白兰地是绝佳的。

"确实不错啊！"楚城也喝了，并且称赞了。

楚城道："阿绝，你知道吗？当我得知是一个叫宙斯的人抢了天宇拍卖行的东西，我第一反应是开心。当我真的在这里看到你的时候，更加开心。因为我的兄弟回来了。"

蓝绝一口饮尽杯中的白兰地，道："对不起，让大家担心了。"

楚城洒脱地道："我没啥，不过，老大那里，你一直都没联系吗？难道你还在怪他？你应该知道，你的这次行动他不可能不知道。"

蓝绝愣了一下，摇摇头，道："喝酒。"

"好，喝酒！今晚陪你，一醉方休！"

清晨。

楚城走了，只留下一张字条。

"我知道你有的是本事打开那密码锁，但何必费事？找到赫拉，告诉我好消息，带她一起来陪我喝酒。"这句话下面是三行密码。

第十一章
无云雷暴

天火星、天火城、天火大道、宙斯珠宝店。

蓝绝坐在沙发上，默默地看着面前的黑色金属箱子。箱子旁放着楚城留给他的那张记载了密码的字条。

如果是三年前，以他的骄傲，他无论如何也不会打开这个箱子，只会原封不动地交给雇主。

如果是三年前，他也绝对不会接下这样的任务，因为任务目标的归属权和兄弟有关。

现在他接了这样的任务，就必须看看箱子里是什么，他要知道自己欠了兄弟怎样的情分。

蓝绝抬手在金属箱上轻按，一道光束照射在空中，化为光影键盘。同时，六十秒倒计时开始。

蓝绝没有在第一时间输入密码，仿佛并不知道在一分钟内就要输入全部密码。

看着那红光闪烁的光影键盘，他眼中流露出若有所思之色。

时间过得很快，最后十秒倒计时。

十……

蓝绝动了。他的双手同时伸出。他手指的骨节并不粗大，手掌显得格外温软，甚至白皙得要胜过许多女人的手，只是手指要比女人的修长许多，也大上一些。

十指轻微颤动，给人的感觉就像抚过爱人的肌肤一样，正常人用肉眼根本无法看清楚他的指尖是如何跳动的。三行密码一蹴而就，整齐地出现在密码箱一侧的小屏幕上。

"嘀！"

清脆的电子音响起，光影键盘收回，金属箱的外壳两侧同时拉长，中央迅速翻起，层层折叠，同时内部结构向上顶起，露出了里面的物品。

蓝绝在天火大道被称为珠宝师，见过的好东西绝对不少，但当他看到箱子内的物品时，嘴角还是不禁抽搐了一下，自言自语道："阿城，你这份人情让我怎么还？"

金属箱内，一块淡金色的金属静静地躺在那里。这块金属长二十厘米，宽十五厘米，厚十厘米，本身虽然是金色的，却散发着淡淡的蓝色光芒。

一般人看到它，只会觉得它很好看，蓝绝却知道它是什么。难怪要秘密运送，难怪要动用天才的王级机甲师、六级异能者，他们运送的竟然是……

锝精！

锝的主要来源为反应堆中的铀裂变产物。这种金属并非天然存在，而是用氢在500—600℃还原硫化锝或过锝酸铵得到的。在硫酸溶液中电解过锝酸铵也可以得到金属锝。锝的熔点是2170℃，沸点是4877℃，密度是11.5克/厘米。锝的性质与同族元素铼相似。高温下锝与氧生成挥发性的氧化物Tc_2O_7。Tc的半衰期为$2.13×10$年，可用作产生β射线的标准源。少量的（约$5×10$摩尔）过锝酸铵可使钢材的受腐蚀度大幅度降低。锝和锝钼合金具有良好的超导性质。锝只能小规模生产，价格曾高达2800新元币/克。

而锝精则是金属锝进行强化提炼，并通过空间压缩技术制作而成的。一公斤金属锝可得十克到二十克锝精。

锝精可以融入任何金属或合金，其作用有两个——自我修复、能量放大。

通过锝精向外释放异能或者任何形态的能量，都会产生超导放大效果，可以将能量放大三倍到五倍。锝精本身提炼得越纯粹，用空间压缩技术压缩得越厉害，放大能力就越强。同时，一克锝精可以赋予十公斤金属自我修复能力。被其融合的金属，将永远保持本来的形态，只有极少数毁灭性力量能够将其摧毁，但也无法改变其形态。

眼前这一块锝精，看上去体积不大，可实际上重量高达二十公斤。也就是说，如果将它用在机甲身上，可以让一套机甲完全拥有自我修复能力和极其强大的生存能力，并且大幅度提升其攻击力。

这样一块锝精的价值，蓝绝也无法计算。在黑市那边，一克锝精高达一百万新元币，而且有价无市。新元三大联盟中，每年锝的总产量也不到一百公斤。也就是说，眼前这一块锝精就是三大联盟一年五分之一的产量。

一般来说，锝精很少用在机甲上，因为机甲本身的体积太过庞大，没有足够多的锝精，起不到作用。所以，锝精更多的是应用于单兵作战装备。

难怪那些人要让他出手，这样一大块锝精绝对算得上烫手山芋。

这块锝精应该就是给阿城用的。在洛星，只有他有资格使用这么大一块锝精。

蓝绝关闭金属箱，将锝精收回。他的眼中多了点什么，但表情已恢复了平静。

他左手虚按，沙发对面的屏幕亮起，四维立体画面出现。他那修长而灵巧的手指快到仿佛带着残影一般，输入了那一串号码，屏幕中的四维图像开始转动。

玥俏生生地出现在画面之中，面带微笑地看着蓝绝。

"宙斯出手，果然非同凡响。"玥的声音很动听，但看着她，蓝绝的脸色十分冰冷。

"告诉我赫拉的下落。"

"东西呢？"玥眼神一凝，她分明已经看到了蓝绝面前的金属箱子。

蓝绝道："你说个地方，我用星际速递发给你。我确认赫拉的消息属实后，给你密码。"

"好。"玥毫不犹豫地答应了。

"赫拉在哪里？"蓝绝的眼睛陡然亮了，淡淡的蓝紫色电光在他的眼中缭绕。他今天明显有些急躁，许久没有出现过这样的情绪了，而且控制不了。

天火大道上店铺林立，但哪怕此时正是夜生活刚刚开始的时间，也没有很多人。偶尔有人走过，也不会在街道上喧哗，更不会打闹或是做什么不雅的事情。因为那样的话，他们随时都有可能被收回天火徽章。

"轰隆隆！"闷雷声响起，前一刻还晴朗的天空突然被一道道电光照亮，没有乌云，只有雷电纵横。一声声雷鸣狂暴而急促。

刚开始的时候还只是一两道雷电，但很快无数细密的雷电在空中纵横交错，雷声滚滚。整个天空不断有强烈的蓝紫色电光闪烁，化为雷电森林，渐渐将整个天火城照得闪亮。

无云雷暴，晴天霹雳！

第十二章
占卜师

这是一座标准的洛可可式建筑，一条条优雅的弧线勾勒出其独特的外观。这些弧线既不对称，也绝对不重复。整个建筑就像一个张开的巨大贝壳。

贝壳上面悬挂着一个太阳图案，后面跟着六个字母——COFFEE。

太阳代表日，所以这座极其特殊并充满上元古法国十八世纪艺术气息的建筑，就叫日巴克咖啡店。

店内的装饰细腻柔美，采用不对称手法，以弧线和S形线为主，以贝壳、旋涡、山石为装饰素材，卷草舒花，缠绵盘曲，连成一体。天花和墙面以弧面相连，转角处布置有壁画。

为了模仿自然形态，室内的装饰物也做成不对称的形状，变化万千。室内的墙面多用嫩绿、粉红、玫瑰红等鲜艳的色调，线脚大多用金色。护壁板方面，用木板作成精致的框格，框内四周有一圈花边，中间衬以浅色的东方织锦。

此时，身穿白色衬衫、棕色背带裤，将衬衫领口解开两颗扣子的咖啡师正端着一杯咖啡在细细品味。

轰隆隆！

雷鸣响起，咖啡师手中的咖啡杯略微一颤，险些有咖啡溢出。他脸上流露出一丝惊异之色，端着咖啡快步走到窗前，向外面的天空看去。

"无云雷暴，晴天霹雳，好强大的异能！这是他的力量？没想到他竟然如此强大！只是不知道发生了什么事情，竟能让他情绪失控。"

这是一间没有任何多余装饰、只有宙斯珠宝店一半大的房屋。如果不是那木制大门正好对着天火大道，恐怕很难有人相信，这里也是天火大道上的店铺之一。

这里并不对外经营，屋子里有一张长桌，简单的长方形独板为桌面，有四条笔直的桌腿。长桌周围一共有十个木墩。

无论是桌子还是木墩，都是用同一种材质制成的。这是一种千年不朽之木，仔细看才能发现，那木纹要么是千奇百怪的鬼脸，要么是密密麻麻的鬼眼，要么就像一张虎皮。木纹有粗有细，但都很清晰，有流线的，有弯曲的，甚至有直的，以黑线花纹居多，偶尔也能见到深褐色或红线花纹。这正是产自上元古中国海南地区的黄花梨！

单是桌面的独板，就需要生长五千年以上。品酒师曾经说过，他愿意用哥特老酒坊除了存酒之外的一切来换这张桌子，却被拒绝了。

窗边，美食家静静地站在那里，看着外面的天空。道道闪电光芒不断照亮他略显沧桑的面庞。他将一片苏打饼干送入口中，缓慢地咀嚼着，双眼微眯，一眨不眨地凝视着雷电。

哥特老酒坊中，品酒师同样站在窗前。伊娃恭敬地站在他身边。品酒师看看外面的天空，再看看天火大道对面那间有闪电标记的店铺，轻轻地摇了摇头。

"老板，那是……"伊娃轻声问道。

品酒师抬起手，阻止她说下去。淡淡的银光闪烁，品酒师突然毫无预兆地消失了。而伊娃没有感到一丝奇怪，只是默默地走到窗边，关切地看着对面的宙斯珠宝店。

雷电划过长空，天火大道上，一座巨大的建筑反射出淡淡的金色光芒。

这是一座巴洛克式建筑，外镶金箔，犹如宫殿。殿堂平面近似橄榄形，强调曲线、动态，立面山花断开，檐部水平弯曲，墙面凹凸度很大，装饰物丰富，有强烈的光影效果。它是整条天火大道上最大的几座建筑之一。

这座建筑没有任何标记，但每一位拥有天火徽章的人都知道，这里名叫天火博物馆，里面储藏着很多珍稀的宝物，前来参观并不收费，凡是有天火徽章的人都可以进入。不过这里只有白天营业，每天日出而开，日落谢客。

博物馆内，一位老者静静地站在那里。他身材高大、魁梧，脸上满是皱纹，看不出实际年龄，却有一双极其澄澈的蓝色眸子，深邃得仿佛能够映照宇宙。他穿着一件十分华贵的白色丝绸长袍，上面有许多银色线条，并且镶嵌着各种宝石。他头上戴着尖帽，右手无名指上戴着一枚硕大的红宝石戒指。

银光悄然闪过，老者身边多了一个人，正是一身贵族服饰的品酒师。

"你有点紧张？"老者面带微笑地说道。他依旧看着窗外。

品酒师点了点头，道："我怕他会改变这里的一切。三年前，他来到这里，以最快的速度成为我们中的一员。他展现出了足够的品位与能力。三年时间，他已融入这里，但是他的能力，有些……"

老者平静地道："太强了，是吗？"

品酒师默默地点了点头。

老者转过身，面对品酒师，蔚蓝色的双眸中释放出睿智的光芒，道："他是我们之中的一员。当我们同意他成为天火委员会的委员时，他就已经是我们不可分割的一部分。无论他面对什么，这里都是他的家。"

品酒师问道："您能看到他的未来吗？"

老者摇了摇头，道："不能，但我能看到雷霆中的正气。"

品酒师道："以他的性格，被激怒至此，恐怕会发生一些事。我们要不要帮他？"

老者淡然一笑，道："不用。如果他是一个习惯给别人找麻烦的人，当初我们也不会收留他。顺其自然就好。"

品酒师脸上终于露出一丝笑容，道："他有点麻烦也好，省得再跑来喝我的天神遗珠。"

老者笑了："下次叫上我。虽然我喝不出它的好，但品尝它，能让我感到那个时代的气息。说不定我能帮你们发现在什么地方还有这种酒存在。"

品酒师眼睛一亮，但很快就有些无奈地道："用占卜术找酒，真的好吗？占卜师。"

占卜师微笑着看他，反问道："不好吗？"

第十三章
绝色新娘

天山坐落于天火城外一百里处，乃天火城西郊第一高山。

天火城中本着东富、西贵、南贫、北贱的格局，所以西部居住者大多是天火城，乃至天火星的政要人物。

天山虽说是西郊第一高山，实际上它的海拔不过八百余米，之所以著名，是因为这座山上一共有六十多栋别墅，居住着政要和最顶级的政商。在这里，住得越高，地位也就越高。

从天山的山脚下通往山顶，只有一条路，另外一面则是峭壁。今天似乎是个特殊的日子，因为这条宽不过二十米的道路已经变成了一片粉红色，从山脚一直通往山顶。

之所以是粉红色，是因为在这条路上铺满了粉红色的蝴蝶兰花瓣，厚达数寸。远在百米外，人们都能闻到那醉人的花香。

道路两旁的树全都穿上了婚纱，没错，就是婚纱，而不是白纱。每一棵树穿着的婚纱都是量身定做的，洁白如雪，有典雅的蕾丝边和华贵洁白的浑圆珍珠。它们象征着洁白无瑕。

天山附近，五里范围内已经全部戒严，这绝对不是仅有财富就能够做到的，还要有强大的政治底蕴。

数千台清洁机器人在昨天晚间已经将这个地方清扫得干干净净，一尘不染。

十几架气象飞机正在天空中忙碌着，驱散空中的云，让天空变得宛如蓝宝石一般通透，也让那明媚的朝阳能够完整地投射在天山之上。

警戒线外，已经有不少民众聚集，他们一边遥望着天山的方向，一边窃窃私语着。

"这场传言中最宏大的跨联盟星际婚礼终于要开始了吗？果然是好大的规模

啊！你们看，那边天上的气象飞机正在排云呢。"

"是啊！这可是大日子，听说待会儿还有咱们华盟的机甲编队和西盟机甲编队进行联合表演呢。婚礼先在咱们华盟举行，然后还要在西盟再进行一场。"

"哎……就是便宜了西盟那家伙。听说这次嫁人的是我们华盟政务院总长之女，要嫁给西盟首相之子，所以才有这么大规模的婚礼。"

"这有什么好可惜的，政治联姻嘛，政治味道浓郁点而已。谁也没见过总长之女长什么样子，说不定还不如我长得好看呢。"

"切！虽然总长之女十分神秘，但西盟首相之子经常在星际电视台上出现，那可是年轻俊杰。就算是政治联姻，双方的形象也不会差距太大的。"

"哼，今晚你不要来找我了！"

……

山顶上，很难相信，在这接近云雾的高度，竟然有一座宫殿式建筑。宫殿层叠起伏，中西结合却又毫不突兀。白色是今天的主色调，制作精美、带有各种纹路的白纱随处可见，仿佛为整座宫殿穿上了嫁衣。

这座别墅占地足有百亩，内部设施极尽奢华。室外泳池荡漾着蓝幽幽的池水，在尽头处，化为瀑布向下流淌。这些水会一直流到宫殿的地下一层。在那巨大的水池中，游动着一百零八条银龙鱼。

此时，泳池旁的草坪上，早已有宾客到场。更远一些的停车坪上，一辆辆顶级豪华飞车不断停靠，身穿正装的人鱼贯而入，其中不乏一些经常在电视上能够见到的熟悉面孔，有政客、有明星、有商人。

身穿礼服的侍从们穿梭于宾客之间，送上一杯杯饮品和精致的点心。

按照华盟的规矩，婚礼需要在上午举行。这场可以称为世纪婚礼的宏大典礼自然也不会例外。

宫殿内，一间奢华的房间中，两名造型师正在紧张地忙碌着，旁边还有两名侍女。

在他们中间坐着一名少女。

两名造型师一男一女，女性造型师正在为少女那精致的面庞上妆，男造型师则站在少女身后，双手捧着她那乌黑柔亮的秀发苦苦思索。

"哎……"男造型师捏了个兰花指，嗲声嗲气地道，"亲爱的，你这样不行啊！不把头发盘起来，让我怎么做造型啊？你这么长的头发，要做新娘子，当然要盘头才行啊。"

少女摇了摇头，道："不，不盘头。不好做的话，就不做吧，让它自然下垂也没什么。"

"这……"男造型师苦着脸道，"可这样我没法交代呀。你怎么会突然这么排斥盘头呢？今天可是你大喜的日子。"

女造型师哼了一声，道："这有什么好奇怪的。芊琳小姐天生丽质，是我见过的最美的女孩子，就算什么造型都不做也是最美的。"

男造型师不满地道："喂！话不能这么说，好的造型会让美丽升华嘛。好啦，好啦，我来想办法。用双龙卷手法编起来好了。"

少女嫣然一笑，那笑容犹如百花盛放一般明媚，道："那就谢谢你啦。"

半小时后，女造型师小心翼翼地将一项钻石王冠轻轻地插入少女的长发之中，然后双手一拍，兴奋地道："好啦！亲爱的，你绝对是我见过的最美新娘。快站起来看看。"

少女缓缓地站起身。她那一头原本披散在身后的长发已经编起，两侧向内挽，精巧地叠加在一起，然后层层叠叠向下延伸，一直垂过臀部，上面卡着一颗颗各种颜色的宝石。

这种双龙卷手法最大的特点就是可以让编起来的长发不减长度。

洁白的婚纱此时宛如星河一般，闪烁着璀璨的光芒，上面的每一颗钻石都是在梵克雅宝定制，选取超过一克拉以上的无瑕美钻切割而成的。整身婚纱一共用了一千零一颗这样的钻石，其中最大的一颗在胸前。这颗主钻雕琢成心形，足有五十克拉，周围还有一圈小巧的鸽血红红宝石点缀。

站起身的她，身材修长，在完全贴合身体的婚纱衬托下，没有半点瑕疵，胸前弧线向下延伸，纤细的腰肢盈盈一握，向下收拢的婚纱使她的下身如同美人鱼的鱼尾一般精致动人。

这身婚纱没有裙撑，却将她的身材完美地展现出来，一直过了小腿位置，才有白纱散开。

她头上的钻石王冠是用白金制作的，上面镶嵌着精美的钻石和蓝宝石。如果只是这样，还不能彰显它的高贵，仔细看就会发现，硬度极高的钻石和蓝宝石全都用特殊工艺雕琢成了花朵的样式。

看着镜子中的自己，芊琳那双蓝色的大眼睛中却渐渐泛起一层水雾，眉宇间似乎有一种淡淡的忧愁。

她芳唇轻启，问镜子："我美吗？"

第十四章
新郎李察

宫殿式建筑外的草坪上人流随处可见，尤其是露天游泳池旁边。衣冠楚楚的人们一边品尝着美酒，一边轻声交谈着。

在这种场合绝对没有人会大声说话，每个人都尽可能保持着自己的风度。

正在这时，远处，一艘宝蓝色的巨型飞车朝着山顶方向飞了过来。

这艘飞车比一般飞车几乎大了十倍，简直就像一艘小型飞艇一般。飞车在接近山顶后开始减速。停车场内有一块被圈起来的区域，就是专门为它准备的。

"正主来了。"有人低声说道。

离得近了，就能看到，宝蓝色的飞车两侧有同样的图案，那是两颗心贴合在一起的样子，一颗心是红色的，另一颗则是蓝色的。

红色代表华盟，蓝色自然代表的就是西盟了。这场联姻对于两大联盟来说，都有相当重要的意义。

一位身材挺拔、看上去四十多岁的中年人从人群中走了出来，身后很自然地跟着十几个人。

这位中年人穿着一身笔挺的西装，腰杆挺得笔直，短发，面庞英俊而刚毅。在华盟各大电视台，他都是经常出现的人物。

他就是华盟历史上最年轻的政务院总长周雪官，是华盟最高层的几位大佬之一，也是今天这里地地道道的主人。这座山顶上的宫殿式建筑就是他的官邸。

准确地说，这座官邸本身也是华盟历代首相的官邸。

周雪官一直走到距离那台宝蓝色飞车约三十米的地方停下脚步，面庞上带着淡淡的微笑，看着那飞车大门徐徐开启。

一般飞车只有一扇门，但这艘超豪华的巨型飞车是对开双门。双门打开，从里面先下来两名身穿黑西装、戴着墨镜的保镖。两人一左一右站定后，一位有着花白头发的高大老者从车上走了下来。

这位老者身材极高，足有两米，头发虽然花白了，却整齐地梳至脑后，用发蜡梳理得一丝不苟。他走下飞车后，虽然面带微笑，却已然有几分上位者不怒自威的气势。

跟在老者身后，下来一名年轻人。他穿着考究的史蒂夫瑞驰礼服、鹰头鳄鱼皮黑色皮鞋，系着黑色领结，一头金发被造型师打理得极具美感。他的身材略微消瘦，但一双蓝色眸子炯炯有神。他骨架很大，相貌和之前的老者至少有七分相像。

看到两人下车之后，周雪官才大步迎了上去。那老者也快步迎上来。

两人同时张开双臂，给了对方一个大大的拥抱。

"奥斯迪，我们又见面了。你还是那么魁梧。"周雪官微笑着说道。

"周，你也依旧是那么含而不露。上次，你可是坑苦了我啊！"老者奥斯迪有些抱怨。

周雪官笑道："今天是孩子们大喜的日子，就不谈工作了，回头咱们再单聊。从现在开始，我们就要成为亲家了，我怎么会坑你呢？以后我可以直呼你的名字席尔瓦了吧？"

席尔瓦·奥斯迪——西盟奥斯迪家族掌舵人、西盟首相。奥斯迪家族乃西盟首屈一指的大家族。

"当然。"奥斯迪哈哈一笑，扭头向身后的青年道："李察，你还不赶快过来拜见岳父大人。"

金发青年赶忙上前几步，用非常标准的绅士礼节向周雪官行礼，恭敬地道："李察见过岳父大人。"

周雪官微笑着道："不必多礼。你们一路辛苦了，我带你们先去休息一下。仪式已经准备好了，咱们稍后就开始，如何？"

席尔瓦·奥斯迪道："嗯，时间也差不多了，周，辛苦了。"

除了奥斯迪父子二人之外，从那台宝蓝色的飞车上还下来十几个随行人员。他们一个个沉默寡言，很自然地散开，将他们父子俩护在中间。

席尔瓦·奥斯迪很难真正休息，当周雪官带着他经过人群的时候，华盟中前来参加此次婚礼的政要高层们纷纷向他打招呼，他也一一还礼，社交礼仪十分周到。

李察·奥斯迪虽然始终礼貌地面带微笑，但眼中有一种掩饰不住的热切。

当初，他第一眼看到周雪官的爱女周芊琳的时候，就惊为天人，不顾父亲反对，对她发起了猛烈的爱情攻势。周芊琳却始终没有真正接受他。直到他花费巨资举办了一场浪漫的求婚仪式，周芊琳这才答应。

因为双方都是名门之后，而且涉及两大联盟，单是席尔瓦·奥斯迪和周雪官之间，就沟通了七次，才最终在各自的妥协下，定下了这场盛大的婚礼。

三大联盟之中，北盟最强大，其次是西盟，华盟最弱，但和西盟差距不大。西盟和华盟都需要一个有力的盟友。

马上就能抱得美人归了，李察怎能不兴奋呢？从他开始追求周芊琳到现在，他可是连她的手都没碰过一下啊！此时此刻，他脑海中满是那黑发蓝眸的绝色身影。至少在他心中，这场婚礼与政治无关。

好不容易突围而出，奥斯迪父子一行人终于进入休息室之中。距离仪式开始的时间已经所剩无几了，周雪官向奥斯迪父子二人告辞。作为女方家长，他也需要进行一些准备。

"李察，你可知道这次爸爸付出了多大的代价才帮你完成这场婚事吗？"席尔瓦·奥斯迪叹息一声。

李察恭敬地道："父亲，谢谢您的成全。"

席尔瓦·奥斯迪摇了摇头，道："我们父子之间就不要说这些话了。周雪官据说就这么一个女儿，你不但要娶她为妻，还要彻底征服她，让她成为我们奥斯迪家族的人。华盟这几年发展势头十分迅猛，周雪官这个人很厉害，希望这次联姻能在其他方面对我们有所帮助。"

李察没有吭声，作为新郎，他此时心中只有自己的新娘。

第十五章
我是，宙斯！

悠扬的音乐响起，一圈圈花门化为长廊，红毯延伸近五十米，一直铺到首相官邸门前。

花门两侧，一排排洁白的座位上早已坐满了人。不少人都取出自己的便携式拍摄工具，准备共同见证这一场盛大的婚礼。

奥斯迪家族是地道的基督教徒，而周雪官一家则是无神论者。这场婚礼尊重了奥斯迪家族的信仰，一位牧师已经站在最前方，面带微笑，默默地为这对新人祈祷着。

李察·奥斯迪站在牧师身边，努力让自己保持着优雅的风度。婚礼即将开始，他就要迎接自己的新娘。

主持人动听的声音响起："婚礼正式开始。"

悦耳的啸声响起，从天山两侧，一架架机甲飞升而起。

从左侧飞起的机甲全部是红色的，从右侧飞起的机甲则都是蓝色的，左右两侧各二十四架。

这些机甲先是在空中盘旋一周，然后飞到一侧，动作整齐划一，一看就知道都是由优秀的机甲师在操作。

两边的机甲各自组成一个心形图案，然后在空中逐渐靠近，直到心与心贴合在一起。

正在这时，一道金光骤然闪过，像一支金色箭矢从两颗心之间穿过。刹那间，红色机甲与蓝色机甲完全变成了金色，在空中组成一个瑰丽的画面。

"各位兄弟姐妹，各位来宾，我们今天要在上帝面前，为李察·奥斯迪弟兄、周芊琳女士二人举行婚礼。婚姻是极其珍贵的，是上帝设立的。《圣经》曾记载吾主耶稣在加利利的迦拿赴婚姻的筵席。《圣经》又载：无论什么人，都当以婚姻的事为重。所以我们不可草率，应当恭敬、虔诚，奉上帝的旨意，成就这大事。"牧师的声音平和地传出。

"下面，有请新娘入场。"主持人的声音再次响起。

婚礼会场一侧，由三十六名八到十二岁儿童组成的唱诗班唱起了动听的诗歌——《爱使我们相聚在一起》。

换上一身洁白礼服的周雪官缓缓出现。旁边，用头纱半遮面的周芊琳挽着他的手臂。因为有头纱的遮挡，没有人能看清她那双动人的蓝眸。华丽的婚纱在自然光的照射下迸射出万千道光芒。

任何一场婚礼中，新娘都是全场的焦点，今天也不例外。周芊琳就是那全身闪烁着无数光芒的绝色新娘。

周雪官面带微笑，轻轻地拍了拍女儿的手，带着周芊琳一起缓步朝着红毯另一端牧师和新郎的方向走去。

如果可以，此时李察恨不得立刻冲上去，从周雪官手中接过自己的新娘。周芊琳婚纱上的每一颗宝石都折射着太阳的光芒，让他目眩神迷。

可他不能，当然不能，他不能亵渎神圣的婚礼，而且他代表着西盟，所以他只能等。

周雪官走得很稳，每一步之间的距离似乎都一样，脸庞上流露着慈祥与不舍。

近了，在那动听的诗歌声中，周雪官带着周芊琳终于接近了尽头。

李察脚下略微动了动，但他立刻就感受到了父亲凌厉的目光。

老席尔瓦很无奈，以他的睿智，又怎会看不出儿子已经完全被这未来的儿媳迷住了？看来想让周雪官赔了女儿又折兵恐怕是不容易啊！

周雪官带着周芊琳走到距离李察两米左右的地方停下了脚步。

"李察，从今天开始，我就将芊琳交给你了，希望你能好好地爱她、照顾她、呵护她。"

"是的，我向您保证。"李察有些急促地说道。他觉得自己的心脏仿佛都要跳出来似的。

在他热切的目光注视下，周雪官终于将女儿的手递向李察。

只要李察牵住周芊琳的手，那么接下来婚礼就将进入询问和祝祷的阶段。

李察快速上前两步，一只手背在身后，另一只手前伸，他用的是最传统的西盟贵族礼仪。

两只手在不断靠近、靠近……所有宾客都用他们手中的便携式拍摄器材见证着这一刻的到来。

握住了！

双手相握，周芊琳的身体明显颤抖了一下。周雪官呆住了，一脸热切的李察也呆住了。

因为，握住周芊琳那戴着钻石手套的手并不是李察的。

那只手修长而白皙，但又十分有力。

根本没有人看到他是如何出现的。所有人都只觉得眼前一花，李察身边靠前半步的位置就多了一个人。

那人轻轻一带，周芊琳身体半转，就落入了一个温暖而宽厚的怀抱之中。

那人轻轻地抚了抚她那以双龙卷之法梳拢的黑色长发，柔声道：“我们回家。”

“你是谁？放开她！”李察怒喝一声，抬手就抓向那人的肩膀。

那人没有动，任由他抓住。蓝色蛇电瞬间亮起，李察就像被高压电骤然命中似的，全身带着刺目的电光倒飞而出。

那人搂着周芊琳纤细的腰肢，缓缓地抬起了头。

此时所有人才注意到他的样子。

他身材修长，一头中分金发披散在身后，几乎垂到脚跟部位。他身上穿着华丽的金色长袍，竖起的衣领护住整个脖颈，一直延伸到面庞两侧，脸上戴着遮住了眼睛以下部位的金色面具。最引人注意的是他那一双闪烁着妖异蓝光的眸子。

他抬起左手，高举过头，遥按虚空。

“轰隆隆！”刹那间，原本阳光明媚的天空中骤然响起一声晴天霹雳，紧接着，整个天空都暗了下来。乌云从四面八方奔涌而至，一道道雷电劈开天空，如同世界末日要降临一般。

“你是谁？”周雪官此时已经反应过来。这位华盟政务院总长虽惊不乱，没有半分退避，沉声喝问。

“我是，宙斯！”

第十六章
机甲时代

"宙斯？"周雪官的身体颤抖了一下。

没等他再说什么，金衣人已经搂着周芊琳向前走去。

此时婚礼现场已经一片大乱。

这人是谁？竟敢在华盟总长之女与西盟首相之子的婚礼上抢新娘！

西盟首相老席尔瓦已经站起身，脸色一片阴沉。守护着他们父子的保镖分出两人去扶起李察，剩余的人迅速朝着金衣人扑去。

"吼吼！"两声怒吼同时响起。两道身影宛如闪电一般瞬间挡住了金衣人的去路，正是奥斯迪家族的两名保镖。众目睽睽之下，他们的身体竟然迅速膨胀，身上的衣服瞬间被撑爆，露出了恐怖的身躯。

左侧的保镖变成了一只高达四米的巨猿，右侧的保镖则变成了一只身高五米、全身有着夸张肌肉、覆盖着虎皮的巨人，就连头部都变成了虎头。

漂亮的花门被这两个人庞大的身体撑得粉碎，花瓣飞舞，与他们狰狞的样子形成鲜明的对比。

兽化异能！这是西盟特有的兽化异能。从这两名保镖的兽化情况来看，他们至少是五级异能者。

"保护宾客！"周雪官的声音响起。总长府的保镖们也冲了出来，护着宾客们先向安全的地方跑去。

"不要伤了芊琳！"李察没事儿，只是舌头被电得麻木、有点打结，头发也从油光水滑被电成了莫西干式。贴身的高科技防护服帮他化解了大部分电流。

"吼——"巨猿异能者一声咆哮，猛地扑向金衣人。那凶神恶煞的模样令远处的宾客都不禁发出阵阵惊呼。

"滚！"金衣人冷哼一声。

"咔嚓！"天空中，一道粗大的雷电轰然落下，正好轰击在那巨猿身上。前一刻还凶神恶煞的它，全身瞬间变得焦黑，直接被雷劈飞了。

那名扑出来想要从金衣人手中救回周芊琳的虎形异能者顿时一滞。

就在这时，一连串"轰隆隆"的巨响声中，一道道扭曲的雷电从空中劈下。刹那间，仿佛世界末日来临了一般。恐怖的雷电几乎覆盖了整个天山山顶。

电光疯狂闪烁。在这一刹那，几乎所有人都本能地选择了自卫。

金衣人带着周芊琳腾空而起，身体竟然在半空中化为一道金色闪电将周芊琳笼罩在内，瞬间冲入高空，朝远方遁去。

在那密集的雷电之中，竟然没有一个人能够追上来。就连空中的数十台机甲都受到了雷电的影响，不得不释放出护罩，从天空中落下，进行防御，以免被雷电击毁。

停车坪那边成了重灾区，无论是什么型号、多么奢华的高空飞车，在这恐怖的雷电面前都冒起了大片火花。

首相官邸内，各种电器同样如此，火花、雷电、轰鸣、混乱。一场华丽的传奇婚礼竟然在这短短几分钟之内，变得一片狼藉。

金色电光卷着周芊琳飞出数千米，正在这时，一层金色光幕毫无预兆地出现在他们面前。

金衣人所化的金色闪电在那光幕前数米外骤然停下，露出他本来的模样。

他依旧搂着周芊琳的腰，悬浮在半空之中。

一道金色身影出现在了光罩另一侧，赫然是一台全身涂成金色的机甲。它正是之前在天山上空，最后制作心连心丘比特之箭的那一台机甲。

当其他机甲都被迫降落之后，它却出现在空中，拦住了金衣人的去路。

这台机甲高十八米，或许是因为前来参加婚礼，所以它身上没有配备任何武器。

所有人形机甲都是拟人形态，除了制式机甲之外，还有更高端的定制机甲。一般来说，定制机甲都会根据使用者的要求和特点来打造。

眼前这一台机甲无疑就是如此。它分明是一位身穿金色战裙的少女模样。

"留下芊琳，不然，死！"

冰冷的女声从机甲的扩音器中传出。金色机甲腰侧的战裙裂开，手向里面一探，摸出一根长约三米的金属棍，双手握住。金属棍两端顿时迸射出强烈的金光，化为一根长达二十米的双锋战矛。

"让开！"对女性，这位金衣人似乎绅士了许多。

"留下芊琳，我让你走。你应该知道，再强大的异能者，也不可能和机甲对抗。"冰冷女声强硬地说道。

新元时代来临，受不同星球的磁场变化、环境变化影响，人类之中有极少一部分人具备先天禀赋，也就是异能。

虽然异能者比普通人强大很多，但这是一个属于机甲的时代。

异能者归根结底依旧是人类，而一台标准机甲，重量会超过一百吨，由内部裂变反应堆、高强度合金建造而成。不夸张地说，如果放在上元时代，一台机甲足以轻易摧毁一座城市。所以，在这个时代，机甲师永远是崇高的职业，是年轻人狂热的梦想。

金衣人似乎没有将同一句话说第二遍的习惯，朝着金色机甲摇了摇头。

一道粗大的雷电骤然闪过，直奔那金色机甲劈去。

金色机甲冷哼一声，手中的双锋战矛向空中一引，舞出一个华丽的枪花，顿时将雷电引向了一旁。

"你还不明白吗？异能再强，面对高端机甲也要跪。"金色机甲冷冷地说道。

"呵呵。"金衣人耸了耸肩。

"嗯？"金色机甲似乎突然意识到了什么。一个巨大的身影就在这时悄无声息地出现在了它背后。一双有力的大手骤然抓住了它的肩膀。

"咔咔！"两声脆鸣。

金色机甲那极其坚硬的肩甲竟然在恐怖的握力下骤然破碎，握住双锋战矛的双臂顿时软了下来。

紧接着，一股大力传来，它就已经被远远地甩了出去。

金色机甲内，一双漂亮的墨绿色大眼睛震惊地看着在空中取代了自己的位置，并且张开胸甲，将那金衣人和周芊琳接入其中的大家伙。她红唇微张，目光呆滞。

第十七章
为你解"毒"

那是一台通体闪烁着蓝宝石光芒的机甲，高二十三米，肩宽八米，肩甲分三层，第一层最宽大，尾端向上翘起，中层平滑，略短于首层，最下层微微内收。

和一般机甲的金属质感不同，它的本体更像是用蓝宝石雕琢而成的艺术品，而且是最美的皇家蓝色。在一些棱角处，染着若隐若现的紫金色。天空中，雷电映照，它全身都散发着瑰丽的光芒。胸甲闭合后的那一瞬，这台机甲骤然爆发出强烈的蓝紫色雷光，犹如一团球形闪电般冲天而起，在那漫天的雷电森林中消失不见。

"那是……"

金色机甲已经在空中稳住，可坐在机舱内金发绿眸的少女脸上充斥着难以形容的震撼之色。

"雷神，那是雷神！我竟然见到了真的雷神。雷神宙斯。那个人是宙斯？我竟然对宙斯说，异能再强，面对高端机甲也要跪？他可是以一己之力，凭借异能干掉过十三台顶级定制机甲的宙斯啊！"

此时她似乎已经忘了被掳走的周芊琳，眼中星光闪烁。

她呆呆地愣了半晌，才再次自言自语道："为什么他抓走的不是我？"

雷神以惊人的速度升空，大气层似乎对它毫无作用。数分钟后，它已经进入了静谧的星空之中。

没有任何雷达能够发现雷神的存在。它因为自身特殊的材质，在机甲师的世界本来就是个传说。

雷神的机舱比一般机甲的要大一些，但同时容纳两个人依旧有些拥挤。

宙斯脸上的面具已经摘了下来，露出了那张英俊的面庞。此时他早已不能保持往日的镇定。

这时的他不再是宙斯，他是蓝绝。

他紧紧地抱着怀中的人，生怕她消失了似的。

"瑾瑜，你终于回到我身边了。为什么你一直都不来找我？你是我的赫拉啊！"

"我好热。"周芊琳被他紧紧地搂在怀中，这是她被掳走之后说的第一句话。

"嗯？"蓝绝愣了一下，然后迅速探手，抚上她的额头。

周芊琳此时额头滚烫，星眸闭合，眉头微蹙，身体甚至还在轻微地颤抖着。

她发烧了？

看着她脖颈处微微发红的肌肤，蓝绝的脸色顿时变得阴沉了——她都发烧了，那些人还逼她结婚！

他抬起头，沉声道："雷神，我们回家。"

"好的，我们回家。"平和中带着几分威严的声音在座舱内回荡。雷神在空中骤然掉转身形，一双折翼从背后伸展开来。下一瞬，它仿佛再次化为一道闪电，消失在宇宙之中。

宙斯珠宝店。

可儿百无聊赖地趴在柜台上，一副懒洋洋的样子。

修修则坐在一旁，手中端着一杯温水，正小口小口地喝着。

珠宝店的顾客一向不会很多，天火大道上的珠宝店更是如此。但哪怕一个月只来一两个客人，也足以维持店铺的正常运营了。

"修修姐，老板去干什么了？昨天就不见人，今天还不在。"可儿歪头向修修说道。

修修微微一笑，道："老板那么大的人了，难道还能丢了不成？你啊，别总是一副好奇宝宝的样子，好不好？"

可儿嘻嘻一笑，道："还说我呢，我就不信你不想知道老板去干什么了。今天你可是一大早就来了，都没等我来帮忙，你就把老板家里都打扫干净了。"

修修俏脸一红，仿佛涂了胭脂一般，给她的古典美更增添了几分韵味。

正在这时，宙斯珠宝店的地面突然轻轻一震。

修修和可儿下意识地交换了一下眼神，可儿惊喜道："说曹操曹操就到，老板回来了。我去看看。"

说着，她就蹦蹦跳跳跑进了贵宾室。

不过，当她按下按钮的时候，却惊讶地发现里面通往蓝绝家的门打不开了。

"修修、可儿，我有点累，先休息一下。"蓝绝的声音通过扩音喇叭传出。

"嗯？"可儿愣了一下，修修此时也已经走进贵宾室了。

可儿扭头看向修修，问道："老板的声音怎么有些不对？他不会是偷偷带了女人回来，怕被我们看到吧？"

修修没好气地抬手在她头上敲了一下，道："想什么呢？三年了，你何曾见过……"说到这里，她的眼神黯淡了许多，"如果老板真的带女人回来，我反而会为他高兴呢。"

可儿撇了撇嘴，没有再说什么。

蓝绝小心地将周芊琳平放在自己床上。洁白的婚纱让她看上去是那么美，美得令人窒息。

蓝绝眉头紧皱。不到半个小时的时间，她的体温又增加了许多。他用雷神的仪器简单地检查了她的身体，确定她不是生病，而是中毒。那是一种能够引发人体欲望的"毒"。

为什么？为什么她今天成为新娘，却被人下"毒"？从时间上来计算，这药效发作的时候，正是婚礼结束之时。

浑蛋！难道这场婚礼是奥斯迪家族逼迫她的？他们竟敢对我的赫拉下这种药物！

此时周芊琳的肌肤已经变成了玫红色，身体开始轻微地扭动起来。

好剧烈的"毒"！

他弯下腰，轻轻地将她搂入自己怀中，感受着她身上散发的灼热温度。

他柔声在她耳边道："我的赫拉，这一生你注定只能成为我的新娘，让我为你解毒。"

第十八章
有个地方叫医院

她躺在他的怀中，感受着他宽阔的臂膀、结实的胸膛。这是一个让人充满安全感的港湾。

镶嵌了一千零一颗美钻的洁白婚纱、精致的皇冠，还有那缀满彩色宝石的头纱，此时全都散落在一旁的沙发上。

他轻轻地抚摩着她已经有些散乱的头发。三年的痛苦，一朝倾诉，他满足地闭上了双眸。

他看不到的是，她却眉头紧蹙，贝齿咬着下唇。

"怎么了，瑾瑜？你为什么皱着眉头？"蓝绝的手抚触到她的眉宇之间，感受到了她情绪的变化。

"知道是什么人给你下的药吗？"蓝绝沉声问道，"无论是谁，我都会让他付出代价。"

"你真的认识我吗？"周芊琳那听不出情绪波动的声音响起。

"嗯？"蓝绝愣了一下，然后将她翻转过来，凝视她的双眸。

周芊琳抬起头看着他，她看得很认真，仿佛要将蓝绝的一切都烙印在自己的脑海之中似的。

"我当然认识你。你是我的妻子、我的赫拉、我的瑾瑜啊！周瑾瑜。"

周芊琳摇了摇头，道："我不叫周瑾瑜，我叫周芊琳。"

"啊？"蓝绝吃了一惊，半坐起身，同样仔细地看着她。没错啊！她黑发蓝眸，应该是赫拉。他怎么可能认错她呢？就连她身上的香味，都和以前没有任何区别。

"亲爱的，你不会是失忆了吧？"蓝绝有些不确定地问道。

周芊琳拉过被子，遮住自己，平静地道："我问你一件事。"

"你说。"蓝绝赶忙道。

周芊琳目光灼灼地看着他，问道："你既然说那个瑾瑜是你的妻子，那么你们以前发生过关系吧？"

"当然啊！你真的失忆了？"蓝绝疑惑地说道。

周芊琳点了点头，裹着被子向旁边挪去，然后伸出一只手朝着下方指了指，道："那你看看这个。"

一丝不祥的预感瞬间出现在蓝绝心中。当他低头看向下方的时候，整个人瞬间石化。

他看到了什么？他看到了一抹鲜红的血迹。

静，死一般寂静。

蓝绝惊呆了，这是什么情况？他用力地摇了摇头，不！这不是真的！他的心瞬间沉入谷底。

这意味着什么？这意味着她不是赫拉。

他的赫拉、他的瑾瑜，并没有回到他身边！蓝绝的心仿佛被利剑贯穿一般，内心的剧痛令他已经无法呼吸。

看着他脸色苍白的样子，周芊琳也愣住了。房间内陷入了令人压抑的平静氛围。

蓝绝苦涩地自言自语道："三年了，为什么上天要如此捉弄我？为什么要给我希望？难道你不知道，希望越大，失望也就越大吗？我的赫拉没有回来。"

"你的意思是，刚才你做的事不是故意的，对吧？"周芊琳冷冷地说道。

"嗯？"蓝绝从回忆与痛苦中惊醒，看着那和赫拉一模一样的容颜，不知道为什么，心中的苦楚少了一点。

是啊！她不是赫拉，可是他和她……

因为这个错误，他破坏了西盟首相和华盟总长的联姻。

最重要的是，她还看到了他的真面目。就算她不知道他是谁，她的家人也肯定已经知道了。他已经霸气地告诉了她爸——他是宙斯。

怎么办？

蓝绝觉得自己的心有点抽搐。有生之年，他还从未遇到过这么尴尬的事情。

可是大错已经铸成，除了面对之外，他还能怎么办？

"那个，周芊琳，你刚才中毒了，所以我才不得已和你……"

周芊琳冷冷地看着他，一言不发。

蓝绝现在已经顾不得痛苦了，他知道现在最好的解决办法只有一个。

杀人灭口！

只有杀人灭口，他才能一劳永逸！

可是他下得了手吗？

"我有个姐姐，好像叫周瑾瑜，不过她从小就失踪了。你在哪里见过她？"周芊琳突然问道。

"姐姐？"蓝绝呆住了——她是瑾瑜的妹妹，可瑾瑜说自己自幼就是孤儿啊！

失散多年的妹妹？

这一刻，他的心凌乱了。

周芊琳冷冷地看着他，道："你刚才说我中了毒，所以你才对我那样？"

"嗯！嗯！"蓝绝连连点头。

周芊琳的表情骤然发生了变化，她猛地坐起身，杏眼圆睁，朝着蓝绝怒吼道："你难道不知道在这个世界上有个地方叫医院吗？以现在的医疗手段，有什么毒是医院解不了的？你明明可以送我去医院！"

"我……"蓝绝张口结舌地看着她，半晌才低下头，哭笑不得地道，"我认错人了啊！"

周芊琳的表情有些痛苦，她冷冰冰地道："你穿上衣服，我不想看到你丑陋的样子，我怕长针眼。"说完，她用力地别过头去。

蓝绝赶忙下地，飞速穿好自己的衣服。穿衣服的时候，他看到沙发上的婚纱，道："那个，下毒的估计是你的未婚夫吧。竟然对自己的新婚妻子下毒，这种人渣不嫁也罢。"

周芊琳怒视着他，道："你怎么知道是他下的毒？他在婚礼之前，根本就没接触过我。人渣？我看你才是人渣。你说，现在怎么办？"

第十九章
衣如故，人却新

　　蓝绝把心一横，道："事已至此，都是我的错。这一切都是我认错人导致的。我也不知道该怎样来补偿你。你说怎么办，就怎么办吧。"错已铸成，身为男人，他能做的就是勇于认错，全力承担。

　　周芊琳看着蓝绝，美眸中充满复杂的情绪。此时的蓝绝身穿白色衬衫、笔挺的深蓝色带暗格西裤。整齐的衣着和他那一头有些散乱的黑发给人一种又自律又凌乱的奇异感受。原本带着几分邪意的英俊面庞，此时却是低眉顺眼的模样，他就像一个犯了错的孩子似的。

　　周芊琳用贝齿轻咬下唇，爬了起来。

　　"给我找身干净的衣服。"

　　"好。"蓝绝毫不迟疑，转身就向外走。刚走出几步，他又停下了脚步，略微停顿了一下后，走向房间中最里面的一个柜子。

　　他站在柜门前，似乎在犹豫着什么，但终究还是打开柜子，很快就从里面取出几件衣服，转身走向周芊琳。

　　周芊琳脸上露出一丝冷笑，道："你倒是很习惯带女人回来。"

　　蓝绝走到她面前，轻轻地将手中的衣服放在她身边，眼中闪过一丝令人难以察觉的悲伤，道："你姐的。"

　　周芊琳一直盯着他看，恰好捕捉到了他那一闪即逝的眼神。蓝绝虽然隐藏得很好，但那源于内心最深处的痛楚是那么显而易见。

　　周芊琳捧起身边的衣服，顿时闻到一丝清爽的味道。每一件衣服都折叠得很整齐，而蓝绝的目光始终落在这些衣服上，就像注视着珍宝一般。

　　哪怕是天火大道上和他熟识的朋友，也没有人知道，在珠宝师蓝绝心中，价值再高昂的珠宝，也不如他房间里这一柜子衣服珍贵。

"喂！"

一声呼唤将蓝绝从思绪中惊醒，他抬头看时，正好看到周芊琳不善的目光。

"抱歉。"蓝绝右手抚胸，下意识地行了个绅士礼，迅速转过身，走向一旁。

窸窸窣窣的声音不断从身后传来，可蓝绝心中没有半分其他想法，更多的是浓浓的失望与悲意。

她终究不是瑾瑜，哪怕长得再像，也不是他的赫拉。如果不是心中充满歉意，她又是瑾瑜的妹妹，蓝绝绝对不会打开衣柜。当然，他打开衣柜，不只是出于歉意。

脚步声响起，蓝绝下意识地回首。

刹那间，他仿佛被自己的雷电劈中了一般，整个人僵立在那里，一动不动。

长裙洁白如雪，多一分赘，少一分薄，没有半分冗余。尽管这白色长裙没有任何装饰，和不远处那镶满了宝石的婚纱相比，似乎太简单了，可是穿着它的人拥有一头乌黑的长发，发丝就像这白色长裙上最美丽的花纹，那一双深蓝色的眸子更像是世间最动人的宝石。她的美是无瑕的，是通灵的，美在任何一个细节，美得令人窒息。

"瑾瑜……"他的声音在颤抖。

周芊琳只是站起身，走向他。可下一瞬，她就被揉进了一个坚实、灼热，还带着丝丝颤抖的怀抱之中。

这怀抱炙热如火，仿佛要将她融化。她本该发怒的，可在短暂的僵直之后，她的双手却下意识地、有些笨拙地反搂住他。

"瑾瑜，我的赫拉，我好想你。"蓝绝呢喃着，闭着双眼，仿佛又回到了以前。

周芊琳几次樱唇微张，想要提醒他，可是话到唇畔，终究不忍破坏眼前的一切。

一切都是那么熟悉，他还记得她最喜欢白色，一尘不染的白色。作为一个女孩子，她反而不喜欢瑰丽的珠宝，和他刚好相反。而他总是告诉她，她才是他心中最美丽的珠宝。如果说罗曼尼·康帝是天神遗珠，那么，她在他心中就是天神冠冕上那一颗光彩最夺目的宝石。

周芊琳的娇颜原本是冷冷的。任何一个女孩子，骤然遭遇今日这种匪夷所思的事情，脸色都不会太好看。

可是，那炙热的怀抱之中仿佛有无尽的魔力一般，就那么悄然融化着她。

她僵硬的身体渐渐软化，甚至连她的心也是如此。

原来一个男人爱一个女人，竟然能够达到如此程度。

她脸上的冰冷寒意竟然在这灼热的怀抱中悄然融化着。

他一只手揽在她的腰间，另一只手轻轻地抚摩着她那一头有些凌乱的黑发。发丝在他的指尖荡漾，竟然渐渐变得整齐。

那是一种呵护，一种完全源自于内心深处的呵护，更是一种珍爱。

"赫拉，赫拉……"他轻轻地呼唤着，却始终得不到她的回应。那熟悉的身体，甚至是熟悉的体香，都近在咫尺，却少了她温柔的声音。

猛然间，蓝绝仿佛惊醒了。他骤然直起身，低头看向怀中的人儿。

周芊琳像受惊的小兔子一般，从他怀中飞速脱离，跳到一旁。她的双手环抱在胸前，俏脸上已经一片羞红。

蓝绝的精神一阵恍惚。衣如故，人却新，尽管她的一切看上去都和赫拉那么相像，可是她少了赫拉看向自己时那仿佛能将人融化的眼神。

房间内，一片沉默，蓝绝没有吭声，周芊琳也没有开口。他们的心情同样复杂，但情绪截然不同。

第二十章
你欠我的

"这是哪里？"周芊琳率先打破平静，也打破房间中尴尬的气氛。

"我家。"蓝绝低声道。

周芊琳的嘴角牵动了一下，她突然惊觉，从小就拥有良好教养的她，面对眼前这个家伙，已经不止一次有爆粗口的冲动了。

蓝绝似乎也意识到了什么，接着道："这里是天火大道。"

"天火大道？"周芊琳的脸色微微一动，她当然知道天火大道这个地方，或者说，在整个华盟中，就没有不知道这个地方的人。

这是一个与外界截然不同的地方，被人们称为贵族圣地。这又像一个完全独立的世界，单是不允许任何机械出现这一点，就足够奇葩。

可是，这么多年了，天火大道始终屹立不倒。哪怕历代华盟的掌权者，也不会触动这里的规则。

"送我出去，我要回家。"周芊琳淡淡地道。

"哦。"

天空阴沉沉的，令夜晚比平时来得早了一些。他和她漫步在天火大道上，并肩而行，但彼此之间，始终隔着一尺以上的距离。

"你打算怎么办？"眼看着两千零四十八米的天火大道即将走到尽头，他终于忍不住问道。

他当然知道，出了今天这件事之后，她将要面临怎样的困境与压力。

如果她真的是赫拉，这一切自然都不是问题，他也师出有名。可她不是。那么这件事就是他的错，而且是大错！

周芊琳停下脚步，转过身，认真地看着他，道："不用你管。"

蓝绝皱了皱眉，道："现在不是怄气的时候。"

周芊琳瞪了他一眼，问道："难道你能让时间回转？"

"呃……这恐怕不行。"蓝绝还真没有这样的能力。就算是极其罕见的时间系异能者，也只能让时间回溯极短的时间，而且只局限在很小的区域。

更何况，有些事情做了，就回不去了……

周芊琳那深蓝色的眸光变得清冷，道："我会处理的，不用你管。"说着，她快步向外走去。

"我送你。"蓝绝跟上她的脚步。前方已经要出天火大道的范围了。

周芊琳扭头看了他一眼，问道："你打算成为华盟公敌？"

蓝绝不由得停下脚步。是啊！恐怕现在整个天火城都因为她被劫走而大乱。

周芊琳淡淡地道："我没那么脆弱，我能处理的。你回去吧。"

蓝绝又是一阵失神，从她那倔强的眼神中，他仿佛又看到了当初的赫拉。温柔如水的赫拉一旦发怒，那是他也要怕的。

"这是我的星际通信号码。"蓝绝将一张字条递到她手中，"如果有需要，就联系我。"

周芊琳转身快步离去。

"你的婚纱还在我那里。"蓝绝向她的背影喊道。

"不要了。被你弄脏了。"

"那你这身衣服什么时候能还我？"蓝绝追问道。

周芊琳停下脚步，转过身，狠狠地瞪了他一眼，道："不还！"说完，她扭头就走。

蓝绝的嘴角抽搐了一下。这姑娘的脾气可比她姐姐大多了，还冷冰冰的。苍天啊！我这是造了什么孽啊！

正在这时，周芊琳的声音从远处飘了过来："你欠我的，一定要还。等我想好让你怎么还，我会找你。"

话音一落，她悄然隐没于黑暗之中。

蓝绝站在原地，看着她离开的方向，半晌都没回过神来。

渐渐地，他脸上的神色开始变冷，眼底深处，寒光闪烁，一股森然之气仿佛是从骨子里冒出来一般。

宙斯怒了！

那个女人，樊叶玥！

如果不是她的消息，他怎么会摆下如此大的乌龙？还让好兄弟背负了家族的压力。那块无价之宝——锝精，换来的就是这样的结果？

"你的心情似乎不太好。"一个低沉的声音在蓝绝身后不远处响起。

蓝绝转过身，看到品酒师就站在他身后不远处，身上笔挺的西装一丝不乱。他缓步走到品酒师身边，问道："新做的衣服？"

"嗯。"

"布料不错。"

"一百六十支纱的。"

蓝绝正视品酒师，道："我不会给天火大道添麻烦的，如果有事，我会承担一切。"

品酒师询问："喝一杯吗？"

蓝绝眼睛一亮，问道："喝什么？"

品酒师道："以你现在的情绪，不适合喝红酒。威士忌吧。"

蓝绝撇了撇嘴，道："我们贵族的情绪是可以控制的。"

品酒师嘴角处流露出一丝笑意，道："刚才你还一身杀气，好像要做点什么贵族不应该做的事。"

蓝绝淡淡地道："跟喝酒比起来，那种事不急。一名真正的贵族要有担当，也要帮助做错了事的人，担当起他的责任。这是对社会有益的事情，为什么是不应该做的呢？如果有人拿了你上元1990年的罗曼尼·康帝，你能一笑置之吗？"

品酒师脸色一僵，显然是想起了那天不太愉快的事情。

蓝绝微微一笑，道："威士忌就威士忌吧，我要喝泰斯卡。上元1985原桶的，怎么样？"

"我准备把你列为哥特老酒坊最不受欢迎的人。你可以当我没出现过。"品酒师转身就走。

蓝绝赶忙笑眯眯地跟了上去，道："别急嘛，我付钱就是了。"

"没有！"品酒师义正词严地拒绝。

蓝绝轻叹一声："我确实心情不好。如果你想听听我的故事，我可以讲给你。"

品酒师瞥了他一眼，道："上元1985的没有，但十八年泰斯卡有一瓶，喝还是不喝？"

"走起！"蓝绝立马回答道。

品酒师撇了撇嘴，道："贵族都是有节操的。"

蓝绝疑惑地道："我有啊！我又不是为了喝酒去的。你上次那个伊比利亚火腿都切开了，不吃该不好了。威士忌也可以配火腿的，嗯，上次美食家烤热了吃的方法不错。我们也叫上他吧，他对火候的控制还是值得称道的。"

品酒师深吸了一口气，道："你不是贵族，你是个匪徒！"

第二十一章
唐米

　　一个白色的身影默默地走在阴暗之中，沿着一栋栋高大的建筑，依附于高楼的阴影之中，悄然前行。

　　离开天火大道已经有一段不短的距离了，而且她数次改变了方向。想要找到她的踪迹，几乎是不可能的。在那些阴影之中，她避开了所有可能发现自己的探头。就连太空中的卫星也无法在这种情况下发现她的存在。

　　如果不是因为参加婚礼，单是她身上带的星际通信装置，就能够让她轻松地被锁定。而现在，她所做的一切就是为了逃避卫星的探测。而这么做的原因，是那个家伙。

　　一想起那个家伙，周芊琳就不禁秀眉微蹙，身体的疼痛她可以忍受，可是此时她心中实在是太乱了。

　　虽然行走于阴影之中，但她的脑海中浮现的都是他的影像。

　　这段时间其实并不漫长，可是在她心中，仿佛过了一个世纪那么久远。

　　她停下脚步，下意识地朝着天火大道的方向看去，渐渐泛起一片晶莹的泪光。

　　在他面前时，她是那么坚强，甚至是冰冷的。可她终究只是个女孩子啊！

　　她带着泪花，缓步走出阴影，走入街道的灯光之下，从那些高楼大厦的房檐下暴露出来。

　　她放慢了脚步，缓缓前行，此时脑海中一片空白，竟然有种无法思考的感觉。

　　突然，口哨声响起，一股急促的气浪从侧面吹来。

　　周芊琳下意识地迅速横移，同时双手按住自己的裙摆，不让长裙被那气流掀起。

　　那是一辆法莱利浮空飞车。这种飞车擅长在距离地面十米高度以内快速行进，虽然没有高空飞车的价值那么高昂，但胜在节约能源，成本也低。

此时，浮空飞车靠近周芊琳一侧的窗户落下，一名有着黄色莫西干头发的青年正朝着周芊琳吹口哨。

洁白的长裙将周芊琳修长的身体勾勒出完美而动人的弧线，她的美绝对不仅吸引宙斯一个人。

"美女，一个人吗？"青年摸了摸自己的黄发，一双不大的三角眼中流露出可惜的目光。

周芊琳的目光很冷，刚才那气浪显然是这名青年故意用浮空飞车制造出来的。这种针对女孩子的猥琐行径，一向被姑娘们深恶痛绝。

周芊琳连一个字都不屑于对那名青年说，冷冷地看了他一眼，转身就走。

"有味道。"黄发青年眼睛一亮。周芊琳的冰冷气质令她看上去越发圣洁。而在这样的夜晚，能够碰到这么一位单身美女，在他看来，自己的运气似乎好得有些过分了。

法莱利浮空飞车灵巧地一个变向，就追上了前面已经拐弯的周芊琳。

速度减缓，黄发青年正要再次向周芊琳说什么，却突然觉得周围的光线似乎变得明亮了几分，紧接着，他就看到一道金色光柱从天而降，正好将周芊琳的身体笼罩在内。

"轰——"

就在周芊琳被那道金色光柱笼罩的下一瞬，一道巨大的金色身影从天而降，重重地砸下。

法莱利浮空飞车被硬生生地砸在地下，整个后半截车身全部消失，前半截也在巨大的冲力作用下翘起。

强大的冲击力令那名坐在前排驾驶位的黄发青年瞬间就晕了过去。不过幸好他系了安全带。

冲击波扩散，引得周围街道一片狂风大作。幸好这条街道上并没有什么行人。而身在金色光柱之中的周芊琳没有受到任何影响。事实上，那金色光柱就是这从天而降的金色身影释放的。

这台充满金属质感的机甲高十八米，流线型设计，金色外壳。唯一可惜的是，它左右两侧的肩甲全都塌陷了，上面还留着深深的痕迹，这竟是一台破损的机甲。

"芊琳。"一声娇呼响起。紧接着机甲舱门打开，一道身影直接从机甲舱位中蹿出，竟然无视了距离地面十米的高度，在空中巧妙地翻转了两圈，身体蜷曲。一层金光从她身上迸发出来，在她即将落地时向上一托，让她稳稳地落在地面上。

这是一名身材高挑的美女。周芊琳在女孩子中已经算较高的了，但这个女孩比周芊琳还要高上半个头。

她有一双惊人的长腿，给人强烈的视觉冲击。

她穿着一身绷紧的黑色作战服，一头金色长发，墨绿色的大眼睛深邃通透，宛如水晶一般。

绷紧的黑色作战服将她的身材完美勾勒出来，虽然因为腿太长而略显不协调，但她那健美的身姿散发着一种充满野性的美感。

金色光柱悄然消失，金发女子三步并作两步就来到了周芊琳面前，上下打量她，关切地问道："芊琳，你没事吧？"

"我没事，小米。"周芊琳默默地摇了摇头。

金发女子有些不满地道："都说了多少次，叫我大名，我叫唐米，不是小米！"

周芊琳淡淡一笑，道："你来得真快。"

唐米道："能不快吗？你不知道，你失踪以后，整个婚礼现场全都乱了。现在整个天火城风声鹤唳，明面上虽然没戒严，实际上已经调动了四个机甲大队，在天火星到处搜寻你的踪迹。我也好着急，在你的婚礼上都没能保护好你，我这个好朋友太不称职了。"

周芊琳摇了摇头，道："不怪你。"

唐米竟然立刻附和着点点头，一双墨绿色的大眼睛中流露出亢奋之色，道："当然不能怪我。那可是雷神啊，是宙斯和雷神啊！别说是我了，就算是咱们华盟最顶级的机甲师，也一定留不住他啊！哎，为什么他抓的不是我啊？他要是抓我，我也绝对不反抗，就跟他走。"

周芊琳的一双秀眉渐渐竖起，生气地道："什么叫也不反抗？"

第二十二章
他的故事

"嗯，好酒。"蓝绝略带几分陶醉，呼吸着酒液中浓郁的烟熏味和泥煤味，眼神似乎有些迷离了。

在他面前，是一张可以容纳八个人的小餐桌。餐桌虽小，却十分古典华贵，木纹拼花、烫金的线条，极具质感。

品酒师坐在主位，蓝绝坐在他的左手边，在他右手边的正是美食家。

美食家今天穿着黑色西裤、白衬衫，和蓝绝不同的是，他身上还有一件U形开口的马甲，更显得绅士风度十足。

只不过现在他衬衫的袖口是挽起来的。他的右手中握着一把狭长的刀，刀刃长约三十公分，刀柄呈现为暗黄色。如果有识货的人在这里，看到这把刀一定会震惊得瞪大了眼睛。不说刀刃上那瑰丽的云纹，单是这猛犸象牙刀柄，就算在上元时代，也是极其罕见的珍品。

美食家那修长的手指轻动，一片片薄如蝉翼的伊比利亚火腿悄然飘起，落入他另一只手的白瓷盘中。白瓷盘下，烛火烘烤，火腿的油脂瞬间变得透明，令火腿看上去多了几分水晶般的质感。

品酒师看看美食家，再看看蓝绝，淡淡地道："你已经喝了半瓶泰斯卡，故事可以开始了吗？"

蓝绝晃了晃手中的酒杯，用手拈起一片火腿放入口中。丰厚但不油腻的浓香瞬间充斥于他的口腔之中。再送入一小口泰斯卡威士忌，浓烈的单一麦芽纯麦威士忌宛如一团烈火将浓香炸开，香气瞬间就蔓延到了他每一个毛孔之中。

"泰斯卡的特点是泥煤味浓厚，有强烈的岛屿特质，是桀骜不驯的传奇佳酿。爱喝它的人如果真心喜欢这种口感，就会不由自主、死心塌地地追随下去。"

品酒师幽幽地道："你要给我讲的就是泰斯卡的故事？"

美食家又完成了一盘火腿的加热，自己也坐下来，将手中的餐刀比画了一下，似乎要插入桌子中。品酒师瞪了他一眼。美食家微微一笑，将刀收入实木刀鞘之中。

美食家一探手，桌上还剩不到半瓶的泰斯卡被他抄入手中，金黄色的酒液在灯光的照耀下泛起丝丝光芒。

"你不给他酒喝，他自然就讲了。"美食家给自己倒了半杯，顺手将酒瓶子放在自己这一侧。

品酒师满意地点了点头。

蓝绝有些颓然，一口饮尽自己杯中的酒，道："我有点困了，想回去睡觉，怎么办？"

品酒师的眼皮跳动了一下，道："那你就去吧。"

"以后还能来吗？"蓝绝的嘴角牵动了一下，似笑非笑地说道。

品酒师斜了他一眼，反问道："你说呢？"

"我是三年前来的吧？"蓝绝靠在椅背上，平静地道。

"三年零一个月零三天。"品酒师像个理科生一样答道。

蓝绝的嘴角处泛起一丝苦涩的笑容，讲道："我有一位美丽的妻子，她温柔、美丽、善良，和她在一起，任何人都会有如沐春风的感觉。从第一眼看到她的时候，我就被她征服了，我爱她。

"我们是令人羡慕的一对，感情路很顺利。交往、陪伴，一路走来，我们很自然地在一起，很自然地去感受彼此带来的幸福。她就像我的整个世界一样，有她在的日子，世界五彩斑斓。

"可幸福的日子为什么总是那么短暂？三年前，一次意外，她永远离开了我。我甚至不知道，那场意外究竟是真的意外还是人为造成的。她的所有痕迹都因为一场大爆炸而泯灭。我找不到她，她连一点痕迹都没有留下，就仿佛她从来都没有出现在我的生命中似的。

"她走了，所以我的心空了。

"于是我来到了这里。我喜欢天火大道的宁静，喜欢这里的生活。早年，当我第一次来到这里的时候，就喜欢上了这个地方。本来我是打算带着她一起来的，可惜她走得太突然了。"

蓝绝讲述得很平静，就连眼神也渐渐变得平静，仿佛只是诉说着一个和他无关的故事。

"不久前，一位客人来到我的珠宝店，留了张字条给我，告诉我，我的妻子没有死，并给我看了视频。我信了。我没办法不信，哪怕是为了欺骗我自己，明知道不可能，我也信了。

"于是我帮他们做了件事，他们告诉了我我妻子的下落，并且告诉我，我的妻子竟然就要嫁给别人了。作为一个男人，我想你们应该能够明白我当时的心情。

"所以我去了，接回了我的妻子。那时我真的好开心。她就像一支多彩画笔，让色彩又回到了我的世界。

"可是这一切都是我自欺欺人。那只是一个和我妻子长得很像的女孩子。她不是我的妻子。"

讲到这里，蓝绝停了下来，脸上多了一抹优雅的微笑，但双眸空洞得令人心悸。

品酒师朝着美食家的方向招了招手，光芒微微一闪，那瓶泰斯卡居然就那么出现在他的手中。

品酒师拔出木塞，默默地为蓝绝倒了一杯泰斯卡，再举起自己的酒杯。

蓝绝拿起酒杯，一饮而尽。刹那间，高度威士忌强烈的灼烧感仿佛令他置身于火焰之中。可喉中的炙热感丝毫不能降低他心中的剧痛。这一刻，他仿佛又回到了三年前得知意外发生的时候。

"走了。"蓝绝放下酒杯，起身离去。

品酒师和美食家都没有留他。男人的悲伤并非语言能轻易化解的。

此时的蓝绝早已意兴阑珊，他甚至连去向那些给了自己假消息的人报复的心思都没有了。无论怎么说，他们也带给过他希望与惊喜，尽管希望越大，失望就越大。可最起码在那一刹那，他曾经以为，赫拉真的回来了。

品酒师和美食家相对无语，喝完杯中的酒，吃掉了盘中最后一片火腿。

"我也走了。"美食家道。

"嗯。"品酒师微微颔首。

美食家站起身，眉毛上挑，道："咦，那家伙似乎没付酒钱吧？不是说今天他请吗？"

品酒师握着酒杯的手顿时像中了石化魔法一般，僵住了。

第二十三章
佣兵王

"我没事。"周芊琳已经记不清自己是第几次说出这三个字了。在她身边，是她那惊吓过度的母亲。华盟政务总长周雪官则在宽敞的客厅中来回踱步，眉头紧锁。

周芊琳那位好朋友唐米，就站在旁边不远处。

一个小时前，唐米送周芊琳回到别墅。对于被抓走之后发生的事情，周芊琳回答得极其简单。

被抓走，昏迷，醒来时就在街道上。

只是这回答实在是太简单了。

尽管今天的婚礼发生剧变后，华盟在第一时间封锁了消息，但毫无疑问，这已经成为一个巨大的丑闻。

原本的政治联姻，因为这突如其来的大变，变了味道。席尔瓦·奥斯迪震怒，对华盟的治安进行了强烈抨击。未过门的儿媳妇在婚礼上被抓走，这在传统的奥斯迪家族看来，简直就是奇耻大辱。

无论是真的愤怒还是出于政治上的需要，席尔瓦·奥斯迪在发怒之后，立刻强行带着自己不愿离开的儿子返回西盟去了。

周雪官耳边甚至现在还回荡着那位西盟首相的咆哮声："周雪官总长，我对你们华盟的治安感到极其失望。这份耻辱，奥斯迪家族不会善罢甘休的，你们后果自负！"

咆哮之后，他们拂袖而去。

而那时候的周雪官又哪里顾得上去解释什么，除了让人第一时间封锁消息之外，就是迅速封锁天火星，在全星球搜寻女儿的下落。对于他来说，没有什么比女儿平安更重要的事情了。

现在他的女儿平安地回来了，还换了一身衣服。

一个美丽的女孩子被人劫持而去，昏迷之后，换了衣服回来。这意味着什么？就算没发生过什么，但这件事对周芊琳的名誉也必然有巨大的影响，和奥斯迪家族的亲事显然是要终止了。而且身为华盟政务总长，他必然还要承受来自华盟高层的质询。

"女儿，这里没外人，你告诉妈妈，你的身体有没有事……"周芊琳的母亲白晓低声问道。

"我没事，我真的没事。"周芊琳站起身，"爸爸、妈妈，我有点累了，先去休息了。我也没想到竟然会变成这样，爸爸，给您惹麻烦了。"

周雪官停下脚步，关切地看着女儿，苦涩地叹息一声，道："谁也没想到会发生这样的事。幸好你平安无事地回来了。芊琳，你什么都不要想，快去休息吧。至于其他的事情，爸爸会处理的。"作为家里的顶梁柱，无论有多少难关，他自然都要扛过来。

说着，他走到女儿面前，轻轻地抱了抱周芊琳。

周芊琳眼圈一红，喊道："爸爸。"

"不哭，孩子，快去休息吧。小米，麻烦你陪陪芊琳，她今天一定吓坏了。"周雪官向一旁的唐米温和地请求。

"伯父，您放心吧，我今天就不走了。"唐米快步走过来，拉着周芊琳的手上楼去了。

看着女儿离去，白晓来到周雪官身边，道："雪官，这次的事情很麻烦。西盟那边已经向上面施加压力了。现在上议院那边对你很不满意。能找到那个抓走芊琳的人吗？"

周雪官摇了摇头，道："芊琳什么都不记得了，没有什么有用的消息。那个人实力很强，没有留下任何痕迹。我请圣华堂那边的人看了录像，他们说那个人很像三年前就失踪了的佣兵界之王——宙斯。"

"宙斯？"白晓眼底闪过一丝震撼之色，"你说的是那神秘的四神君中的宙斯？"

周雪官点了点头，道："这四神君乃近二十年来最著名的异能者和机甲师，他们神秘而强大。根据我们的资料显示，四神君全都是神级机甲师，至少拥有九级基因天赋，而且年龄应该全都在四十岁以内。宙斯拥有的机甲是雷神，擅长的异能是雷电，所以他才有宙斯之名。他七年前进入佣兵界，第一次就在一位佣兵界宿老的担保下，接取了S级任务，并且在极短的时间内完成，一战成名。他凭借这一个任务，晋升B级佣兵。接下来，他连续完成了七个S级任务，只用了不到一年的时间，就成了佣兵界历史上用时最短进阶到S级佣兵的强者。之后三年，他每次都只接取S级以上的任务，甚至还完成过一次难度最高的SSS级任务，从而获得了佣兵之王的美誉。只要是他接取的任务，还从来没有未完成的记录。

"只是宙斯接取任务极其挑剔，只选择他喜欢的。我调查了他接取任务的特点，基本上以主持正义为主。在执行任务的过程中，他也一向光明正大，以实力完成。三年前，不知出于何种原因，宙斯突然失踪，再也没有出现过，也没有接取过任何任务。如果这次真的是宙斯出手，就不知道他是受何人委托了。"

白晓松了一口气，道："我听说过这位佣兵之王，如果真的是他，我反而放心了。宙斯从来都不会助纣为虐，我们女儿应该是真的没什么事情。只是不知道，这宙斯为什么要劫走我们的女儿。你说，会不会是我们的政敌雇佣了他，让他通过破坏婚礼来影响我们与西盟之间的结盟？可是以宙斯过往的任务来看，他又不像是这种人。他很少沾染政治的。"

周雪官道："这种事不好说，如果他是北盟人，就说得通了。为了自己所在的联盟，涉入政治也说得通。好了，你早点休息吧，我出去一趟，拜访一下上议院的议长阁下。这件事，我会妥善处理的，希望能将影响降到最低吧。"

白晓走上前，温柔地为丈夫整理了一下衣服，道："早去早回。"

第二十四章
他不喜欢女人?

距离抢亲已经过去一周的时间了，天火星似乎已经重新变得风平浪静。星际新闻中再也没有出现任何和抢亲有关的报道。一切似乎都很正常。

蓝绝也恢复了自己的生活状态，经营着他的宙斯珠宝店。

最近生意比较冷清，客人很少。不过对于珠宝店来说，一向都不需要太多的客人。

"叮叮叮。"银铃般的脆响声传来。店门被推开，一名身穿休闲西装的男子从外面走了进来。

修修微笑着向来人行礼，将他请到里面。可儿已经乖巧地捧上一杯温水。

"你怎么来了? 先说好，买珠宝不打折。"蓝绝靠在自己的椅子上，懒洋洋地看着来人说道。

美食家接过可儿手中的温水，坐在蓝绝对面的椅子上，没好气地说道："看你吝啬的样子。上次在品酒师那里，你的酒钱还没付呢。"

"咦，有吗? 我怎么不记得了? "蓝绝一脸惊讶地看着美食家。

美食家不屑地道："原来你们贵族也会赖账。"

蓝绝撇了撇嘴，道："说吧，找我干什么? "

美食家挑了挑眉毛，道："我找你就一定有事吗? "

蓝绝笑道："就你那高冷的性格，没事你才不会来呢，肯定整天都窝在你那小房子里不肯出门。"

美食家叹息一声，道："看来你不太欢迎我。"

蓝绝弹了弹手指，微笑着看他，道："没有人会欢迎一个讨债的人吧。"

美食家哼了一声，道："你又不是欠我钱。我只是来通知你，过几天有一整条蓝鳍金枪鱼送来，不知道某人有没有心情来吃。"

"一整条？"蓝绝的声音瞬间高了八度，看着美食家的眼睛骤然放光。

他当然知道一整条蓝鳍金枪鱼是多么难得。这可不是天火星的产物，而是来自于人类母星的深海。

美食家站起身，道："好了，我走了。鱼刚打捞上来，大约三天后送到，然后再等两天就可以吃了。我们就定在五天后吧，还在品酒师那里。他那儿地方大，好施展。"

"好，好。"

"鱼很大，你可以带朋友来。"美食家一边说着，一边往外走。修修一直将他送出门外。

"老板，带我们去呗。"可儿一脸撒娇的模样，趴在蓝绝身前的柜台上，嘬着小嘴。

"可儿。"修修有些嗔怪地叫道。

可儿吐了吐舌头，跑到她身边，道："我们又不会给老板丢人，跟他去怎么了？"

修修拉住她，低声在她耳边道："老板最近心情不太好。"

"嘀嘀嘀！"蓝绝低头看向自己的星际通信仪，上面显示的是一个陌生号码。

接通。

"华阴街三十七号，落云茶社。"一个动听却有些清冷的声音从通信仪中传出。

蓝绝先是愣了一下，但很快就听出了声音的主人是谁，脸色不禁变了，道："好，我马上到。"

说着，他站起身，急匆匆地向外走去。

看着他匆匆离去的背影，可儿的美眸中流露出一丝狐疑之色，道："老板最近似乎是不太对。"

修修眼底流露出几分担忧之色，道："这几天老板虽然和往日一样，可我能感觉到他变得忧郁了很多，应该是碰到了什么事情。"

可儿疑惑地道："以老板的能力，能有什么事情让他不开心啊？修修姐，要不你回头问问老板？他最宠你了。"

修修俏脸一红，道："别乱说。"

可儿嘻嘻一笑，低声道："别告诉我你不喜欢老板哦？你每次看老板的眼神都特别不一样。只有老板这个笨家伙才没有察觉。"

修修苦涩地一笑，道："你也太小看他了。你都感觉到了，他会感觉不到吗？他只是故意如此罢了。"

可儿愣了一下，道："为什么啊？修修姐，你这么美，人又好。"

修修摇了摇头，道："我也不知道。只是，你还记得吗？老板刚在这里开店的时候，每天的神情都很阴郁，他似乎有心结。"

可儿将声音再压低几分，神秘兮兮地道："你说，老板会不会是那个？"

修修疑惑地问道："哪个？"

可儿道："我们两大美女天天在他面前晃悠，他连一点感觉都没有，这只能说明他喜欢的不是女人啊！"

"啊？"修修呆呆地看着可儿，一脸的难以置信。

"阿嚏！"蓝绝揉了揉鼻子，皱皱眉，自言自语道："谁在说我坏话？"

华阴街位于天火城西，距离市中心的天火大道有一段不短的距离。

蓝绝坐上公共悬浮车，眉头不自觉地蹙起。

他的心理承受能力远超常人，更何况，三年的时间总算让他从那份痛苦中解脱了出来。距离抢亲的事情已经过去一周，他的心情终于渐渐平复下来。但就在这个时候，刚刚的星际通信又将他拉回了那一晚。

悲伤已经被压下，可那一晚带来的麻烦还远没有解决。

可是，当他从星际通信仪中听到那个声音的时候，心跳还是不由得加快了几分。因为这声音跟他妻子的声音极度相似。

所以他下意识地冲了出来，甚至连往日的优雅都顾不得了。

落云茶社不大，却很精致。那是一座典型的上元古中国式建筑，坐落在一间写字楼的第一层。

身穿乳白色长旗袍的服务员将他带到一个雅致的包间之中。

一进门，蓝绝的脚步就不由自主地停顿了一下。他身后的服务员已经悄然将门关好。

包间不大，只能容纳两个人。

周芊琳依旧穿着那天离开时的白色长裙，黑发整齐地梳成马尾，露出光洁白皙的额头。她没有抬头去看他，而是低着头，默默地为面前的紫砂壶加水。

紫砂壶不大，上面有浮凸的梅花图案，表面暗红色的包浆古朴、大气，令人一见难忘。

略带一丝金色的深红色茶水随后倾倒而出，淡淡的茶香顿时溢满这不大的静室，更给人一种静谧的氛围。

　　蓝绝静静地站在那里，看着那素雅的美人。尽管他只能看到她那长长的睫毛，可此时的他只觉得自己的心在沦陷，就像当初他第一次见到她的时候。

第二十五章
保镖?

时间就像静止了，白裙黑发、纤纤玉指、梅花紫砂、淡淡茶香，勾勒出的是一幅完美而不自觉烙印入人心的画卷。

茶水倾倒在两只小小的紫砂杯中，只够饮用一口。

"你要一直站着吗?"周芊琳抬起头，看向面前那有些呆滞的男人。

白色长裤，淡绿色衬衫，黑色短发，修长的身材……最引人注意的是他那一双充满回忆的眼睛。

"嗯。"蓝绝醒悟过来，走到她对面的藤椅前坐下。

周芊琳做了个请的手势，端起一杯香茗，在那袅袅茶香之中，将它送到嘴边，缓缓饮尽。

蓝绝将茶杯送到鼻端，闻了闻，道："金骏眉，正山小种。"他一向喜欢这个世界上所有美好的事物，茶道传自于上元古中国，有着悠久的文明与历史，其中更蕴含着无数道理，他自然很喜欢。和大多数喜欢茶的人喜爱绿茶不同，他更爱红茶。

绿茶给人清香，红茶给人温暖。

他一口饮尽茶水，浓浓的香气顿时溢满全身。他的身体仿佛在刹那间变得通透，心中的忧虑也仿佛在一瞬间全部消失。

"好茶。"蓝绝由衷地赞叹道。

周芊琳又为他斟上一杯，再给自己倒上。小小的紫砂壶只有四小杯的量，再喝就需要重新加水了。

蓝绝再次饮尽面前的茶水，然后放下杯子，抬起头，看向对面。

周芊琳的明眸蔚蓝如海，平静的眸光外是微微颤抖的长长睫毛。

"重新认识一下，我叫蓝绝，是天火大道宙斯珠宝店的老板。"蓝绝主动向周芊琳伸出手。

周芊琳抬头看向他，平静的目光中带着一丝拒人于千里之外的清冷。

蓝绝讪讪地收回了手。其实他刚才差点问一句"你还好吗"，后来硬生生地憋了回去。这显然不是什么好问题。

"我请你来，不是要和你重新认识的，而是谈谈我们的事。"周芊琳的声音依旧那么动听，却也寒意逼人。蓝绝心中暗想：或许这就是她给自己喝红茶的原因吧。

"嗯。"蓝绝点了点头。

周芊琳突然有点气不打一处来，这家伙一副什么都没发生过的样子，真是……

"如果我没记错的话，你那天说过会答应我一个要求。"周芊琳道。

"是。你想好了？"蓝绝有些惊讶地看向她。那可是宙斯的许诺，这姑娘不会将它当成一件很普通的事情了吧？

"我想好了。"周芊琳点了点头。

蓝绝巴不得赶快解决这件事，他这段时间表面平静，并不代表内心忘却。正相反，这种强烈的歉疚感不断出现。

"我是一名学生。"周芊琳打开紫砂壶的壶盖，向内注入热水，"华盟国家学院国士二年级。"

国士？蓝绝心中一动。他还清楚地记得，当初他看到那个视频的时候，她确实正在一间教室里上课。

华盟国家学院他曾听说过，那是华盟最优秀的几所学院之一，而且是一个机甲学院，教导和机甲相关的专业。因为华盟国家学院的机甲研究分院最著名，所以它才没被冠上军事学院的名称。

在华盟，华盟国家学院是最高学府，经过四年的学士学习，学生毕业后就可以参加相关工作。这份学历是绝大多数人进入社会、军队最好的敲门砖。而在学士中，那些特别优秀的人才通过考核后，可以继续深造，成为国士。

国士同样是四年制，一旦学成毕业，就是整个联盟的高端人才，在相关行业中必然会受到重用，而且很可能在短时间内取得相当大的成就。

在整个华盟，拥有国士教育的高等学院一共只有十几间而已，每年毕业的国士总量绝不会超过一千人。正因如此，国士在华盟中的地位很高，在西盟和北盟也是如此。

"没想到你还是一位国士。"蓝绝微笑着说道。

周芊琳道："在没有毕业前，还不能这么说。"

蓝绝道："如果我没记错的话，华盟国家学院是一家机甲学院。你既然是国士研究生，是想让我教你有关机甲的东西吗？这个可以，不过会比较苦。"

这是他最先想到的情况。虽然周芊琳未必知道他的身份，但那天他已经展现过机甲方面强大的实力了。看来这姑娘还是聪明的。

但周芊琳接下来的话，让他目瞪口呆。

"我不需要机甲老师。"周芊琳冷冷地道，"你认为我会找一个莽汉做我的老师吗？"

"莽汉？"蓝绝只觉得自己的头发都要根根竖立了，还从未有人这么评价过他。

"我们贵族会是莽汉？"蓝绝的气息明显有些不匀。

周芊琳冷冷地道："难道不是吗？一个连医院都不知道的人，还不是莽汉？如果不是你鲁莽，我会被你……"

就像被一巴掌拍在脸上，蓝绝的怒火瞬间被拍没了。他靠在椅背上，没有再解释什么，因为无论怎么解释，也不能抹去他坏了人家清白的事。

"那你想让我做什么？"蓝绝问道。他现在只想赶快走，面对这个女孩儿，他总有种强烈的无力感。他觉得自己现在不是宙斯，简直就像砧板上的肉丝。

"距离我毕业还有两年多的时间，因为受到一周前这件事的影响，西盟会对我们华盟，尤其是对我们家进行报复。我很担心自己的安全。你虽然莽撞，但做个保镖应该勉强可以。在我毕业之前，我需要你保护我在学校的安全。"

"保镖？"蓝绝的声音一下子就高了八度。他万万没想到周芊琳竟然会提出这么一个要求。之前他还认为周芊琳漠视了他说的那个要求，但现在他觉得心中仿佛有一万只羊驼践踏而过。

第二十六章
我不在乎

"不行。"蓝绝毫不犹豫地拒绝了她。

保镖是什么？是天天跟随在被保护的人身边，时刻保护其安全的人。关键是这"时刻"二字，实在是太要命了。

曾经纵横佣兵世界的无敌宙斯给人当保镖，而且一当就是两年多的时间，这是蓝绝无论如何也无法忍受的。

他为什么会成为佣兵？

一名九级基因天赋、神级机甲师，前途无限，为什么要选择佣兵的职业？原因其实很简单，就是为了自由。

为此，蓝绝很少回家，他最讨厌的就是被束缚。

可以说，此时周芊琳提的这个条件直接触碰到了他的逆鳞，这实在是让他无法忍受。

周芊琳拿起紫砂壶，为蓝绝倒上一杯金骏眉，再为自己斟好，缓缓喝下茶水。

"你换个要求。"蓝绝有些气急败坏地说道。连他自己都没发觉，在她面前，他已经不太像贵族了。

"不用了。"周芊琳站起身，"一个不遵守诺言的人，我还能向他提出什么要求？"

说着，她站起身，缓步向外走去。

"你！"蓝绝猛然起身，抓住她的手臂，"你到底想怎么样？"

周芊琳冷冷地看了他一眼，道："我没想怎么样。我只是说出我的要求，既然你不愿意，那就算了。"

蓝绝迟疑地道："那我们之间的事……"

周芊琳猛地挣脱他的手，近距离地直视着他。那冰冷的目光让蓝绝下意识地后退了一步。

"我不在乎。"丢下这句话，周芊琳毫不犹豫地转身向外走去。

蓝绝就像被自己的雷电异能电到了，整个人被雷得七荤八素，呆呆地站在那里，半天没缓过劲来。

"你别走！"足足数秒之后，他才反应过来，一闪身就向外走，却正好迎面碰上服务员。

"先生，你们还没结账。"

蓝绝匆匆付了钱，赶忙向外追，总算在落云茶社门口追上了周芊琳。

"你站住！"蓝绝气急败坏地叫道。

周芊琳转过身，目光平静地看着他，问道："还有何指教？"

蓝绝几步就到了她面前，双手抓住她瘦弱的肩膀，咬牙切齿地问道："你刚才说什么？"

周芊琳毫不畏惧地看着他，道："我说，我不在乎。"

"你……"蓝绝双眸之中电光闪烁，显然已经到了爆发的边缘。

周芊琳微微仰起头，蓝色的美眸中闪烁着一丝不屑，道："干吗？恼羞成怒？"

蓝绝松开手，缓缓地后退两步，道："换个要求！"

周芊琳看都不看他一眼，转身就走。

这一次蓝绝没有追，目送着她修长的身影在不远处的街角消失，他不禁握紧双拳，竟然有要控制不住自己情绪的趋势。

周芊琳转过街角，突然靠在墙壁上，双手捂着自己瞬间变得通红的面颊，大口大口地喘息着。

压力好大，此时此刻她肩头仿佛还有他那一双大手留下的热力。

不过她很快就忍不住"扑哧"一声笑了出来。刚才那一幕实在是太有趣了。

他一定被气坏了吧？哈哈！不过一向遵守承诺的宙斯会怎么样呢？

蓝绝气怒交加地回到宙斯珠宝店。

看着他铁青的脸色，修修和可儿都被吓了一跳，看着他的眼神也越发古怪起来。

蓝绝没有说话，而是直接返回自己的卧室去了，他必须好好思考一下。

"老板这是跟谁生这么大气？脸色好难看。"可儿惊讶地低声道。

修修摇摇头，道："我还是第一次见他这么生气呢。"

蓝绝回到房间，躺倒在床上，脑海中不断回荡着周芊琳动听的声音。

保镖！

这个词不断地在他的脑海中回荡。如果刚才这些话换个人说出来，恐怕他立刻就会让对方人间蒸发。可周芊琳不行，她是瑾瑜的妹妹，而且他还……

但这个要求实在是太让人难以接受了。天天守在她身边当保镖，这让一向崇尚自由的他如何接受啊？而且是两年多的时间，按照学制来计算，至少是两年零三个月。

不，不能答应她！无论如何也不能答应。

可是如果不答应，他就违背了自己的承诺。都怪他当时急切之中没有说出限制条件。而如果不对她进行补偿，他心中就始终会横着一根刺，如同骨鲠在喉。

此时周芊琳也躺在床上，淡粉色的纱幔将她的房间营造得如同一片花的海洋。躺在柔软的大床上，她的眼神有些迷离，也有些复杂，心绪不断变化着。

他会答应吗？如果他真的不答应，该怎么办？

"嘀嘀嘀！"

周芊琳瞬间就从床上跳了起来，但当她看到星际通信仪上的来电提示时，不禁又泄了气。

"小米，干吗？"

"我叫唐米！"星际通信仪另一边传来唐米愤怒的咆哮。

"好啦，好啦，唐米就唐米。"周芊琳无奈地道。

"听说你下周要回来上课了，你调整好了？"唐米问道。

周芊琳道："我有什么需要调整的？"

唐米道："当然是心情啊！大姐，出了这么大的事，你不会神经大条到瞬间就忘却了吧？"

周芊琳哼了一声，道："我早忘了，下周就回去上课。回头你把笔记给我抄一下。"

唐米嘿嘿一笑，道："要真的忘了才行。我可告诉你，你不能跟我偶像有什么。我以后可是要去做佣兵，并且要做追逐佣兵王脚步的美少女。你可不能跟我抢。"

"去，有异性没人性。"周芊琳没好气地挂断了星际通信。

"嘀嘀嘀。"星际通信仪再次响起。

周芊琳下意识地接通，道："不跟你抢，行了吧？只要你有本事。"

"不跟我抢什么？"诧异的声音从星际通信仪另一边传来。

周芊琳的身体瞬间一僵，道："是你？"

对方的声音有些低沉，简单的几个字却仿佛蕴含着巨大的勇气。

"你的要求，我答应了。"

第二十七章
当老师？

听到这句话，周芊琳的双眸渐渐亮起，嘴角噙着一抹笑容，慵懒地道："不要勉强。我从来都不强人所难。"

星际通信仪另一边仿佛有磨牙的声音传来。

"我不勉强！"

"那就好。"周芊琳不再挑衅他。

蓝绝强忍着将自己手中的星际通信仪砸了的冲动，深吸一口气，问道："你需要我在什么时候进行保护，做哪些保护工作？"

周芊琳道："我在家里时有严密的保护，你只需要负责我在学校学习期间的保护工作就好了，如果学校放假，你也放假。"

听她这么一说，蓝绝总算松了一口气——幸好不是随时随地贴身保护，总算还给他留了一些个人时间。

"那我以什么身份在学校保护你？我也进入学校，做你的同学？"蓝绝继续问道。

星际通信仪那边的周芊琳沉默了一会儿，道："大叔，请自重。你一把年纪了还做我的同学？"

"大叔……"蓝绝的面部肌肉直抽搐，他终于忍耐不住，愤怒地咆哮道："我有那么老吗？"他今年才不过二十七岁而已，以目前星际各联盟人类平均一百二十岁的寿命，绝对还是青年。而且据他所知，不少高等学院的国士学员要学到他这个年纪才能毕业啊！

周芊琳捂住嘴，不让自己的笑声传出去。好不容易才压制住自己的笑意，她道："挺老的，你别做学生了，太容易暴露。"

"我才二十七岁！"

"长得太着急了。"

"啪——"星际通信断了……

"哈哈哈！"周芊琳笑得在床上打滚，一种报复的快感瞬间传遍全身。

"嘀嘀嘀！"星际通信仪重新响起。

周芊琳赶忙捂住自己有些笑痛了的肚子，再次接通。

"周芊琳！我警告你，你再侮辱我的人格，我就……"

"你就怎么样？"周芊琳高冷地问道。

蓝绝一滞，这话换了别人问他，他有无数种回答的方式，可这话是从周芊琳嘴里问出来，他能怎么样……

"好男不跟女斗。欠你的，我会还。等这两年多时间过去，我们就再也没有任何关系。说吧，你想让我怎么进入学院？"蓝绝尽量让自己的语气平缓下来，他知道，自己越愤怒，周芊琳就越开心，绝对不能让这丫头得逞！

"进入学院当个老师吧，年纪差不多。怎么进去，你自己想办法。你不是很有本事吗？宙斯先生。"

说完这句话，周芊琳飞快地挂断了星际通信。

"老师？"蓝绝一呆，当老师？当什么老师？

华盟国家学院虽然不以培养机甲师著称，但也是真正的机甲学院。去一家机甲学院当老师，对于蓝绝来说，自然是再容易不过的事情。以他神级机甲师的能力，就算是到三大联盟最顶级的学院担任老师也是绰绰有余了。

哼！不能让这丫头如愿。诺言要遵守，但这遵守的方法可不是她说了算的。不是当老师吗？我就不当机甲老师！

想到这里，蓝绝的脑海中灵光一闪，渐渐有了一个特殊的构想，脸上不禁露出一丝坏坏的笑容，之前的郁闷一扫而空。

蓝绝抬起手，右手手腕突然一热。他在手腕上的一个金色手环上轻轻一按，一道柔和的金色光线先是射出，然后向外扩散，形成一个人像模样。

那是一位老者，身材高大、魁梧，脸上满是皱纹，看不出实际年龄，却有一双极其澄澈的蓝色眸子，深邃得仿佛能够映照宇宙。他身穿华贵的丝绸质感白色长袍，上面有许多银色线条，并且镶嵌着各种宝石。他头上戴着尖帽，右手无名指上戴着一枚硕大的红宝石戒指。

"尊敬的天火大道委员会各位委员，一个小时后，请到天火博物馆议事。如有事无法赶回，请提前告知。"

话音落，光影随之散去。

"天火大道委员会紧急会议"这几个字清晰地出现在蓝绝的脑海之中，让他不禁微微一惊。

天火大道上的店铺一共有一百六十八家，进行管理以及审核会员的，却只有委员会的十八位委员。

每个月，委员会都有两次例行会议，处理一些天火大道的内部事务，只有事情极其特殊的时候，才会召开紧急会议。

自从蓝绝来到天火大道之后，这还是第一次碰到紧急会议。

天火大道不只是一条贵族大道，也是一条异能者大道。能够进驻天火大道，成为一家店铺的店主，至少要是七级基因天赋的异能者，还要经过层层审核。而天火大道委员会的十八位委员，正是所有异能者之中的最强者。尽管这只是一个松散的组织，但在华盟，甚至是所有联盟中，都是赫赫有名的。

如果没有强大的力量作保障，天火大道也不可能屹立于天火星多年之后，依旧拥有自己独立的规则。

蓝绝迅速起身，换上一身深蓝色的三件套西装，左手戴上一枚尾戒，向外走去。

在房间灯光的照耀下，那枚尾戒在空中仿佛留下了一道充满生命气息的绿色光弧。

尾戒的样子十分奇特，本体是由银白色金属打造而成的，上半部分一侧较宽，一侧较窄，形成接近梯形的样子，并整齐地镶嵌着碎钻和蓝宝石，宛如金钱豹的豹纹一般，中央还镶嵌着一颗三角形的绿色宝石。那充满生命气息的绿色光芒就是它释放出来的。

蓝绝在出门之前，将尾戒在小指上旋转半圈，让那绿色宝石向内，从外面无法看到。

这枚尾戒有个名字，叫雷神的誓约。

第二十八章
天火大道委员会

天火博物馆，会议室。

古香古色的会议室占地面积很大，足有三百平方米。墙壁上悬挂着一幅幅价格高昂的名画，配上暗红色的整体装饰，古朴大气。

长桌两侧此时已经坐了十二个人，加上端坐于主位的占卜师，正好十三个人。

品酒师坐在占卜师左侧，身为珠宝师的蓝绝则坐在最左侧，蓝绝身边正是美食家。

占卜师抬起手，轻轻地敲了敲面前的桌面。众人的目光都集中到他身上。

"在天火星的委员已经都到齐了，其他五位委员都在不同星球有事。"占卜师苍老的面庞仿佛有一种奇异的魅力，所有人的视线落在他身上，却有种虚无的感觉。每个人的眼神中都或多或少带着一份尊敬。

作为天火大道的最长者和天火大道委员会会长，占卜师一向是天火大道的大脑。

占卜师继续说道："今天召大家紧急前来，是因为有一个突发事件，需要解决。华盟政务院今天找到我……"

听占卜师说到这里，坐在末位的蓝绝眼神微微一动。华盟政务院？难道是因为那件事？

"西盟教皇城堡派遣了使团前来华盟，指明要与我们天火大道进行交流。政务院那边，希望我们能够接纳这次交流。"

西盟的报复？蓝绝有些惊讶，但很快就否定了自己的想法。虽然奥斯迪家族在西盟势力庞大，但想要动用教皇城堡的力量，还是不可能的。教皇城堡在西盟的地位，就像天火大道之于华盟，甚至更高，不可能因为一场失败的政治联姻而出手。

能让占卜师如此重视，这次交流活动恐怕非同一般。

新元时代以来，机甲科技快速发展，已经成为战场上的主流力量。北盟、西盟、华盟，三大联盟都在全力开发新型机甲，培养精英机甲师。

三大联盟表面和谐，但实际上边境那几颗三大联盟共同拥有的行星上，经常会发生摩擦。

伴随着机甲科技的进步，在战场上，一名强大的机甲师驾驭超级机甲，已经拥有了改变一场战争的能力。而操控机甲需要强健的体魄，基因天赋越高的人类，就越容易被培养成为优秀的机甲师。因此，异能者也就格外受到关注。

异能者又分为几大类。先天基因天赋觉醒的，被称为先天异能者，华盟就以这种异能者为主。天火大道中生活着的异能者们，都是先天异能者。这也是成为天火大道一员的基本要求。

通过后天刺激，用一些特殊手段强行提升基因天赋的，被称为后天异能者。西盟大多是这一类型的。在提升基因天赋的各种药物研究中，西盟在三大联盟中首屈一指。西盟最具代表性的后天异能力量有两家，一个是教皇城堡，另一个则是黑暗城堡，两者对立。这两家说是城堡，其实就是异能者组织。

除了这两者之外，还有一种。将机械植入人类身体，与身体相结合，通过一些高科技手段，改善人类身体，以达到强化基因并且与机械配合的目的，使人类拥有强大力量。这一类被称为改造异能者。

北盟在这方面的科技最发达，拥有改造异能者组织——大联盟。

三种异能者之中，先天异能者数量最少，后两者数量相对较多。

后天异能者和改造异能者拥有迅速提升、形成战力的特性，但相比先天异能者，他们在理论上缺少了无限提升的可能。

占卜师继续说道："如果只是教皇城堡中教廷的异能者前来，倒是比较好应对。但这次同来的，很可能还有黑暗城堡的异能者。西盟这两大城堡关系紧张，不知为何，这次竟然共同前来。"

品酒师皱眉道："这所谓的交流，恐怕少不了异能者之间的切磋，所以我们要尽早想好应对之法。"

占卜师道："西盟教皇城堡和黑暗城堡的异能者会在一个月后抵达天火星。目前我们还没有他们这次访问交流的人员名单。尽管如此，我们也要做好交流准备。今天请大家前来，就是要确定一下，我们这边此次负责与对方交流的委员。目前来看，我们至少需要三位委员，参与本次交流。当然，还有其他一些店铺的店主。哪位委员愿意介入这次任务，现在可以报名。"

品酒师道："从这次西盟两大城堡同来的情况来看，规格应该不低，既然如此，这次我们这边就由我来带队吧。"他是天火大道委员会的副会长。

占卜师微微颔首，问道："还有哪位愿意？"

"也算我一个。"蓝绝举起手。无论这次来自西盟的交流是否与一周前的事情有关，但天火大道默许了他一周前的行为，所以该是出力的时候，他责无旁贷。

占卜师微微一笑，向蓝绝点了点头，道："好，珠宝师。"

"也算我一个吧。"又一个声音响起。循着那沙哑的声音看去，出声的是坐在占卜师右手末位的一名青年。

这名青年看上去比蓝绝略微年长，头发修剪得十分精致，向上翻起，身上穿着一件皮夹克，身材中等微胖，眼睛不大，带着几分慵懒。

"哟，阴狠毒辣的小剪子要出手啦？"一名少妇模样的女子笑道。

青年脸色一僵，道："我的代号可不是小剪子！"

少妇嘻嘻一笑，道："理发师不是用小剪子吗？人家裁剪师用的就是大剪子，也没说什么。我们这边负责的都是大男人也不好，算我一个吧。我们出四名委员，更显得对他们重视。"

占卜师点了点头，道："好，那这次的接待委员就定下了。品酒师带队，珠宝师、理发师、美容师共同参与。"

第二十九章
美容师与理发师

占卜师站起身，道："接待人员已定，其他委员可以先回去了，谢谢大家今天前来。"

其他天火大道的委员纷纷起身，悄无声息地离去，出了门，才有低低的交谈声。

"老学究，请您稍等。"蓝绝站起身，向坐在占卜师右侧首位的一位老者说道。

这位老者看上去年龄和占卜师差不多，身穿上元古中国样式的唐装，书卷气很浓，他的动作有些迟缓，看上去已经迈入风烛残年。但这位老者是天火大道委员会的另一位副会长，资格甚至比占卜师更老一些。

蓝绝快步来到老学究身边，搀扶着正要离位的他站起身。

"我有点事想要麻烦您，会后方便去书店那边找您吗？"蓝绝扶着老学究走到门口，才低声在他耳边说道。

老学究面带微笑，慈祥地点了点头，道："来吧，来吧。"

蓝绝答谢了一句后，才回到会议室自己的位子坐下。

会议室内只剩下占卜师、品酒师、珠宝师、美容师和理发师五位委员。

占卜师道："这次的事就麻烦四位了。我们还要再选二十位天火大道的店主，共同参与这次接待活动。品酒师，就麻烦你了。"

品酒师微微颔首，道："我负责选店主。"

"那我们就什么都不管，等着接待呗。"美容师妩媚地向品酒师微微一笑。她身穿粉红色长裙，相貌很美，身材更是绝佳，看上去二十八九岁的样子。

品酒师颔首道："具体的接待事务华盟会处理好，我们只需要负责交流就好。"

美容师瞥向斜对面的蓝绝，道："珠宝师小弟弟加入我们委员会之后，还未见他出过手呢。小弟弟，你这次可要加油啊。"

小弟弟……

蓝绝原本平静的表情瞬间僵在脸上，但他没有反驳。虽然他和天火大道的这些委员并不是太熟悉，但那位理发师他还是知道的。

美容师之前说理发师是阴狠毒辣的小剪子并不是无的放矢。据蓝绝所知，这位理发师在来天火大道之前，曾经是北盟的一位超级杀手，也是北盟悬赏金额最高的通缉犯。而这么一位人物在被美容师调笑的时候，却并没有怎么反抗，可见这位巧笑嫣然、看上去不到三十岁的美容师绝不是好惹的。

天火大道和西盟的两大城堡以及北盟的大联盟相比，异能者数量是最少的，却是公认的顶级异能者最多的。

能够入选天火大道委员，必然是九级以上的异能者才行。由于天火大道完全是松散式管理，在深层次接触之前，即使是这里的异能者，也并不清楚其他人擅长的能力是什么。

一位能力未知的九级异能者，无疑是噩梦！

能让蓝绝冲动得控制不住情绪的，最近这一年来，就只有那位敢于让他去做保镖的姑娘了。

品酒师淡淡地道："知己知彼百战百胜，让三位留下来，是因为接下来我们很可能会成为战友。所以我希望大家能够介绍一下自己的能力，也好相互熟悉。"

美容师摆弄着自己涂有星辰图案的指甲，道："没问题啦。我的能力叫梦幻。小弟弟，你呢？嘻嘻。"

看着美容师巧笑嫣然的样子，蓝绝心中却微微一震。梦幻！这在普通人听来，是很普通的词，听在他耳中却宛如惊雷。

他曾经听说过这个能力。传说二十年前，有一个女孩子全家被害，正当她要成为最后一个被害者的时候，她的异能觉醒了，正是梦幻。

她的梦幻异能觉醒之初，就是九级基因天赋。尽管那时候的她还远未能够掌控自己的能力，但是所有敌人瞬间陷入了修罗地狱一般的幻境之中。少女脑海中的恐惧全部以幻境的形式呈现出来，最终杀害了她家人的敌人全部死于幻境，无一幸免。

之后，这名少女因为受到了强烈的刺激，精神上出了问题。她在一座城市的街道上行走，持续导致巨大的幻境覆盖全城，几乎给那座城市带去致命的重创。

后来，那名少女被华盟军方的异能强者捕获，调查出其拥有的梦幻异能，判定其为领域类的强大异能者，将其抓走，据说是被秘密处决了。

蓝绝小时候曾经看过许多关于异能者的秘闻，这个故事正是让他记忆深刻的众多异能者故事之一，所以他还清楚地记得。而且，他更记得的是，梦幻异能极其罕见，至少在他的记忆中，似乎也就只有那一次出现过。难道眼前这位巧笑嫣然的美容师……

"小弟弟，你呢？"美容师双肘撑在桌子上，双手捧着自己的面庞，面带微笑地看着蓝绝。

"雷电。"蓝绝简短地说道。

理发师瞥了他一眼，道："我的能力是速度。"

速度？

蓝绝并没有因为他的异能是简单的速度而小看他。任何异能达到极致，都是极其可怕的。速度也是如此。理发师能够成为天火大道的委员之一，他的速度绝对不是一般的速度。

品酒师点了点头，道："好，今天就到这里吧。大家也算互相了解了。老规矩，委员会内部的一切，一律不能外泄，否则就是天火大道的敌人。"

美容师、理发师和珠宝师蓝绝都点了点头。

占卜师微微一笑，道："我简单地占卜过了，这次的事有惊无险，甚至还会发生一些有趣的事情。"

蓝绝缓步走出天火博物馆，正要向老学究的图书馆走去，突然背后传来理发师的声音。

"珠宝师。"

"嗯？"蓝绝回过身来。

理发师目光灼灼地凝望着他，道："我们试试手！"

第三十章
另一条天火大道

"没兴趣。"蓝绝今天的心情着实不怎么好,对于理发师的提议毫无兴趣,转身就朝着图书馆的方向走去。

"喇!"人影一闪,理发师就出现在了蓝绝前方,挡住了他的去路。

蓝绝横移一步,理发师宛如瞬移一般依旧出现在他的前方。无论蓝绝朝着哪个方向变换方位,理发师都挡在他身前一尺之外。

"我今天心情不好。"蓝绝停下脚步。

理发师撇了撇嘴,道:"我心情倒是很好。"

蓝绝淡然一笑,道:"既然你想和我交换一下心情,那就来吧。"

"真有趣,我来做裁判吧!"美容师笑嘻嘻的声音又传了过来。

三人返回博物馆,各自从怀中摸出一枚圆形徽章,戴在胸前。他们的徽章都是银白色的,徽章表面一共镶嵌着十八颗颜色不同的宝石。这些宝石最终勾勒成一簇彩色火焰的样子,只要略有光芒照耀在徽章上,都会在他们胸前带出一簇幻彩光芒。

三人走到博物馆内一台不起眼的电梯旁,美容师抬手在旁边的大理石上触摸了一下。

顿时,一道光芒从电梯上方扫落。光芒掠过他们胸前的徽章时,发出轻微的"嘀嘀"声。

电梯门随后开启,露出里面一个直径足有五米的圆形空间。

三人走入电梯,里面并没有任何按钮,电梯门自行闭合。

电子音响起:"欢迎美容师、理发师、珠宝师三位委员。"

轻微的失重感传来,表明电梯正在飞速下行。足足一分钟后,失重感消失,电梯门无声开启，喧嚣的声音顿时扑面而来。

三人在走出电梯前，不约而同地摘下自己胸前的徽章。这代表着委员身份的徽章，在眼前这个地方实在是太具有震撼力，是绝对的身份象征。他们并不希望自己成为被人瞩目的焦点。

电梯外，竟然有一条街道，十分宽阔，看上去竟和天火大道差不多。街道两旁，各种建筑林立。向上方看去，白云徐徐飘动，但仔细看就能发现，和真正的白云相比，它们似乎是有规律的。那竟是一个巨大的穹顶天幕。

和地上那条天火大道的清冷相比，这里着实要热闹多了。街道上熙熙攘攘的人流穿梭不停，很多店铺都是门庭若市。

是的，这里也是天火大道。

这是另一条天火大道，真正异能者的世界。三级以上基因天赋的异能者，无论是先天、后天还是改造的，只需要支付一笔费用，都可以来到这里。

在这里，有专门提供修炼的地方，有高端的异能者专属用品、机甲专属用品拍卖会，有可以进行生死战的擂台，有赌场，有商店，有任务平台，几乎应有尽有。这里有自己的规则，拒绝一切与罪恶有关的行业。而掌管这里的，同样是天火大道委员会。

在这里，没有人敢违背规则，因为没有人敢冒犯当今人类世界最强异能者联盟的威严。

地面上每一家天火大道的店铺，都拥有一台可以进入地下天火大道的电梯，但必须拥有店主徽章才能进入。而外来的异能者，则需要通过其他渠道进入。哪怕是店主，也只能通过自己店铺的电梯进入。只有十八位委员才能够凭委员徽章走任何一台电梯。

出了电梯，蓝绝、理发师和美容师很有默契地向左侧走去。和地面上的天火大道相比，这地下的天火大道两侧，各式建筑更加夸张，但依旧充斥着古朴的气息。这里诞生的时间，几乎和地面上的是一样的。甚至可以说，有了这条地下的天火大道之后，才有了地面上的天火大道。这里是异能者的乐园。很多异能者来到这里，都是为了提升实力、获取金钱、实现自己的欲望。

三人正向前走着，迎面走来一名身材魁梧的光头壮汉。这壮汉身高足有两米二，只穿着背心，粗壮的手臂绝对要超过美容师的腰围，走起路来，宛如压路机一般。最奇特的是，这壮汉的头上扣着一个金属壳。这金属壳遮住了他半边脸，露在外面的眼睛泛出的是令人心悸的红光。

一般来说，在街道上都是靠右前行，而这壮汉是逆行的，身上带着逼人的气势，大步前进。跟他在一边行走的异能者们都下意识地避让开来。

在这里没人愿意找麻烦，因为天火大道是不允许动武的。想要动武，只能上擂台。但这光头壮汉似乎不太清楚这条规矩。眼看着他就快走到蓝绝三人面前了。

蓝绝、理发师、珠宝师三人，显然都没有让路的打算。那光头壮汉到了近前，见三人竟然不让路，戴着金属面具的脸上顿时露出一丝狰狞的笑容，朝着正面的理发师走了过来。

理发师耸了耸肩膀，扭头向美容师道："总是有些想要破坏规则的人。"

"砰！"他话音未落，光头壮汉就已经撞了上来。

但是，令异能者们全都停下脚步的是，那光头壮汉庞大的身躯竟然像一条破麻袋一般抛飞而起，一直飞出十几米，才狠狠地砸在地面上。

速度和力量成正比，蓝绝看到的是双方碰撞前的一刹那。理发师突然变得虚幻了一瞬，然后肩膀就撞上了那壮汉的胸口。

美容师捂住小嘴，美眸中似乎满是震惊之色，道："小剪刀，你太暴力了，看着都好疼啊！"

理发师翻了个白眼，道："大姐，您能别这样吗？我杀的人估计还不够您的零头。"

蓝绝一直冷眼旁观，听了理发师的话，心中不禁一惊。一位超级杀手竟然说自己杀的人还不够别人的零头。

美容师的目光正好飘到蓝绝身上，她嘻嘻一笑，道："小弟弟，别听他瞎说。姐姐这么胆小的人，哪会杀人啊！"

第三十一章
七彩银

被理发师撞飞的光头壮汉此时已经从地上爬了起来。他也不是傻子，很清楚自己的身体强度，对方能够一瞬间将自己撞飞，就绝对不是他惹得起的，转身就要灰溜溜地离开。

"站住。"理发师冷喝一声。

光头壮汉回过身来，色厉内荏地问道："你想干什么？"

理发师懒洋洋地道："这话应该是我问你才对吧。你知道这里是什么地方吗？"

光头壮汉眼中凶光一闪，道："天火大道。"

理发师道："既然知道，你还敢蓄意破坏规则？"

光头壮汉低吼道："我没有破坏规则。天火大道哪一条规则规定不能在路上逆行了？"

理发师恍然大悟，道："原来你知道刚才是逆行啊！那就好。确实，你说得对，没有不许逆行的规定。但那是以前，从现在开始，这条规定就有了。因为是我说的。我会向天火大道委员会提交这条申请。而你今天的恶意行为，将受到惩罚。"

光头壮汉脸色大变，道："你胡说！你凭什么给我定罪？"说着，他突然扭头就跑。

理发师不屑地撇了撇嘴，道："大联盟的家伙就是这么没脑子。我们走吧。"

说着，他继续向前走去，似乎对那光头壮汉的离去并不在意。蓝绝和美容师同样没有再去看那个方向。

光头壮汉快步冲入人群，狂奔了一会儿后，扭头看去，见那面带邪异之色的青年并没有追上来，才松了一口气。

"跟我们走一趟吧。"一名身穿灰色西装、双手插在裤兜里的中年人，不知道什么时候来到了他身边，淡淡地说道。

光头壮汉一惊，问道："你们是什么人？"四周，七八名灰衣人已经默默地围了上来。

"天火大道执法队。"灰衣中年人一脸不耐烦地说道。

"你们凭什么抓我？"光头壮汉的全身肌肉开始飞速膨胀起来。

灰衣中年人叹息一声，道："你说你怎么就不长眼睛呢？你撞谁不好，没事儿找理发师大人的麻烦。你运气好，看来今天理发师大人心情不错，否则你以为还用得着我们来抓你吗？"

说着，他手上突然光芒一闪，光头壮汉闷哼一声，已经跌倒在地。

"带走。"

看着面前的圆顶建筑，蓝绝脸上流露出了几分好奇，道："我还是第一次来这里呢。这里叫生死擂，没错吧？"

理发师笑眯眯地看着他，道："没错。"

生死擂，专门给相互怨恨的异能者用于决斗。这里的决斗十分公平——双方签订生死契约之后，决出胜负，生死有命，任何人不许再进行报复。一些背景深厚又有深仇大恨的人，都愿意在这由天火大道委员会进行担保的生死擂决一胜负。在这里开赌的人是最多的。所以，这里的生意一向特别好。

蓝绝笑了，道："我突然觉得我的心情好一些了。理发师，你看，我们大家都是有身份的人，我们贵族从来不随便打架。不如我们赌点什么吧？"

理发师愣了一下："你要和我赌？"

蓝绝微笑着道："是啊！"

理发师双手一拍，发出"啪"的一声，笑道："那真是太好了！你怎么知道我好这口儿？哎呀，真不愧是委员，你太明白我的心了。好吧，说实话，我看上你店里那颗火灵钻了，就是足有五十克拉的那颗，可我又囊中羞涩。咱们也不太熟，我不太好意思直接跟你要。"

蓝绝脸上露出恍然大悟之色，道："原来如此，你早说嘛。大家都是委员，一点折扣我还是可以做主的。不过，看你这样子，是不打算花钱了？"

理发师认真地点了点头。

美容师在旁边笑吟吟地道："既然你们请我做裁判，那我就一定要主持公道，要让这场比试变得公平。小剪子，你想要人家的火灵钻，就要拿出价值对等的东西来。"

理发师道："那是当然，我一向童叟无欺。珠宝师，你看这个怎么样？"

说着，理发师探手在怀中一摸，下一刻手中已经多了一样东西。

那是一块巴掌大的金属，表面散发着梦幻般的光泽，似乎有阳光从其中散发出来，七彩闪烁。

蓝绝眼睛一亮，立刻毫不犹豫地道："这是一场公平的赌约！"

理发师拿出的这块金属，有个好听的名字，叫七彩银。它具有超强的传导性，其珍贵程度，甚至在锝精之上，能够传导绝大多数异能。只要在合金之中掺入一点七彩银，打造出的异能者武器就能够具备放大异能的作用。巴掌大的这么一块七彩银，价值之高，绝对超过理发师想要索取的那颗火龙钻。

锝精还能在固定的星球进行开采，而想要得到这七彩银只能碰运气，采集起来是非常困难的。只有一些特殊金属会伴生一点七彩银。

理发师将手中的七彩银直接递给美容师，道："那就这么说定了。"

说着，他率先走入生死擂之中。

生死擂并不是只有一个擂台，而是由多个擂台组成的。从外表看上去，这座建筑并不算特别大，但内部的擂台全都拥有空间技术。任何人来到这里，申请生死战或者切磋战后，只需要缴纳一定的费用，就会有专门的工作人员作裁判，登记、记录之后，就可以开始战斗了。

身为天火大道委员会的委员，蓝绝他们在这里使用生死擂的擂台自然不需要花钱，而且他们使用的还是最高等级的擂台。这是顶级强者比拼的必需品。

理发师申请了切磋战。尽管他们是委员，但也需要进行登记、记录。至于赌约，那都是私下进行的。如果由生死擂进行仲裁的话，他们将要缴纳赌约物品价值的百分之十作为抽成。

"珠宝师，我们就不需要给他们抽成了吧？"理发师向蓝绝耸了耸肩膀，问道。

蓝绝微微一笑，道："随意。"

第三十二章
切磋擂

美容师从工作人员手中取出两枚徽章，分别递给他们，道："进去吧。我都等不及了呢。"

理发师深深地看了蓝绝一眼，在手中的徽章上轻轻一按，顿时，一道银光笼罩了他的身体。他向前跨出一步，迈入了面前有"二十三"标号的光门之中。

蓝绝微微躬身，向美容师致意后，同样开启徽章，一步跨出，进入擂台所在的房间。

光芒一闪，他们眼前的景物就变了。

这是一座圆形擂台，直径足有三百米，巨大无比。理发师已经出现在了擂台的另一侧，将双手背在身后，正笑眯眯地看着蓝绝。

蓝绝还是第一次来生死擂，不由得认真打量起周围的情况。

圆形擂台的地面是由特殊材料制作而成的，周围是墙壁，一直向上延伸，构成一个高达百米的巨大圆弧。整个擂台就像被笼罩在一个巨大的罩子之中。

电子音响起。

"欢迎进入S级切磋擂。切磋无规则，通过呼喊'认输'或者启动房间徽章，即可脱离战斗。主动脱离战斗者，为负，将会被记录在案。"

"切磋擂，对战双方：理发师，珠宝师；切磋时间不超过六十分钟。"

"切磋，开始！"

一连串电子音响起，简单直接地介绍了这里的规则。

"看样子，珠宝师，你是第一次来这里啊！"理发师并没有急于发动攻击。

蓝绝点了点头，道："是啊，第一次。"

理发师微笑着道："我一定会给你留下一个好印象的。不过，你可不要哭鼻子哟。"

蓝绝同样对他报以微笑，道："我们贵族公正、谦逊、博学、智慧，但从来不幼稚。"

理发师脸上的笑容骤然收敛，他所站的位置距离蓝绝足有一百五十米。

"你说我幼稚？"

"呵呵。"

理发师冷冷地看着蓝绝，抬起右手。也未见他做什么动作，整个擂台内仿佛突然扭曲了一下似的，发出一声奇异的响声。

"轰！"

剧烈的轰鸣在下一瞬响起，只见蓝绝身体周围亮起一团刺目的蓝光，而蓝光表面像被什么东西撞击了，剧烈地动荡着。

蓝光不断闪烁，宛如被巨浪拍中，承受着巨大的压力，光影摇曳。

"能将速度用到你这程度，真不错。"蓝绝由衷地赞叹道。

是的，理发师的攻击优势是速度。他抬起的右手快速拍出，凭借着超快的速度，压迫空气，产生爆炸。双方距离一百五十米，他只凭速度拍出的这一掌能产生这等攻击强度，着实惊人。此掌速度之快，在某一瞬间一定接近了音速。

"你也不错，不过，我第一次见到蓝色的乌龟壳。"理发师讥讽道。下一瞬，他的身体已经消失了。

"轰轰轰……"一连串轰鸣响起，蓝绝释放出的蓝色光罩在刹那间仿佛被无数把大铡刀斩中，迸发出一团团刺目的光芒。恐怖的冲击力在擂台地面上带起一道道深深的沟壑。

蓝绝眉头微皱，就那么静静地站在原地。他似乎没什么反应，或者说是根本就没办法进行什么反应，只能硬扛着那已经凭借速度隐匿于空气中的理发师的狂攻。

"嗖！"理发师重新出现。这一次他出现在蓝绝斜前方距离地面五十米的空中。

"你打算凭借异能防御到我能量消耗殆尽吗？那要看你的防御力有没有那么强了。"理发师冷冷地看着蓝绝。

"嗡嗡嗡……"低沉的嗡鸣声不断地在理发师身体周围响起，他的异能终于显现出了颜色。那是淡淡的青色。

蓝绝看着他，脸上流露出一丝古怪的神色。

青色代表的是风元素异能。理发师想施展速度优势，依旧要凭借风的推动。

理发师摇身一晃，骤然从天而降。当他起步的下一瞬，空中骤然迸发出"砰"的一声。

突破音障！超音速！

一瞬间，理发师的拳头就出现在了蓝绝面前。那蓝色光罩应声内陷、龟裂，然后化为无数蓝色光点，轰然破碎。

但是，理发师脸上的冷峻表情在下一瞬间凝固了，因为一只有力的大手正稳稳地抓住他的拳头。

"你怎么可能这么快？"理发师呆呆地看着蓝绝。

蓝绝看着他，有些惋惜地摇了摇头，道："你的基因天赋只能勉强达到九级而已。你能达到的只是超音速，我想，你最多也就是不超过四倍音速的水准吧。到了九级这个层次，每突破一重瓶颈，实力都能翻倍。你的基因天赋不过九级一重，虽然你对自己的基因天赋已经掌控得极好，但是还不够。我见过一位九级九重基因天赋的风元素异能者，他能化风为暗，化风为光。你的天赋不错，不过药物使用得有点多，限制了你未来的发展。在基础修炼上，你多努力吧，毕竟你还年轻。"

尽管蓝绝看上去比理发师年纪小，可此时教训起人来，倒真有几分老师的样子。

"九级九重？风系异能根本不可能达到九级九重！"理发师身体周围青光闪动，全力以赴地想要将自己的手从蓝绝的手掌中抽出来。

"孤陋寡闻并不可耻，但不要说出来嘛。你输了，谢谢你的七彩银。"蓝绝微微一笑，理发师身体周围的青色光芒骤然变成了蓝色。下一瞬，他整个人闪烁着蓝色电光飞了出去。

"啪啪啪！"掌声响起，美容师不知道什么时候已经来到切磋擂。

"精彩，小弟弟，没想到你竟然如此强大！真是让姐姐大开眼界啊！不过，你只说了他的速度不够快，可是，身为雷系异能者，你的速度又为什么会那么快呢？"

蓝绝看看从地上勉强爬起来驱散了身上雷元素的理发师，再看看巧笑嫣然的美容师，轻叹一声，有些无奈地道："你们两个一起上吧。"

第三十三章
从不说谎

“嗯？”理发师和美容师同时一愣。

蓝绝很自然地道：“你们不就是这么打算的吗？”

理发师和美容师对视一眼，脸上都流露出了吃惊之色。

美容师理了理头发，微笑着道：“小弟弟，你是怎么看出来的呀？”

蓝绝耸了耸肩，道：“这不难啊！刚才他出手之后我就知道你们是一伙儿的了。你一直叫他阴险毒辣小剪子，可他的战斗风格是偏正面对抗，所以你之前一直在误导我。更何况，你们要不是一伙儿的，这都打完了，你进来干吗？虽然我是第一次来，但我也知道，正常情况下这里是不会允许第三人进入的。”

美容师狠狠地瞪了一眼理发师，道：“早就跟你说过，让你装一装，别那么硬打硬冲的！你就是不听，被人家看出来了！”

接着，她转过头，再次看向蓝绝时，那娇颜上又已经满是微笑：“小弟弟，你可真厉害。只是不知道，你是九级几重呀？”

蓝绝眨了眨眼睛，道：“我也不知道我该算在第几重呢。”

美容师噘起红唇，一脸不满地道：“小弟弟，你可真不诚实。”

蓝绝叹息一声，道：“我从不说谎话，而且，美容师姐姐，我必须告诉你，我真的不小了。”

美容师脸上的笑容消失，以她的身体为中心，粉红色光芒磅礴而出。一瞬间，整个擂台周围就变成了粉红色的世界。

刺耳的厉啸声、恐怖的尖叫声此起彼伏。地面上，一团团冤魂缓缓升起，一只只骨爪攀爬而出。刹那间人间仿佛化为地狱，众人犹如身在修罗场一般。

理发师消失了，刺耳的气爆声也没有再次出现，他已经隐匿于地狱的利刃之中！

蓝绝只是举起手，高呼："看在七彩银的分上！"

天火博物馆。

"哎——"占卜师叹息一声，脸上露出似笑非笑的表情。

品酒师微笑着问道："你叹息什么？"

占卜师道："我们这样做真的好吗？"

品酒师道："有什么不好的？我们不这样做，他们也会忍不住这样做的。堵不如疏，他们不服珠宝师也不是一天两天了。毕竟当初珠宝师加入天火大道的时候，破例的地方太多了。这三年来，他又过于低调，趁着这次对抗树立他在委员会内部的地位也是好事。"

占卜师道："今天早上我一看到理发师，就觉得他面色晦暗，有破财之相；珠宝师却红光满面，而且红鸾星动，似有好事。"

品酒师笑道："让他们自己解决吧。珠宝师那小子虽然心黑点，但下手还是有分寸的。"

占卜师道："他那不叫有分寸，叫细水长流。小心你那些宝贝酒吧。"

品酒师哼了一声，道："这小子有的是钱，却抠门得很，真不知道他要那么多钱干什么。而且，他选酒的眼光甚至比美食家还毒辣，这三年，我有好几箱珍藏的酒都被他开了。"

占卜师呵呵笑道："那也是你自己愿意的，酒友难得啊！再好的酒，要是给我，我也喝不出好来。看得出你很喜欢那小子。他虽然占了你不少便宜，但总有一天他会加倍还给你的。"

"哦？"品酒师一脸惊讶地看着占卜师。占卜师说出来的话绝对不会假。

地下天火大道。

心情大好的感觉真是不错。蓝绝轻轻地抛接着手中的七彩银，走出了生死擂。他在周芊琳那里受的气已经一扫而空，喝了一杯冰水，心中畅爽。

蓝绝走出来不久，理发师和美容师也从生死擂中走了出来。

此时美容师那头棕红色的长发呈大爆炸式，她就像捍卫领地的雄狮一般，咬牙切齿地看着蓝绝离开的方向。

理发师更凄惨一些，脸上的表情像便秘了一个月似的，一只手捂着肚子，那叫一个痛不欲生。

"亏死了！居然被那小子完克！"理发师气急败坏地咆哮道。

美容师一边梳理着自己的头发，一边没好气地道："都怪你那么没用！我的七彩银啊！"

理发师脸上的愤怒渐渐收敛，取而代之的是冷峻与凝重："珠宝师的强大完全超出了我们的判断，我看他至少是九级四重的基因天赋。你觉得呢？"

美容师点了点头，道："差不多吧。我是九级二重，你是九级一重，我们的异能又可以相辅相成。没有四重的实力，想要秒杀我们哪有那么容易？"

理发师的面部肌肉抽搐了一下，道："什么叫秒杀？我们还坚持了一下！"

美容师讥讽道："真的是，一下！"

蓝绝沿着地下天火大道前行，朝着一个店铺走去。

这家店铺宽十几米，整体设计融合奢华的古典风格与简约的新古典主义风格，如镜子般的深蓝色墙壁十分显眼。明亮的橱窗内展示着几件光彩夺目的珠宝。店铺顶端的正中间，四个字母组成了闪烁着宝蓝色光芒的店名——Zeus。

门是由不知名的深蓝色金属铸造而成的，没有过多的装饰，只有一道闪电形印花。

是的，这也是一家宙斯珠宝店，竟然和地上的那家一模一样。

蓝绝推门而入。

"叮叮叮……"清脆的门铃声响起，一名少女迎了出来。

"老板，您来啦！"

这名少女身穿黑色连衣短裙，上身还穿着一件洁白的衬衫。短裙刚到膝盖，正好露出她修长白皙的小腿。她有一头绿色短发和一双明亮的淡绿色眸子，脸上带着甜甜的笑容。

"果果，这几天生意如何？"蓝绝向她打了个招呼。

果果甜甜地一笑，道："不好。"

"不好？"蓝绝有些诧异。

果果嘻嘻笑道："老板不来看我们，当然不好啦，生意倒是还行。"

"不来最好，还清净呢！"一个气哼哼的声音响起。一名刚刚接待完客人的服务员向这边走来。

同样的衣服穿在这姑娘身上和果果的甜美效果截然不同。她身高超过一米七五，充满健康的气息，一头火红色长发干练地盘在头顶，黑框眼镜则使她在火辣的气场中多了几分知性的味道。她那双粉红色的眸子仿佛迷人的宝石。

第三十四章
能量宝石

"米卡，你就一点都不想我吗？"蓝绝笑眯眯地靠着柜台，目光飘向身材火爆的那位女服务员。

米卡哼了一声，道："一个半个月都不露面的老板，有什么可想的？"

林果果也有些不满地道："老板，你要是再这样的话，我和米卡姐要申请跟修修姐和可儿姐换地方了。我们成天在这个不见天日的地方累死累活，你都不来看我们，好伤心呢。"

蓝绝拍拍额头，笑着道："好了好了，姑娘们，我错了还不行吗？以后改正，一定经常来看你们。"

米卡转怒为喜，道："这还差不多。"

"哦，对了，老板，你来得正好，有件事情必须要你来处理呢。"林果果正色道。不过，就算这样，她看上去依旧是甜甜的。

"哦？什么事？"蓝绝问道。

林果果道："昨天有位客人拿来一块宝石想要出售，我和米卡姐姐都看过了，但有些拿不准。那客人要的价钱很高，我们不敢随便接下来。"

蓝绝点了点头，道："拿给我看看。"

宙斯珠宝店不仅出售珠宝，也收购珠宝，当然，收购的价格要比市场价低一些。

地面上出售的宝石大多数是瑰丽璀璨的装饰品，而这地下的天火大道情况不同。这里也卖宝石，但不再只是装饰品，而是真正有实际意义的能量宝石。

进入新元时代后，人类不断进行星球大开发，逐渐发现了一些蕴含着特殊能量的宝石。这些宝石的作用各不相同，被统称为"能量宝石"。

无论是应用机甲，还是异能者打造属于自己的异能武器，都需要能量宝石来进行提升。一些特别稀有又作用巨大的能量宝石，价格极为高昂。

　　今天理发师和蓝绝打赌时用来做赌注的火灵钻就是如此。火灵钻的作用是能量压缩。它能够将一单位的能量进行五倍压缩，使其体积只有原来的五分之一，威力却增加三倍。越大的火灵钻，一次性压缩的能量就越多。宙斯珠宝店的那块火灵钻，足以将一位九级基因天赋异能者的全力一击压缩。虽然火灵钻在使用后会立刻破碎，但这一击的威力很有可能决定一场关键战斗的胜负。

　　火灵钻这种一次性使用的宝石还不是特别珍贵的，更加珍贵的是那些能够重复使用的能量宝石。一般来说，同等作用的能量宝石相比稀有金属，作用至少大十倍。至于这价格，却有可能相差百倍了。

　　因此，一台顶级的机甲一定是稀有金属和能量宝石结合而成的产物。

　　过了一会儿，林果果拿着一个银色的金属盒走了过来。这金属盒体积不大，也并不如何华丽，但蓝绝一眼就看出这是重铅打造的。这种金属盒一般都用来装具有强烈辐射性的宝石。而这一类宝石绝大多数都对人体有害。当然，也有一些能刺激人体基因天赋、增强异能的，那样的能量宝石可就是无价之宝了。

　　"老板，我们已经进行过辐射分析了。这块宝石的辐射很奇怪，对人体无害，但也并不有利。它的辐射强度很高，具有很强的金属穿透性。那位客人似乎急于用钱，待会儿应该会再过来。他说我们要是不收，他就拿到别的地方去卖了。"

　　蓝绝接过盒子，小心地将其开启。一团柔和的蓝色光芒从他手上发出，将整个盒子包覆在内。对此，林果果和米卡似乎早就习以为常，并不惊讶。

　　金属盒打开，里面有一颗乒乓球大的宝石。这明显是一块原矿，矿石本身呈现为棕褐色，能看出结晶，内部无结构，显得非常通透，只有表皮乌蒙蒙的，看上去并不起眼。它释放出的辐射确实很强，能明显感受到。

　　"那个人要卖多少钱？"蓝绝沉声问道。

　　两位女店员进入工作状态，都收起了嬉笑之色。林果果道："他要五十万新元币。"

　　蓝绝毫不犹豫地道："给他。"

　　米卡眼睛一亮，问道："老板，你知道这宝石是干什么用的吗？"

　　蓝绝摇了摇头，道："我不知道。但是从这块能量宝石的能量强度分析，这至少是一块A级宝石。这能量本身非常纯粹，似乎被压缩在了内部，没有散发出来，所以表现形式就只是辐射，而没有明显的能量波动。"

A级宝石？听到这四个字，米卡和林果果的美眸中仿佛都绽放出了钻石一般的光彩。

能量宝石的价值由高到低分别是：S级，A级，B级，C级，D级，E级，F级。

每一个等级和上一个等级的价值都相差十倍。一般来说，宝石的价值和它本身的品级、体积成正比。

S级宝石在三大联盟一年都见不到几块，几乎都是顶级拍卖会的宠儿。一般来说，A级宝石已经是能够见到的最好的宝石了。火灵钻不过是一块D级宝石而已。一块A级宝石拥有的能量，足以媲美一台顶级机甲。而顶级机甲上如果没有安装A级以上的宝石，那就根本称不上是顶级。

林果果和米卡在这个行业很有经验，她们熟知市场上任何一种S级和A级宝石，但眼前这种，她们都没见过。但这并不妨碍她们相信自己的老板。如果这块宝石是A级的，那么它的价值衡量单位就是亿元。

"我立刻去联系卖家。"米卡当机立断，转身就走。

发现一块A级宝石，蓝绝也不着急走了，不时把玩着手中的宝石。五十万新元币对他来说并不算什么，一瓶好酒的价钱罢了。就算这块宝石是伪A级，也有留下来研究的必要；而一旦是真的，这笔生意就是大赚特赚。更重要的是，这种A级宝石既然市面上还没有，那就意味着他有可能获得其产地的相关信息，从而进行开采。当然，这种可能很渺茫。具备庞大能量的宝石都有很强的排他性，几乎不太可能存在太多。

第三十五章
米卡的火焰

褐色宝石的卖家是一名身材高大的男子，他头戴墨绿色兜帽，遮住了自己大部分面庞。

"这宝石是你的？"蓝绝指了指面前的金属盒。

高大男子点了点头。

蓝绝微微一笑，问道："天火大道的规矩你懂吧？"

高大男子再次颔首，也不说话。

"那可以进行交易了。米卡，付钱给他。"

"是，老板。"米卡将一沓最大面值的金色新元币递给那名高大男子。一万一张，一共五十张。

那兜帽男接过钱，连看都不看，转身就向外走去。

"等一下。"蓝绝叫道。

"银货两清，按照天火大道的规矩，我们已经再无瓜葛。"兜帽男的声音明显使用电子变音器改变过了。

"当然。"蓝绝点了点头，道，"可如果我愿意再支付你一些新元币来询问这宝石的来历，就是另一笔生意了。你有权选择不接受。"

兜帽男似乎松了一口气，他摇了摇头，转身推开宙斯珠宝店的大门，就要走出去。

门推开了，但他没有向外走，反而后退几步，身体明显有些僵硬。

门外，三名男子结伴走了进来。

走在最前面的男子身穿黑色皮装，外罩黑色兜帽，脸上还戴着面具，只露出一双精光四射的眸子。跟在他身后的两个人也是类似打扮，只是没有戴兜帽，只戴着面具。

"奥利佛，东西呢？"为首的面具男向绿色兜帽男沉声问道。他嘴上虽然问着，但目光已经落在了蓝绝这边，因为那装有宝石的盒子一直都在蓝绝面前放着。

绿色兜帽男猛然跨出一步，一拳就朝着那黑色兜帽男轰了过去。

"砰！"黑色兜帽男抬手挡住，顿时激起一股气流。

"住手！"娇喝声响起，米卡已经一脸愤怒地向他们走了过去，"不知道这里的规矩吗？"

两名兜帽男同时撒手，黑色兜帽男沉声道："小妞，少管闲事。"

坐在那里的蓝绝幽幽一叹，道："看来最近我们对规则的维护力度不够大，怎么想要破坏规则的人这么多？米卡，把他们都扔出去，让执法队把人带走。"

"是，老板！"

米卡的右腿弹射而起。

那几个人还没来得及欣赏她那修长的美腿，就觉得面前突然变成了一片火红色。

包括绿色兜帽男在内，四名男子身上全都瞬间笼罩上了一层火红色。他们甚至连挣扎的余地都没有，就缓缓地软倒在地。

米卡左手一挥，宙斯珠宝店的店门自然开启。她一脚一个，将四个已经完全软倒在地的男子踢了出去。

米卡跨出大门，双手叉腰，大声喊道："执法队都是吃干饭的吗？赶快把这几个垃圾弄走。"说完这句，她也不管天火大道上众多异样的目光，直接甩上珠宝店的大门，走了回来。

"太彪悍了！"蓝绝做了个蒙脸的动作。

林果果在旁边嘻嘻笑道："还不都是老板你惯得。"

蓝绝嘿嘿一笑，道："彪悍点好啊，省得被人欺负。不过，我说米卡，咱以后能不能用点其他的招式？就不要一个劲地在别人面前秀你的美腿了。"

米卡向他抛了个媚眼，道："老板，反正别人也看不到，人家是秀给你看的嘛。"

蓝绝站起身，道："别，我害怕你把我也烧了。我先走了。话说，前些天我见到楚城了，他对你可是念念不忘啊！你就不考虑一下我这二哥吗？"

米卡脸色一变，一脸幽怨地道："就算你不喜欢人家，也不要把人家随便推给什么阿猫阿狗的呀！你要是非想撮合我们，那我还不如死了算了。"

"得，当我没说。"蓝绝拍拍额头，同时在心中为某位阿猫阿狗默哀。不过，自己二哥是阿猫阿狗，那自己算什么？米卡这丫头啊！

林果果和米卡一直将蓝绝送上店内通往地面的电梯。米卡向林果果道："果果你看家，我去执法队那边看看。"有些事情，根本就用不着蓝绝吩咐，她就会处理得妥妥当当。身为宙斯四侍之首，她在各方面的能力都是首屈一指的。

回到地面，蓝绝手中拿着那个装有宝石的重铅盒。这块宝石之中的奥秘，他要仔细研究一下才能确认。

电梯直达地面宙斯珠宝店内部。蓝绝没有在店内停留，出了店铺，直奔图书馆。他和老学究约好了的。

一想到要请老学究帮忙的事，蓝绝原本因获得七彩银和手中宝石的好心情立刻又变得灰暗了。两年多啊，那可是两年多的时间啊！

老学究在天火大道地面上的书店很小，面积和蓝绝的宙斯珠宝店相比也差不了多少；和哥特老酒坊、天火博物馆相比，却小得太多了。

不知道真相的人绝对想不到，就在这书店地下的那间店铺里，经营着各种异能者修炼之法，而且店铺极大。

老学究就坐在店铺门口的躺椅上，躺椅旁边是一张藤木的茶几，上面放着一个紫砂壶。和之前落云茶社的紫砂壶相比，这个紫砂壶的包浆要浑厚得多，显然是经常使用的缘故。

"坐吧，找老夫什么事啊？你这小子，一向是无事不登三宝殿。"老学究看着蓝绝，笑眯眯地道。无论是对谁，这位长者总是笑脸迎人。

蓝绝微微一笑，道："原本只是一件事，但现在恐怕要变成两件事了。"

第三十六章
气死人不用偿命吧?

"两件事?"老学究道,"说来听听。"

蓝绝将手中的盒子递给老学究,道:"这是我的人刚收上来的一颗宝石,辐射很强,我用能量检查过了,这颗能量宝石内部仿佛被压缩了一团很强的能量,似乎有A级水准。但这宝石并没有记载,您是咱们天火大道最博学的人,所以想请您看看。"

老学究接过他手中的盒子,直接打开。在他双手之上,有一层淡淡白光闪烁,盒内辐射没有半分泄露出来。

老学究取出宝石,仔细看了看,片刻后,微微皱眉,道:"如果你不着急的话,就先放在我这里吧,我好好检查一下。这确实是一种没见过的能量宝石。"

"好。"蓝绝毫不犹豫地一口答应。老学究不只是个卖书的,更是一位极其厉害的科学家。很显然,这块宝石引起了老学究的好奇。

"另一件事呢?"老学究随手将盒子放在茶几上。

蓝绝道:"我记得您和全联盟的各大学院都有很好的关系,不知这华盟国家学院您熟不熟悉?"

老学究瞥了他一眼,道:"怎么?你小子打算回炉深造?不用了吧,我看你是朽木不可雕也,也没什么可学的了,哈哈哈哈!"

蓝绝额头上黑线直冒,这位老学究着实有点脱线。

"您说得对,我是朽木。我是想进华盟国家学院去当老师。"

"当老师?"老学究一愣,脸上笑容顿时收敛,一脸惊奇地看着蓝绝道,"你打算当老师?我没听错吧?你可别去误人子弟。"

蓝绝苦笑道:"老学究,我在您心中究竟是个什么形象啊?"

老学究道：“也没什么形象，只是不久前我在某个卫星上一不小心看到某个人去抢人家的新媳妇，真不是个好东西。”

“呃……”蓝绝脸上表情一僵。那时候，他明明屏蔽了天火星所有的卫星，老学究是怎么看到的？

老学究悠悠地道：“关系是有的，去当老师也没什么问题，不过，老夫教书育人一辈子，可不希望我推荐的人去误人子弟。”

蓝绝苦笑道：“教书我确实不太会，我去华盟国家学院主要是为了保护一个人，所以，您帮我找个闲职就行了。”

老学究道：“那你想教什么？”

蓝绝低声在他耳边说了一句什么。

老学究听完了他的话，脸上的皱纹仿佛都凝固了似的，道：“你不是开玩笑的吧？”

蓝绝正色道：“这方面确实是我擅长的，而且，我保证不会误人子弟。学习这些东西，对学生绝不会有坏处。”

老学究表情古怪，看着他，喃喃地道：“有意思，好像还真有点意思。好吧，那你就去试试。不过，要是被学院辞退，老夫可饶不了你。”

“您放心，我有分寸。”得罪谁，蓝绝也不敢得罪眼前这位啊！他从品酒师那里听说过关于眼前这位的传说。这位可是能够将科学化为异能的大拿，不出手则已，一出手就是石破天惊。一个能在太空中徒手释放阳电子炮的疯狂科学家，谁敢得罪？品酒师曾经对蓝绝说过，在天火大道上，只有两位的综合能力能够被评定为十级，老学究就是其中一位。他也是天火大道的终极武器之一。之所以是综合能力，而不是基因天赋，就是因为人家依靠的是科学的力量。老学究自身的基因天赋不过六级而已。

至于另一位，自然就是占卜师了。可表面看上去，这二位又都是不擅长战斗的。只有内部委员们才知道，他们不是不擅长战斗，而是不擅长小规模战斗，他们只会毁天灭地而已……

“小家伙，该展现力量的时候不要藏得太深，有的时候，就是要让人家知道，那样能少很多麻烦。”

三天后，一封来自华盟国家学院的聘书送到了宙斯珠宝店。

“老板，您真的要去当老师吗？”可儿双眼放光，看着蓝绝。

蓝绝一脸无奈地点了点头，道：“是啊！”

可儿赞叹道："那您一定是最帅气的老师！不过，老板，您这是为什么啊？"

蓝绝嘴角抽搐了一下，道："没事儿闲的呗。"

"咳咳！"可儿似乎被自己的口水呛到了，"我陪您去吧，好不好？对了，美食家让我提醒您，两天后蓝鳍金枪鱼就可以吃了。"

"嗯嗯。"蓝绝眼睛一亮，总算有个好消息，"我先去后面休息会儿，准备一下好去学校报到。"

"要我帮你收拾东西吗？"修修柔声问道。

蓝绝摇了摇头。

蓝绝回到自己的卧室，打开星际通信仪，拨通号码。

片刻后，一个好听的声音从星际通信仪中传出："干什么？"

蓝绝淡淡地道："如你所愿，我下午就去你们学院报到了。需要怎么保护你？"

另一边，那动听的声音沉默了一会儿。

"先保持联系吧，下午我带你在学院转转，熟悉一下环境再说。"

"好。"蓝绝有气无力地答应着。

"对了，你叫什么名字？"周芊琳问道。

"……"蓝绝发现，自己不知道为什么总是那么容易被这丫头激怒，"那天我没告诉过你吗？"

"你说过吗？那我忘了。对一些不重要的人和事，我总是不太会花心思记忆的。"

"我叫蓝绝！"蓝绝冷冷地道。

周芊琳道："我想了想，觉得我们表面上还是不要显得相互认识比较好。你以后就在暗中保护我吧。怎么保护是你的事情才对，不应该由我来决定。"

蓝绝愣了愣，问道："为什么？怎么突然改变主意了？"

周芊琳道："因为我突然想到，同学们如果知道我认识你，肯定会质疑我的品位。"

蓝绝："……"

周芊琳道："对了，问你个法律上的问题，气死人不用偿命吧？"

"周芊琳，你知道我去你们学院是教什么的吗？"蓝绝脸上的愤怒突然消失了，取而代之的是狡黠的笑容。气死我？小妞，你道行还差着级数呢。

第三十七章
生活品位老师

蓝绝的问题把周芊琳问得愣住了。难道他不是教机甲？

蓝绝展开手中的聘书，一个字一个字地念道："特聘蓝绝先生为本学院副教授，负责特设课程——生活品位。"说完这句话，他直接挂断了星际通信仪，心想：让我教机甲？你想得美！

周芊琳看着手中的星际通信仪，原本得意的表情迅速变得古怪起来。

"生活品位？学院什么时候有这么一门课程了？他想要教些什么？"

蓝绝看着手腕上的星际通信仪，哼了一声，但很快他就失笑着摇了摇头。他什么时候这么容易情绪激动了？或许真的是因为她长得太像赫拉了吧。

一想到那张与赫拉几乎一模一样的脸庞，他心中就不禁有些疼痛。但对于即将前往华盟国家学院担任老师，他似乎有着一丝期待。

尽管明知道那个女孩并不是赫拉，但他内心深处终究还是有一份期待。至少，看着她的时候，他总能回想起与赫拉在一起的种种。

他查看了一下地图，华盟国家学院距离天火大道并不太远，也在天火城中，不过走路的话，还是有点距离的。

明天就要去华盟国家学院报到了，他回想起自己的学院生活，要追溯到十年前了。那时候，他才十几岁，而且还是学院里有名的问题少年。

一抹微笑不自觉地浮现在他的面庞上。回忆是宝贵的，少年时代的青涩与狂野仿佛就在昨日。明天他又要进入一所学院了，但身份发生了改变，由学生变成了老师。做老师会有怎样的感受呢？

他之前被周芊琳提出的要求导致心情郁闷，但这几天郁闷的感受正在逐渐消失。就当这是生活的调味品吧，或许是他新的开始，人总要从悲伤中走出来。

他按动手腕上的星际通信仪，一个慵懒的声音很快在通信仪另一边响起。

"喂，阿绝，怎么样啊？找到赫拉了吗？"

蓝绝苦笑道："希望越大，失望就越大。"

另一边，那慵懒的声音一下就变得精神起来："这么说，有人骗你？"

蓝绝的面部肌肉抽搐了一下，道："为什么听起来你好像有点幸灾乐祸？"

"没有，绝对没有！"楚城在另一边信誓旦旦地道。

蓝绝撇了撇嘴，道："行了，我的事我自己会处理。给我个地址，寄点东西给你。"

"什么东西？"楚城好奇地问道。

蓝绝道："一块七彩银，你知道我的性格。"

楚城有些无奈地道："你欠我个人情不还就不行吗？"

蓝绝断然道："不行。欠的时间久了就还不清了。而且，我不能让你难做。虽然七彩银对你来说未必有锝精重要，但应该能够再换一批锝精。"

楚城道："阿绝，你还是要早点走出来才行，总是那么闷着也不是好事。"

蓝绝道："我知道，我正在尝试，我找了份工作。"

"找工作？你肯出山了？继续做回你的佣兵王吗？"楚城立刻兴奋起来，"那真是太好了，我们家好像有几件很重要的委托，都是S级的，你要不要接？价格方面好说。你的规矩我知道，只要你提出来，无论你要什么能量宝石，我都会发动整个家族的势力给你找来。"

蓝绝以前做佣兵的时候，从来不要钱财，他的酬劳都是各种能量宝石。当年的积累，就是他现在执掌天火大道能量宝石行业的基础。

蓝绝嘿嘿一笑，道："我说找了工作，可不是重操旧业。我要当老师了！"

"老、老师……"楚城张大了嘴，嘴上叼着的烟卷滚落到地上。火红的烟头顿时在昂贵的长绒地毯上烫了一个焦痕。

"对，老师，生活品位课老师！快，告诉我地址。"

楚城下意识地给了他一个地址，直到蓝绝那边挂断了，他这边还没有完全反应过来。

老师？他说的是老师吗？他要去当老师了？怎么听起来他语气很轻松的样子？

楚城呆了片刻，渐渐回过神来，嘴角处逐渐露出一抹淡淡的微笑，心想：看来，阿绝真的要从当年的事情中走出来了，至少他肯走到外面看看，放开自己的心胸。无论他去做什么，都是大好事。更何况，以他的本事，做老师也是绰绰有余的。不过，刚才他说要做什么老师来着？我怎么没记清楚？

"楚——城——"一个充满愤怒、带着一些疯狂味道的声音骤然响起。

"你竟然又在家里抽烟……啊！我的地毯！臭小子，你知不知道这块上元古埃及的地毯有多么难得？这是你爸爸前几天刚从拍卖会上拍回来的。你别跑，臭小子，我要抽死你！"

"妈，我错了。你当我不存在吧！"

华盟国家学院。

这座位于天火城的学院，是整个华盟排名前十的优秀学院，以各种与机甲相关的研究为重心。它虽然不是军事学院，但在一些与机甲相关的课题上，有领先全联盟的优势，在合金方面的研究更是领先三大联盟。

学院占地面积很大，几乎占据了天火城城西十分之一的面积，背靠天火城西山。西山区域也有很大一片被划归学院所有，供学院进行机甲研究、试验。

清晨的阳光洒入学院，带着温暖的金色光芒，很有几分欣欣向荣的味道。一道身影正从远处缓缓而来。

他穿着笔挺的深蓝色三件套西装和白衬衫，系了粉色领带，上衣口袋里塞着粉色口布，骑着一辆自行车……

第三十八章
华盟国家学院

蓝绝优哉游哉地骑着自行车，上身挺得笔直，绝对不让自己笔挺的西装有半点褶皱。

这辆黑色自行车是他从品酒师那里弄来的。品酒师就喜欢一些老物件。据说他现在骑的这辆自行车，是上元古中国一个叫"永久"的牌子，品质相当不错，至少骑起来没什么杂音。

清风拂面，十分舒服。他偶尔按一下车铃，会有"叮叮叮"的脆鸣声响起。这些对于蓝绝来说，都是十分新奇的。

今天的蓝绝为了让自己更像老师一些，还特意戴了一副黑框眼镜，当然是没有镜片的那种。他整个人的气场看上去斯文了许多，也柔和了许多，白白净净的，脸上始终带着和煦而优雅的微笑，倒是真有几分学者的味道了。

远远地，他就看到华盟国家学院的大牌子了。学院大门很高，是由金属制造而成的，至于是什么合金，用眼睛是看不出来的。

"华盟国家学院"六个大字苍劲有力，而且带着一种扑面而来的威势。这让蓝绝不禁想起那个靠在躺椅上、不经意间总是流露出几分苍老的老家伙。这不会是他老人家写的吧？

蓝绝可是清楚得很，那位老人看上去似乎老得不行了，可他老人家那身体，恐怕再活一百年也未必死得了。他可是世界上最顶级的科学家啊！还有谁比他更了解人体的结构？

很快，蓝绝骑着永久牌自行车来到了学院大门前。

此时正是早上学生们上学的时候。学院大门敞开着，一辆辆磁浮飞车不时驶来。到学院门口后，这些磁浮飞车都会将高度降低到距离地面一米左右，然后放慢速度，经过学院门口的扫描后，方才进入。

这里不仅有磁浮飞车，偶尔还能看到价格昂贵的高空飞车。不过，它们一样要降下来，经过学院门口的安保射线扫描之后，才能够进入学院内部。仔细观察就能发现，学院上空是没有任何飞行物的，至少在校区这个范围内没有。这是规矩。谁要是胆敢在校区上空飞行，就要准备承担被击落的风险。

有一些磁浮飞车在学院门口就停了下来。想要将磁浮飞车停在校园内，是要交付很大一笔停靠费用的，所以不少学员都是由家人送来，在学院门口下车后，再自行进入学院之中。

金二狗就是这众多学员中的一位。家里的磁浮飞车将他送到学院门口，他下了车，把书包搭在肩头。

虽然已经是新元时代，但书包这东西依旧盛行。只有那些家境极好的学员，才用得起空间储物装置，盛放自己的学习用品。

金二狗的家庭条件只能算得上中等，有磁浮飞车坐就不错了。

和平日一样，金二狗摇头晃脑地听着耳机中的摇滚音乐，朝着学院大门走去。

他那一身黑色校服，看上去还算整齐，衬衫领口处解开了三颗扣子，露出里面不算太发达的胸肌。他的左耳朵上戴着一枚钻石耳钉，一头亮眼的粉红色长发竖起，弄得跟鸡冠子似的，怎么看也不像好学生。

机甲系、三年级、问题学员，这就是金二狗的三个标签。他本名叫金涛，但因为喜欢寻衅滋事，被同学们起了个"金二狗"的绰号，讽刺他如同恶狗，见人就咬。反正从他目前的学分来看，未来他想要毕业，困难程度不亚于天上掉馅饼。

眼看就到学院门口了，金二狗无意中看到一个方向，突然一愣。

一名身穿笔挺西装的男子骑着一辆两轮车，正往学院这边赶来。眼看着距离学院大门还有十几米，这人潇洒地一翻身，左脚踩在脚蹬子上，右腿从车后甩下，整个人单脚站在两轮车上滑过来，动作潇洒自如，再加上他那修长的身材、笔挺的西装，显得很是帅气。

金二狗一向最喜欢新奇的事物，顿时瞪大了眼睛，将右手拇指、中指塞进嘴里，吹了个响亮的口哨。

那男子眼看到了学院门口，这才从两轮车上下来。

"兄弟，帅啊！你这两轮车是从哪里弄的？看着挺有意思的。纯机械？人力的？"金二狗自来熟地凑了过去，围着那男子转了一圈。

男子优雅地一笑，有些矜持地点了点头，道："这叫自行车，人力的。"

"有个性！给我试试，成不？"金二狗兴致勃勃地凑上去。

"这恐怕不行。"男子摇了摇头。

"切！"金二狗不屑地撇了撇嘴，"不仗义，抠死得了，谁稀罕啊！"说着，他就向学院里走去。虽然他一向不是什么好学生，但在学院大门口闹事，他还是不敢的。

蓝绝目送着他离去，不禁哑然失笑，回想起自己上学的时候，学院里不也有这样的同学吗？这夸张的发型，阿城以前就试过，不过后来好像下场很惨，被他妈拿着剪刀杀到学校给"咔嚓咔嚓"了。

"嘀！未注册交通工具，禁止入内。"冰冷的电子音将蓝绝从思绪中拉回来。同时，两名身穿制服的男子已经朝着他走了过来。

这两位明显是学院的保安，身材高大壮硕，身上的服装和军队的看上去差不多。

"未注册交通工具不得进入学院，请在学院外处理。还有，你的学生证，拿出来看看。"

蓝绝的外表真没有周芊琳说的那么老，他刮掉胡子，还是显得挺清新的，外表看上去和一些研究生班的学员差不多。

蓝绝微微一笑，很有礼貌地道："二位好。抱歉，我没有学生证，今天是我第一天来学院报到，所以不知道规矩。"说着，他从那辆永久牌自行车后座的架子上拿下一个深蓝色公文包，打开公文包，取出聘书递了过去。

一名保安接过他手中的大红色聘书，从后腰摸出一个仪器，在聘书上扫描了一下，然后又打开看了看。

"生活品位课教授？生活品位课是教什么的？"

第三十九章
办公室

聘书是真的，所以虽然教导的课程被质疑了，但蓝绝还是顺利地进入了华盟国家学院。和他一起顺利进入学院的，还有他那辆永久牌自行车。

教师和学员自然是不一样的。每一位教师都可以免费在学院的指定区域放置一辆交通工具。蓝绝就顺便给自己的这辆古董自行车登记注册了。

和学院大门的金属质感不同，进入学院内部，首先给人的感觉就是清新与自然。

一棵棵树冠连接在一起的大树，用它们的伞盖捍卫着学院的道路。每一片区域中种植的植物绝不相同，而且一看就是精心修剪过的。青草的芬芳、鲜花的馨香扑面而来。走在学院的道路上，有一种回归大自然的感觉。

真是个好地方啊！蓝绝心中暗暗赞叹。

一座学院的建筑风格，和学院的宗旨、教学理念一定是契合的，当然也和管理者的个人喜好有关。

今天蓝绝一进入华盟国家学院，就被这里亲近、自然的氛围吸引了。让他形容的话，"很舒服"三个字就足够了。

在门口保安的指引下，他很快就找到了学院的教导处。他拿着自己的聘书登记、注册，领取了办公室和宿舍的钥匙以及教室的一些相关物品，正式成为一名光荣的华盟国家学院副教授了。

蓝绝走出教导处，怀里抱着一堆东西，腾出一只手来，推了推鼻子上的镜架。

"我现在就是老师啦！"

华盟国家学院的教学水平很高，治学严谨。教导处主任隐晦地警告了他——无论他是以什么关系进入学院的，学院都不会养闲人。因此，今天下午就会有他的课，学院会专门通过广播为他宣传这门选修课。教导主任更会亲自听课，来鉴定他是否有教导学员的资格。如果他水平不够，教导主任会请求学院高层取消他的课程。

也就是说，蓝绝进入华盟国家学院后的第一次考验，马上就要到来了！

想到教导主任严肃的面庞，蓝绝的嘴角就不禁抽搐了一下。为什么全世界的教导主任都长得一样？至少表情就像一个模子刻出来的。

蓝绝心中暗想：虽然我是来打酱油的，但也不能让人解雇了。不然的话，周芊琳指不定怎么笑话我呢。

很久没有出现过的好胜心不知不觉在蓝绝心中升腾起来。还有一上午的时间，他要准备一下了。

华盟国家学院占地面积广阔，整个校区分为几个大区域。其中最重要的就是科研区，由三座白色的圆形大教学楼组成。这个区域只有研究生学员和老师才能进入。

第二重要的是普通校区。这边分设很多个系，其中最重要的是机甲战斗、机甲制造与维修两个系。

这两个系又分为很多小的学科。简单来说，机甲战斗系是教导实战和机甲使用方法的。而机甲制造与维修系，主要是研究机甲制造以及维修的。

在华盟国家学院中，后者的地位要比前者高得多，毕竟这是华盟国家学院最拿得出手的。

这两个系的教学区足有一千亩，其中分为教学楼、试验区等多个区域。

蓝绝的办公室被分配在这个区域的三号教学楼。这座教学楼是专门用来教选修课的。

所谓选修课，其实是为了丰富学员们的课余生活而设置的，有音乐、绘画等等。当然，现在又多了一门生活品位课。

任何一座学院的学员都会分三六九等，优秀学员和普通学员的地位以及未来的出路，都相差巨大。

教师也一样。选修课教师和正课教师相比，地位、收入的差距很大，和那些研究生教授、课题教授相比，差距就更大了。

因此，所有选修课教师的办公室都在这座三号教学楼之中。那是一个开阔的大办公室，供十几名选修课教师使用。他们的宿舍被分配在三号教学楼后面不远处的一栋小楼里。在华盟国家学院，那绝对是一栋破旧的建筑。

和正课教师比，他们的待遇当然不怎么样，但如果和外面的普通人相比，他们的收入还是很高的。毕竟华盟国家学院是华盟全额拨款的高等学府，教师们的待遇都不错。

选修课老师最大的收入来源不是工资，而是奖金。而奖金的多寡，取决于来听课的学生数量。每上一堂选修课，学员们都要支付一定的华盟币，其中一部分会给这些选修课教师。因此，上课的人越多，老师拿的收入就会越高。这对选修课教师来说是一个不错的激励措施。

对于宿舍，蓝绝并不关心，他没打算在这里住，所以就直接去了办公室。

三号教学楼大办公室的门敞开着，蓝绝好不容易才在偌大的校区中找到这里。他的永久牌自行车着实卖了不少力气。

"砰砰！"蓝绝抬手在办公室门上轻轻地敲了两下，然后面带微笑地向办公室内正在忙碌的诸位老师颔首示意。

"大家好，我是新来的生活品位课老师，我叫蓝绝。"他很客气地做了个自我介绍。

办公室内此时老师不多，令蓝绝有些惊讶的是，这些老师大多数是女性。整个办公室大约三百平方米的样子，有几十张桌子。这些桌子有一半是空着的。另一半有物品的桌子后面，此时有八位老师在。男性教师只有两位，剩余六位都是女性，而且只有一位年纪较大，剩余的都是看上去二十多岁的年轻女教师。

此时，办公室内八位老师的目光不约而同地投向蓝绝。无论男女，看到这位身材修长、温文尔雅的英俊青年，都不自觉地有种眼前一亮的感觉。他那优雅从容的微笑很容易给人以好感。

第四十章
蓝老师

蓝绝优雅谦和的自我介绍给办公室内的老师留下了很好的印象。

靠门最近的地方，一位面容姣好的女老师站起身，好奇地看着蓝绝，道："你好，我叫金燕。你就是新增设的生活品位课的老师？"

金燕身材娇小，五官精致，是诸位女老师中容貌最出色的。她看上去和蓝绝年龄差不多。

"你好，我是教生活品位课的。请问，我可以坐哪里？"蓝绝问道。

看着他脸上优雅的微笑，金燕的俏脸莫名一红。她也曾见过一些更英俊的青年，可不知道为什么，眼前这名青年身上似乎有一种特殊的气质，高贵却平易近人，优雅的风度让他在她心中的得分竟是满分。一时间，金燕不禁有些心跳加速，忘记了回答蓝绝的问题。

"蓝老师，你可以在没人的位子中随便挑选。"一名中年男老师走过来，客气地道。

蓝老师？蓝绝在心中咀嚼着这几个字，不禁有些玩味。他向金燕点头示意后，找了一张靠角落的桌子，将学院发的办公用品整理了一下，摆放在桌子上，然后坐在座位上有些出神。

其他老师虽然看着他都目露好奇之色，但没有人过来攀谈，各自忙着自己的事情。

"蓝老师，刚才不好意思，我走神了。"正在这时，金燕好听的声音传来。蓝绝选的位子距离她不远。

蓝绝微微一笑，摇了摇头，道："没事，我已经找到位子了。"

金燕眼中的好奇之色越发浓重了，她道："昨天听教务处的老师说，我们选修课这边要增设一门生活品位课，我们还以为是天方夜谭呢，没想到今天蓝老师就来了。蓝老师，你这生活品位课是讲些什么的啊？"

蓝绝微微一笑，道："也没什么，就是一些与生活息息相关的东西，譬如礼仪、对待事物的看法，还有一些平时较为少见的物品，譬如古董之类的介绍。"

"原来是教大杂烩啊！哈哈……"一个有些尖锐的声音从不远处传来。

说话的是办公室中的另一名男老师。和之前那名和善的中年人相比，这位要年轻一些，长得也算英俊，只是脸上没什么血色。他头上打了发蜡，光滑得恐怕连苍蝇都站不住脚，显得有些油头粉面。

金燕不满地道："王宏远，你怎么说话啊？"

"没关系，我本来就是教大杂烩的。"蓝绝却不以为然，反而朝着王宏远友善地笑笑。

王宏远撇了撇嘴，不再吭声，继续忙手里的事。

金燕道："王老师虽然有时候说话讨厌了点，但人还是不错的。"

"呵呵。"蓝绝笑笑。

看蓝绝没有什么再谈下去的意思，金燕向他点了点头，返回自己的座位去了。

蓝绝打开自己的星际通信仪，发了一条信息出去。

"我已到学院，你在哪里？"

宽敞的教室中光线极佳，哪怕是白天，屋顶的太阳能灯光阵也全都开启着。

研究生院的学员都是天之骄子，这里可不是耍手段就能进入的。能考入这里的，都是很厉害的角色。毕业之后，他们就是华盟国士。拥有一个"国士"的头衔，几乎是所有年轻学子的最终梦想。

周芊琳伏在桌案上，正在计算着一个复杂的公式。她现在已经是国士二年级了，课业要比学士四年时繁重得多，不但要跟导师一起进行课题研究，同时还要完善自己的学习理念。

"嗡嗡。"轻微的震动从星际通信仪上传来。在学院，无论是谁，星际通信仪都必须保持震动或者静默状态，以免吵到他人学习。

看了通信仪上的字，一抹淡淡的微笑不禁浮现在周芊琳的绝色娇颜上。她用双手梳理了一下披散在肩头的黑发，用一根朴素的白手绢扎成马尾。

这不过是一个很简单的动作，却吸引了教室内几乎所有男生的目光。有大胆直视的，有偷瞄的，当然也有撇嘴的，但那都来自于带着妒忌味道的女性。

对此，周芊琳早已习惯得不能再习惯了。她漠视周围的一切，按动星际通信仪，道："你在选修学区那边？什么时候开始上课？"

蓝绝道："今天下午两点，第一堂课。教务处主任说，不合格就把我扫地出门。你能帮我走后门吗？"

周芊琳道："自求多福。"

蓝绝道："你好残忍！"

周芊琳道："你怎么知道我的小名叫残忍？"

蓝绝无语了。

"扑哧！"看着蓝绝发来的省略号，周芊琳忍不住笑出声来。她这一笑，顿时如同百花绽放，就连教室房顶的太阳能灯光阵仿佛都失去了光彩。

选修课教师办公室。

"残忍？"蓝绝幽幽一叹，"可惜，你不叫赫拉！"

蓝绝这角落处的位子挨着窗户，他靠在椅背上，眸光飘向窗外——蓝天、白云、飘荡的树叶、明媚的阳光，一切都那么美好。

思绪仿佛在这一刻放空。他就这么面带微笑地享受着这心灵放飞的时刻。他已经许久没有这样享受过了。可以什么都不想，绝对是一种幸福。

选修课一般都在下午，所以选修课的老师上午都不需要去上课，都在做准备工作。选修课老师之间的竞争要比正课老师更激烈，为了能够让学生喜欢，并且学以致用，这些选修课老师都在很勤奋地认真备课。

除了在放空的蓝绝之外，就只有那位名叫王宏远的老师显得很悠闲了。他坐在自己的座位上，似乎是在看一本杂志。他那光可鉴人的头发偶尔还能映照出一些蓝天白云的光影。他的动作很有条理，也很优雅，只是翻书的时候，总会不自觉地捏出一个兰花指……

第四十一章
上课前

选修学区有自己的食堂，教师和学生是分开的，伙食相当不错。当然，这是在普通老师看来。

蓝绝只要了一个素菜和一小碗饭，就端着餐盘找了个角落坐下吃。

"蓝老师，你就吃这么一点啊！"动听的声音响起，端着餐盘的金燕在蓝绝对面坐了下来。

蓝绝微笑着道："嗯，不太饿，少吃一点。"

金燕笑道："看你高高大大的，吃少了营养会不够吧？"

蓝绝只是笑笑。

尽管吃惯了精致的食物，这里的饭菜着实有些不合口味，但他还是将买来的食物全都吃掉了，没有浪费一颗米粒。这是对食物的尊重。不喜欢吃可以少吃，但绝对不能浪费。

金燕看蓝绝没有什么谈话的兴致，也就不再说话。

蓝绝吃完饭后，并没有急于离去，而是坐在那里静静地等着金燕吃完。当然，他的目光并没有完全落在金燕身上。盯着女孩子看，是不礼貌的。

尽管如此，金燕的俏脸还是有些发红。这小食堂就是他们这些选修课老师吃饭的地方，她主动坐过来已经有些唐突了。但不知道为什么，蓝绝的一举一动始终都给她一种十分舒服的感觉。

"我吃完了。"金燕吃掉最后一点东西，再看看蓝绝干净的盘子，不禁流露出几分欣赏之色，"不浪费真是个好习惯。"

蓝绝对金燕报以一笑，这才起身将自己的餐盘送到收盘子的地方。

"蓝老师，今天下午是你的第一堂课，你介意我去旁听吗？"虽然相处的时间不长，但金燕对蓝绝产生了极大的兴趣。这位优雅英俊、衣着得体的青年直到现在都没有在她心中扣分，这种情况还是第一次出现。

"好啊！这是我的荣幸。"蓝绝含笑点头。

金涛捋了捋头上的桃红色发丝，让它们向中间归拢几分。他嘴里叼着根烟，摇头晃脑地在学士校区溜达着。他一向没什么朋友，自己也乐得如此。

"下面播放广播。"悠扬的女声响起。

金涛愣了一下，他自然听得出，这是全校性的广播，心想：这又要宣布什么事？

"学院选修区新设课程——生活品位课。本课程将于今日下午两点开始第一堂课，任课老师——蓝绝。下午没有正课并且对生活品位课感兴趣的同学，可以去学习学习。"

同样的广播连播三遍，传遍校区的每一个角落。

金涛撇了撇嘴，道："什么玩意儿啊，还生活品位……切！"说着，他还朝着空中比了一个中指。

正在这时，突然间，他眼前一亮，看到不远处的两道身影。

不过，他只是看了一眼，就赶忙闪到一旁。

两名穿着校服的美女正朝着这边走来。一位美女身穿学院标准的女士正装校服——白衬衫、黑色过膝短裙、白色长筒袜、黑西服，一头黑色长发披散在身后，蔚蓝色的双眸仿佛能够收摄人的灵魂，美得令人窒息。

在她身边的另一位，则身穿机甲系特有的紧身作战服。这种弹性十足的制服对身体有很强的保护作用，也将这位长腿美女的身材完美地勾勒了出来。她有一头金色长发，墨绿色的大眼睛深邃通透，宛如水晶一般晶莹。虽然因为腿太长而略显不协调，但她那健美的身姿散发着一种充满野性的美感。

能让天不怕地不怕的金二狗躲闪到一旁，自然是有原因的。金涛看着那黑发美女的时候，眼中满是迷醉之色，可当他的目光落在那金发美女身上的时候，剩余的就只剩下恐惧了。

那可是他们机甲系著名的大姐大。她是华盟国家学院为数不多的特级机甲师，现在虽然还是特级乙等，但据说很快就要上升到特级甲等了。和那黑发美女一样，她也是国士二年级。

金涛勉强通过了三级机甲师的水平测试，在整个学院都是垫底的。在这位大姐大面前，他可是一点都不敢嚣张。

而且，这两位美女在华盟国家学院的十大校花榜单上可都榜上有名啊！尤其是那名黑发美女，更是高居榜首。学员们或许不知道学院的院长是谁，但说起蓝瞳女神周芊琳，那绝对是无人不知、无人不晓的。

"芊琳，你是怎么想的？为什么非要去上那生活品位课？难道你在生活品位上还有什么缺陷不成？真不知道学院怎么想的，竟然开设这样的课程。"唐米一脸抱怨地道。

周芊琳抱着课本，无奈地道："小米，我又没逼你和我一起去，是你自己非要跟来的好不好？"

唐米没好气地道："喂，你还真是不识好人心啊！没事儿闲得去上选修课的都是什么人？都是那些问题学员！你贸然跑过去，要是被骚扰了怎么办？那我可就吃亏了！"

周芊琳疑惑地看着她，问道："你吃什么亏？"

唐米嘻嘻一笑，道："你不是说过，如果我是男人，你就嫁给我吗？所以你是我的人啦！"

周芊琳向她吐了吐舌头，道："幼稚。"

"没你幼稚！"

"好，你不幼稚，行了吧？"周芊琳没好气地道。

等两大美女走过去之后，金涛只觉得自己都要失血过多了。两大校花都要去上生活品位课？太好了，终于有近距离看美女的机会了！

这个秘密一定不能让别人知道！

想到这里，金涛"嗖"的一声蹿了出去，直奔宿舍换衣服去了。他一定要用最佳形象给两位校花留下一个好印象。

而此时蓝绝已经率先来到了自己成为老师后要第一次讲课的教室。

分配给他的这间教室不大，只能容纳五十名学员，也没有什么高端的教学设备，只有一块黑板、一个讲台，还有一些课桌和椅子。

第四十二章
第一堂课

伍君毅看了看星际通信仪上显示的时间，不禁皱了皱眉，再看看前方讲台上那平静站立，正在整理讲义的青年。

这名叫蓝绝的老师给他的第一印象还是不错的——英俊、谦逊、儒雅，很符合一名老师的形象。

但身为华盟国家学院的教导主任、学院中排名靠前的管理者，看待一名老师，他当然不会只从外表去关注。

一位选修课老师，竟然是院长亲自关照进入学院的，而且直接得到了副教授的职称，这可是史无前例的。选修课老师因为有一定的流动性，评职称很难，一般都是讲师，一旦到了副教授这个级别，待遇就要高上许多。伍君毅据理力争之下，院长才答应暂时让这位蓝老师和普通讲师一个待遇。

除了对走后门这种行为不屑之外，伍君毅另一个不看好蓝绝的原因就是他要教授的课程。

生活品位课？

如果不是出于对院长的尊敬，伍君毅真会认为允许这门课出现在学院的人的脑袋是被门夹了。在他看来，这简直就是无病呻吟。

差十分钟就两点了，到目前为止，还没有一位学员到来。如果最终一个人都没有的话，那这堂课就要创造华盟国家学院的历史纪录了，而且，这还将成为一个大笑话。

不过，伍君毅看着台上的蓝老师，心中对他的好感不自觉地增加了几分。虽然到现在都还没有学生来，但这位蓝老师显得宠辱不惊，没有流露出半点焦急之色。这份心性倒是难得。

"蓝老师。"正在这个时候，一个声音从教室门外响起。紧接着，一位身穿白色长裙的女子就走了进来，正是金燕。

她特意换了一身衣服，显得更加青春靓丽了。

"金老师，您来了。"蓝绝向她微笑着点头致意。

金燕道："我坐后面去。啊！伍主任，您也在。"这时她才看见伍君毅。

伍君毅永远都是一副冷着脸的模样。他五十多岁，穿着保守，眼神冷硬而犀利，是标准的教导主任模样。

"嗯。"伍君毅点了下头。

金燕看了蓝绝一眼，见他神色自若，心中却不禁暗暗为他着急。教室里一个学生都没有，这位教导主任又在，显然不是什么好事啊！

她走到最后一排，在距离伍君毅不远的地方坐了下来。

正在这时，一道身影突然从外面冲了进来。他一边跑进教室，一边嚷嚷着问道："这里是不是生活品位课的教室？"

"是的。"蓝绝回答道。不过，当他看清楚来者的时候，不禁皱了下眉头。

金涛此时才看清眼前这位老师，也不禁一愣，道："你不是那个骑两轮车的抠门男吗？你是老师？看你人模人样的，却那么小气。回头把你那两轮车给二狗哥玩玩，不然的话，别怪我不客气。"说着，他还朝着蓝绝比了比拳头。

"金涛！"咬牙切齿的声音从教室后面传来。

"谁叫你……"他才说到这里，就看到了两个他在学院里最不愿意看到的人。

"姐……"看到金燕，金涛明显一哆嗦，紧接着，他的目光就被金燕身边气场无比强大的教导主任吸引了过去。作为问题学生，要是不认识教导主任，那才怪了。

金涛顿时不敢再说话，低着脑袋在第一排坐了下来，再也不敢吭声。

蓝绝看了伍君毅一眼。从始至终，这位教导主任都没有说一个字，但那强大的气场就连他都觉得有些压抑。

蓝绝原本对金涛确实没什么好印象，可没想到他是金燕的弟弟。而且无论怎么说，金涛也是他的第一个学生。

或许是金涛那一头桃红色头发带来了好运，在他之后，开始有学生三三两两地走进教室。他们共同的特征就是眼中隐含好奇之色。

不过，令蓝绝有些抽搐的是，这些前来听课的学生，至少有一半头发是漂染了的。此时他们坐在下面，教室就像变成了染坊。

伍君毅大主任的存在，充分地震慑住了这些家伙。还有一进门看到伍君毅掉头就想跑的，不过，被伍主任眼睛一瞪，立刻就乖乖地走了进来，坐下，一声不吭。

此时的伍主任，就像镇压着一群小猴子的如来佛祖，倒是给蓝绝省去了不少麻烦。

蓝绝摸出怀表，看了一眼时间，走向教室门口，准备开始上他的第一堂课。

眼看着门就要关上，突然一只修长的手按在了门的另一端。

"等一下！"

蓝绝眼前一亮，一名金发少女就挤了进来。坐在教室内垂头丧气的"彩色军团"顿时来了精神，一个个瞪大了眼睛，有些人甚至要流口水了。

金发少女之后，跟着走进来一位黑发少女。当她走进教室时，学生们的嘴巴瞬间都变成了字母O。

别说他们，就连身为教导主任的伍君毅，脸上都流露出了一丝异色。

四目相对，周芊琳就像完全不认识蓝绝似的，只是向他微微一点头，就拉着唐米走到后排。看到伍君毅的时候，两大美女就没有其他学生那么局促了，都微笑着向他问好，然后找了空位坐下。

其他学生快要恨死伍主任了！如果不是有这位如来佛祖在，他们早就飞快地换位置，围绕在两位校花大美女身边了。但现在谁敢？

目送周芊琳坐下，蓝绝的眼皮跳动了一下，他没想到她真的装作不认识自己。那她还非让他来学校保护她，真是……

蓝绝关好教室的门，回到讲台后站定，目光扫过下面一个个因为两大校花的到来而兴奋不已的学生。蓝绝清了清嗓子，道："大家好，以后我将负责教授生活品位课程。我想，大家一定很好奇这生活品位课是教什么的。谁不会生活啊？我要教大家的，是如何生活得更有品质，更有意义，教大家如何能够成为一名贵族。"

第四十三章
这就是贵族！

此言一出，几乎所有学员都撇了撇嘴，不少人脸上流露出讥笑之色，就连唐米也是如此，周芊琳则是一脸似笑非笑的表情。

"芊琳，你要听这个吗？还教我们成为贵族，真是可笑。"唐米有些不屑地在周芊琳耳边低声说道，"不过，这老师倒是长得还挺帅的，就怕是个银样镴枪头，中看不中用。"

"你说什么呢？"周芊琳俏脸一红。

蓝绝转向黑板，在黑板上写字。以他的听觉，唐米的话一字不落地全都听在了耳中。

当他听到"银样镴枪头，中看不中用"这句的时候，粉笔一停，差点直接按断了。

他深吸了一口气，才将几个字写完。

漂亮的楷书，笔法苍劲有力，气魄十足。伍主任看到这四个字时也有眼前一亮的感觉。现在是高科技时代，写字漂亮的人已经越来越少了。

"何为贵族？"这就是蓝绝写在黑板上的四个字。

"谁能告诉我何为贵族？"蓝绝放下粉笔，转过身，看着下面的一众学生问道。

"不就是开着高空飞车，住着豪宅，出门带着一堆保镖，每天怀里搂着不同的妹子吗？你们男人不都是这么想的吗？"一个戴着一对硕大耳环的女生一脸讥讽地道。

"胡说，带着保镖算什么，起码要带一队机甲，那才拉风。"金涛立刻驳斥，"带一个女人怎么够？哥要是贵族，机甲师一律都选美女，组成美女卫队。"

"金二狗，你找死！"那个金发耳环女猛地一拍桌子就站了起来。这一瞬，她显然忘了后面的伍大主任。

金涛伸出小拇指，再转向下方，道："来啊！"

"肃静！"伍君毅一声低喝，顿时将教室内刚要进发的纷乱硬生生地压了下去。本来这位伍主任没打算出声，但刚刚蓝绝飘来一个诧异的眼神，仿佛是在质疑学院的教学水准。脸上有些挂不住的伍大主任，这才忍不住出言呵斥。

金发耳环女抬手指了指金涛，恶狠狠的眼神仿佛要洞穿他的身体似的。

"你们说得不对。你们说的不是贵族，只是暴发户而已。"蓝绝淡淡地道。

"切——"坐在前面的几名学生忍不住同时出声。

蓝绝就像没听到似的，继续说道："今天这第一课，我就给你们讲讲何为贵族。

"在很多人的观念中，贵族学校就应该享受贵族般的待遇，有贵族一样的生活。于是，许多有钱人把孩子送到西盟上贵族学校，希望他们毕业后也能成为贵族，但当他们发现即使是西盟最好的学校——西盟公学的学生也是睡硬板床，吃粗茶淡饭，每天还要接受非常严格的训练，甚至比平民学校的学生还要苦时，他们就弄不明白这苦行僧式的生活同贵族精神究竟有何联系了。

"其实这一点儿也不稀奇，因为贵族精神不是暴发户精神。它从不与平民的精神对立，更不意味着养尊处优，过悠闲奢华的生活，而是一种以荣誉、责任、勇气、自律等一系列价值为核心的先锋精神。"

听蓝绝说到这里，虽然学生们还没什么反应，但坐在后排的伍君毅眼睛微微一亮，认同地微微颔首。

"西盟著名的贵族学校实行如此严格和艰苦的军事化训练，目的是要培养学生的合作意识和自律精神。真正的贵族一定是善于自制的，也一定有强大的精神力量，而这种精神力量需要从小加以培养。西盟公学确实用这种方式培养出了很多优秀的人物，比如打败北盟之虎那顿上将的那个威灵斯将军。他就是西盟公学的高材生。威灵斯是三大联盟军事史上非常有名的人物，他在和那顿上将进行决战的时候，曾经留下过一句非常有名的话。当时他冒着机甲的炮火在前线观察敌情，他的参谋人员多次劝他早点撤下去，因为前线太危险，可是威灵斯就是不动。参谋人员只好问他：'您万一阵亡了有什么遗言？'威灵斯头也不回地说：'告诉他们，我的遗言就是像我一样站在这里。'"

蓝绝的声音始终都很平淡，但当他讲完威灵斯将军的故事时，教室内已经安静了下来。

唐米脸上的讥笑已经消失了，周芊琳听得很认真，伍君毅依旧严肃，金燕则双眸闪亮。

"富是物质的，贵是精神的。贵族精神，首先就意味着这个人要自制，要克己，更要奉献自己，服务平民。比如西盟古皇室的威廉王子和哈里王子。西盟皇室把他们送到西盟陆军机甲军官学校去学习，毕业后哈里王子还被派到西盟与北盟作战的前线，做一名普通的机甲师。西盟古皇室知道哈里王子身份高贵，皇室血脉纯正，也知道前线的危险。但是他们公认，奉献自己、承担风险是贵族的本职，是理所当然的。我们华盟与西盟第一次全面战争的时候有一张照片流传得非常广。当时的华盟三军统帅齐木元帅到前线的贫民窟进行视察。他站在一个东倒西歪的房子门口，对里面一贫如洗的老太太问：'我可以进来吗？'这体现了对底层人的一种尊重，而真正的贵族是懂得尊重别人的。

"上元1910年10月28日，一位83岁高龄的老人为了拯救备受煎熬的灵魂，决定把所有的家产分给穷人。随后他离开自己辽阔的庄园出走了，最终像流浪汉一样死在一个荒芜的小车站……他就是上元古俄国伟大的作家托尔斯泰。多年后，另一位上元时期的著名作家茨威格在评价托尔斯泰时这样感慨道：'这种没有光彩的卑微的最后命运无损他的伟大。如果他不是为我们这些人去承受苦难，那么列夫·托尔斯泰就不可能像今天这样属于全人类……'"

说到这里，蓝绝的目光扫过整个教室，声音骤然变高，掷地有声地道："这就是贵族！"

第四十四章
讲故事

"这就是贵族！"简单的五个字在教室内不断回荡。

金涛已经不自觉地坐直了身体，眼神之中闪烁着因为激动而有些亢奋的光芒。不只是他，几乎在座的每一位学生，都是如此。

表情严肃的伍主任此时眼神柔和了一些，而坐在他旁边的金燕，呼吸明显有些急促，俏脸上多了一抹红晕。

唐米一双墨绿色的眸子中仿佛有光芒在向外迸射，坐在她身边的周芊琳表面上虽然平静，眼神中却多了一抹异彩。

"上元18世纪以前，贵族依然是社会的中坚力量，发挥着重要的作用。直到今天，三大联盟中一些古老传承的家族也仍然保留着贵族的爵位、封号。上元十八世纪之后，新兴的资产阶级并没有掀起否定、批判贵族文化的精神浪潮，反而把自己的子女送到贵族学校去学习，买贵族的纹饰、徽章，买贵族的头衔，想全方位继承贵族的衣钵。贵族制度之所以能延续至今，是因为得到了大家的认可。平民百姓普遍认为，贵族精神代表了一种尊严，一种高超的品行。

"上元历史上很多战争非常相似，战争的双方在战场上是对手，下了战场仍然还是朋友。所以那个时候的好多战争，在今天看来就有点像小孩子过家家一样。

"上元时代，有一个国家的国王去世了，他的外甥萨芬和他的外孙亨利都认为自己有权继承王位。萨芬在国内，就捷足先登，抢先登上了王位；亨利在另一片大陆，听到这个消息后愤愤不平，在那片大陆组织了一支雇佣军前来攻打萨芬。那个时候亨利很年轻，经验不足，出兵的时候没有很好地进行筹划，所以大军千里迢迢开到了帝国本土，才一上岸，就发现钱已花光了，没粮食了。怎么办呢？这个时候亨利做出了一个普通人绝对想不到的选择——他给对手萨芬写了封求援信，说他出征准备不周，没了粮草，问萨芬能不能给他点接济，让他把这些雇佣军遣散回原本的那片大陆。萨芬居然慷慨解囊，给了亨利一笔钱。可后来亨利竟然第二次发动了战争来争夺王位。"

讲故事的蓝绝又恢复了平和的神色。他面带微笑，娓娓道来，始终吸引着学生们的注意力。

"人家当初接济你，你现在又杀回来了，这在很多人看来是忘恩负义。但贵族认为，对对手宽容是理所当然的，但该竞争的时候还是要接着竞争。所以过了几年之后，亨利再次率领大军卷土重来。这时他年龄大了，羽翼已丰，所以在战场上打败了萨芬。虽然他取得了胜利，但结果很有意思。他和萨芬签订了一个条约——这王位还是由萨芬来坐，但要把亨利立为太子。一旦萨芬百年之后，就由亨利来继承王位。在一般人眼中，好不容易打赢了，却只得了个接班人的身份，好像不值得。可这就是贵族精神。亨利用贵族的方式来报答当初萨芬的宽容。"

说到这里，蓝绝略微停顿了一下，仿佛想起了什么，他的眼神渐渐变得深邃了，继续道："在贵族精神上，还有一个故事让我为之震撼，并且终生难忘。这是当年我在学生时代时，我的老师讲给我听的。今天我也想讲给你们听。

"上元时代，人类曾经制造过一艘巨型游轮，叫泰坦尼克号。

"'泰坦尼克号'的名字取自希腊神话中的巨人'泰坦'。泰坦向代表神秘自然力量的宙斯挑战，结果失败，被打入了比十八层地狱还深许多倍的大西洋底。因此有人说'泰坦尼克号'这个名字不吉利，开始就预示了悲惨的结局。

"果然，后来在一次海难中，它沉没了。"

听他提到"宙斯"这个名字的时候，坐在下面的周芊琳不禁微微抬头，眸光正好与蓝绝的目光碰触在一起。

蓝绝继续道："但这艘巨轮和神话中的泰坦不同的是，它沉没在海底的只是那些铁板、铆钉和人的肉体，它的灵魂没有被征服。或者说，泰坦尼克号和1500多条生命沉下去了，但不可战胜的人类文明仍然存在，而且永远不会沉没。"

说到这里，蓝绝的声音渐渐提高了几分。

"八位音乐家在最后的时刻一直平静地演奏乐曲，那飞翔的音符体现了至死不向自然界低头的人类尊严和高贵灵魂。正如上元著名作家海明威在他的名著《老人与海》中写到的那样，'人，不是生来就可以被打败的。你可以打败他的肉体，但征服不了他的灵魂。那些追逐的鲨鱼可以把那个老渔夫船上拖着的那条大鱼啃噬得只剩下骨头，但啃噬不掉这个老渔夫不可战胜的精神。这是人的灵魂和意志熔铸的

火焰，整个大海也无法把它熄灭。'

　　"直到多年后，人们还是惊叹，那些泰坦尼克号上的乐手和船员，在面对即将灭顶的海水、汹涌而至的死亡时，能有那么巨大的勇气，不奔不逃，坚守职责；能有那样高尚的人道主义情操，把救生艇让给孩子和妇女，把最后的时刻留给自己。根据事后的统计，泰坦尼克号的船员有76%遇难。这个死亡比例超过了船上头等舱、二等舱和三等舱所有房舱的乘客的死亡比例。在船上，船员比乘客更有条件逃生，但他们把机会给了别人，把死亡留给了自己。而且，不是一个两个船员这样做，而是900多名船员、服务员和厨师都是这样选择的。这么大的一个群体，能做到这种境地，在今天看来，这种永远高扬水面的人的精神简直是个奇迹！"

第四十五章
真正的贵族!

蓝绝激昂的声音在教室内回荡，每个人都在聚精会神地听。教室里除了他的说话声之外，没有任何其他声音。

"据后来的调查显示，当时只有六号和二号救生艇有船员跳了进去，但马上就被那里负责的官员发现。官员叫他们出来，他们没说什么，便服从命令回到了甲板上。

"有位著名的作家曾经说过，'这是因为他们生下来就被教育这样的理念——责任比其他的考虑更重要。责任和纪律性是同义词。在泰坦尼克号沉没前的几小时中，这种责任和纪律的理念，被证明是难以被侵蚀的最有力量的气质。'

"正是这种责任意识，使消防员法尔曼·卡维尔在感到自己可能离得早了一点的时候，又回到四号锅炉室，看看还有没有其他的锅炉工困在那里；正是这种责任意识，使信号员罗恩一直在甲板上发射信号弹，摇动摩斯信号灯，不管它看起来多么没有希望；正是这种责任意识，使被分到救生艇做划桨员的锅炉工亨利，把这个机会给了别人，自己留在甲板上，直到最后的时刻还在放卸帆布小艇；正是这种责任意识，使报务员菲利普斯和布赖德在报务室坚守到最后一分钟。船长史密斯告诉他们可以弃船了，他们仍然不走，继续敲击键盘，敲击着生命终结的秒数，发送电讯和最后的希望；正是这种责任意识，使总工程师贝尔和全部工程师一直在机房埋头苦干，即使知道他们已没有时间登上甲板，即使他们已失去任何逃生的机会；正是这种责任意识，使乐队领班亨利·哈特利和其他的乐手演奏着轻快的爵士乐和庄严的宗教圣歌《上帝和我们同在》，直到海水把他们的生命和歌声一起带到海底……

"这一切，仅仅用一个'勇敢'是无法全部解释的。西谚有云：即使是一个英雄，在绝境中也会变成懦夫。而泰坦尼克号却把无数普通人变成了英雄！责任意识造就了人的价值、人的高贵、人的美丽。

"这就是贵族精神！他们每一个人都是我心目中的贵族！

"当泰坦尼克号的幸存者讨论谁生还、谁遇难了，由于幸存的女人、孩子远比男人多，人们都认为是海上规则'妇孺优先'这一神话的胜利。但泰坦尼克号所属公司对媒体表示：没有所谓的'海上规则'要求男人们做出那么大的牺牲。他们那么做只能说是强者对弱者的一种关照，这不管在陆地上还是在海上都是一样的。这是他们的个人选择，不是任何规章制度、航海规矩可以做到的。他们坚守住的是古老却永远年轻的人类价值。

"当时，亿万富翁阿斯德问负责发放救生艇的船员，他可否陪同正怀着身孕的妻子马德琳上艇，那个船员说了一句'妇孺先上'之后，他就像一个真正的绅士一样，回到甲板，安静地坐在那里，直到轮船沉没、船上倒下的大烟囱把他砸进大西洋中。阿斯德当时是泰坦尼克号上唯一的亿万富翁，也是全世界最富有的人之一，他的资产可以建造十一艘泰坦尼克号巨轮。

"泰坦尼克号的船长史密斯几乎和船上所有富豪都有很好的个人关系，很多富豪是他的好朋友，包括阿斯德。但阿斯德根本没有去找史密斯船长走后门，通融一下，让他上艇。如果他去找船长，也有充分的理由——他的妻子正怀着五个月的身孕。但阿斯德没有这样做，或者说他根本就没有想到可以这样做。那是一个没有走后门观念的时代，是一个讲究君子风度、做真正男人的时代。他是真正的贵族！

"泰坦尼克号上另一个财富仅次于阿斯德的富翁叫斯特劳斯，他和妻子也在这条船上。斯特劳斯夫妇带了十几个侍从和服务生，以备船上的服务员不够用，或不方便时为自己服务。可想而知他们富有的程度。泰坦尼克号撞了冰山之后，斯特劳斯夫人几乎上了八号救生艇，但脚刚踩到艇边，她突然改变了主意，又回来和斯特劳斯先生在一起，说：'这么多年来，我们都生活在一起，你去的地方，我也去！'她把自己在艇里的位子给了一个年轻的女佣，还把自己的毛皮大衣也甩给了这个女佣，对她说：'我再也用不着它了！'

"当有人向67岁的斯特劳斯先生提出：'我保证不会有人反对像您这样的老先生上小艇……'斯特劳斯坚定地回答：'我绝对不会在别的男人之前上救生艇。'然后挽着63岁的太太艾达的手臂，蹒跚地走到甲板的藤椅上坐下，像一对鸳鸯一样安详地栖息在那里，静静地等待着最后的时刻。

"当知道自己没有获救的机会时，著名的管道大亨本杰明·古根海姆穿上了最华丽的晚礼服，他说：'我要死得体面，像一个绅士。'他给太太留下的纸条上写着：'这条船不会有任何一个女性因为我抢占了救生艇的位置而剩在甲板上。我不会死得像一个畜生，会像一个真正的男子汉。我是贵族！'"

故事讲到这里，戛然而止，蓝绝的双眸已经有些湿润，但充斥着一种能够感染所有人的狂热之色。

"我不知道未来的你们能否成为一名贵族，但今天我站在这里，成为华盟国家学院的一名讲师，这第一堂课，我必须告诉你们什么是真正的贵族！

"精神上的贵族不一定富有，富有之人不一定是贵族。而贵族精神绝对不是用钱可以买到的！如果有一天你们可以挺起胸膛，做一名这样的贵族，那么我为你们骄傲！"

（关于泰坦尼克号的部分故事引自丹尼·阿兰巴特勒的《永不沉没》。）

第四十六章
梦网

　　蓝绝蹬上古董自行车，优哉游哉地出了华盟国家学院，嘴角处噙着一丝淡淡的微笑。

　　他的右手上现在似乎还有那位教导主任握手的力度。伍主任在离开教室前用力地握住他的手摇了摇，说了一句："谢谢你！"

　　至于学员们，在蓝绝离开教室的时候，表情都还有些呆滞。而蓝绝自己有种身心愉悦的感觉，或许这就是传递正能量的快感吧。

　　他还清楚地记得，当年那位古板的老师曾经给他上过类似的一课。直到现在，那振聋发聩的声音仿佛依旧在他的耳边回荡。这些年，他经历了很多事，可当初的情景依旧历历在目。

　　出了学院，蓝绝晃晃悠悠地朝着天火大道的方向骑行，突然他仿佛想起了什么，拍了拍自己的额头，自言自语道："不对啊！我这生活品位课又不是思想课，我要教的是如何让他们更有品位地去体验生活。好像跑题了……"

　　"嘀嘀嘀！"星际通信仪的声音传来。

　　"干吗？"接通了星际通信仪，蓝绝没好气地问道。

　　另一边，周芊琳看着自己手腕上的号码，听着那懒洋洋的声音，一时间，眼神不禁有些迷惘。

　　这真的是刚才那个慷慨激昂，一节贵族精神课程让所有学员足足沉默地坐了十多分钟，才无言离去的老师吗？

　　"课讲得挺好的。"虽然周芊琳的声音有些冷漠，但听着她的话，蓝绝还是不禁得意地扬了扬嘴角。

　　"不过，你似乎是来保护我的吧？"周芊琳继续说道。

"是啊！"蓝绝仿佛意识到了什么。

"那你人呢？"周芊琳在另一边压低了声音咆哮着。

蓝绝一捏车闸，缓缓停下，道："咳咳，我忘了，我回去……"

我是保镖！蓝绝恶狠狠地在心中吼了一句。

"我去哪里找你？"蓝绝克制着自己的情绪，幽幽地问道。

"我在机甲战斗系，你过来找我吧。"周芊琳淡淡地道。

蓝绝一愣，问道："你不是怕你的同学知道我认识你有损你的形象吗？现在不怕了？"

周芊琳道："你不会站远点看着啊？别跟我打招呼就是了。你是老师，在学院哪里出现都不会有人管你。我们在模拟区三号教室。"说完，她就挂断了。

蓝绝拍拍额头，心想：这个可恶的人。虽然有点郁闷，但他还是调转车头，回到了华盟国家学院。

机甲战斗系虽然并不是华盟国家学院最重要的科系，占地面积却是最大的。机甲教学需要各种高科技设备，还要有足够大的场地，其中分为理论、模拟、实操等多个区域。

周芊琳所说的模拟是学习机甲战斗最常见的训练方式。

学习机甲操作需要一个相当漫长的过程，首先要拥有一定的基因天赋。没有基因天赋的人会因为身体承受能力不足而无法操控机甲。对此，三大联盟虽然都有一些特殊手段来提升普通人的身体承受力，但依旧只有顶级基因天赋者才能成为顶级机甲师。

机甲造价高昂，科技先进，如果训练时都直接用机甲，不但危险，而且损耗太大了，所以模拟训练就应运而生了。学生们学习时进入模拟舱，模拟舱内部和真实机甲完全相同，在战斗过程中也完全模拟机甲的各种反应及状态。所以，虽然是模拟，但一样有实战效果，又减少了训练损耗。

不过，周芊琳不是搞机甲研究的吗？难道她也要学习机甲操作？

当蓝绝抵达模拟区第三教室时，直接无语了，因为他根本就找不到周芊琳。

模拟区的教室极大，就像一个巨大的金属仓库，里面有一百个直径超过三米的球形模拟舱。凭借着今天刚刚装入星际通信仪的教师芯片，蓝绝很容易就来到了这里。

那些巨大的球形模拟舱有不少正在晃动，这意味着里面有人正在进行模拟训练。

不过这球形模拟舱都是封闭的啊！周芊琳说她在这里，可怎么找？

"我到了，你在哪个位置？"蓝绝无奈地再次打开星际通信仪。

"你在门口守着等我就行了。"周芊琳的回答简短而平淡。

真拿我当保镖了！蓝绝气愤地扫视了一眼周围的模拟舱，正好发现有一个模拟舱是打开的。

他熟练地攀上模拟舱，坐了进去。他总不能站在那里干等着，而这模拟区只有模拟舱内才有位子可以坐。坐在模拟舱内，他并没有关闭盖子，半躺在里面闭目养神起来。

模拟区三号教室，角落里，十二号模拟舱。

周芊琳静静地坐在这里，并没有开始自己的模拟课程训练。她断绝了和蓝绝的联系，温润的唇瓣抿得紧紧的，没有一丝血色，双眸中泪水晶莹。

"蓝绝……阿绝……宙斯……"

"嗡——"轻微的震动将蓝绝惊醒。他惊讶地发现这个模拟舱的盖子竟然在快速合拢。

以他的能力，想要出去自然毫不费力，但恰好在这时，他看到外面来了两名学员。

就在犹豫之间，舱盖已经闭合。

"嘀，芯片扫描中……"

"蓝绝老师您好，欢迎进入华盟国家学院模拟区。请问您是使用已有的梦网账户，还是新注册账户？"

蓝绝愣了一下。他已经很久没有使用过模拟器了。梦网是三大联盟中几家大型星际公司联合开发的，专门针对模拟机甲战斗使用的大型网络平台，既有教学应用，也有娱乐应用。

蓝绝心想：闲着也是闲着，既然已经想好了要重新开始，那就玩玩吧。

"新注册账户。"

五分钟后，梦网、华盟区、华盟国家学院教学分区，一个叫小菜鸟的新人悠闲地漫步在教学分区的街道上。

第四十七章
普罗米修斯

华盟，安伦星。

群山环抱之间，是一片山谷。山谷内，完全是一个金属的世界——金属的房屋、金属的各种设备、器材，还有金属的浮空车，更有巨大的金属机甲！

山谷周围，层峦叠嶂，一座座山峰起伏相连。其中，山谷西侧的一座山峰最高大，山巅隐入云端。

而此时，在这山巅之上站着两个人。

云雾激荡，令他们的身影若隐若现。

一头红发的楚城，双手插在裤兜里，口中叼着香烟。烟头在云雾中若隐若现地闪烁着。

"老大，你叫我来，不会就是为了吹山风吧？"楚城懒洋洋地问。他总是这样，无论什么时候，都有点没睡醒似的。

楚城身前不远处，有一名男子。他身上穿着黑色的作战服，高大挺拔的身材完全展现出来。他肩宽背阔，不算特别健壮，但整个人站在那里就像一支标枪。

在他黑色的作战服肩章处，一边有一颗金色的星星。

将官！这名看上去不过三十岁左右的黑发男子竟然是一位将官！

要知道，伴随着科技的进步，想要在军队中出人头地是极其困难的事情，必须有真正的军功才能快速升迁。

三十岁，对大多数军人来说，是刚刚开始奋发向上的年纪而已。华盟的将军，平均年龄是五十一岁。以人类现在一百二十岁的平均寿命来看，三十岁的将军实在是太罕见了。

"他怎么样？"黑衣男子转过身来，看向楚城。

他有一双淡绿色的眸子，和他的黑发配在一起，显得有些邪异，但这份邪异又被他眼神中的那份坚定完全镇压住了。他面庞刚毅，宛如刀削斧凿般充满立体感，脸上略有风霜之色，无形中自然有压迫力从他身上迸射而出，就像一把无坚不摧的利刃一般。

"不太好吧。"楚城懒洋洋地摸了摸自己的鼻子，对于面前黑发男子身上散发的强大气势，并没有多大反应。

黑发男子的眼神变得柔和了几分，他问道："三年了，他还没有走出来吗？"

楚城轻叹一声，道："他的脾气，你还不知道吗？要是那么容易走出来，我们又何必为他着急？老大，你要是有时间，最好还是去看看他。虽然你们之间有些误会，可是当初他最信服的就是你啊！而且，你毕竟是他的亲哥哥。"

黑发男子的眼神再次变冷，道："他怪我并没有错。当初是我错估了情况，才导致赫拉殒命。"

楚城眉头一皱，道："老大，当时是什么情况，我们大家都知道，你又何必将错误揽在自己身上呢？你看看你，他三年没回过家，你呢？三年来，你一直都在这军营之中。你手下这些机甲师都快让你操练得变成非人类了。"

黑发男子冷冷地道："我让你来，不是让你教我怎么做的。他颓废，你不上进，你们两个都欠收拾。"

"呃……"楚城下意识地后退一步，"老大，你对阿绝有气，可别撒在我身上啊！"

黑发男子淡淡地道："这和生气没关系。我的力量需要磨砺，正好你来了，让我看看这几年你有没有进步。"

说着，他突然向前跨出一步。顿时，他那淡绿色的眸子中骤然迸发出刺目的青光。周围的云雾竟然刹那间全部消散了，一道道青碧色光芒冲天而起。

"老大，你来真的？"楚城惨叫一声，脸上的懒散瞬间消失无踪。强盛的火焰随之从他背后升腾而起，刚开始的时候是纯正的红色，但伴随着对面那青碧色光芒的增强，红色的火焰渐渐变成橘红色，然后是深红色，最终变成了奇异的暗红色。火焰中央，更是呈现为深邃的黑色。

黑发男子不再说话，右手猛然一抬，青碧色光芒顿时化为一道强盛的光刃，宛如一朵巨大的青色莲花，绽放开来，将楚城的身体淹没。

山谷内，正在忙碌的人员不约而同地被西方山巅上迸发出的强光所吸引。

很快，整个天际都变成了青色。而在那青色之中，暗红色光芒不断闪烁。两色光芒带来的恐怖能量不断波动，竟然将山谷上空的云雾驱散开来。

半个小时后，"老大，你这样是不人道的！"摸着自己红肿的半边脸，楚城坐在地上疼得直抽气。他身上的衣服已经没有多少地方是完整的了。

黑发男子身上也有数处焦黑的地方，但他站在那里依旧宛如标枪一般挺拔。

"你根本就没有斗志，揍你一点乐趣都没有。"黑发男子冷冷地道。

楚城怒道："揍了我还说风凉话，你们两兄弟都不是什么好东西！你是个战斗狂，阿绝那臭小子就喜欢扮猪吃老虎，蔫坏蔫坏的。我走了！下回我绝对不来你这里了。你要是憋得难受，找你弟弟撒气去。"

黑发男子淡淡地道："我会去找他的。"

楚城刚站起身，听了这句话顿时一愣："你要去找阿绝？"

黑发男子点了点头。

楚城疑惑地道："可我听说你这几年累积军功，快要升中将了。这种时候你走得开吗？"

"职位重要吗？"黑发男子冷冷地道。

楚城竖起大拇指，道："好，不愧是普罗米修斯！"

黑发男子淡淡地道："在这里叫我蓝倾，只有在战场上，我才是普罗米修斯。"

普罗米修斯，智慧之神！

"我走了。期待你揍阿绝的好消息传来。你要是愿意告诉我时间，到时候我可以去看看热闹。"

蓝倾摆了摆手，转向山谷的方向，负手而立。

没有云雾遮挡的山谷，看上去分外清晰。金属反射着阳光，那耀眼的光芒仿佛能被他的身体吸收一般。

楚城在他背后，悄悄地比了个中指，脸上却露出一丝笑容。他一瘸一拐地朝着山下走去，走出没几步，一道红光在他身前亮起，一个黑色的庞然大物悄然出现。在那庞大的黑色身躯上，有着一道道血红色的光线。

在他们兄弟四人中，这个庞然大物的绰号叫哈迪斯——冥王哈迪斯！

第四十八章
白板小菜鸟

白背心、大裤衩，这就是蓝绝现在的装扮。在梦网里，他这模样的有个称号叫白板。

蓝绝八岁那年第一次进了梦网，在那之后，就再也没有像今天这样成为白板过了。白板的身份，再加上他给自己起的小菜鸟这个名字，他就是个彻头彻尾的新人了。

蓝绝低头看看自己这一身打扮，忍不住笑了："这就是传说中的小鲜肉吧。"

梦网之中，高等学院可以申请专属教学分区。此时他所在的就是华盟国家学院的教学分区之中。这里没有民用梦网中的装饰、店铺，只有各种机甲练习区。

新人该干什么来着？蓝绝拍拍脑袋，他实在是有点想不起来了，毕竟过去了那么久。

"小子，站住！"

正在蓝绝有些好笑地回忆着上次当白板的经历时，一个声音叫住了他。

三个高大的身影挡在他身前，身上都穿着机甲作战服。

哦，对了，他应该先去买一身机甲作战服，在学院的话，应该是免费的吧。然后他可以去选一台基础机甲。嗯，没错，就是这样。

看到挡在自己身前的这三个人，蓝绝的记忆恢复了几分。

"叫你呢，听见没有？"一名看上去二十出头的青年一抬腿，就给了蓝绝一脚，踢得他一个趔趄。

"哎哟。"蓝绝痛叫一声，还真有点疼呢。在梦网中，为了模拟实战的真实性，是有痛感的。民用的话，痛感可以在百分之一到百分之三十之间调节，而在学院中，却是恒定的百分之十五这个中间值。

"新来的吧？把你的新手福利交出来。"那青年上前一步，一把揪住蓝绝那单薄的背心，恶狠狠地道。

对，新手有福利，好像是五十梦币，能买些需要的东西。这梦币虽然是虚拟货币，但和现实之中三大联盟的货币是能够相互兑换的。而且梦币的价值在三大联盟的货币之上，是公认的人类世界第四货币。

"不给。"蓝绝一副守财奴的样子。

青年用力一推，将蓝绝推倒在地。

"小子，既然你不识趣，那就打到你识趣为止。这里可是有恒定痛感的。而且，在梦网中，没有人知道我们是谁，每个人的身份都会被梦网主脑严格保密。"

蓝绝从地上爬起来。他当然不是故意让人揍的，他没有受虐倾向。在这梦网的世界中，初始时，任何异能都不能使用。他现在只是一个普通健康人类的身体，具备能够驾驭最低级机甲的一级基因天赋。在本身弱小的情况下，被揍是正常的。

另外两名青年从两侧包抄了上来，三个人合围向蓝绝。显然他们已经不是第一次这么干了。

蓝绝叹息一声，扫了三人一眼，眼中流露出一丝怜悯之色。他活动了一下这具虚拟世界中的身体。

突然，一声娇喝响起："又是你们三个！"

紧接着，一道身影就如同闪电般飞掠而来。

"砰砰！啪啪！"三名青年就像天女散花一般，在短短的一秒内，全都飞了出去，惨叫着摔到了十几米外。

一道英姿勃勃的身影随之出现在蓝绝面前。

看到她，蓝绝不禁微微一愣。金发碧眼、大长腿，这不是周芊琳那小妞之前上课时带在身边的姑娘吗？

唐米在梦网中一点都没改变自己的相貌。

那三名青年从地上爬起来，扭头就跑。显然他们也是认识唐米的。

唐米怒哼一声："让我知道他们是哪个班的败类，非揍得他们生活不能自理不行。喂，白板，你没事儿吧？"

"我没事儿，谢谢。"蓝绝一脸恳切地道谢。

唐米指了指前方一座高大的建筑，道："新人去那里报名、领机甲，然后就去机甲训练区那边练对战吧。再碰到刚才那种家伙，你就大声叫，我们学院执法队的人会立刻出现。你也别有阴影，刚才那几个家伙也就吓唬吓唬新人，根本没什么实力的。"

"哦。"蓝绝答应一声。

唐米转身就走，留下一个英姿飒爽的背影。

这姑娘正义感很强啊！蓝绝心中赞叹。

高大的建筑前面有个牌子，写着"教学大楼"四个字。五分钟后，登记完毕的蓝绝领了一身作战服出来。让他有些后悔的是，作战服背后有"小菜鸟"三个字。

接下来就是选择机甲。机甲发展至今，以人形机甲为主，也有一些因为特殊功用而制造出的特殊机甲。

作为白板，蓝绝现在能选的只有两种基础机甲，一种是远程的，一种是近战的。他毫不犹豫地选了台近战的。

"是否进入机甲、进入对战区？"

"是。"

光芒一闪，下一刻，梦网中的小菜鸟已经进入机甲驾驶舱。

剑士机甲，这就是蓝绝选择的机甲的名字。它高十米，重十三吨，是轻型机甲，配备了一把钛合金刀和一面钛合金盾。

十指在身前的控制面板上拂过，指尖轻微颤抖，蓝绝控制的剑士机甲顿时站起身，平稳地向前走去。

现代机甲的操控是通过脑电波控制和手动控制相结合来实现的。拥有强大基因天赋的异能者甚至还可以将异能融入机甲，并进行增幅。但那就需要高端机甲才能做到了。

纯粹的脑电波控制，会因为身体影响以及脑电波变化而不稳定，纯粹的手控又不够快。二者结合，才能将整个操控过程变得完美。

对战区内部有三个区域，分别是初级区、中级区、高级区。取得十场胜利，可以从初级区进入中级区，一百场胜利可以进入高级区。如果能获得一千场胜利，就可以进入更高级别的学院分区了。不过那一般是国士级别的学员才有可能达到的。在梦网的模拟机甲战中达到一千场胜利，是国士班机甲师毕业的基本要求之一。学士班则要求至少一百场胜利。

因此，这里是所有机甲战斗系学员必须要来的。其他学科的学员也要求对机甲有一些基础掌握，至少要获得十场胜利，才能拿到相应的学分。

第四十九章
虐菜

梦网中也可以开启星际通信仪，蓝绝来到这里是为了找周芊琳的，而不是为了战斗的。周芊琳应该就在这里进行机甲战斗练习，蓝绝虽然是误入这里，但从这里联系上她也可以。

"你在哪里？我进入梦网的学院教学区了。"蓝绝道。

"你进来了？"周芊琳有些惊讶地道，"我在中级区，今天还要进行几场对抗。你等我练习完了送我回家就行了。不过，不要让其他人看出你认识我。结束对抗后我叫你。"

梦网中的小菜鸟摸了摸鼻子，心想：她一再要求不让别人知道我认识她，我有那么丑吗？

中级区吗？嘿嘿。

小菜鸟摇头晃脑地进入初级区，心想：十胜就可以进入中级区，似乎用不了多长时间。

学院的梦网是经过简化和特殊配置的，蓝绝控制着小菜鸟一进入初级区就被传送到一个宽阔的空间之中。

这个空间呈圆形，就像一座巨大的体育场，直径足有三百米，高五十米，是标准的擂台式机甲战斗场地。这是初学者进行比试最常用的一类场地。

光芒一闪，蓝绝对面就多了一台黑色机甲，也是剑士机甲。和蓝绝控制的小菜鸟有所不同的是，对方那台机甲胸前多了件银色装甲，腿部也是银色的。

在梦网中，可以通过用梦币购买、胜利积分兑换等种种手段来令自己的机甲升级。理论上来说，低级机甲可以一直升级到顶级，但那样无疑会浪费大量的时间。一般来说，高手在达到一定程度后，就会直接更换为高端机甲再进行升级，这样能节省大量的时间和精力。

对面这台剑士机甲显然是经过升级的，从外表看应该是增强了防御力。

"小菜鸟？哈哈哈，运气真好。看来我这第十场胜利终于可以拿下了。"对面的剑士机甲中传来嚣张的声音。紧接着，只见那机甲身后一亮，在推进器的作用下，它已经迈开大步，朝着小菜鸟这边冲了过来。

金涛此时确实很兴奋。今天上完了蓝绝的生活品位课之后，他心中有所触动，一扫平时的懒惰，特意跑来练习机甲战斗。他可是机甲战斗系的，可至今连初级都没过，只是掌握了一些最简单的技巧。

或许是因为受到了蓝绝课上的刺激，今天他对机甲的掌控力有所增强，刚才已经获得了一场战斗胜利，完成了第九胜。只需要再获得一场胜利，他就可以完成十胜进入中级了。这样一来，他就再也不需要担心这学期期末考试的问题。模拟机甲操控进入中级，至少能保证他升入下一学年。

面前这个对手明显是刚刚进入梦网的新学员，剑士机甲根本没有经过任何改装。这种运气他可是第一次拥有。金涛还清楚地记得，当年自己是白板菜鸟的时候，天天被学长们虐得体无完肤，对他的信心产生了极大的打击。

虐菜，这绝对是他最喜欢干的事情。

金涛的剑士机甲瞬间到了小菜鸟面前，右手的钛合金刀凶狠地朝着对手的脖子砍去。

小菜鸟似乎被吓住了，站在那里一动不动，眼看着钛合金刀就到了面前。

金涛除了得意之外，甚至还有点惋惜。要是这小菜鸟能够稍微挣扎一下，就更能体现出他的强大了！

就在这时，小菜鸟突然动了。它的动作再简单不过——下蹲！

金涛的钛合金刀从小菜鸟头上一掠而过。紧接着，金涛就看见自己那剑士机甲的右臂，连带着钛合金刀一起，飞上了天空。然后他眼前一黑，冰冷的电子音就在耳边响起。

"战败，机甲损失百分之四十，请修复后继续战斗。"

败了？怎么可能？金涛甚至没明白这是怎么回事，飞快地点开战斗回放。

整个战斗过程极为短暂，金涛坐在模拟舱内，看着回放，眼神中充满了不可思议。

当他一刀砍向小菜鸟的时候，小菜鸟做出了下蹲的动作。与此同时，小菜鸟的右脚伸出，正好踩在了他那剑士机甲的脚面上。然后小菜鸟的钛合金刀就准确无比地切入了他那剑士机甲的右臂。

因为脚被踩住，身体失去平衡，无疑加重了碰撞的力度，金涛那剑士机甲的右臂被斩断、飞起。然后小菜鸟就顺势闪到了金涛的剑士机甲身后，钛合金刀准确地从其头部后方的缝隙中刺入，斩断了它的主能量通道。战斗就此结束。

整个过程只用了三秒！小菜鸟的动作看上去一点都不快，也没什么特殊的，只占了"准确"二字。

金涛嘴里咒骂了一句，去修理机甲去了。

为了增强持续战斗力，所有机甲战斗系的学员都要学习机甲维修。在模拟对战中，机甲损坏后，都要学员自己进行维修。当然，他们也可以花费梦币维修，可价格贵得惊人。

就在金涛得到失败提示的同时，蓝绝这边也得到了电子音的提示："战斗胜利，机甲损坏为零，完胜，获得胜利积分一，奖励梦币五。"

一般来说，一场教学区切磋的胜利，会奖励梦币一到五，蓝绝无疑拿到了最高奖励。

嘿嘿！蓝绝笑得有点猥琐，按下了继续战斗的按钮。

光芒一闪，还是刚才的比赛场地，对手却换成了另一种基础机甲——枪兵机甲。

枪兵机甲，高八米，重九吨，标准配备——激光枪。

在灵活性和速度上，枪兵机甲要占据一定优势，而且又是远程攻击。而剑士机甲在防御和近战攻击力上要强一些。两种基础机甲各有千秋。

那枪兵机甲显然有些经验，一出现，立刻就端起自己的激光枪，朝着蓝绝的方向瞄准。蓝绝却做出了一个令对方完全想不到的动作。

小菜鸟身形半转，下一刻，左手中的钛合金盾已经如同飞盘一般抛出，在空中画出一道弧线，阴险无比地斩向枪兵机甲的双腿。

第五十章
小菜鸟与大高手

枪兵机甲吓了一跳，赶忙向另一侧跳开，闪避那盾牌的攻击。

这枪兵机甲的控制者总算比金涛强点。盾牌从他那机甲的腿旁掠过，但下一刻，他也是眼前一黑。

"战败，机甲损失百分之三十，请修复后继续战斗。"

怎么败的？枪兵机甲和金涛的反应几乎一样，迅速点开回放。

小菜鸟抛出的不只是盾牌，盾牌之后还有钛合金刀。向一侧跳开的枪兵，几乎是自己撞到了钛合金刀上。驾驶舱在毫无防备之下，被钛合金刀瞬间刺破。

"到底谁的优势是远程攻击？"枪兵机甲的操作学员怒吼出声。

嘿嘿！蓝绝阴笑着选择了第三场。当地雷虐菜真是让人心情大好啊！反正没人知道他是谁！

光芒一闪，第三场开始，对手又换成了剑士机甲。

和金涛一样，那剑士机甲也是一上来就朝着蓝绝的小菜鸟冲了过来。蓝绝清楚地看到，这剑士机甲头顶上飘着的名字——大高手！

这名字和小菜鸟倒是挺对应的嘛。

大高手飞速冲到小菜鸟面前，右手的钛合金刀横扫，和之前金涛的动作差不多——砍脖子。

小菜鸟同样在间不容发之际下蹲，右脚悄悄一伸，阴险地踩向对方。

但是，令蓝绝意外的情况发生了。不知道是巧合还是对方控制精准，就在小菜鸟的右脚踩上去的一瞬间，对方的右腿骤然抬起，膝盖直奔小菜鸟的小腹撞去。横扫的钛合金刀在空中一顿，狠狠地劈向小菜鸟的肩膀。

此时双方几乎是贴身战，距离极近，根本就没有闪躲的空间了。

小菜鸟的右手手腕一翻，钛合金刀刀尖上指，点向大高手右手的手腕，左手盾牌则做出了一个侧向磕碰的动作。

"叮！砰！"

两声碰撞几乎同时响起。大高手向后一缩手臂，两把钛合金刀碰撞在一起。后面一声闷响则是小菜鸟的盾牌拍击在大高手的膝盖上发出的声音。

因为是侧向拍中，所以大高手的身体不自觉地一歪。两人的机甲是一样的白板，在力量相差无几的情况下，比的就是控制力。

大高手并没有去强行稳定自己的身体，而是滴溜溜一转，双脚看上去有些杂乱地在身体旋转之时连续迈出几步，身体配合着步伐持续晃动。

不规则混乱步？蓝绝心中一动。这是近战机甲一种相当实用的中级技巧，可以用来闪避近战攻击，也可以用来躲避远程炮火。

这是一个初级区的白板能用出来的吗？

对手的强大让蓝绝心中产生了一丝兴趣，他脚下的步伐一变，竟然也不规律地晃动起来，同时切入了对方的步伐之中。

唐米此时的表情有些僵硬。

这是什么情况？她好不容易想办法重新注册了一个账户，上来虐虐菜鸟过瘾，谁知道却地雷碰上了地雷。对面的剑士机甲刚才那一记盾牌，直接打乱了她的节奏。这已经是多长时间没有遇到过的事情了？

这家伙还敢撞过来，真当姑奶奶是好对付的吗？唐米恶狠狠地想，将手中的钛合金刀飞速挥舞起来。刀光闪烁，宛如水银泻地一般，朝着对方席卷而去。

但就在这时，那小菜鸟看上去忙乱地一抬手，钛合金刀的刀尖刚好点在了她的钛合金刀侧面。大高手的刀光就在这一点之下，变得凌乱了。那种难受的感觉令唐米险些吐血。

小菜鸟身形一晃，速度骤增，瞬间从大高手身边闪过。

"嗖——"一声轻响传来。

唐米的反应不可谓不快。她控制着大高手迅速向前冲出，同时身体半转，想要斩向小菜鸟。

可是，令她吃惊的是，她在转身之后，根本就没看到小菜鸟的身影。

"嗖嗖嗖……"一连串金属摩擦声不断从她身后传来。

唐米大吃一惊，不断地改变步伐。可是无论她怎样动，就是看不到小菜鸟的身影。

额头上，她的汗水"唰"地一下就流了出来。这是如影随形？

如影随形是近战机甲的高端技巧。近战机甲最忌讳的就是被人摸到身后。而一位擅长如影随形技巧的机甲师，在对手实力逊色的情况下，能够一直在身后跟随对手，且不被对手发现。

此时，唐米明明感觉对手就在身后，可她怎么都无法将小菜鸟甩开。

突然，她眼前一黑，一切归于平静。电子音响起："失败，机甲损坏百分之百，请重新购买。"

什么？损坏百分之百？唐米呆滞的目光骤然一凝。要知道，模拟对战和真实机甲战斗是极为相似的。机甲损坏百分之百意味着什么，她再清楚不过了。一般来说，只有被具有强大威力的能量正面轰中才有可能出现这种情况，可是一台剑士机甲哪来的强大能量进行攻击？

回放！

唐米点开回放。

战斗从头开始，大高手冲向小菜鸟。小菜鸟下蹲，大高手膝撞。

大高手，不规则混乱步！

小菜鸟，不规则混乱步！

然后就是那鬼神莫测的一刀。就是那一刀让唐米的大高手瞬间失去了节奏与平衡。小菜鸟突然一个加速，就到了大高手身后。

然后小菜鸟就开始一刀刀斩出。小菜鸟明明可以直接结束战斗的，但就是那么轻巧地挥舞着钛合金刀。

钛合金刀闪烁着夺目的金属光泽，每一刀都并不凌厉，但速度极快。哪怕是在回放之中，唐米也必须调慢速度才能看清楚。

她骇然看到，小菜鸟的每一刀都斩在大高手的关节上，却没有完全斩开。

当最后一刀到来之时，大高手全身一僵，然后全身崩溃，化为众多零件散落在地，就像一个用积木堆积起来的身体瞬间被推倒似的。

唐米认得这种刀法，准确地说，应该是听说过这种刀法！

这是庖丁解牛刀法。这种刀法在战场上几乎不会出现，因为它的实用性很低。

虐杀！大高手被小菜鸟虐杀！

小菜鸟完胜！

第五十一章
小鲜肉

"砰！"唐米的双手狠狠地砸在面前的机甲操控键盘上，美眸喷火。

她今天改换账号，化身剑士机甲——大高手，就是为了来过把瘾的。这样做的人其实很多，这种行为被称为"地雷"，谁踩上谁倒霉。

针对这种行为，曾经有人专门提出过，要进行梦网实名制。每个人凭自己的身份证明只能在梦网拥有一个账号，但直至今日依旧没有被梦网管理委员会同意。毕竟，这是牵涉到三大联盟的重大举措，没那么容易作出决定。

唐米万万没想到，她今天一时兴起的事情变成了这样。那个叫小菜鸟的家伙究竟是谁？浑蛋，这家伙就是个浑蛋！

他竟然会那根本没有实战意义的庖丁解牛刀法！这人是无聊到什么程度啊，竟然用这种刀法来当地雷。这是赤裸裸的羞辱啊！

唐米还从未遭遇过这种情况，一想到回放中，她的机甲在对方的刀法面前瞬间化为一堆零件，她就恨不得找个地缝钻进去。

"是谁？是谁？是谁？"唐米坐在模拟舱内，愤怒地大叫。她知道，这个人一定是学院里的，否则的话，也不可能进入教学区的机甲对战初级。这种梦网的专属区域，只能通过专门的模拟器进入。

可是学院这么大，她去什么地方找这个小菜鸟？

唐米用力地深吸一口气，良好的素养让她迅速冷静下来。

此仇不共戴天！

她抬起手，飞快地按动星际通信仪，迅速接通了一个号码。

"小米？怎么啦？"一个浑厚的男声从星际通信仪的另一端传来。

唐米咬牙切齿地道："我不管你在什么地方，现在马上找个模拟器进入梦网的学院教学区，进行初级机甲对战！我让人羞辱了！"

"啊？"那声音中传来一丝诧异，"初级区？小米，你不会又去做地雷了吧？我早跟你说过，不要做这种无聊的事情，你怎么就是不听？遇到别的地雷了吗？还吃亏了？"对方从唐米的话语中飞快地分析出了大致情况。

"你来不来？"唐米咆哮道。

"不至于吧？"浑厚的男声更惊讶了几分，"常在河边走，哪有不湿鞋？你消消气。我正有事呢。"

"唐笑，你老妹我被人用庖丁解牛刀法虐了，你要是敢不来给我报仇，你就死定了。我立刻把你小时候尿床到十岁的丑事告诉芊琳，让你一丝机会都没有。你不要以为芊琳婚约解除你就有机可乘了。要促成你们的好姻缘，我没那本事，但要说破坏，嘿嘿……"

"给我三分钟！"唐笑的声音瞬间变得严肃了。

挂断星际通信，唐米的脸色这才好看了几分，再次进入梦网系统，心想：小菜鸟，你给我等着，老娘收拾不了你，老娘找人收拾你！唐笑那家伙怎么说也是王级乙等机甲师。我就不信了！

"砰！"

蓝绝阴险地将钛合金刀刺入第九名对手的后脑，结束了这场战斗。

第九场完胜，还差一场，他就能进入中级区了。

要是让阿城他们知道我在这种地方当地雷，他们一定会惊得连下巴都掉在地上吧。蓝绝诡异地一笑。不过，原来当地雷还挺好玩的嘛！嘿嘿。他已经好久没有正经地进行机甲训练了，看来回去后该用大号上上梦网，活动活动了。在这初级区，根本连热身都算不上。不过，这初级机甲锻炼技巧和手脑配合能力倒是不错。有一个月的时间，他应该就能恢复到当初的巅峰状态了。

这三年来，他的修炼几乎停滞了。异能还会自行提升，但机甲操控确实很少练习。虽然很多技巧都已经深入骨髓一般，根深蒂固，但终究还是有些生疏了。

第十场，进入。

光芒一闪，蓝绝的小菜鸟第十次进入擂台。对面的机甲赫然还是一台剑士机甲，而且也是白板，没有经过任何改装。这种情况，在前面九场比拼中他也只遇到过一次，然后被他用庖丁解牛刀法给搞定了。只有那一场，让蓝绝有点感觉。

小鲜肉——对面的剑士机甲头上飘着这三个字。

敢起这种名字的家伙，得有多不要脸啊！蓝绝觉得有些好笑。不过，不要脸也好，不要脸意味着心理素质好。

"你就是那个地雷吧？"对面突然传来一个声音。这声音浑厚悦耳，听起来有几分磁性。

进入初级区到现在，这还是第一次有对手跟自己说话，但蓝绝没吭声。

"当地雷，就要有被人反炸的准备。你欺负了我妹妹，就判罚你被我凌迟处死吧！"剑士机甲小鲜肉一步跨出，原地做了一个交叉步，再飞速地做了一个三百六十度转身，盾牌横在胸前，钛合金刀斜指天空。

"帅不帅？"浑厚的声音多了几分得意。

果然是个不要脸的家伙啊！蓝绝心中一阵无语。

"你不回答，我就当你默认了。哥可要出手了。"说着，小鲜肉突然加速，大踏步地朝着蓝绝的方向冲来。

蓝绝双眼微眯，觉得有点意思。这家伙对机甲的控制相当熟练，速度没有半点浪费，虽然有点贫，但还是有点实力的。

"哎，兄弟，我今天遇到一件事儿。"小鲜肉一边向前跑着，一边向蓝绝说道。

蓝绝一愣，这家伙不是来报仇的吗？他遇到什么事儿，和我有什么关系？

小鲜肉继续道："今天我们班有一个同学上课时突然想放屁，而且肯定是响屁。然后她想到了一个绝妙的好主意——放屁的时候猛拍巴掌来借此掩饰。于是乎，她猛然一拍巴掌，全班都回过头来看她，然后她放了一个响屁……"

"扑哧！"蓝绝顿时笑了出来。华丽的刀光就在这时带着一片光影瞬间笼罩而至，封死了他所有可以闪避的路线。在那炫目的刀光掩盖之下，一记阴险的撩阴腿狠狠地踢向了小菜鸟的双腿之间。

第五十二章
极贱与极震

　　蓝绝万万没想到那小鲜肉在攻击之前竟然说出那么一段话。他失笑之间，顿时放松了对小菜鸟的控制。

　　小鲜肉狠辣至极的攻击几乎瞬间到达。哪怕以蓝绝的能力，在控制这种基础机甲的情况下，都不禁有些手忙脚乱。

　　小菜鸟的脚尖在地面上一点，身体骤然后退，与此同时，手中的钛合金刀飞速划动，这才勉强挡住了小鲜肉的刀，同时抬起右腿，硬生生地和小鲜肉拼了一记，挡下了撩阴腿。

　　"兄弟反应真快。"小鲜肉赞叹道。

　　没等蓝绝回应，"我插你眼睛！"小鲜肉突然大喝道，身体猛然一沉，一双机械腿直接缠向了小菜鸟的双腿。

　　此时的小菜鸟因为后退太急，脚下跟跄，正是不稳之时，顿时被小鲜肉缠上了双腿。小鲜肉的上身猛然一晃，厚重的机甲躯体竟然灵活得像个猴子一般，拧身、翻转，就要强行压制小菜鸟的双腿。

　　柔术！这小鲜肉竟然将柔术化入了机甲近身战斗之中。

　　"兄弟，我今天可倒霉了。"小鲜肉一边发力，一边竟然又说起话来，"昨天去餐厅吃饭，我夹起一块猪肉发现上面好多毛，心想现在的学院餐厅真不像话，毛都不弄干净，于是很认真地一根一根拔。等我弄得很干净之后放进嘴里，啊，是块姜。"

　　如果现在有人能看到蓝绝在模拟器中的表情，那么一定会发现，他额头上正往下拉出三道黑线。

　　此时，小菜鸟的身体已经被小鲜肉带倒在地，双腿被绞住。小鲜肉的语言骚扰确实取得了一定的作用。这种对手，哪怕是拥有丰富战斗经验的蓝绝，也是第一次遇到。

小鲜肉趁势一个翻身，用了一个漂亮的柔术动作，骑到了小菜鸟背上，并且用一只机械手臂完全压制了小菜鸟握有钛合金刀的右臂，占据了绝对的上风。

"嘿嘿，兄弟，我的故事好听吗？"小鲜肉得意扬扬地道，"你现在是不是很不服气呀？不服气，你就来打我呀，打我呀！嘿嘿。"

"不要以为你赢了！"蓝绝咬牙切齿的声音骤然响起。

"嗯？"小鲜肉惊讶地看着蓝绝，"还不服气？放心，我不会那么轻易干掉你的，只要不让你的机甲破损，梦网就不会判你失败。咱俩再聊会儿吧。"

正在这时，小鲜肉突然感觉到，被自己压在身下的小菜鸟的身体震动了一下。这一下震动似乎并不强烈，但来得极为突然。更让小鲜肉吃惊的是，小菜鸟就是这么轻微地震动了一下，他对小菜鸟的压制居然一下子就变松了。

"不好！"就算在这种时候，小鲜肉竟然还能大叫出声。小菜鸟一拧身，也不知道是怎么动的，居然就反缠住了小鲜肉，一个抱摔，竟然将小鲜肉压制在了下面。

"极震，你用的是极震！"小鲜肉丝毫不顾自己被对方反制，震惊地大叫道。

极震，那可是他一直努力的方向啊！这小鲜肉正是唐米的哥哥唐笑。作为华盟国家学院机甲系的高材生，他现在已经有王级乙等的实力了，在整个华盟国家学院机甲战斗系，都能排到前十。

要知道，机甲师被评定为王级以上时，只要其愿意接受，在三大联盟的任何国家都可以被授勋为上尉，直接省去成为少尉、中尉的过程。

国士级机甲师毕业的要求，也只是特级乙等而已。王级乙等机甲师已经可以统领一个十名机甲组成的机甲中队了。

可就算如此，唐笑也依旧无法使用"极震"这样的技巧。

如果说庖丁解牛刀法是机甲技巧中的鸡肋，只能用于炫技，那么极震就是高级机甲技巧中最实用的，是所有机甲师梦寐以求的强大能力。

极震的特殊性还在于，哪怕是最低级的三级机甲师都有可能练成，而哪怕是王级，甚至是帝级机甲师也有可能练不成。想要练成极震，天赋极其重要。

所谓极震，就是让机甲在自身控制下，瞬间产生高频振动，从而给对手造成创伤，是摆脱纠缠的高级技巧。它最大的要求是，手速！

现代机甲控制，是脑电波和肢体相结合。而极震这种瞬间让机甲产生高频振荡的技巧，则需要在刹那间爆发出超快的手速才能实现。机甲师要不断地重复同一个动作，使其产生出高频振荡的效果才行。

三大联盟都想要通过科技研究解决极震的问题，实验确实成功了，但是科技版的极震，在灵活性上要远远差于机甲师自己施展的，而且还需要消耗大量的能量，并且造价高昂。

毫无疑问，小菜鸟这种最低等的剑士机甲是绝对不可能附带科技版极震效果的。那就意味着，里面的机甲师拥有这样的技巧。

极震对手速的最低要求是，有效手速要达到三百。也就是说，一分钟要操控机甲至少三百次，才能产生极震效果，还必须是有效操作才行。

唐笑自问自己的手速也能达到三百，但那要刻意为之，而且真正的有效操作，绝对不会超过一百八十。

小菜鸟的拳头顶在小鲜肉头上，蓝绝狠狠地道："聊啊！你继续。"

小鲜肉却兴奋地道："你怎么会极震的？你手速多少？今年多大？是学院老师还是学员？能不能教教我？不对，你肯定是老师，对不对？咱们学院的学员还没有人能使用极震的。"

"教你？"蓝绝的嘴角处流露出一丝凶狠的"微笑"，"好啊！我可以教你，你在哪里？"

小鲜肉雀跃道："我在高研班！您说个地方，我去找您怎么样？"

"选修课教学楼后面有一片草坪，我在那里等你。十分钟内赶到，过时不候。"蓝绝淡淡地道。

"好，好，我马上出发。"唐笑很兴奋。他没法不兴奋，哪怕是华盟国家学院的老师，都没人用得出极震，这位一定是新来的老师。

"走之前，你再体验一次极震吧。"小菜鸟的拳头瞬间变得虚幻，下一瞬，小鲜肉的脑袋……

"砰——"

第五十三章
减肥！

选修课教学楼后面的草坪长得并不茂盛，因为这里的阳光被前方的教学楼遮挡，很难滋润到这一株株小草。

此时已经是下午，选修课基本结束了，所以这里就显得格外安静。

蓝绝双手背在身后，一身笔挺的三件套西装没有任何褶皱。旁边不远处还放着他的古董自行车。

他的脸色很平静，站在那里，就像一尊雕塑一般。

突然间，他的嘴角牵动了一下，脸上露出一丝古怪的笑容。

"啊！老师，您在这儿呢，我来啦！"唐笑气喘吁吁地跑过来，一脸的兴奋。

蓝绝缓缓地回过身，看到一个大胖子正气喘吁吁地冲向自己。一身机甲作战服在他身上绷得紧紧的。蓝绝很怀疑，以他这种体型，一般的机甲驾驶舱是否塞得进去。

唐笑身高大约一米八，腰围似乎也差不了太多，一跑起来，全身肥肉都跟着颤。他有一头精神的短发，小眼睛中神采飞扬，脸上的肉堆积起来，鼓鼓的，看上去倒是很萌。至于相貌……人胖到一定程度后，似乎都长得差不多。

"自我介绍。"蓝绝冷淡地道。

"哦，好，您说。"唐笑一副恭敬的样子，看着蓝绝。

三道黑线瞬间从蓝绝的额头上滑落。

"我是让你自我介绍！"

"呃！"唐笑脸上的肥肉颤抖了一下，赶忙道，"误会，老师，这是误会。我叫唐笑，是机甲战斗系国士班三年级学员、王级乙等机甲师，向您报到！"

"唐笑？"蓝绝口中重复着他的名字，缓步走到他面前，"你体重多少？"

"这个……四百六十八斤。"唐笑傲然道。

"几级基因天赋？"蓝绝再次问道。

"六级。老师，我的异能可厉害了，不过您如果想知道是什么的话，那您要先给我看看教师证明。"唐笑嘿嘿一笑，一双小眼睛中精光四射。

"好。"蓝绝答应得很痛快，将自己的聘书递了过去。

"生活品位课？副教授？"唐笑看完聘书，目瞪口呆地看向蓝绝，"老师，您是来搞笑的吗？生活品位课教啥？"

蓝绝笑眯眯地道："教一些生活常识而已。你的异能是什么？"

唐笑道："金属化。我的身体能够在异能的作用下变成坚硬无比的金属。厉害吧？"

蓝绝突然面部表情一僵，问道："你长这么胖，不会就是因为金属化之后，体重会在原有基础上按比例暴增吧？"

唐笑眼睛一亮，道："老师，您真不愧是会极震的大高手啊！一下子就看出来了。我就是这个目的。这可是一位八级基因天赋的强者教我的。"

蓝绝的嘴角抽搐了一下，道："教你的这个人才搞笑。你想过没有？当你金属化之后，体重增加十倍，那么你的行动力呢？你是当盾牌的吗？更何况，金属化异能如果持续进化，到八级基因天赋后，会达到钛合金的程度。钛合金的重量才多少？要体重有什么用？"

唐笑一呆，喃喃地问道："我这异能还能进化到八级？"

蓝绝拍了拍额头，道："在你之前，你们家一定不是一个异能者家族吧？"

唐笑老老实实地点了点头："对呀，我们家是从政的。"

蓝绝道："那就难怪了。好了，先不说这些了，我们先谈谈正事儿吧。"

"啥正事儿？"唐笑正听得起劲，听这位蓝老师的意思，他的基因天赋似乎还能提升，他还是第一次听说，正兴奋着呢，蓝绝却不说了。

蓝绝正色道："你不是想学极震吗？"

"对啊！"唐笑雀跃着说道。

蓝绝道："这没问题，我有把握在一段时间的特训后，让你掌握极震的能力。不过，你的身体实在是太过肥胖了，以至于影响了你手速的发挥和身体的协调与判断能力，更堵死了你未来的基因天赋进化之路。所以，你现在要做的第一件事就是减肥，在不影响自身基因天赋的情况下减肥，增强协调能力，二次激发基因天赋。"

"好，好，那您说我该怎么办？"越是听蓝绝说，唐笑那小眼睛中的光芒就越是强盛。

"你现在的体重远超标准，脂肪堆积过量。但脂肪本身也是身体能量的一部分，不能直接减肥，那样会让你的皮肤变松弛，影响金属化效果。所以，这就需要在分离你身体脂肪的同时，将其中的能量提取出来，并且让你的肌肉、皮肤收缩且保持活性，增强身体表面的敏感度。经过一段时间的调整后，当你的身体恢复正常的时候，就可以开始学习极震了。"

唐笑看着表情严肃的蓝绝，赶忙问道："老师，您说我该怎么办？"

蓝绝迟疑了一下，道："我倒是有办法能够缩短这个过程，只是会有些痛苦。你能承受吗？"

唐笑连连点头，道："没问题，一点痛苦算什么？男子汉大丈夫，来吧。"此时他的脑海中满是自己基因天赋提升的美梦和学会极震的渴望。

蓝绝眼中流露出一丝赞赏，道："不错，不愧是我选中的弟子。我会通过对你身体的拍打，来完成这个过程。这期间会比较痛苦，你可一定要忍住，同时要克制着不能让你的异能释放出来，否则就前功尽弃了。"

"老师，咱们什么时候开始？"唐笑大声问道。

蓝绝眼中光芒一闪，道："事不宜迟，就现在吧。你准备好了吗？"

"准备好了！"唐笑挺胸叠肚，一脸毅然决然之色。

"砰——"下一瞬，一只棕色的皮鞋就印在了他脸上。

"啊——"唐笑惨叫一声，紧接着，在他身上骤然迸发出雨打芭蕉一般的声音……

"啪啪……"

"蓝老师，好疼……"

"忍住，这是在提取你脂肪中的能量！"蓝绝正气凛然地道！

让你要贱，让你放屁，让你吃姜，揍死你！

第五十四章
上将回忆录

老师的第一次教导，用极其冷酷、凶残、血腥的方式锻造了我的身体，充分地激发和增强了我对疼痛的忍耐力，从而造就了我之后纵横战场的强健体魄。——《华盟陆军上将——金属之狐唐笑回忆录》

蓝绝骑上自行车，正准备返回之前的模拟区，刚拐弯，就迎面碰上一个人。

"蓝老师！您太帅了。"金涛摇晃着粉红色头发，一脸亢奋地道。他本是来找姐姐的，结果听到惨叫声，正好看到了教学楼后草坪上的一幕。

"嗯？"蓝绝一捏车闸，停了下来，看着金涛。

金涛一点都没看出来蓝绝眼神中的怪异，兴奋地道："刚才我都看到了，您把唐胖子给揍了。唐胖子那家伙可不是什么好东西，不知道欺负过我们多少次。我当年刚进学院的时候，就被这家伙抢过棒棒糖。真是大快人心啊！"

蓝绝正色道："谁揍他了？你懂什么？我刚才是在教导唐笑同学修炼。"

金涛愣了一下，问道："修炼？"

"嗯。"蓝绝认真地点了点头，道，"唐笑同学的基因天赋很特殊，如果通过一定的方式进行激发，是有可能二次进化的。虽然过程会痛苦一些，但如果成功，他就会变得比现在强大得多。"

金涛眼中仿佛冒出了小星星，赶忙道："真的吗？那我的基因天赋能不能进化啊？我基因天赋才一级。本来我就想跟您学学您刚才揍唐胖子的手段，要是能激发基因天赋就太好了。您可不知道，今天我在模拟区本来有可能冲入中级的，谁知道碰上个叫小菜鸟的，就把我给秒杀了。要是我的基因天赋再强一点，机甲操控也绝对能厉害起来。您也帮帮我吧。"

蓝绝淡淡地问道："你的基因天赋是什么？"

金涛嘴角抽搐了一下，道："兽型异能，狗化，不过挺弱的。您看，我这基因天赋还有提升的空间吗？"

蓝绝冷冷地道："有啊！"

老师的第一次教导，用极其冷酷、凶残、血腥的方式锻造了我的身体，充分地激发和增强了我对疼痛的忍耐力，从而造就了我之后纵横战场的强健体魄。老师还告诉我，就算我是只史努比，他也能把我变成一只藏獒。——《华盟陆军上将——野蛮狮獒金涛回忆录》。

"你在哪里？"周芊琳送走了神色有些怪异的唐米，站在模拟区三号教室门口，拨通了某人的星际通信号码。

"往左边看，距离五十米，有一位身穿西装的英俊少年。"蓝绝戏谑的声音响起。

周芊琳扭头看去，看到蓝绝懒洋洋地靠在墙上，正朝她招手。

她眼底闪过一丝笑意，但表情依旧严肃，道："英俊少年没看到，大叔有一个。走吧，一直和我保持这距离，出了学校三百米后再会合。"

"好。"出奇的是，蓝绝没有反驳。

此时的他，其实心中更多的是震撼。周芊琳穿着一身机甲作战服，将她修长完美的身材完全勾勒出来。

她没有唐米那种夸张的长腿，但腿长和身高比绝对无限接近于黄金分割，黑发挽起，露出白皙的颈，纤细的腰肢没有一丝赘肉，蔚蓝色的双眸仿佛透明的水晶，一切都是那么完美。

不只是他在看她，从教室前经过的所有人，无论男女，目光都很自然地像被磁石吸引一般落在她身上。

赫拉当年穿作战服的时候，也是这么美。

蓝绝呆呆地向外走去，脑海中浮现的是当初赫拉坐在他怀中，驾驭雷神纵横天地的回忆。

出了学院，蓝绝一步不少地停在三百米外的拐角处，扶着自己的自行车站在那里。

周芊琳身上已经多了一件长外套，将她美好的身体包覆在内。将外套的兜帽戴在头上，再略低着头，她很自然地将自己的娇颜隐藏在阴影之下。

"你家没有车来接你吗？"蓝绝有些疑惑地问道。

周芊琳抬起头，看了他一眼，道："这和你无关，你只要做好保镖的事情就行了。"

蓝绝无奈地问道："现在送你回家？"

周芊琳摇摇头，道："带我去恩济医院。"

蓝绝对这个地名并不熟悉，疑惑地问道："你身体不舒服？"突然，他全身一震，骇然看着周芊琳，"你不会是有了吧？"

周芊琳先是一愣，紧接着俏脸瞬间变得通红，道："你想得美！别废话，赶快走！"说着，她推着他的身体转向自行车。

蓝绝的感知极为敏锐，他清晰地听到周芊琳的心跳速度至少比之前提升了一倍。

不过，看她的样子，应该不是那回事才对，他也暗暗地松了一口气。

蓝绝跨上自行车，扭头看向周芊琳，问道："怎么走？你没车吗？"

周芊琳低着头，不让蓝绝看到自己的面庞，道："你不是有吗？"说着，她指了指自行车后座。

蓝绝惊讶地道："你这千金大小姐肯坐自行车后座？"

周芊琳抬起头，认真地看着他，脸上依旧带着红晕，白了他一眼，道："我从来都不是什么千金大小姐。"说着，她已经在自行车后座上坐了下来。

蓝绝顺势蹬起自行车。周芊琳用一只手扶住他的车座下方，稳定着自己的身体。

两道身影在夕阳的映照下，渐渐远去。

沉默在美好的氛围中持续，十分钟后，蓝绝缓缓地靠边停下。

"干吗停下来？"沉浸在回忆中的周芊琳突然惊醒，疑惑地问道。

"我不认识路。"蓝绝有些羞惭地道。

周芊琳嘴角颤抖了一下，道："一直往前，再过三个路口，右转。到时候我再继续给你指路。"

"哦。"蓝绝再次蹬起自行车，继续向前骑。

"对了。"蓝绝突然说道。

"嗯？"

"你好重。"

宛如葱白一般的纤细手指轻巧地落在某人腰间，拇指和食指用力旋转一百八十度。

"啊——"

惨叫声中，自行车东倒西歪，那纤细白皙的手也随之惊慌地搂紧那疼痛的腰……

第五十五章
精灵少女

"你真的是我哥？"唐米看着唐笑肿得如同猪头般的脸，一脸震惊地问道。

唐笑的面部肌肉抽搐了一下，道："你有点同情心行不行？"

唐米怒道："你还让我有同情心？我让你去收拾那个小菜鸟，你却在这里用星际通信仪联系我，让我来救你，还让人打得跟猪头似的，你什么情况啊？"

唐笑挺起胸膛，强忍着全身的疼痛，傲然道："你不懂，哥这是在修炼，以后你会明白的！"

另一边。

"你不懂！"金涛骄傲地对一脸惊慌的金燕如是说道。

"如果你把今天的事情告诉其他人，以后就不要再来找我了，也别想再提升基因天赋。"蓝绝道。

蓝绝很难想象，一座医院竟然会如此破旧。破旧的石制建筑沧桑古朴，每一个木质的栅栏窗外，都有两扇包着铁皮的窗户，一看就是天火星最古老的建筑风格。

大门上唯一看上去较为现代化的存在，是一个不断闪烁着绿光的十字架。十字架上的绿光一会儿呈现为放射状，一会儿不断地闪烁，哪怕距离很远也能清楚地看到。

"你确定是这里吗？"蓝绝停下自行车问道。

周芊琳用实际行动回答了他。她从自行车上跳下来，径自向医院内走去。

蓝绝将车停在一旁跟了进去，身为保镖，他总要尽尽义务。

进入医院，首先闻到的是一股浓浓的消毒水味儿。这种廉价的消毒方式，在人类三大联盟中已经十分罕见了。

医院内的所有设施都显得十分破旧，只有偶尔经过的医生、护士身上的白大褂还算干净。

但医院内的病人很多，而且无一例外，他们的衣着打扮都很朴素，甚至和医院一样破旧。

这是一家贫民医院。在进来之前，蓝绝就已经确定了。因为恩济医院本来就坐落在天火城著名的贫民区中央。

只是他完全不明白，周芊琳为什么要来这么一个地方。看着她走在前面的轻灵身影，分明是对这里很熟悉的样子。

周芊琳没有停留，一直向医院深处走去。穿过一扇破旧的木门后，前方豁然开朗。

这是一个简单精致的小花园，只有两百平方米，里面的植物也并不珍稀，却生长得郁郁葱葱。满眼的绿色充满了生命的气息，二十几位老人就在这花园中或坐或站。

当周芊琳走进这里时，那一双双苍老、昏黄的眸子都看向了她。这些老人像焕发了生机一般，脸上的褶皱都舒展开来。

"琳琳！"一位鸡皮鹤发、穿着一身灰衣的老太太笑着向周芊琳摆了摆手。

周芊琳赶忙走过去，此时她脸上的笑容宛如百花绽放一般。

"孟奶奶，您坐的石凳上怎么又没垫上褥子？您的腿可不能受凉。"周芊琳快步走过去，在老太太面前蹲了下来，握住老人的手，一脸嗔怪地道。

孟奶奶呵呵一笑，道："没事，没事。今天天气不错，一点都不冷。给，奶奶特意给你留的，快吃了，还新鲜呢。"说着，老太太用颤颤巍巍的手从兜里摸出一个苹果，递给周芊琳。

苹果的表皮明显已经有些皱了，可周芊琳脸上的笑容充满了惊喜与真诚，她接过苹果，道："谢谢孟奶奶。嗯，好香呢。"

说着，她甚至没有多看那苹果一眼，也不管上面是否有灰尘，就那么送入口中，大大地咬了一口。

就在这时，花园中的其他老人也都围了过来。

"小琳琳，到爷爷这儿来。你看，爷爷给你留的面包。"

"吃什么面包？琳琳，这是我孙子给我带的茶叶，爷爷知道你今天要来，特意沏了一杯，还温着呢，快喝一口，润润嗓子。"

"琳琳，这是奶奶给你留的……"

二十几位老人，几乎每一位都拿出了一些东西递给周芊琳。周芊琳一边亲切地呼唤着每一位老人的名字，一边接过那一件件并不珍贵，却充满了老人们心意的礼物。

　　蓝绝站在不远处，默默地看着。他看着周芊琳去拥抱那一位位老人，看着她吃老人们递给她的食物，感受着老人们的热心。

　　为什么这些老人对她这么好？这又是什么地方？

　　"小伙子，你是跟琳琳一起来的吗？"一个苍老的声音突然响起。

　　蓝绝扭头看去，只见一位身穿军绿色大衣的老人，正双手拄着拐杖，满脸疑问地看着他。

　　"是的，您好。"蓝绝赶忙有礼貌地回答道，"老人家，这里是什么地方？"

　　老人的眼神明显柔和了几分，道："这里是恩济养老院，是贫民区的养老院。琳琳每周都会来做两次义工。她是我们的小精灵。对我们这些老家伙来说，她每次来的时候，都是我们的节日。"

　　周芊琳熟悉地挽起长发，用一块布帕包好，手中不知道什么时候多了一把指甲剪。她让老人们纷纷坐下，然后蹲在那里给老人们剪指甲。她眼神专注，俏脸上始终带着淡淡的微笑，不时和老人们说上几句，总能引起老人们善意的笑声。

　　"小伙子，如果你不嫌弃的话，喝杯水吧。"之前和蓝绝说话的老者递过一个斑驳的瓷杯，里面装有清水，冒着淡淡的热气。

　　"谢谢您。"蓝绝赶忙接过杯子，喝了一口。

　　老人呵呵一笑，道："我也去剪指甲啦！"说完，他欢快地朝着周芊琳走去。

　　那个女孩儿，她忙碌着，微笑着，她是这花园中的精灵，纤尘不染的精灵。

第五十六章
善良需要呵护

"各位爷爷奶奶，我去打水给你们泡脚。等下你们挨个进来。"周芊琳转过身，向蓝绝招了招手。这是她来到这里后，第一次向蓝绝打招呼。

蓝绝愣了一下，然后走过去，来到她面前。

紧接着，他就感受到了众多充满疑问的目光。

"咦，琳琳，这是你的男朋友吗？"孟奶奶眼睛一亮，仿佛有八卦之火在熊熊燃烧。

周芊琳俏脸一红，赶忙摇了摇头，道："不是的，他是我朋友。"

然后她赶快向蓝绝道："跟我进来，帮我打水。"

说着，她拉着蓝绝的袖子，赶忙走进了花园另一面的门。

长长的楼道两侧是一扇扇门，每一扇门上面都有编号。

"干吗这么急拉着我走？"蓝绝疑惑地问道。

周芊琳道："爷爷奶奶们太关心我了，如果再不走，你就不容易脱身了。今天有你在，帮我打水，会快一些。"

说着，她拉着蓝绝走进了一个房间。房间内布置得很简单——房顶上吊着一圈钢架，上面有一个个钩子，地上有一圈木质椅子。

"这是给爷爷奶奶们打针的地方。"周芊琳简单地介绍了一下，就带着蓝绝走到靠里面的一台电热水机前。热水机旁边有一摞脸盆。

周芊琳端起一个脸盆，开始接热水，并向蓝绝说道："冷水的水管在外面，你去打一些冷水进来，我来调水温。"

蓝绝好奇地问道："为什么要给这些老人洗脚啊？"

周芊琳很自然地道："爷爷奶奶们年纪大了，弯腰不方便，而且泡泡脚有助于血液循环。"

　　说话间,她面前的脸盆已经装好了热水。她将脸盆放在地上,然后摘下了自己背后的书包。

　　当周芊琳打开书包的时候,蓝绝正好在她上方,能够清楚地看到书包中的东西。

　　周芊琳的书包里没有化妆品,也没有任何饰品或者玩物,除了书本之外,只有两个包,一大一小。

　　她先拿出小包,将之前用过的指甲剪放了回去。小包里面有各种工具——指甲剪、剪刀、理发推等。

　　然后她又取出大包。打开大包之后,蓝绝看到里面的东西,不禁更加惊讶了。

　　"你带这么多橘子皮干什么?"蓝绝好奇地问道。

　　周芊琳微微一笑,有些小得意地道:"不知道了吧?热水泡过橘子皮之后,用这种调好的温水泡脚,不但能够促进血液循环,还能去除脚上的角质层,让脚部肌肤变得柔软、滋润,就不容易干裂了。"

　　"这你也知道?"蓝绝惊讶地问道。

　　周芊琳抿嘴一笑,命令道:"快去打水。"

　　"哦。"蓝绝答应一声,走了出去。

　　第一批走进来的老人有四位。他们很有秩序地坐下,等蓝绝走回来的时候,老人们的目光顿时都集中在他身上,一脸好奇的样子。

　　"小伙子,你是干什么的啊?"

　　"你真的不是琳琳的男朋友吗?"

　　"嗯,小伙子,你长得虽然不错,但配我们琳琳还差了点,你要加油了!"

　　"你要是敢欺负我们家琳琳,小心我揍你。"

　　蓝绝的头有点大,但他能深深地感受到这些老人对周芊琳的呵护。

　　四盆用橘子皮泡的温水很快在蓝绝的帮助下被周芊琳调了出来。她将水盆端到老人们身前,细心地为他们脱掉鞋子、袜子,挽起裤脚,然后再捧起他们的脚放入水中。

　　她的动作很熟练,从始至终都没有半分迟疑。老人们脸上满是微笑,昏黄的眼中充满了享受的味道。

　　"平时你自己来吗?"蓝绝一边帮她打水,一边问道。

　　周芊琳道:"小米也会跟我来。她今天有事,要不我就不让你一起来了。你是不是没干过这种活儿,有些不适应?"

　　蓝绝摇了摇头。

周芊琳道："那今天要耽误你一些时间了，每一位爷爷奶奶都要泡二十分钟，等他们的身体微微出汗，效果最好。"

蓝绝问道："你为什么要做这些？"

周芊琳有些奇怪地看着他，道："没有为什么啊！老人家需要照顾，我就来了。而且，和他们在一起，我好开心。我的爷爷奶奶在战争中去世，可在这里我有这么多爷爷奶奶。他们都有丰富的阅历，我特别喜欢听他们讲他们自己的故事。如果不是因为学习太紧张，我还想多来呢。"

"哦。"

泡脚、洗脚、擦拭，如此反复。

花了两个多小时，周芊琳才做完这些。老人们泡脚期间，她也没有浪费时间，为他们每个人收拾了房间，并且将他们的脏衣服统一拿到洗衣房清洗、烘干。

走出恩济医院的时候，已经是晚上了。蓝绝给周芊琳拿着包，站在医院门口。周芊琳十指交叉，高举在头顶，伸展着自己的身体，柔和的曲线在傍晚灯光的照耀下，分外动人。

蓝绝把她的包背在自己背上，推过自行车，问道："累不累？"

"不累，习惯了。你呢？你适应得倒是挺快的，爷爷奶奶们似乎也挺喜欢你。没想到贵族也能干这些，嘻嘻。"周芊琳给蓝绝的笑容明显比之前多了。在之前的两个多小时中，除了一开始之外，蓝绝始终都在帮她。他那一身三件套西装已经有褶皱了。

蓝绝笑道："孝敬老人就是尊重历史，这是我们应该做的。"

"送我回家吧。"周芊琳道。

蓝绝一拍车后座，自己先跨上车，周芊琳很自然地坐了上去。这一次，她的手直接搭在了他的腰间。

自行车缓缓前行，蓝绝问道："你来这里多久了？"

"两年多了吧。"周芊琳下意识地道。

"明天晚上，你有时间吗？"蓝绝问道。

周芊琳愣了一下，问道："干吗？"

"我有个朋友要做一顿好吃的请我们吃，我可以带一个朋友去。你能跟我一起去吗？"蓝绝问道。

周芊琳的美眸之中闪过一丝诧异，但深处还隐藏着一些其他的东西。

"为什么要请我吃饭？"

蓝绝微笑道："善良需要呵护。"

第五十七章
纯能量石

"小子，来我这里一趟，那块石头检验出来了。"

"好。"

地下天火大道，图书馆一切如故。老学究依旧靠在他的躺椅中，手里拿着紫砂壶，缓缓地把玩，一副惬意的样子。

蓝绝是从珠宝店直接过来的。将周芊琳送到她家所在的那座山下，目送着她离去后，他就回来了。充实的一天让他心情不错，刚刚又得到了老学究传来的好消息，他顿时觉得今天一定是自己的幸运日。

"检验结果如何？"蓝绝双手插兜，走到老学究身边问道。

老学究闭着眼睛，道："如果能找到矿脉，那么我必须说，你小子发财了。"

蓝绝眼睛一亮，问道："发现了什么？"

老学究能给出这样的评价，已经相当不错了。

老学究道："具体的分析方法，我就不说了，反正你也听不懂。"

蓝绝脸上的笑容一僵，老学究继续道："结果就是，这种矿石如果经过提炼，能够产生一种特殊的晶体。这种晶体本身耐受力极强，而且有一个非常让人惊讶的特性——能量转换。

"简单来说就是，在任何地方，将外界的能量注入这种晶体之中，那么它都能够将能量属性和杂质抹去，只剩下最纯粹的能量。我叫它纯能量。如果配合专门的系统，就能构成能量转换体系。这种转化出的纯能量，能够供给任何已知的科技设备使用。"

"那转换速度和量级呢？"蓝绝追问道。

老学究道："转换速度非常快，给一台十级机甲充能只需要十分钟。我查过资料库，这种矿石在历史上是第一次出现，而它能起到的作用是目前最顶级的能量石的五倍，所以我给它命名为纯能量石。如果能够大规模开发，那么它将让人类科技取得划时代的进步。"

哪怕是见惯了大场面的蓝绝，在听了老学究的讲解之后，也不禁觉得口干舌燥，很想赞叹一声：这就是人品！

"不过，"老学究道，"这纯能量石也并不是没有问题的。能量的飞速转换和输出，会让它逐渐变得脆弱。我试过了，你那块能量石经过提炼之后，变成纯能量石，能够给一台顶级机甲充能三次，然后就会不可避免地破损，不能再继续充能。因此，它不能被划为A级宝石，最多只能算是C级。当然，它是最实用的C级。毕竟它储存的能量并不比A级宝石少，只是特性不同，也没有自我修补或者其他能力。"

蓝绝并没有因为老学究的C级评价而失望，反而眼睛越来越亮。对他来说，增幅攻击、防御或者是压缩能量之类的能量宝石，他都不缺，而这种能够在短时间内恢复能量的宝石，正是他需要的。

老学究道："还有，这种能量石的另一个优点就是，它的能量本身太纯净了，纯净到就算是我们异能者也能够吸收、转化。因此，它的综合评价就被我从C级提升到了B级。可惜的是，因为它输出的能量太庞大，只能由七级以上的异能者使用，否则，就算给它一个A级也没问题。

"我已经向能量石研究协会提交了命名申请以及专利，你没意见吧？"

蓝绝赶忙道："当然没有。"给一种全新的、有划时代意义的能量石命名与申请专利，将会带给他极大的好处。也就是说，未来这种能量石任何人都能够开采，但想要进行正规出售，就需要他这有专利的人进行授权才行。这是三大联盟共同颁布的措施，目的是为了激励人们探索和发现对人类有益的能量石。而由老学究直接帮他申请，那当然再好不过了。

"那就赶快去找纯能量石的产地吧。找到了，你就发财了。至于提炼方法，你可以用未来三成的销售收入和我换。"老学究此时已经坐起身，眼中精光四射。

"嘀——"正在这时，刺耳的警报声突然响起，瞬间传遍整条地下天火大道。

"嗯？"蓝绝和老学究脸上同时流露出诧异之色。

这种警报是极少见的，是天火大道发生战争，执法队处理不了时才会发动的紧急警报，这也是向天火大道委员会的委员们求援的信号。如果这种警报出现，至少需要一位委员去解决才行。

身为委员，收到警报的第一时间必须立刻前往，进行处理。

"我去看看。"蓝绝沉声道，然后电光一闪，消失在了老学究面前。

米卡全身升腾着刺目的橘红色火焰，但怪异的是，这些火焰似乎没有很高的温度。地下天火大道的宙斯珠宝店就在她身后。

米卡身边，有十几位天火大道执法队的成员，地上还躺着几名身穿执法队服装的人。

在他们对面，一共有六个人，其中五个人身穿银色皮装，头上戴着同色兜帽。为首的一人却穿着金色皮装，戴着金色兜帽。

"交出那天的矿石，我们愿意用十倍价格收购。我们不想在天火大道闹事，但如果你们再不交出，就别怪我们不客气了。"一名银色兜帽男沉声说道。

米卡脸上露出几分讥讽之色，道："你们的胆子真是不小啊！敢在我们宙斯珠宝店闹事。想要东西，先过老娘这一关。"

冰冷的声音从金色兜帽男那边响起："既然如此，那这间店铺就没有存在的必要了。"

"癞蛤蟆打哈欠，好大的口气。"蓝绝懒洋洋的身影不知道什么时候从一旁走来，抬手向米卡身上轻轻一拍，米卡身上的火焰顿时熄灭了。

"老板。"看到蓝绝出现，米卡眼中闪过一丝惊喜，笑嘻嘻地道，"您来干什么？我就可以收拾他们了。"

蓝绝叹息一声，道："不来不行啊！老虎沉睡得太久，会被人当成Hello kitty。"

第五十八章
噬灵神雷

蓝绝的出现让天火大道的执法者们大大地松了口气。外人或许不知道蓝绝的身份，但他们是知道的啊！他可是天火大道的十八位委员之一，虽然是最近几年才加入的，但能够成为委员，已经充分显示了他的强大。

"珠宝师。"执法者们恭敬地向蓝绝行礼。

"你就是这家店的主人？"金色兜帽男的声音中仿佛有金属碰撞声一般，很有特色。

"对啊！"蓝绝很随意地笑着，然后转向执法者们道："带受伤的人去治疗，这里交给我吧。"

"是。"执法者中立刻分出几个人，将刚刚简单处理了伤口的几位执法者抬走。剩余的执法者则恭敬地站在蓝绝身后，等待吩咐。

"交出那天的矿石，我们立刻就走。"金色兜帽男冷冷地道。

蓝绝摇了摇头，道："不行，你们不能走。打伤了我们天火大道的人，想一走了之吗？至于那块矿石，它已经变成粉末了。"说到最后一句的时候，他心里也不禁抽搐了一下。

他没有说谎，那块纯能量石确实已经变成了齑粉。否则的话，老学究又怎么可能研究出它的充能次数和总量？

"你说什么？"金色兜帽男骤然跨前一步。简单的一个动作却给人一种天地色变的感觉。浓浓的血腥气息，宛如尸山血海一般朝着蓝绝的方向扑面而来。

能够进入天火大道的，全都是异能者。感受着那强大的气势，站在蓝绝这边的无论是执法者还是看热闹的，都不约而同地释放出自己的异能。

站在蓝绝身边的米卡双眉一挑，就要出手，却被蓝绝一闪身挡在了前面。

蓝绝脸上依旧是一副懒洋洋的模样，他抬起右手，打了个响指。顿时，一颗只有指甲盖大的蓝色光球飘然飞出，但并不是飞向金色兜帽男，而是飞出一米后，突然"轰"的一声炸开。

空气中顿时燃烧起了淡红色的火焰，更奇异的是，这淡红色的火焰居然朝着那金色兜帽男的方向飞速延伸过去。仿佛空中有看不见的汽油，被突然点燃了，而汽油的源头就是那金色兜帽男似的。

血腥的气息刹那间已经被燃烧殆尽。那金色兜帽男低吼一声，后退一步，右手在身前一挥，一道血光闪过，这才斩断了自己和火焰之间的联系。

"噬灵神雷，你到底是谁？"金色兜帽男骤然抬起头，露出了面庞。他脸上戴着金色面具，一双眼睛是浅蓝色的，瞳孔骤然收缩，居然竖了起来，看上去分外凶狠。

蓝绝淡然一笑，道："看在月魔女皇的分上，你们每个人留下一根手指，再留下五百万新元币医药费，就可以走了。"

金色兜帽男冷冷地道："既然你知道我们的身份，就应该明白月魔海盗团的规矩。交出矿石和奥利佛，否则就算你有噬灵神雷，我们也会不死不休。"

听到"月魔海盗团"几个字，周围看热闹的异能者几乎同时后退。一时间，宙斯珠宝店前原本有些拥挤的状况瞬间解除了，很多人赶快低着头迅速远遁。

蓝绝却答非所问："你今天来，应该是自己的主意吧？"

金色兜帽男一愣，声音却越发冷硬了，道："我最后再问你一次，交不交出来？"

蓝绝叹息一声，道："天作孽，犹可恕；自作孽，不可活。你可知道，如果月魔女皇在这里，她要的恐怕就不只是你的一根手指了？你以为，凭借九级基因天赋，你就有能力在天火大道闹事了吗？"

说到这里，他突然朝着一个方向点了点头，道："品酒师，给我个面子，这些是故人的手下，我会让他们付出代价的。"

"好。"低沉的嗓音从远处传来，却清楚地传入在场的每一个人耳中。

突然间，天空变得黑暗了。这地下世界的天火大道本不应该有天象变化，但在这一刻，整个大道上空变得一片漆黑。紧接着，一团紫光骤然在漆黑中绽放，化为一个巨大的紫色光圈。

整个地下天火大道仿佛都剧烈地扭曲了一下。下一刻，天空重新变得明亮，一切都恢复了正常。可先前还站在宙斯珠宝店前方的蓝绝以及那几名兜帽男，都已经消失了。

"都回去吧，各司其职。"一个冰冷的声音响起。一名身穿银色风衣的女子不知道什么时候出现在一众执法者身前。

此女身材高挑、匀称，相貌极美，梳着银色齐耳短发，一双眸子竟然也是银色的。她全身仿佛都绽放着耀眼的光芒，令人难忘。

"是，队长。"诸位执法者恭敬地向少女行礼后，悄然退入人群之中。

之前围观的异能者，原属天火大道的那些都飞速退走了，看到这银衣少女竟然如同看到噩梦一般；那些外来的异能者则还震惊于之前出现的奇异天象，震撼与惊恐共存。

"你的动作还真够慢的。"米卡看着银衣少女，讥讽道。

银衣少女冷冷地看了她一眼，道："我刚才在地面上。"

米卡撇了撇嘴，道："那你现在可以走了，都已经解决了。"

银衣少女却摇摇头，道："我等珠宝师回来，这件事需要一个交代。"

米卡秀眉一挑，道："你是要让我们老大给你交代吗？"

"是。"银衣少女毫不犹豫地点头应道。

米卡双眸一亮，眼中仿佛有橘红色火焰跳动："你算什么东西？"

银衣少女双手插在银色风衣兜里，一双银色眸子突然变得通透而深邃，仿佛有两个银色旋涡在其中剧烈旋转一般，面对米卡丝毫不惧。

"我是天火大道执法队副队长，有权监管大道上的任何一家店铺。"

米卡冷哼一声，橘红色火焰突然毫无预兆地从她身上迸发而出。浓郁的火药味儿在两大美女之间骤然升腾。

第五十九章
月魔女皇

"好啦，米卡姐姐，别这样，暗硫姐姐要等，就让她等吧。"甜美的声音响起。一道轻柔的身影从后面抱住米卡，正是林果果。

林果果身上散发着淡淡的粉红色光芒，给人一种奇异的美感。本就甜美的她，在这粉红色光芒中就像一个可爱的小苹果，而那粉红色光芒也隔绝了米卡身上释放出的火焰。

"哼！"米卡冷哼一声，这才是收了火焰，"走吧，我们回去，有人愿意当看门狗，就让她当好了。"

林果果一脸无奈，充满歉意地看向银发少女暗硫，道："暗硫姐姐，对不起，米卡姐姐脾气不太好，你别见怪。"

暗硫依旧面容冷峻，只是向林果果点了下头，就默默地走到宙斯珠宝店门口处站定不动。

林果果这才跟着米卡一起回了店里。

"米卡姐姐，你怎么每次见到暗硫姐姐都发脾气啊？老板不是说了，让你尽量不要使用自己的力量吗？"林果果悄声在米卡身边说道。

米卡哼了一声，道："没什么，我就是看那个冷冰冰的家伙不顺眼而已。你也少理她，她不是什么好东西。"

白色的世界，天空是白的，大地也是白的，整个世界都是白的。

金色兜帽男和六名银色兜帽男的眼神中尽是惊愕之色。

这是……他们甚至不知道自己在什么地方。

身为月魔海盗团的成员，在他们的世界里，他们一向是生杀予夺的审判者，从而养成了骄横跋扈的性格。

尤其是那名金色兜帽男。他一向认为，作为一名九级基因天赋拥有者，他已经站在了人类世界的顶端。在这个世界上，能够威胁到他的存在少之又少。这也是他在明知道天火大道赫赫威名的情况下，依旧敢带着属下来要东西的原因。

蓝绝双手插在裤兜里，依旧是之前的样子，只是眼神中多少有些不满。

他抬起手，按动自己的星际通信仪，将一长串号码快速输入进去。很快，通信仪接通。

"嘀——嘀——"

"嗯？你怎么会联系我？我还以为你早就死了。"一个软绵绵的声音在通信仪中响起。

听到这个声音，无论是金色兜帽男还是银色兜帽男们，都全身一震，眼神中流露出骇然之色。

蓝绝道："你的属下要把我的店拆了，不联系你行吗？"

"咦？你开店了？在哪里？你这死人，我找了你三年都找不到踪迹，竟然跑去开店！"对方似乎变得清醒了，软绵绵的声音一下就变得悦耳起来，更带着几分惊讶。

蓝绝道："我不想过以前的日子了，只想一个人静静，所以就在天火大道开了家店。至于其他的事，问你属下吧。"说着，他将手上的星际通信仪摘了下来，直接扔给金色兜帽男。

"女皇。"金色兜帽男的声音有些压抑。

"哪一个？"悦耳的女声居然再次发生变化，简单的三个字却给人一种寒冰刺骨般的强烈感受。

"我是高永。"金色兜帽男只觉得自己嘴里发苦。

"发生了什么事？"被称为女皇的女人冷冷地问道。

高永不敢怠慢，将事情经过简单地说了一遍。

"好，你很好。"月魔女皇的声音似乎变得更加冰冷了。

"女皇，那块矿石很重要，我们怀疑其中蕴含着庞大的能量，是一种未曾开发出来的能量宝石。"高永赶忙辩解道。

"这就是你带人进入天火大道的理由？"女皇冷声问道。

高永似乎预感到了什么。

"把通信仪给那个家伙。"女皇道。

高永抬头看向蓝绝，蓝绝平静地站在那里，仿佛什么事情都没有发生过似的。高永深吸一口气，眼中凶光闪烁，大步走到蓝绝面前，将星际通信仪递到他手中。

"你自己处理，还是我帮你？"蓝绝淡然道。

女皇的声音又变得悦耳了。

"真没想到，三年不见，你竟然去了天火大道。不过，那里真的是个好地方。谢谢你。"

蓝绝的嘴角弯起一道弧线，道："总算你还有良心。"

女皇微笑道："就知道你心疼人家，不舍得人家的班底被削弱嘛。"

"高永。"女皇的声音骤然变冷。

高永一抬头，看向蓝绝手中的通信仪。

"按照他说的做。你们每个人斩掉一根手指，然后交了钱，给我滚回来。那矿石的事，就当没有发生过。"女皇冷冷地吩咐道。

高永一呆，虽然他心中已经有了预感，但这话从女皇口中说出，还是让他有些难以置信。这可是横扫碎乱星域的月魔女皇啊！她冷酷无情，无论面对什么样的对手，都会以雷霆万钧之势将其摧毁。可她竟然为了眼前这个男人，要将身为手下大将的自己伤残，这实在是太令人难以置信了！

"高永！"月魔女皇的声音骤然拔高了几分。

"我不服！"高永脱口而出，声音中充满了愤慨！是的，他不服！他无论如何也无法服气。

"女皇，我没有错。我做的一切都是为了月魔海盗团的利益，为什么您要这样对我？您就不怕因此让兄弟们寒心吗？"高永愤怒地说道。

月魔女皇那边沉默了。

蓝绝却叹息一声，道："有些人，笨到一定程度就没药救。阿月，让我来帮你教教属下吧。"

月魔女皇叹息一声，道："你在天火大道是什么身份？"

"委员。"蓝绝微笑着说道。

月魔女皇道："给你添麻烦了。留他一条命吧，其他的，随便你，如果麻烦太大，就算了。"

蓝绝笑了笑，道："好，回头联系。"说着，他挂断了自己的星际通信。

蓝绝抬起头，看向高永，问道："你不服气？"

高永冷冷地看着他，反问道："我该服气吗？"

蓝绝道："好，那我给你机会。击败我，我就保证你们全都平安无事地离开天火大道。"

第六十章
重力控制

高永眼中煞气四溢，全身气息骤然升腾起来。以他的身体为中心，一团肉眼无法看到的能量气流向外扩张。

这个空间虽然是单独存在的，但并没有影响到异能的发挥。

高永其实并不傻，当他和手下们被带到这个单独的空间时，他就知道自己撞上铁板了。天火大道的传说都是真实的，比他预料中要强大得多。而眼前这个男人，从他之前和月魔女皇之间的交谈就能听出来，他是天火大道的委员，也就是一位九级异能者。

可大家都是九级异能者，凭什么他就能够得到女皇的青睐？他们这些下属从未听到过的温言软语，女皇却轻易地对这个男人说了出来。女皇那么高贵，那么美，又那么强大，眼前这个男人凭什么得到这样的待遇？

除了不满与愤慨之外，在他心中还有一股强烈的妒忌！

高永的左脚骤然向前踏出一步，一声低沉的轰鸣顿时以他的身体为中心向外迸发而出。整个世界的颜色，似乎在瞬间发生了变化。

蓝绝眼神微微一动，道："重力控制！"

此时的他只觉得身体宛如灌铅了一般，巨大的重力正在疯狂地拉扯、挤压着他的身体。

重力控制无疑是一种强大的异能，修炼到极致，能够将重力控制得妙到毫巅——轻，可以让自己宛如鸿毛；重，可以将十倍、百倍甚至是千倍的重力施加给对手。这种异能，哪怕在面对机甲的时候，都能起到巨大的作用。

就在高永向前跨出一步的同时，高永身后的六名银色兜帽男也全都动了。

他们盘膝坐下，每个人身上都散发出强盛的能量波动。

更加神奇的是，他们身上的能量波动和高永的接触在一起后，竟然相互交融了。

高永的皮肤表面涌上一层黑色光雾，原本的白色空间就像被一团浓墨沾染了一般。

这一次，连蓝绝的脸色都不禁微微一变。

"重力叠加！你竟然找了这么多异能和你相似的属下？"蓝绝惊讶地道。

"不错。"高永傲然道，"虽然他们每一个都只有六级基因天赋，但全都跟了我多年，并且和我异能相似。在他们的辅助下，通过重力叠加，我的重力控制就能够从原本的九级三层，提升到九级五层。就算是在团里，能够稳胜我的也不过三人而已。"

蓝绝恍然大悟，道："难怪你敢明目张胆地来天火大道要人。"

高永冷冷地道："哪怕是九级基因天赋的最强者，在我的重力控制之下，想要移动也是极为困难的，并且还要承受因为重力暴增带来的空间压缩。就算是这个不知道哪位异能者开启的单独空间，也同样会在我的重力控制下坍塌、破碎。"

蓝绝叹息一声，道："不错，你有这个能力。"

高永冷冷地道："那么，也让我看看你的基因天赋是什么吧。否则，你就要在我的重力控制之下化为齑粉。"

蓝绝道："其实我知道，你心中一定在想，为什么你们高高在上的月魔女皇会对一个男人如此客气呢？对不对？"

高永一愣，连自己的重力控制都不由得略微变化了一下，但并不是变弱，而是变强了。

蓝绝的身体周围，空气甚至都出现了些许扭曲。

"那么我告诉你。"蓝绝粲然一笑，似乎并没有因为重力控制带来的强大压迫力而感到痛苦，"那是因为她怕我啊！"

说着，一层刺目蓝光骤然以他的身体为中心爆发而出。

空间是白色的纸张，重力控制是晕染的浓墨，那么蓝绝就是为这水墨画上增添了色彩的人——湛蓝的色彩。

一声剧烈的轰鸣骤然响起，刺目的蓝光瞬间化为巨大的雷球，将蓝绝的身体包覆在内。

重力控制因为达到了一定程度产生出的黑色光芒，在那蓝光爆发的瞬间，竟然被强行从蓝绝的身体周围驱散了。更可怕的是，蓝绝的身体下一瞬已经消失在高永面前。

脱离控制？

作为一名最擅长控制战场的异能者，高永最怕的就是这种情况出现。这意味着一件事——对方的异能层次不但凌驾于他之上，更有专门破除他那重力控制的能力。

空间一亮，蓝绝悄无声息地再次出现了。他并没有出现在高永身边，而是出现在高永那六名属下身后。

六道扭曲的电蛇准确地落在了六名银色兜帽男身上。这六位平均只有六级基因天赋的异能者顿时连哼都没哼一声，就倒在了地上。

失去了他们的重力叠加增幅，高永身上散发出的重力控制顿时削弱了许多。而这时，他才感觉到不对，骤然回身。

太快了！当他再次看到蓝绝时，蓝绝已经蹲在了他一名属下身边。

"高永，你知道吗？如果换作是以前，我根本不会跟你说一句话的。因为我说的话比你家女皇的话更加金贵。这几年，年纪大了一些后，我的心比以前软了。"蓝绝一边说着，一边拉起一名银色兜帽男的右手，轻巧地掰断了他的一根尾指。

"你——"高永只觉得胸中气血上涌，重力控制骤然一变。下一瞬，他的身体宛如瞬移一般到了蓝绝身边，带着七重重力控制的一拳骤然轰向蓝绝。他深信，只要自己的拳头落在蓝绝身上，一定能够将他的身体撕扯成碎片。

但是，他的拳头只能落在空气中，蓝绝已经出现在第二名银色兜帽男身边……

自从拥有了九级基因天赋之后，高永还从未有过如此被羞辱的感觉。他怒吼一声，再次扑向蓝绝。

但这个时候，蓝绝站了起来，他的双眸随之变成了蓝色。

两道电光骤然从他眼中暴射而出。

白色的空间下一瞬突然变成了蓝色，深邃的蓝色。天与地之间，只有那无穷无尽的闪电，那不只是森林，更是一片汪洋大海——雷电的海洋。

第六十一章
职业道德

"给。"蓝绝将一块金色的布递给暗硫。

暗硫打开布块,看到的是里面的七根手指,还有一张支票。

"你出钱?"暗硫看向蓝绝。

"用我的钱是要还的。"蓝绝微微一笑,露出八颗洁白的牙齿。

"好。"暗硫向蓝绝点了点头,眼神柔化了几分。

蓝绝道:"把这七个家伙扔出天火大道,以后不许他们进入。"

暗硫点了点头,猛然站直身体,向蓝绝躬身行礼,道:"这次是我失职,我会向委员会提交报告,请求处分。"

蓝绝抬起手,想要拍拍她的肩膀,但手在暗硫的眼神暗示下停在空中,然后他安慰道:"好啦,别那么认真。你忙吧。"说完,他转身向宙斯珠宝店走去。

"叮叮叮。"

"老板,您回来啦。"林果果笑盈盈地迎了上来。

"果果乖,米卡呢?"蓝绝问道。

林果果道:"在那边坐着生气呢。"

蓝绝呵呵一笑,走到柜台后面,看着坐在那里的米卡,笑道:"上班时间生气,是要扣工资的。"

米卡抬起头,恶狠狠地看着他,问道:"你什么时候给我们发过工资?"

"呃……"蓝绝摸了摸自己的鼻子,"这个……我似乎从来不知道咱们店里有多少钱,我的都是你们的嘛。"

米卡眼睛一亮,大笑道:"人也是?"

"那不行!"蓝绝义正词严地道,"哥是有节操的人。"

"切——"发出这一声的可不只是米卡。

蓝绝揉了揉自己的脸，道："好啦，别生气了，你知道我为什么不让你出手。"

米卡撇了撇嘴，有些委屈地道："就会欺负我。"

蓝绝苦笑道："你的力量太危险了，一旦失控，我们恐怕就不能再留在天火大道了。你不是也很喜欢这里吗？"

米卡站起身，道："算啦。给！"说着，她将一小块记忆盘递给蓝绝。

"矿石出产的位置？"蓝绝问道。

"嗯。"米卡点了点头。

"你们不要总这么默契好不好？我要嫉妒啦！"林果果凑过来，噘着红唇。

米卡嘻嘻一笑，猛地搂住她，在她的红唇上用力一吻，惊得林果果俏脸通红地后跃而出，一脸羞恼之色。

"我什么都没看见，我走了。"蓝绝一把捂住自己的眼睛，另一只手捏住自己的鼻子，唯恐有鼻血流出来似的，转身快步离去。

"胆小鬼。"米卡嘟囔了一句。

"米——卡——"林果果暴怒的声音骤然响起，吓了米卡一跳。

"好啦，好啦，大不了让你亲回来。"米卡大惊之下，绕着柜台躲开了林果果的扑击。

"你夺走了我的初吻！"

"胡说。当年老板救了你之后，你不是趁他疲倦地睡着了，偷偷亲过他吗？"

"你怎么知道？"

"当时我在装睡啊！"米卡嘿嘿笑道。

"米卡，我跟你拼了！"

一大早，洗漱完毕的周芊琳喝了一杯温水，就出了家门，在山上开始习惯性的晨跑。

每天这个时候，绝大多数人都还在睡梦之中。晨跑能帮助人甩去倦意、增加血液循环，让人一天都变得精神奕奕。只是和往常相比，今天在跑步的时候，她的脑海中始终有一缕思绪。

他是选修课老师，应该不用每天上课才对，昨天忘了问他每周上几次课了。

真没想到那个家伙竟然肯和自己一起照顾老人。

想到这里，周芊琳的俏脸上不禁多了一丝微笑。

"想什么好事呢，笑得跟小狐狸似的？"突然，一个声音响起，吓了周芊琳一跳。她骤然扭头看时，只见某人正站在路边，双手环抱在胸前看着她。

"你怎么在这里？"要知道，天山上住的人非富即贵，防卫十分严密。

蓝绝道："我要是连这座山都上不来，怎么给你做保镖？"他一边说，一边打量着面前的女孩儿。

今天她身穿白色运动服，同色手帕将长发系成马尾，素面朝天，宛如大自然的精灵。

周芊琳撇了撇嘴，道："你知不知道，你这得意的样子让人很不爽，信不信我叫保安了？"

蓝绝一脸惊恐地道："不要啊，看在今晚我要请你吃饭的分上，放过我吧。"

"扑哧！"周芊琳顿时被他那诚惶诚恐的样子逗笑了。不过，她很快正色道："说吧，你一大早跑来干吗？"

蓝绝嘿嘿笑道："身为保镖，当然是保护您去学院了。"

周芊琳道："信你才怪。"

蓝绝道："也没什么事儿。我今天没课，就不去学院了，要去办点事，所以早上来送你上学好了。晚上我会到学院接你去吃饭，就在你昨天上我车那里。"

周芊琳有些惊讶地道："没看出来啊，你还挺尽职尽责的。"

蓝绝傲然道："这叫职业道德！"

"那你等我一下，我回去换完校服就出来。"周芊琳道。

"不急。你还没吃早饭吧？吃了早饭再出来，我在这里等你。"蓝绝微笑着说道。

"嗯。"周芊琳答应一声，就转身朝家里跑去。

白晓看着女儿蹦蹦跳跳冲进屋里，不禁有些奇怪，问道："琳琳，什么事儿这么高兴啊？"

周芊琳道："我有那么高兴吗？"

白晓无奈地道："我都多久没看到我的女儿笑得如同百花绽放了。"

周芊琳俏脸微微一红，吐了吐舌头，问道："有吗？"

白晓认真地点了点头。

"妈妈，早饭好了没？"周芊琳迅速转移话题。

"好了，你今天回来得挺早的。你爸爸刚起来。"白晓说道。

周芊琳嘻嘻一笑，道："那我先去吃饭啦！"

"嗯。芊琳，要不要让车送你？"白晓关切地问道。

周芊琳无奈地道："妈妈，您怎么每天都问同样的问题？咱家的房子和车都是华盟配的，总不能公车私用啊，我自己上学就行啦！" 她一边说着，一边向餐厅走去。

看着女儿的背影，白晓脸上露出一丝微笑，喃喃地道："傻丫头，你那么漂亮，妈妈不放心啊！尽管你……算了，只要你开心就好。或许，婚约解除真的是好事。"

第六十二章
灵唤宝石

清晨的风有点凉，但很清新。

蓝绝蹬着自行车，优哉游哉地向学院赶去。周芊琳坐在后座，巧笑嫣然，还不时向他的后背做个鬼脸。

"你今天要去干什么？"周芊琳看似随意地问道。

"秘密。"蓝绝回答。

"不说算了。"周芊琳哼了一声，"对了，你每周几天有课？"

蓝绝道："两天。"

"这么少？你故意的吧。你这保镖也太不称职了。"周芊琳不满地说道。

蓝绝道："我观察了一下，学院里还是相对安全的，而且我一般不会离开天火星。如果你有什么事，就按一下这个。"

说着，他单手扶着车把，另一只手回转，将一个东西送到周芊琳面前。

周芊琳下意识地抬手接过。

那是一个白色的金属吊坠，上面镶嵌着一颗黄水晶，简洁而精致，还带着一条银色细链。

"这是什么？"周芊琳好奇地问道。

蓝绝道："这是一种能量宝石，叫灵唤宝石，C级。两块灵唤宝石建立联系后，佩戴者可以通过自己的精神意念联系到对方，不受时间、空间和任何辐射的干扰和影响，在同一星球有效。我已经完成了两块的联系，只要我们都在天火星，你将精神意念注入，就能联系上我。"

"这就是灵唤宝石啊？"周芊琳惊讶地看着手中的黄色宝石吊坠。

"你知道？"蓝绝有些惊讶地问道。

周芊琳道："听说过。灵唤宝石虽然是C级，但因为其特殊性和稀有性，价值高昂，不逊色于B级宝石。"

蓝绝嘿嘿一笑，道："感动了吧？"

"没有，这是保镖应该做的。"周芊琳毫不犹豫地说道，将那细细的银链挂在脖子上。吊坠有些冰冷，放入衣内时，她不禁微微一颤，再想到这吊坠是刚从蓝绝手中接过来的，俏脸上的红晕就更胜几分。

"真想把你扔下去！"蓝绝恶狠狠地说道，脚下用力一蹬，自行车顿时加速飞了出去。

华盟国家学院五百米外。

周芊琳梳着被风吹乱的长发，向蓝绝道："我走啦！"

"嗯，晚上我在这里接你。"蓝绝没好气地说道。

周芊琳突然巧笑嫣然地道："保镖，晚上如果你不怕我给你丢人，就让我穿着校服去参加你的晚宴。"说完，她口中发出银铃般的笑声，跑向学院。

蓝绝目瞪口呆地看着她的背影，自言自语道："我这是保镖还是保姆啊？昨天我一定是抽风了，不然为什么要说带她去吃饭？我还要负责服装吗？哼！回头哥给你弄一身比基尼，看你敢不敢穿！"

蓝绝骑车回到天火大道时，天色已经大亮。明媚的阳光洒落在天火大道上，给那些或古朴、或典雅、或现代的建筑笼上了一层金色的光影。

蓝绝直接回到宙斯珠宝店，推门而入。悦耳的门铃声引来四双美眸的注视。

是的，此时珠宝店内不只是可儿和修修在，林果果和米卡也在。

四女相貌各有千秋，此时站成一排，全都穿着黑色连体短裙，看得蓝绝都不禁为之一呆。

大波浪红发、粉红色眼睛、戴着黑框眼镜的是米卡。

绿色精致短发、淡绿色眼睛、甜美可人的是林果果。

黑色长发、黑色眼睛、清丽古典的是修修。

淡蓝色短发、深蓝色眼睛、活泼可爱的是可儿。

四大美女有四种不同的发色、四种不同的眸光，她们都穿着宙斯珠宝店的制服，那美感着实令人震撼。

如果她们转过身，大家就能看到，在她们的连衣短裙背后都有一道金色闪电的图案。

"老板好！"四大美女双手交叠在身前的裙摆上，共同向蓝绝弯腰行礼。

"呃……"蓝绝被吓了一跳，惊恐地问道，"你们要干什么？"

四女起身，可儿嘻嘻笑道："不干什么呀，这不是我们应该做的吗？"

蓝绝翻了个白眼，没好气地道："你们平时没大没小的，突然这么正经，一定是有所求。说吧，你们想干什么？"

听他这么一说，四女脸上不禁都浮现出了笑容。林果果掩口轻笑，道："还是老板了解我们。老板，我们不想干什么，只是你如果想出去的话，可要带着我们。我们都好久没有去别的星球旅行了呢。"

蓝绝无奈地道："少来，我每年都给你们放三次假，你们想去哪里不行啊？"

米卡道："那怎么能一样？我们自己出去玩和老板带我们出去玩，能一样吗？老板，那矿石的出产地还是我找出来的，你要是去寻找，一定要带我去。"

"我也要去！"可儿毫不示弱地道。

林果果向蓝绝眨了眨大眼睛，娇俏地道："老板，您看着办吧。不带果果，也行。"说着，她的美眸就变成水汪汪的了。

唯有修修面带微笑地看着蓝绝，只是那眼神之中似乎有无尽的话要说。

蓝绝拍了拍额头，道："我就知道，'无事献殷勤，非奸即盗'。"

米卡嘿嘿一笑，飞快地跑到蓝绝身边，挽住他的手臂，道："老板，您最近似乎有点不一样，好像又有活力了。我们这是帮你再提升几分活力。您看，您带着我们出去，多有面子，怎么说，我们也都是美女呀。"

蓝绝无奈地道："好了，好了。我们先研究一下那矿石的出产地，要是值得一去，就都去吧。我确实好久没带你们出去过了。"

"就是，就是，我们宙斯四侍淡出佣兵界好几年，恐怕很多人已经把我们忘了，竟然还有人敢到我们店里捣乱，哼哼！"可儿恶狠狠地比了比自己的小拳头。

蓝绝一挥手，道："关门，都到后面来，我们看看这纯能量石的出产地到底是什么情况。"

"遵命，老板！"四大美女齐声说道。

第六十三章
碎乱星域

"老板，根据那个叫奥利佛的家伙讲述，我将纯能量石所在星域的星域图列了出来，一共有这些可能。"米卡推了推自己的黑框眼镜，有几分知性的味道。

淡黄色的光幕呈现在蓝绝和四女面前。光幕呈球形，星星点点的，似乎有无数星球悬浮于其中。

"果然是那里——碎乱星域。"蓝绝皱了皱眉。

碎乱星域，这是一个他和宙斯四侍都很熟悉的地方，因为他们曾经是那里的传奇。

碎乱星域坐落于人类三大联盟中央的位置。从总体面积来说，碎乱星域的面积甚至比三大联盟的任何一个都要大。也正是它隔绝了三大联盟，使人们想要到另一个联盟时，必须绕行，再通过虫洞，才能抵达。

碎乱星域内部有大量的陨石带，而且这些陨石带很不稳定，经常出现不规则的运动。在这些陨石带内部，有一些奇异的星球，主要星球有三颗，都坐落在陨石带深处。

碎乱星域不只是有陨石和这三颗大行星，还有许多小行星存在。这些小行星很多都被陨石碰撞过，或多或少都有破损，本身也很不稳定，还要面临再次被陨石碰撞的危险。

因此，碎乱星域的内部情况极不稳定，没有任何大型飞船愿意在里面航行。

正因为碎乱星域的特殊情况，那里成了海盗的乐园。大型飞船难以通行，但小型飞船可以凭借自身的灵活性和对碎乱星域的熟悉程度在里面通行无阻。

碎乱星域内，大大小小的海盗团有数百个之多。最大的几个海盗团就在碎乱三星上。剩余的一些小海盗团，则位于那些随时会面临危险的小行星上。越稳定的小行星，上面驻扎的海盗团就越强大。

月魔海盗团是碎乱星域首屈一指的大海盗团，月魔女皇号称最强海盗王。否则之前那金色兜帽男高永，又如何敢高傲地闯入天火大道？

看着光幕上被米卡标注出来的三个小行星，蓝绝不禁皱紧眉头，道："想要去那里，恐怕要先去碎乱三星才行，否则飞船补给会不足。而且这些小行星在不断的运动之中，具体方位，还需要从碎乱三星中得到更准确的星图才能判断。"

米卡点了点头，道："是的。所以我们想去寻找纯能量石，首先就要进入碎乱三星，在那里获得补给和星图，然后才能进行寻找。据我估计，纯能量石很有可能是因为小行星与陨石带碰撞、摩擦，各种物质产生异变而形成的。总量估计不会太少。"

修修有些担心地道："如果它们在碎乱星域的话，就算我们能找到，开采似乎也是不小的问题。那里毕竟是海盗的世界。"

蓝绝的眉头舒展开来，微微一笑，道："开采确实有些问题，不过我已经决定和老学究合作，共享这种矿石了。所以在这方面，老学究应该能给我们一些帮助。"

"那个科学狂人啊！"林果果惊讶地说道。

蓝绝点了点头，道："毕竟我们生活在天火大道上，吃独食也不好。"

可儿嘟起红唇，道："我们又不需要天火大道保护。"

蓝绝微微一笑，修修却轻轻地碰了她一下。

林果果道："老板，下命令吧，我们什么时候出发？"

蓝绝关闭光幕，转过身看向四女，问道："你们真打算都去吗？咱们店里不留人了？"

四女对视一眼，然后修修低下头，道："老板，我留下吧。"

米卡搂住修修的肩膀，道："你别总那么乖，好不好？让我忍不住想欺负你呢。"

可儿哼了一声，道："不许欺负修修姐。"

林果果眨了眨眼睛，道："我们从华盟出发，在天火星三十万公里外的虫洞进行跳跃，前往碎乱星域。我们首先需要避开那边的华盟守军，然后需要再进行一次虫洞折叠跳跃，这样就能够抵达碎乱星域的范围了。这个过程大概需要七天的时间，再加上我们在碎乱星域中的行动，如果顺利的话，一共需要二十五天到一个月的时间。关门一个月，也不是很长嘛。"

"就是，就是！"可儿连连点头。

蓝绝道："那好吧，你们准备一下。既然要去，我们就早点出发，明天一早就走。"

四女面面相觑，美眸中不约而同地流露出了强烈的喜悦之色，共同道："谢谢老板。"

米卡道："我来负责整体的行动策划。"

林果果道："我去检修咱们的飞船。"

可儿道："我负责后勤补给。"

修修道："我负责装备、资源整合。"

看着充满活力的姑娘们，蓝绝脸上笑意渐浓，道："这次行动是属于我们自己的，就叫宙斯珠宝行动吧。"

"是。"四女同时正色答道。此时她们仿佛都已经进入了另一种状态之中，在她们的美眸深处，似乎有火焰在升腾着。

是啊！宙斯四侍已经等待了三年。三年的沉寂，沉睡的神王终于苏醒，她们又怎能不开心呢？在她们心中，那无尽的宇宙仿佛已经在向她们招手。

她们甚至都想呐喊一声——宙斯归来！

下午，阳光已经不再那么刺眼，日头已经偏西，华盟国家学院各个院系都完成了一天的教学。

周芊琳和唐米一起走出学院。

"芊琳，你今天要干什么去啊？为什么不跟我一起走？"唐米有些疑惑地问道。

周芊琳道："我约了妈妈去做美容，她会来接我的，你先走吧。"

唐米疑惑地道："你这皮肤还需要做美容，那我这样的怎么办？好啦，那我先走了。我哥也不知道搞什么鬼，昨天让人揍得跟猪头似的，今天都没敢来上学，我回去看看他。"

"嗯，快去吧。"

唐米走了，周芊琳转向另一个方向。五百米外的一个拐弯处似乎露着半个自行车车尾。

第六十四章
赫拉？

"走吧！"周芊琳很自然地坐上自行车后座。蓝绝脚尖点地，车轮滑出，前行。

今天的蓝绝穿得很简单，蓝色牛仔裤搭配白色休闲鞋，还有一件白衬衫，清清爽爽，身上似乎带着阳光的味道。

周芊琳坐在后座，问道："你来多久了？"

蓝绝道："有一会儿了。"

周芊琳问道："你第二次课在哪天？"

蓝绝道："我恐怕暂时上不了第二次课了。我正要跟你说，我恐怕要请一段时间的假。"

"嗯？"周芊琳疑惑地看向他的背。

蓝绝道："我有点事情必须处理，刚才已经去教务处请假了。"

周芊琳有些无语地道："才上了一次课，你就请假，不怕被学院直接开除吗？"

蓝绝苦笑道："开除倒不至于。不过伍主任的脸色不太好看。"

周芊琳轻笑一声，道："伍主任的脸色似乎就没好看过。不过你就这样走了，保镖的任务怎么办？"

蓝绝道："这也是我想问你的，你觉得怎么办才好？这次的事挺重要的，我必须亲自去一趟。我要去别的星球，所以时间会比较长。"

周芊琳一愣，眼底闪过一丝担忧，问道："要多久？"

蓝绝道："如果顺利的话，一个月左右吧。"

周芊琳沉默了。

蓝绝没有再说话，气氛显得有些沉闷。

"抱歉啊！我不是个说话不算数的人，可我确实有自己的事要处理。不如这样，我的保镖时间往后推，我离开多久，回来以后就补上多久。然后我再请另一个人在这段时间保护你，保证不让你有危险。"

周芊琳摇了摇头，道："不用别人保护了，就把时间往后推吧。"

"咦，你什么时候这么好说话了？"蓝绝有些惊讶。

周芊琳哼了一声，道："懒得跟你计较而已。不过，你必须保证，你自己的事不能影响到在学院的教师资格。否则，一旦被开除，你想再进来就难了。"

"这个好说。"蓝绝赶忙说道。

气氛似乎又变得轻快了，但周芊琳美眸深处的那一抹担忧和紧张始终没有散去。她偶尔看看蓝绝，眼神分外复杂。

无论蓝绝的基因天赋有多么强大，也不可能看清此时她的眼神变化。

骑车从学院到天火大道还是要不短时间的，等他们抵达的时候，天色已经暗了下来。

蓝绝在天火大道外下了车。虽然是用人力骑行，但自行车也有机械成分。他们不能在天火大道内骑自行车，却可以推着走，毕竟这也是古董。

身为委员，蓝绝有权利带一名普通人进入天火大道。

走在天火大道古朴的青砖路上，周芊琳好奇地看着左右两侧那一座座考究的建筑。

"它们可真美。"她忍不住赞叹道。

蓝绝微笑道："这是天火大道的骄傲。"

周芊琳道："值得骄傲。晚上你要带我去吃什么？"

蓝绝道："先去换衣服再说。"

周芊琳停下脚步，转身看向他，惊讶地问道："你真的给我准备了衣服？"

"就是那么靠谱！"

周芊琳"扑哧"一笑，道："算你有心了。"

"你要是能把那次穿走的衣服还给我，就更好了。"蓝绝试探着说道。

周芊琳秀眉一扬，道："那是我姐的，不是你的。你能穿吗？你要是穿得进，我就还你。"

蓝绝嘴角牵动了一下，道："当我没说……"

整条天火大道才两千零四十八米，很快，宙斯珠宝店宝蓝色的门牌就出现在了他们眼前。

"和其他地方比，你这里真难看。"周芊琳说道，明显有些嫌弃。

蓝绝无奈地道："只是少了点古朴的味道而已。"

"叮叮叮！"蓝绝推门而入。

"欢迎光临。"可儿动听的声音响起，但她的最后一个字仿佛卡在了喉中一般，一双深蓝色的大眼睛瞪得大大的，眼中满是难以置信之色。

"可儿，怎么了？"听到有些不对，正在整理珠宝的修修抬起头来。下一刻，她也完全呆滞了，俏脸瞬间僵住，眼神中充满惊骇。

"赫拉！"可儿和修修异口同声地叫道。那让人难以置信的一幕甚至令她们的声音都变了。

蓝绝和周芊琳并肩而立，揶揄道："总算不是我一个人受惊了。介绍一下，这位是周芊琳，是赫拉的亲妹妹，她们只是长得像而已。芊琳，这两位是我的工作伙伴，修修和可儿。"

周芊琳向二女微笑颔首，道："你们好。"

直到此时，可儿和修修还没有完全恢复过来。二女对视一眼，依旧不敢相信此时的情景。

"你真的不是赫拉？"可儿试探着问道。

周芊琳微微一笑，道："我叫周芊琳，是华盟国家学院的学生。"

可儿拍拍胸口，心有余悸地道："吓我一跳。我就说，赫拉怎么可能在行星爆炸中活下来……"

"可儿！"修修看着蓝绝有些难看的脸色，赶忙叫了她一声。

可儿也意识过来，吐了吐舌头，向周芊琳道："你好，周小姐，快请进。"

蓝绝轻叹一声，有些无奈地摇了摇头，向修修道："修修，你带周小姐到里间去，那里有我给她准备好的衣服，让她换上。周小姐是我请来一起参加美食家晚宴的。"

"是。"修修低着头，答应了一声，然后向周芊琳做了个请的手势。

周芊琳立刻随她而去。

看着周芊琳的背影，可儿飞快地蹦到蓝绝身边，八卦地低声问道："老板，这周小姐真的不是赫拉，是她妹妹吗？"

蓝绝苦笑道："你以为呢？如果她是赫拉，我会比任何人都开心。可惜她不是。"

可儿神秘兮兮地又问道："那你最近似乎有点变化，心情也仿佛变好了，是不是因为她啊？"

"嗯？"蓝绝的眸光微微一凝。

第六十五章
美食家的小店

周芊琳身穿典雅的白色小礼服和过膝的白色短裙，单一的色调，精致的做工，再加上她一头黑色的秀发和那蔚蓝如大海般的双眸，美丽得宛如一幅动人画卷中的仙子。

"不错。"蓝绝满意地点了点头。

周芊琳俏脸微红，没有女孩子是不喜欢漂亮衣服的，她道："谢谢。"

"你很年轻，不需要佩戴太多华丽的首饰，一条项链足矣。"蓝绝微微一笑。

周芊琳摇了摇头，道："不要了，我对珠宝没什么兴趣。"

蓝绝道："珠宝是女人最好的伙伴，佩戴珠宝并不是为了炫耀你的富有和华贵，而是为了衬托你自己的美。你这件上衣是V领的，需要搭配一条项链，这样不但会显得你的肤色更好，而且更能彰显出你的气质。"

"那就戴这个好了。"周芊琳从自己的书包里摸出一个小布袋，打开布袋，取出一条项链，正是蓝绝之前给她的那条灵唤宝石项链。

蓝绝愣了一下，道："本来我给你准备了一条蓝宝石项链的。"

"不用了，就戴这个吧。"周芊琳坚持道。

"那好吧。"

"帮我戴上。"

蓝绝接过项链，走到周芊琳身后，帮她把灵唤宝石项链戴在脖子上。

这条项链样式简单，没有过多的贵重金属或钻石装饰。灵唤宝石散发着淡淡的晶黄色光泽，宛如画龙点睛一般，为周芊琳纯净的气质增添了一丝灵动感。

蓝绝此时也换好了衣服。他穿着一身笔挺的灰色两件套西装，左胸前的衣袋里是白色口布，衬衫扣解开了一颗，因为今天的晚宴并没有那么正式，所以他没有佩戴领带或领结。

"我们走吧。"蓝绝抬了抬右臂。周芊琳轻声答应，挽住他的手臂，两人推门而出。

"真没想到，赫拉居然还有个妹妹。"可儿感叹道。

半晌，没有得到修修的回应，她不禁扭头看去。修修伏在柜台上，身体正在轻轻地抽动着。"修修姐，你怎么了？"可儿赶忙跑到她身边。

"我没事。"修修的声音有些沙哑。

可儿顿时恍然大悟，道："你是在担心老板和那位周小姐吗？她毕竟不是赫拉啊，你别想得太多了！"

修修轻轻地摇了摇头，坐直身体，尽管泪水已经被她擦掉了，但双眸依旧有些发红。

"可她和赫拉长得一模一样。"

可儿道："那她也不是赫拉，仔细想想，她们的声音、语气、神态都不同。只是不知道，老板是怎么找到她的。"

修修摇了摇头，道："抱歉，可儿，我没事了。是我想多了。"

可儿搂住她，轻叹一声，道："修修姐，其实我一直想劝你。老板看我们的眼神始终都像在看妹妹啊！"

修修抬起头，在她那温柔的眼底深处，闪过一抹坚定。

如果要在天火大道寻找最不起眼的店铺，那么眼前这个样式朴素、有着古中国镂空雕花紫褐色木门的小店绝对有入选的可能。

准确地说，这里甚至不是一家店铺。只有天火大道中的少数人才知道，这里有天火大道最棒的佳肴。因为这里是美食家的小店——从不对外经营的小店。

美食家地面上的小店和地面下的店铺截然不同。美食家在地下天火大道有一间占地面积不逊色于图书馆的药店，在那里贩卖众多异能者所需的药物。而地面上的小店，美食家只用来款待朋友。

蓝绝拉开门，向周芊琳做出一个请的手势，女士优先。

周芊琳走入小店，扑面而来的是一股淡淡的香气。这香气并不浓郁，却十分特殊，沁人心脾。

此时，古朴的长木桌两侧已经坐了五个人。当她推门而入时，五双眼睛顿时都盯在了她身上。

周芊琳在他们的注视下，顿时显得有些窘迫。而此时，这五个人都已经站了起来，向她颔首致意，充分显现了他们对女性的尊重。

蓝绝已经跟着走了进来，微笑道："有好吃的，你们的动作果然快啊！我给你们介绍一下，这位是我的朋友周芊琳。"

"你们好。"周芊琳微笑着向五人点头致意。

蓝绝指着最里面那位衣着一丝不苟、头戴银色假发的老者，道："这位是品酒师，经营着我们天火大道的哥特老酒坊。"

"您好。"周芊琳再次致意。

"欢迎您，美丽的女士。"品酒师走上前，用标准的贵族吻手礼向她致敬。

蓝绝第二个介绍的是一位身材高大的男子。此人四十岁左右，足足比蓝绝高了一个头，而且身材极为魁梧，白色衬衫紧绷在他身上。他拥有刚硬的面庞、古铜色的肌肤，胡须宛如钢针一般。

"这位是机械师，我们也叫他铁匠。"

"您好。"周芊琳温文有礼地向机械师打招呼。

机械师呵呵一笑，道："这还是珠宝师第一次带人来，欢迎你。"他没有走上前，只是向周芊琳点头致意。

"这位是咖啡师。"

"这位是裁剪师。"蓝绝转向屋内除了周芊琳之外的另一位女性。

裁剪师是一位美丽的女人，身材中等，棕色的中长发。她身穿简单的白衬衫、黑色筒裙，衣袖挽到臂弯，显得十分干练。

裁剪师看着周芊琳，觉得在场所有人就属她的眼睛最亮，道："芊琳，你真是太美了，我一定要给你做身衣服。"

周芊琳微笑道："那就先谢谢裁剪师姐姐了。"

"坐吧。"蓝绝为周芊琳拉开一张椅子。

"可是，还有一位你没介绍。"周芊琳有些迟疑。

蓝绝悠然道："有些人是不需要介绍的，省得他滔滔不绝。"

"珠宝师！绝交！"愤怒的声音随之响起。桌子对面，一名脸色有些苍白的青年愤怒地咆哮着。他的声音有些含混不清，因为他嘴里含着一颗棒棒糖。

在向蓝绝愤怒地咆哮之后，他立刻转向周芊琳，宛如变脸一般，面带微笑，用每秒十个字的速度道："美女，你好！我就是人见人爱的史上第一聪明人，你可以叫我'会计师'。你有男朋友了吗？不会就是珠宝师这个家伙吧？你别看他是卖珠宝的，但这家伙金玉其外、败絮其中，简直就是人间败类。你看，我这样的才是前途光明的好少年啊！"

第六十六章
蓝鳍金枪鱼

"你慢点说，别着急。"周芊琳有些好笑地道。

"闭嘴！不然揍你。"机械师低沉的声音响起，黝黑的大拳头随之在会计师眼前晃了晃。

"只有懦夫才采取暴力手段！"会计师抗议道。

"我是不是懦夫，你说了不算。我只知道，你再耍嘴皮子，我就让你变成豆腐，然后把你扔出去！"机械师冷冷地道。

会计师脸色一变，道："向强权低头是智者所为，我忍了！"

看着他古怪的表情，周芊琳差点笑出来，心想：这家伙真是个活宝。

正在这时，里间门帘掀起，美食家端着一个托盘从里面走了出来。托盘上有八个精致的方形小托，每个方形小托上都放着一个锥形紫菜卷，但看不到紫菜卷里面是什么。

"好吃的来了。是什么？是什么？"会计师雀跃道。

"闭嘴！"

美食家将托盘放在桌子上，道："自己拿，开胃菜——大腩手卷。我在分割蓝鳍金枪鱼的时候，将大腩剁碎，用紫菜卷了，没加任何调料，吃的就是大腩鲜美的香味和紫菜的清香。一人一个。"说着，他自己先拿起一个，送入口中。吃完后，他将目光在周芊琳身上停留了一下，露出一个微笑。

"这是美食家。"蓝绝向周芊琳介绍道。

"您好，谢谢您的款待。"周芊琳起身问好。

美食家微笑道："不用那么客气，欢迎你的加入。"说完，他就向后走去。

会计师动作最快，就要去抓那大腩手卷，却被机械师一巴掌把手拍掉了。

"你干什么？我用吃的堵住自己的嘴还不行？"会计师怒道。

机械师指了指品酒师的方向，只见品酒师此时已经站起身，走到旁边，似乎在开启一个箱子。

蓝绝眼睛一亮，也站起身来，向品酒师的方向看去。

银色金属箱打开，一股淡淡的白气散发而出。

"白葡萄酒。"蓝绝脸上流露出一丝喜色。

周芊琳好奇地问道："你怎么知道是白葡萄酒？"

"因为温度和品位。"蓝绝解释道，"不同的酒适合在不同的温度时饮用，红葡萄酒的适饮温度为十五摄氏度，保温箱在这个温度下开启，不可能出现白气。而白葡萄酒的适饮温度是五摄氏度，自然会出现这种情况了。当然，香槟的适饮温度也很低，不过今天这顿饭显然不适合香槟，所以肯定是白葡萄酒。只有白葡萄酒才能让海鲜的鲜味完美绽放！"

品酒师首先从箱子里拿出的是八个酒杯，然后才是一瓶酒。这瓶酒的酒瓶比一般酒瓶大上许多，竟是三升装的。看到酒标上的"LOTUS MAX"，蓝绝有些失望，道："有点普通嘛。"

品酒师瞥了他一眼，道："配蓝鳍金枪鱼的白葡萄酒，甘洌一点就好。你还想喝什么？"

蓝绝笑道："还行。这怎么说也是大瓶装，品质应该还不错。"

品酒师轻轻一推，将酒瓶平移到蓝绝面前，同时甩过来的还有一把专门用来开启木塞的海马刀。

蓝绝熟练地打开瓶塞，拿起酒瓶，将拇指扣住瓶底，其他四指托在下面，走到品酒师面前，先给他倒上一点。

品酒师摇了摇酒杯，送到鼻端闻了闻，然后喝入口中。他略微回味后，向蓝绝点了点头，道："这瓶白葡萄酒虽然只是村庄级，但状态很好。这就是大瓶装的优势。"

"大瓶有那么好？"会计师好奇地问道。

品酒师瞥了他一眼，道："给你喝这个都糟蹋了。"

会计师嘴角牵动了一下，但在品酒师面前，他显然不敢造次。

蓝绝失笑道："用大瓶装酒，装的酒自然更多，保存时间也更长。普通的七百五十毫升装的酒，只能保存三十年，一点五升的就能保存四十年以上，这三升的就更久。而且大瓶装的酒才能随着酒液和空气的接触时间变长，使人在品尝时喝出不同的变化。所以，同一款酒，大瓶装的价值一定会更高，品质也更好，尤其是老酒。"

　　说着，他走到裁剪师身边，为她倒上大约两指高的酒液，然后是周芊琳，之后才是品酒师、机械师、咖啡师、会计师和他自己。

　　看似简单的顺序，体现出的是礼仪——他遵循着"女士优先、高龄优先"的原则。

　　周芊琳摇动酒杯，白葡萄酒淡淡的清香在她的鼻端回荡。她轻抿一口，一股清冽甘甜的味道顺喉而下。她整个人顿时感觉神清气爽，美眸为之一亮。

　　手卷里是粉色的肉碎，看上去并不如何诱人，送到鼻端，甚至闻不到太多的味道。周芊琳扭头看向蓝绝，这种食物她还是第一次见到。

　　蓝绝微笑道："吃吧，这种机会，我们一年也只有一次而已。"

　　会计师忍不住道："珠宝师，说说这鱼有什么好的地方吧。我也是第一次吃。"

　　咖啡师翻了个白眼，道："让你溜进来绝对是个错误。不过，为了两位美丽的女士，我来简单介绍一下吧。"

　　"蓝鳍金枪鱼生活在深海，体重超过一百斤才算成熟，捕上岸后，并非鲜活的最好吃，而是必须在运输的过程中冷冻五天，给它一个释放氨基酸的过程。经过五天的排酸过程，它的味道会达到最佳状态，这样才是最美味的。我们现在要吃的就是最佳状态的蓝鳍金枪鱼。蓝鳍金枪鱼身上最肥美的部位是鱼腩，就是鱼肚子的位置，而鱼腩又以大腩为最。这些肉碎虽然算不上大腩中最精华的部位，但也绝对是人间美味。"

第六十七章
饕餮盛宴

浓香！这是大腩手卷入口后，周芊琳的第一个感受。她甚至不记得自己是怎么将一整个手卷吃下去的，再喝一口甘洌的白葡萄酒，那鲜香的味道顿时被推送到极致。

足足半晌，周芊琳才缓过神来，忍不住低声向蓝绝道："真好吃。"

"后面还有更好吃的。"蓝绝在她耳边低声说道。

蓝绝呼吸间的热气令周芊琳的俏脸不禁微微一红，她赶紧挪开了身体。

第一道手卷吃下去不久，第二道菜就上来了，是一个个铜质的小火锅，每人一个，下面是酒精灯，小火锅内是再简单不过的海带汤。至于这海带是如何精挑细选的，就是另一回事了。

一盘盘比大腩颜色略深的粉红色长方形鱼肉片被端了上来。

"中腩，涮着吃，过一下水，颜色变白就行了，不要太久。"美食家一边说着，一边坐下来。蓝绝给他倒上一杯白葡萄酒。

蓝绝向周芊琳道："中腩也是蓝鳍金枪鱼的鱼腩，但没有大腩那么肥腻，涮着吃、生吃都可以。为了平衡上一道的口感，让人不至于感到油腻，所以这一道才涮着吃。"

一碟碟酱料被送到众人面前。美食家端起酒杯喝了一口，瞥了品酒师一眼。

品酒师淡淡地道："别看我，人太多。"人多，酒就喝得多。老酒可是喝一瓶就少一瓶的，尤其是那些存量稀有的好酒。

海带汤沸腾，鱼肉入锅，瞬间由红色变成白色。众人将鱼肉夹出，沾上一点以海鲜醋为主、加入了多种配料秘制而成的酱汁，送入口中。在咬开的地方能够看到，鱼肉外面一圈是白色的，里面还是红色的，就像蒙上了一层白霜的山楂糕。

中腩没有大腩那么浓香，但配上酱汁，显得更为鲜美，口感绝佳。

几道清淡的小菜随之摆上桌案，供大家搭配着食用。

火锅之后是刺身生吃。大腩、中腩、鱼肉，总共分为三种。浅粉色、淡红色和深红色三种颜色的鱼肉全都被切成同样大小，再配上用山葵现磨的青芥末，让人吃得欲罢不能。

一条一百零四斤的鱼实在太大了，他们八个人是不可能吃完的。实际上，美食家在将最精华的部位拿来款待他们之后，剩余的鱼肉会送入他的地下店铺，给一些贵宾客户食用。

"最后一道菜——烤鱼头和鱼脖子。"美食家端着一个巨大的托盘走了进来。巨大的鱼头和鱼脖子被烤制成焦黄色，呈现在众人面前。

鱼头看上去有些狰狞，和之前的几道美食相比，样子着实有些令人不敢恭维。

"这么难看，能好吃吗？"会计师疑惑地问道。

但是，就在他说话的工夫，有两个人已经率先开动了。两双古中国式的筷子几乎同时探出，分别夹走了一只鱼眼睛。然后筷子再次迅速飞起，插向那足有巴掌大的鱼脸肉。

"要脸吗？"会计师虽然不知道这鱼头好不好吃，但他知道眼前这几个人都是老饕，尤其是率先动手的珠宝师蓝绝和一直不动如山的品酒师。看了他们的表现，谁还不知道这东西美味？

其他几个人的动作也都不慢，一会儿的工夫，巨大的鱼头就被夹走了大部分鱼肉。

看着蓝绝闪电般的动作，周芊琳不禁有些无语。不过，之前的美食已经完全征服了她的味蕾，她自然选择相信蓝绝的品位。

"鱼眼睛明目、大补，且有晶体感，快吃。"蓝绝将自己抢到的鱼眼睛放到周芊琳的盘子里。

周芊琳皱了皱眉，又给他夹回去，道："你吃吧。"

蓝绝疑惑地看着她，问道："你不会是害怕吧？"那鱼眼睛足有乒乓球大小，看上去确实有些怪异。

周芊琳俏脸一红，没有吭声。

"好，那你吃这些吧。"蓝绝也不勉强，将鱼头肉分给她，自己吃了鱼眼睛。

美食家在一旁笑道："会吃的人都知道什么最好吃。一般人是绝对吃不到脖子和鱼头的，因为都被贪吃的厨师自己吃了。蓝鳍金枪鱼是深海鱼，这鱼头上任何部位的鱼肉都含有丰富的胶质，很美味，乃极品中的极品。"

果然，第一口鱼头肉入口，周芊琳就觉得一股浓香混合着鲜美的胶质充满口腔，相比之前的鱼肉要香甜得多。那种极致的口感深深地烙印在她的脑海之中。

会计师的动作虽然不慢，但他抢到的显然不多，这是实力的差距……论基因天赋，他是在场众人中最弱的一个，手不慢，可实力不行啊！机械师只是一横身，就将他挤到一旁。所以等他抢到的时候，剩下的就只有一些烤得焦黄的鱼皮了。虽然鱼皮也挺好吃，但他一点都没吃到鱼胶，还是有点遗憾。

饕餮盛宴完美收官，只是会计师有些幽怨，当然也没人理他。

"谢了，美食家，我先走一步。"裁剪师站起身，微笑着向美食家点了点头。然后她又转向周芊琳，道："芊琳妹妹，回头记得让蓝绝带你来我的店里。你这么好的身材，需要顶级的面料来配，我要好好想想。等你来了，姐姐给你做一件立体剪裁的衣服。"

"我送你。"咖啡师赶忙站起身，来到裁剪师身边。

裁剪师瞥了他一眼，没说什么。向众人告别后，他们一起走了。

蓝绝也站起身，道："我们也走了。"他没有道谢，以他和美食家的关系，不需要多说什么。

美食家道："你出去之后如果碰到什么好的食材，记得给我带回来。"

"嗯？"蓝绝一愣，疑惑地看向他，"你怎么知道我要出去？"

美食家朝着会计师的方向努了努嘴，道："有这个大嘴巴在，我能不知道吗？"

蓝绝目光一转，两道森冷的目光顿时落在会计师身上，让会计师不禁打了个寒战。

"你敢黑入宙斯珠宝店的内部系统？"

"呃……珠宝师，你听我说，我不是故意的。我只是无意间发现你那几个美女员工在做一些非常规的事。咳咳，我可不知道你们要干什么啊！"

第六十八章
结束？

当着周芊琳的面，蓝绝表现得很温和，他没有对会计师动手。只是，当他们走出美食家店铺的时候，一道闪电却悄无声息地沿着地板滑到会计师脚下，然后会计师全身的汗毛都竖了起来。

"下不为例，否则你就给我滚出天火大道。"品酒师也站起身，冷冷地向会计师说了一句，然后跟在蓝绝后面走了出去。

会计师张开嘴，喷出一股淡淡的烟雾，面部肌肉抽搐了一下，道："你们要相信我，我真的只是觉得好玩而已，并没有其他目的。"

机械师一把捏住他的脖子，道："我就是因为相信你，所以才更想揍你。"

美食家淡淡地道："如果不是不想糟蹋我的好食材，我就打得你生活不能自理。你自己想办法让珠宝师原谅你吧。"

此时天色已晚，天火大道上只有道路两侧的一家家店铺透出灯光，虽不明亮，但很温馨。

蓝绝默默地走在前面，周芊琳跟在他身后。

"你生气了？"周芊琳低声问道。

蓝绝摇了摇头，道："那家伙性格如此，并非针对我，谁会跟他生气？我只是在想一些其他的事。"

"嗯？"周芊琳疑惑地看着他。

蓝绝停下脚步，回过身，看向周芊琳，然后淡淡地道："对不起。"

"什么？"周芊琳疑惑地看着他。

"你长得和瑾瑜太像了，以至于我真的会在某些时候将你当成她。这是不对的。在我心中，瑾瑜是唯一的。你不是她的复制品，也不是她的替代品，所以我很抱歉。以后我只是你的保镖，等我完成这三年的任务，我们就再没有任何关系了。"

蓝绝的声音有些冰冷，连他都觉得现在的自己有些过分。

可是他不得不这么做，可儿的话点醒了他。是啊！在他心中，如果不是真的有点将周芊琳当成了赫拉，他真的会答应那个当三年保镖的条件吗？真的会到一个学院里去做老师？甚至带她参加天火大道的私密晚宴。这一切都意味着她已经开始进入他的心中。

刚刚吃过一顿饭，美味依旧在口腔中回荡，但蓝绝想清楚了许多事。周芊琳毕竟不是赫拉，他的赫拉已经离开了。理智告诉他，不能再继续下去，否则有一天，在他心中周芊琳一定会和赫拉重合。

当断则断，至少在萌芽状态时断掉，比未来经受情感困扰要好得多。

所以蓝绝才有了此时的这番话。

周芊琳默默地看着蓝绝，动人的娇颜上没有任何变化。

她很认真地看着蓝绝，眼神是那么深邃，仿佛能够将人的灵魂都吸进去似的。蓝绝在她的注视下，心不禁有些抽动，一丝淡淡的心疼随之从心底升起。

"芊琳，你是个善良的好姑娘，我知道这么说可能会伤害到你，可是我……"

"好。"周芊琳轻笑一声，淡淡地道。

紧接着，她竟然发出了一连串银铃般的笑声。

"你……"蓝绝呆了一下，问道，"你没事吧？"

周芊琳摇了摇头，道："你们男人是不是认为全天下的女人都会喜欢你们啊？难道你以为我喜欢你？"

蓝绝无语。

周芊琳认真地看着他，道："如果你认为我喜欢你，或者是怕我以后会喜欢你，那你大可不必担心。虽然你曾经对不起我，我会记你一辈子，但那是恨，不会是其他的感情。你说得对，你只是我的保镖，仅此而已。我从来都没有多想过什么，你不要自以为是，好吗？今天的晚餐真不错。送我回去吧。"

说着，她已经面带微笑地向远处走去。

蓝绝站在原地，停留了几秒钟，才跟了上去。

周芊琳的表情很平静，看不出任何变化，但在她的眼底深处，仿佛有一丝奇异的情绪波动，有欣慰、有惋惜、有痛苦，还有一些莫名的情绪存在。

蓝绝将她送回天山的住处，两人在路上都没有再说什么。

"好啦，就送到这里吧。"周芊琳停下脚步，微笑着向蓝绝说道。

"嗯。"蓝绝点了点头。

"你明天要外出，一切小心。哦，对了，为了不让你误会，我强调一下——我不是关心你，只是你作为我的保镖，最好还是留下有用之身来完成你的承诺。"

"我会的。"蓝绝点了点头。

"再见。"周芊琳挥了挥手，径自回家去了。

蓝绝站在原地，停留了数秒，然后才转过身，大步离去。

有些东西似乎被抛却了，可是在他心底，不知道为什么有种隐隐作痛的感觉。

周芊琳走回自己的房间，坐在床上。她的俏脸上始终没有什么表情。半晌之后，一抹苦涩渐渐出现在她的面庞上。泪水开始不受控制地顺着眼角流淌而下，没有声音，只有一颗颗晶莹的泪珠顺着她那粉嫩的面颊滑落。

天火大道依旧寂静。这里每天晚上都不会有太多人。夜色已经深了，但走在清冷的大道上，蓝绝的心情似乎轻松了几分。

"到我这里来。"低沉的声音在他耳边响起。蓝绝心中一动，然后走向哥特老酒坊。

"你不会是替会计师向我道歉吧？"蓝绝在品酒师旁边坐下，笑着说道。

品酒师脸上难得露出一丝微笑，道："你心情不好又不是因为他，你怎么会跟他计较？那家伙就是个活宝。你的心情是因为你今天带来的那个女孩子而变化，我没有说错吧？"

蓝绝看了他一眼，道："已经结束了。"

品酒师淡然一笑，道："是否结束，你不需要告诉我。你是成年人，而我也不是你父亲。"

蓝绝脸色一僵，问道："那你叫我来干什么？"

品酒师微笑道："给你盲品一瓶酒，看看你的水平有没有下降。"

第六十九章
三大酒神的传说

所谓盲品，就是在不知道是什么酒的情况下，通过品尝来分辨酒的品种。

"盲品？好啊！"蓝绝笑道，"不过，不要拿太差的酒给我。太差的，我可品不出来。"

品酒师微微一笑，从旁边的酒柜中取出一个酒瓶，放在蓝绝面前。酒瓶上空空如也，没有任何酒标，却有不少灰尘。从酒瓶内酒液的颜色能看出，这是一瓶红葡萄酒。

品酒师拿起海马刀，打开酒瓶，然后拿过两个杯子，分别给自己和蓝绝倒上一杯。

蓝绝没有直接去喝酒，而是拿起一杯清水，漱了漱口，然后才端起酒杯，送到鼻端。

他轻轻地摇晃了一下酒杯，然后将鼻子探到杯口轻嗅。

下一刻，蓝绝的面部表情出现了翻天覆地的变化，有惊叹，有赞美，还有震撼和不可思议！

"这是……"

说着，他已经拿起杯子，将杯中的酒液朝着灯光照去。

酒液并不是大多数红酒那种通透得如同红宝石一般的颜色，反而颜色略浅，甚至还显得有些浑浊。可是当蓝绝看到这种颜色的时候，脱口而出："勃艮第，DRC？"

品酒师微笑不语，什么都没说。

不久前，蓝绝刚刚让他大出血，喝了他一瓶天神遗珠——罗曼尼·康帝。罗曼尼·康帝就是勃艮第红酒中最著名的代表性高品，也是DRC之王。DRC是上元古法国勃艮第产区一个公司的名字。这个公司拥有最好的红酒产地，是生产勃艮第最著名的公司。

所以，只是闻香，蓝绝就得出了自己的第一个结论。

"试试看。"品酒师做了个请的手势，同时将自己的酒杯拿了起来。

蓝绝喝了一大口，酒液在口中停留，只是略等片刻，极品红酒的甘甜瞬间爆发开来。浓郁的香气刹那间充斥在他口腔的每一处，尽管没有罗曼尼·康帝那种君临天下的神妙感，但同样能征服任何美酒爱好者。

半晌，蓝绝才回过神来，赞叹道："好酒！只有上元古法国那些勃艮第人才能用单一一种葡萄酿造出如此丰富的味道。花香、果香、梅子的味道久久不散，从舌尖到舌根，再从舌根返回，无论前味还是后段，都质感十足。单宁顺滑，虽然比不上罗曼尼·康帝那种丝绸般的质感，但也相差不远了。"

"那么，在你的判断之中，它是什么？"品酒师追问道。

蓝绝毫不犹豫地道："应该是DRC的拉他希，或者是大衣修斯，年份在上元2002年左右。"

品酒师笑了，笑得很开心。

"错！"

"错？"蓝绝愣了一下，"是酒错了，还是年份错了？不可能是别的啊！不过，DRC太稀有了，我喝过的确实不多，判断出错也有可能。难道是DRC的李琦堡，或者圣维旺？肯定不会是圣维旺吧？圣维旺似乎还到不了这个层次。"

"错，错，都错了。"品酒师有些得意地说道。他喝下一口杯中的酒液，不住赞叹。

"品酒师，要诈就没意思了。"蓝绝坚信自己的判断。

品酒师问道："勃艮第分为几个级别？"

蓝绝道："四个。最低级的叫Regional AOC，然后是Commune AOC，也叫村庄级，再高的是一级园，最顶级的勃艮第则被称为特级园。DRC旗下的几种知名美酒就都是特级园。罗曼尼·康帝更是其中的代表，也是世界酒王。"

品酒师淡淡地道："你刚才喝的这瓶是Commune AOC。"

"什么？"蓝绝猛然站起身，差点将身后的椅子带倒。这实在是因为品酒师的话太不可思议了。

"不可能。一瓶村庄级的酒怎么可能拥有DRC的味道？怎么仅仅逊色于罗曼尼·康帝？品酒师，你应该知道，喝红酒是我最大的爱好，不要在这方面跟我开玩笑。"

品酒师微微一笑，道："你和我的第一反应是一样的。当初，我第一次喝到这种酒的时候，也是你这样的，甚至比你的反应更加强烈。这种感受是颠覆性的。但是后来当我知道真相之后，我才明白自己并没有错。因为你手中的这杯Commune AOC就应该是这么强。尽管它是村庄级，但我要是说出一个名字，你就会知道它为什么如此强大了。

"世人只知道世界酒王是罗曼尼·康帝，但是当年的上元古法国曾经有三大酒神，你可知道？"

蓝绝愣了一下，道："三大酒神……你说的是当年勃艮第那三位酿酒大师，被誉为酒神的那三位？"

品酒师点了点头，道："不错。世界公认的三大酒神分别是DRC的老板奥贝尔·德维兰，DRC曾经的股东、后来离开DRC去经营家族酒庄Leroy的拉茹·贝茨，以及独立酿酒师亨利·贾叶。

"奥贝尔·德维兰创造了DRC最著名的罗曼尼·康帝，这是他最完美的作品，'世界酒神'之称，当之无愧。而且在经营酒庄方面，他也拥有强大的商业头脑。

"拉茹·贝茨女士曾经是DRC的股东，后来因为和奥贝尔·德维兰理念不同，被排挤出董事会，愤而成为独立酿酒师，经营家族品牌Leroy，所以她也被称为乐花女士，书写了一代传奇。当年她和奥贝尔·德维兰一同创造了生物酿造法。

"而最后一位亨利·贾叶，在三大酒神中，他的名字是出现得最少的。但是在整个葡萄酒的世界中，他的名字始终都排在第一位。在任何红酒的拍卖会上，只要有这个名字出现，那瓶酒一定是拍卖会的第一位。如果说罗曼尼·康帝是世界酒王，那么亨利·贾叶酿造的三款顶级酒，就是世界酒皇。更奇特的是，他最具代表性的作品竟然不是特级园出产的，而是一个一级园酿造出的葡萄酒，叫克罗·帕宏图。这是一个很拗口的名字，却始终是无敌的存在。"

蓝绝看着面前这个没有任何酒标的酒瓶，喃喃地道："你不会告诉我，眼前这一瓶就是三大酒神之一酿造的吧？"

品酒师微微一笑，站起身，道："不错，这一瓶虽然是Commune AOC，只是村庄级，但它的酿造者正是三大酒神之首——享誉上元时代的亨利·贾叶大师。"

第七十章
占卜出的可能

震撼！当品酒师说出最后一句话的时候，蓝绝心中剩下的就只有震撼。他甚至有种泪流满面的冲动。

身为一名爱酒者，能够品尝到三大酒神之作，哪怕只是村庄级的，也足以让他感动得热泪盈眶，甚至要比那天喝到罗曼尼·康帝更加开心。

罗曼尼·康帝的产量，在上元时代每年也有数千瓶，而亨利·贾叶大师的作品，无论什么级别的，一年只有数百瓶而已，完全不能用金钱衡量其价值。

"谢谢。"蓝绝恭敬地向品酒师鞠了一躬。

品酒师满意地笑了笑，道："来，喝酒。"

"有点不舍得。"

品酒师道："已经打开了，不喝就糟蹋了，而且我们要尽快喝。"

一瓶Commune AOC，不知道是亨利·贾叶大师手下哪一块产地出产的，只知道是上元1997年所产，却让蓝绝完全沉浸在了那无穷的美妙之中，忘却了时间，甚至也忘却了心绪中的那一丝烦躁。

"说吧，想让我干什么？"喝完最后一滴酒液，蓝绝放下酒杯，看向品酒师。

品酒师问道："你就这么肯定？"

蓝绝双目微合，依旧陶醉在刚才的美酒之中，道："酒神的酒不是那么容易喝到的，我知道。当然，如果你真的是良心发现，我会特别开心。"

品酒师微微一笑，道："你说我吝啬，说过多少次了？吝啬的人怎么会突然这么大方呢？所以，你猜对了，我确实是有事相求。占卜师算到，有人在某个和母星相似的星球尝试恢复三大酒神的古法，酿造葡萄酒。我想去看看，同时送他们一些礼物。在三大联盟之中，拥有三大酒神的红酒的人不多了，希望他们能够从这些老酒中找到更好的酿造之法，让神之水滴重现人间。"

蓝绝睁开双眸，目光骤然转亮，问道："你说的是真的？"

品酒师点了点头，道："酒不只是我最重要的爱好，更是唯一的爱好。我不会拿这个开玩笑。"

蓝绝道："我觉得惊讶的有两点：第一，你收藏了三大酒神酿造的酒，竟然从来都不拿出来；第二，你竟然利用占卜师的占卜术找酒。"

品酒师瞥了他一眼，问道："你想说什么？"

蓝绝笑了，竖起大拇指，道："佩服！"

两人对视一眼，顿时哈哈大笑起来。

"这么说，你是同意了？"笑过之后，品酒师追问道。

蓝绝道："以你的能力，还需要我帮助吗？"

品酒师道："占卜师的占卜进行到最后，突然被打断了。这意味着什么，你应该明白。君子不立于危墙之下，而且如果真的找到了这个渠道，你难道想不出力就享受成果吗？"

蓝绝叹息道："好吧，不得不说，你这瓶亨利·贾叶大师的村庄酒勾起了我的酒虫，这事儿我答应了。不过，要过段时间才行。我要先去一趟碎乱星域，大约一个月的时间。等我回来，咱们再商量出发时间吧。"

"可以。"品酒师微笑道，"反正我不着急，我还有存货。"

"走了！"蓝绝站起身，挥挥手。

蓝色光影急速掠过，十数秒后，空中才迸发出一连串气爆声。那是一辆迈凯利P12高空飞车。只有这种最顶级的飞车，才能达到如此恐怖的速度。

"米卡姐姐，你慢点开，我都要晕车了。"林果果皱着眉头，抓紧安全扶手。

高空飞车内坐的正是蓝绝一行人。蓝绝坐在后座中间，左右分别是林果果和修修，前面负责驾驶的是一头红发、戴着黑框眼镜的米卡。可儿则坐在副驾驶的位子上，正在为米卡驾驶的P12高空飞车展现出的速度而欢呼。

米卡的驾驶风格异常霸道，似乎要将高空飞车的功率完全压榨出来。此时飞车的速度已经突破了音速。

"好啦，好啦，就你脆弱。老板都没说什么。"米卡有些不满地道。

"我刚才晕过去了。"蓝绝懒洋洋地靠在座椅上说道。

修修顿时笑了起来，可儿则回过身，朝着蓝绝吐了吐舌头。

米卡哼了一声，道："马上就到了，你们坐稳。"高空飞车在空中一个帅气的甩尾，猛地一头向下扎去。失重感虽然通过高空飞车的内部装置减轻了大部分，但还是有一些。

林果果顿时发出一声尖叫，就连修修也不禁惊呼出声。

数十秒后，飞车稳稳地停靠在天火星民用飞船基地的停车坪上。

"嘀嘀嘀！"刺耳的警报声响起，几名身穿制服的空警迅速围拢过来。电子音随之响起："超速停靠，严重违章，请开启车门立即下车，接受检查。"

迈凯利P12高空飞车的两扇车门宛如巨大的蝴蝶翅膀从两侧张开，四大美女同时从两侧下车。

红发的是米卡，蓝发的是可儿，黑发的是修修，绿发的是果果。四大美女全都穿着黑色紧身机甲作战服，修长动人的身材被完美勾勒出来。那一道道曲线和她们动人的娇颜，瞬间就晃花了空警的眼。

"帅哥们，有事吗？"米卡朝着空警们娇声道。

"美丽的女士，你们超速了。"一名空警结结巴巴地说道。

"哦，对不起。我们先走啦，帮我们看好车。"米卡向空警们挥了挥手，转身就走。其他三女立刻跟上她。

蓝绝夹在四女之间，跟着她们飘然而去。

半晌后，一名空警反应过来："我们戴着头盔，她们怎么知道我们是帅哥？"

第七十一章
宙斯一号

　　天火星民用飞船基地分为三个区域——普通停靠区、远航飞船停靠区以及贵宾停靠区。

　　只有贵宾停靠区有专门的飞船仓库，但价格极为高昂，每个月都需要支付不菲的租金，同时需要自行雇佣飞船维护人员。

　　蓝绝和姑娘们停下P12高空飞车的地方，就在贵宾停靠区。这也是那些空警没有太过针对他们的原因之一。

　　飞船仓库外部被漆成宝蓝色，只有巨大的合金门呈现出银白色的金属质感。金属门上有一个宛如浮雕一般，向外突出的深蓝色闪电符号。这里登记的名称是宙斯珠宝店专用飞船仓库，注册用途是进行各种稀有珠宝运送。

　　身穿卡其色风衣的蓝绝带着姑娘们鱼贯而入。他默默地走在一旁，靠在金属墙壁上。他双手插在风衣兜里，从怀中摸出一根雪茄叼在嘴上，却并没有点燃。

　　仓库内，十几个形态各异的深蓝色机器人正在忙碌着。整个仓库内竟然没有任何一名人类员工，全都用机器人控制。

　　因为这种高级贵宾仓库是极为私密的存在，因此在申请下来后，任何外人都没有资格进入其中。整个仓库内完全是宝石蓝与银白色的世界，偶尔有火花泛起，都是机器人工作过程中对金属处理时产生的效果。

　　仓库内一共停靠着三艘飞船，大小如一，外观看上去是一模一样的。每一艘飞船都是漂亮的宝蓝色，上面没有任何标识或者符号。

　　飞船长约七十米，翼展五十七米，双翼紧贴机身向后延伸。在机翼和整个飞船后方，一共有五个喷射口，其中机翼上各有两个，尾部则有一个巨大的主喷射口。整艘飞船看上去就像一件完美的艺术品。

修修走到旁边一个银色的金属台处，按动上面的按钮，一个带有键盘的屏幕弹出。她那双宛如春葱一般的双手在键盘上轻轻抚过，发出一连串轻巧而密集的敲击声。屏幕上宛如瀑布流淌一般，各种数据倾泻而下。

"宙斯一号能量系统准备完毕，武器系统准备完毕，状态完好，可进行远程飞行。人员补给添加完毕。老板，可以出发。"

蓝绝看着这艘飞船，眼中不禁流露出一丝感叹之色，轻轻地点了点头，道："出发！"

修修十指连弹，最左侧那艘飞船周围的几名机器人迅速退下。飞船下腹位置，一条阶梯缓缓地向下放出，机器人迅速退到旁边，仓库内灯光大亮。

宙斯一号顿时亮了一下，深蓝色光芒从前端一直划到尾部，宛如一只巨大的苍鹰缓缓苏醒一般。

蓝绝依旧叼着自己的雪茄，站在那里。没等他行动，米卡、林果果和可儿已经率先跑步上前，迅速登上飞船。修修用完手中的电脑，让其重新没入桌面之下，快步跟上蓝绝。

宙斯一号的喷射口开始有淡淡的气流喷射而出，在仓库内形成一阵阵柔风波动，吹得蓝绝的风衣衣角微微飘动。

从修修的角度正好能够看到蓝绝的侧脸。叼着雪茄的他，眼神有些忧郁，头发略显凌乱，却并不邋遢，风衣的领子护在颈侧，隐约有种君临天下的感觉。

修修抿了抿嘴，跟在蓝绝身边，与他一起登上飞船。

机舱主控室足有三百平方米，透过淡蓝色的前窗能够看到外面的景象。四女对应入座，蓝绝则坐在她们后方一个宽敞的大椅子上。他嘴里依旧叼着雪茄，低头看看椅子两侧的扶手，眼底不禁流露出一丝怅然。

他已经很久没有乘坐过宙斯一号了，平时使用宙斯一号远行的就只有姑娘们。她们一直为了珠宝店而忙碌。

坐回这个位子，让他有种恍若隔世的感觉。他看看身边的另一张椅子，那里空荡荡的。

"赫拉……"蓝绝喃喃地念叨了一句，一抹深深的悲伤从眼底深处一闪而过。

但不知道为什么，他的脑海中在下一瞬却又浮现出那张与赫拉一模一样的面庞，还有那宛如精灵一般的笑靥。

"能量推送正常，仓库门开启。"林果果通过刚刚戴在头上的耳麦说道。

"跑道正常，塔台指示可以出发。"可儿说道。

"能量系统、防护系统、机械系统、武器系统检查正常，可以出发。"修修说道。

"宙斯一号准备就绪！点火。"米卡说道。

飞船机身轻轻一震，主控室内的光线随之一亮，轻微的嗡鸣声传来。

"进入跑道，起飞，目标是碎乱星域。"蓝绝拿下嘴里的雪茄，将其揣入口袋里，沉声说道。

宙斯一号宛如蓝色的幽灵一般缓缓向前，驶出仓库，向左拐入跑道。

淡淡的蓝光开始从机翼两侧的四个喷射口向外喷吐而出，骤然间光芒绽放。宙斯一号发出一声低沉的呼啸，瞬间加速向前，四个喷射口在身后留下了炫目的尾焰。

只冲刺了三百米，那蓝色的幽灵就已经绽放着夺目的光彩，化为一只蓝色大鸟升空而起。

尾部的主喷射口蓝光一闪，瞬间一声轻鸣响起。宙斯一号在短短数秒内已经突破音障，化为一道流光消失在半空之中。

"好快！那是哪家的飞船啊？"飞船基地某地勤人员赞叹道。

"好像是个珠宝店的。"

"搞珠宝的就是有钱。"

"羡慕嫉妒恨！"

"可是刚才他们的速度似乎也太快了吧。那是什么型号的飞船？"

"不清楚……好快！"

第七十二章
远航

"宙斯一号已突破大气层，进入太空。持续加速！"米卡的声音在控制室内回荡。

"保持速度。"蓝绝说道。

"七分钟后，抵达虫洞，向华盟边境进行空间折叠跳跃。"

浩瀚的宇宙中，宙斯一号只是一个蓝色光点，但它速度惊人，哪怕是军方雷达也很难锁定。

如果有人知道宙斯一号使用的材料和主控系统中配备的能量宝石数量，一定会震惊得合不拢嘴。

宙斯一号本身就像一件巨大的珠宝。它表面的蓝色涂层并不是为了绚丽夺目。那是用一种名叫蓝钥石的能量宝石磨碎成粉，再加入众多材料调配而成的。这种涂层有超强的保温能力和能量转换能力。

传统飞船无法达到如此速度的最大原因就是，在快速飞行中与空气摩擦会让飞船表面产生高热，尤其是在急加速的情况下。而用蓝钥石涂层的宙斯一号就没有这个问题。它的极限速度能够达到光速，甚至是超光速。

而绝佳的能量转换效果，又能够通过对宇宙射线的回收为飞船充能。当这艘飞船被设计出来的时候，它的理念就是，只要在能够用人眼看到恒星的地方，宙斯一号就不会失去飞行能力。

这个涂层用掉了一百公斤蓝钥石，而蓝钥石本身可是C级能量宝石啊！一百公斤蓝钥石已经可以购买与宙斯一号同等大小的五艘飞船了。

而这只是宙斯一号装配中最普通的一部分。

"抵达虫洞，护罩开启，开始空间跳跃。"米卡的声音传来。与此同时，一个个光罩从天而降,将四女和蓝绝的身体笼罩在内。

宙斯一号猛然一震,周围的空间瞬间变得光怪陆离起来。一层白蒙蒙的光罩随之从宙斯一号向外扩张而出。

能量护罩永远是飞船最重要的装配,不只是用在战斗中,更重要的是在危险的宇宙飞行中确保飞船的安全。

在护罩的保护下,宙斯一号恢复了平稳,而护罩表面不断闪烁着不同颜色的光芒。

仿佛只过了几秒钟,又像过去了一个世纪那么久。宙斯一号轻轻一颤,周围的空间重新变得黑暗起来。

"脱离虫洞。靠近华盟边界。"米卡的声音再次传来。

林果果的声音随之响起:"情报显示,目前驻扎于碎乱星域虫洞边境的是华盟第十二宇宙军团,依托于东泽太空堡垒,进行区域控制。我们需要借助一片陨石带,从东泽太空堡垒左翼绕过去,在接近虫洞时需要瞬间加速。"

"计算加速度。"蓝绝说道。

片刻后,可儿道:"至少需要用亚光速冲刺。"

"为确保平安,光速冲刺。"蓝绝沉声道。

"是,老板。三天后,抵达冲刺点。"可儿一丝不苟地说道。

蓝绝脸上露出一丝微笑,道:"好,大家先休息一下,设置自动航线飞行。三天后冲刺。"

光罩纷纷收起,蓝绝解开身上的安全带,从座位上站了起来。

四女脸上严肃的表情随之消失。除了可儿在设定航线之外,其他三女也都解开安全带,站起身来。

林果果嘻嘻笑道:"有老板在就是好,又可以体验光速冲刺的快感了。"

米卡笑着搂住她的肩膀,在她耳边低声说了句什么。林果果顿时俏脸大红,嗔怪道:"呸!你就会乱说。"

米卡放声大笑。

"我去睡一会儿。"蓝绝伸了个懒腰。

"啪!"鲜红色的皮鞭宛如毒蛇一般抽在高永身上,顿时,皮开肉绽,留下一道深深的血痕。

高永咬紧牙关,却一声也不敢吭。

站在他面前的是一名身穿黑色长裙、将长发挽在头顶的女子。她看上去二十多岁，肌肤如雪，美眸是一种奇异的颜色——晶莹的淡红色。但她的瞳孔是血红色的，给她原本十分纯净的美增添了一种妖异感。

　　女子身材高挑、修长，身高超过一米八，再加上黑色高跟鞋，看上去甚至要比身材高大的高永还要高几分。

　　"你知不知道自己有多蠢？"女子冷冷地问道。

　　"女皇陛下！我也是为了……"

　　"啪！"又是一道长鞭落在他身上。

　　月魔女皇冷冷地道："蠢就算了，更可怕的是，你还不知道自己蠢。如果他不是我的朋友，你就永远不可能离开天火大道了。"

　　高永依旧一脸桀骜不驯之色，并没有因为身上的伤痕而屈服。

　　"那个家伙确实实力很强，但他的能力和您一样，刚好克制我，否则我……"

　　月魔女皇不屑地哼了一声："你也配跟他比？我可以坦白地告诉你，就算他想捏死我，也不会是什么太困难的事。"

　　"啊？"这一次高永真的震惊了，"女皇陛下，您是认真的？"

　　月魔女皇冷冷地道："如果在这个世界上，有谁敢说肯定能够消灭我们碎乱星域第一海盗团，那么天火大道绝对是名列前茅的几大势力之一。在那里至少有三位抬手就能捏死我的存在，他们的恐怖是你无法想象的。但那三位并不可怕，因为他们已经很少出手了。但你遇到的那个人不一样，他无所顾忌，一旦发怒，整个碎乱星域都要抖三抖。"

　　"他究竟是谁？"

　　月魔女皇冷冷地道："三年多前，碎乱星域曾经的第一海盗团为何覆灭，你还记得吗？"

　　高永眼中闪过一丝骇然，再联想起那人的能力，一股极致的凉意瞬间钻入心底："您是说，那人是……"

第七十三章
光速冲刺

东泽太空堡垒宛如巨无霸一般静静地悬浮在漆黑而静谧的宇宙之中，不时有军方飞船往来穿梭。

太空堡垒的数量已经成为衡量现代军事力量强弱的重要数据。

北盟拥有十二个太空堡垒，是三大联盟中最多的。西盟有七个太空堡垒，而华盟则只有五个。华盟和西盟相加，才能与北盟相当，由此可见北盟在三大联盟中有何等强势的地位。

东泽太空堡垒在华盟中是战力最弱的一个，专门负责镇守碎乱星域附近的虫洞以及周边。这里长期驻扎着一个宇宙军团的兵力，相比其他太空堡垒至少会驻扎两个宇宙军团，就显得弱势一些。它的主要作用就是镇压碎乱星域那些宛如蝗虫一般的海盗。

碎乱星域内部太过复杂，以至于大型飞船根本不可能在其中通行，再加上海盗们对地形熟悉，三大联盟曾经联手进行过清剿，但也只是打击了其外围势力，并没有伤及其根本。而且海盗的存在有一些政治意义，不好撼动。这才使得碎乱星域内海盗们的势力逐渐扩张。

"三分钟后进入冲刺点。准备冲刺。"林果果动人的声音在控制室内回荡。

此时，宙斯一号的外部光芒已经完全暗淡下来，似乎已经融入了整个宇宙之中。蓝钥石的另一附加特性——屏蔽探测信号的效果配合宙斯一号的内部装置，完美地帮它隐匿于空中。

可儿道："目前航速二十倍音速，准备冲刺。"

修修："主喷射口充能完毕，准备就绪。防护罩准备就绪。"

米卡："武器系统准备就绪。"

"一百六十秒后开始冲刺，之后一百秒进入亚光速飞行。"

蓝绝端坐在自己的位子上，座椅两侧的扶手中各自升起一个金属球，被他握在手中。他脸上的慵懒已经消失了，取而代之的是郑重。

想要用个人的力量对抗军队，在宇宙时代是完全不可能的。太空堡垒的主炮足以瞬间毁灭一颗行星。

当然，他们这种飞船是不可能被太空堡垒的主炮当作目标的。可就算如此，他们也丝毫大意不得。军方的很多主力战舰都具备光速航行的能力，他们必须在被发现之前进入虫洞。

以宙斯一号的体积，能够进行亚光速航行已经是奇迹中的奇迹了。至于光速航行，那依靠的就不只是飞船本身的力量了。

"冲刺倒计时开始。十、九、八、七……"

"三、二、一，冲刺！"

原本光芒暗淡的宙斯一号骤然爆发出刺目蓝光，五个喷射口全部光芒大亮，让它在黑暗中看上去就像一只燃烧着的蓝色大鸟。刺目光芒闪耀，下一瞬，宙斯一号就已经全速爆发。

瞬间暴增的速度让整个宙斯一号内部都开始颤动起来。外层护罩瞬间由白色变成了淡红色，再逐渐接近橘红色。

"能量输出正常，加速正常。"

宙斯一号划出一道优美的弧线，朝着东泽太空堡垒侧后方绕去。

伴随着全功率开启，宙斯一号在太空堡垒面前显露出来，警报声很快响起。

"不明飞船警告，不明飞船警告。这里是东泽太空堡垒，请你们立刻停船，否则我们将发动攻击。"冰冷的电子音不断回荡，但蓝绝和四女都像没听到似的。

太空堡垒附近，三艘巡逻飞船已经快速反应过来，朝着他们的必经之路包抄过来。

"三十秒后进入亚光速飞行。距离计算，可确保安全。"可儿沉声说道。

"华盟白虎级战列舰主炮开始充能。计算发射轨迹。"修修说道。

整个宙斯一号内部的气氛随着她们的话语声开始变得紧张起来。

"十秒后，左侧一号白虎战列舰主炮发射，预计二十三秒后可拦截宙斯一号。线路可规避，但不排除其主炮追踪。"

蓝绝的表情虽然严肃，却依旧平静。

"一号白虎战列舰主炮发射。"可儿的声音骤然拔高几分。

通过舷窗能够看到，远处亮起一个小小的白色光点。

所有想要通过虫洞进入碎乱星域的无名飞船，只要未通过审核，就全部当成海盗处理。这是太空堡垒的巡逻战列舰会这么快发动攻击的原因。

"二十秒后攻击抵达！"

"十五秒后攻击抵达！"

"十秒后攻击抵达！"

"辅助加速开始！"蓝绝突然沉声说道。紧接着，他那一双深邃的眼睛毫无预兆地变成了湛蓝色，整个身体也在下一秒变成同色。

他身体周围的防护光罩内，刹那间仿佛变成了雷电的海洋一般。但恐怖的能量波动全都被光罩隔绝。

宙斯一号顶部，一团奇异的电光突然亮起。主喷射口内，一个小型喷射口悄然开启。内部，一颗蓝紫色宝石被推出。刺目的蓝色光柱瞬间喷出，与主喷射口发出的能量融为一体。

宙斯一号剧烈地震动了一下。那一瞬间，它竟然给人一种在空中停顿了一下的错觉。紧接着，主喷射口原本橘红色的尾焰变成了明亮的蓝色，四个辅助喷射口也在下一瞬发生了变化。

防护罩因为加速而呈现出的橘红色随之变成暗红色。整个宙斯一号在停顿的下一瞬弹射而出，直接进入亚光速，并朝着光速飞快攀升。

数秒后，一道白光从后方掠过，没入茫茫宇宙之中。而宙斯一号在那几艘白虎战列舰震惊的"注视"中，已经化为一个蓝色光点，投向了太空堡垒后方的虫洞。

"老板万岁！"可儿、林果果和米卡几乎同时发出欢呼声，就连较为腼腆的修修也面露笑意。

可儿娇呼道："还是有老板在最棒了，不需要发动武器拦截就能轻松摆脱他们。十秒后进入虫洞。"

林果果道："白虎战列舰放弃充能。"

蓝绝身上的蓝光渐渐收敛，宙斯一号也渐渐从光速回到亚光速。他嘴角处带着一抹淡淡的微笑，道："冲刺成功。"

第七十四章
碎乱星域

宙斯一号进入虫洞后，速度似乎已经不复存在，又一次进入了光怪陆离的世界之中。宙斯一号那五个喷射口中喷吐出的光芒逐渐恢复了橘黄色。

蓝绝靠在座椅上，略显疲惫地闭上双眸。

以异能力量来操控一艘飞船，并且起到质的飞跃效果，这在异能者的世界中是绝大多数人无法想象的。事实上，就算是蓝绝，单凭自己的力量也做不到。

宙斯一号之所以能够瞬间产生爆发性的超强加速度，并且一直攀升到光速水准，除了蓝绝自身的异能力量强大之外，再就是能量宝石的作用了。在宙斯一号中有一块核心能量宝石，它的作用不是提供能量，而是放大能量。这块神秘的能量宝石层级达到A。单是这一块宝石的价值，就超过一艘五百米长的军方战列舰。

宙斯一号的所有系统几乎都是建立在它的基础上。

飞船轻轻一震，脱离虫洞。更加广阔的空间出现在宙斯一号前方。

"保持亚光速飞行，三天后进入碎乱星域。"可儿作出汇报。

修修道："能量回收正常，开启节能巡航模式。"

米卡道："加大雷达监测范围，以防有可能出现的敌人。"

一切都在有条不紊地进行着。四女配合得十分默契，井井有条地控制着原本应该至少由十五人控制的飞船。

从这里开始，宙斯一号就已经脱离华盟的控制范围，进入了广阔的碎乱星域外围。这意味着他们随时都有遇到海盗的可能。

蓝绝闭合着双目，身体周围偶尔有淡淡的电光闪过。他整个人似乎沉浸在了一种奇妙的状态之中。在他的胸口处，有淡淡的蓝光若隐若现，更为他增添了几分威严。

两天后。

展翼翱翔在宇宙中的宙斯一号依旧保持着稳定的速度前行。在它的正前方，却已经若隐若现地出现大片光影。

碎乱星域范围广阔，内部拥有的恒星多达七十几颗。这些恒星散发着高能、高热，照亮了碎乱星域。

整个碎乱星域内部，绝大多数行星经常面对陨石带的撞击，有些行星甚至会直接被撞碎，形成新的陨石。因此人类能够生活的星球并不太多，分散在整个星域内部。再加上一些大恒星释放着超强辐射，导致碎乱星域的生存环境更加恶劣。在几经考察之后，三大联盟才最终放弃对它进行开发。

但这里是海盗的乐园，复杂的地形是他们最好的掩护。碎乱星域深处的碎乱三星更被称为堕落者乐园，很多从三大联盟逃出的重犯都选择留在那里。

"即将进入碎乱星域的外围星系。"可儿的声音传来。

"太好了。"米卡有些亢奋地一甩红发，眼中光芒四射。

林果果瞥了她一眼，道："米卡姐姐，你总是这么暴力，怎么嫁得出去啊？"

米卡不在乎地哼了一声，道："女人为什么一定要嫁人？难道非要依附于男人吗？我才不要嫁人，男人没一个好东西。哦，老板除外。"

刚刚从睡眠舱中走出来的蓝绝正好听到这话，没好气地道："米卡，皮痒了吧？敢说老板不是男人！"

米卡嘿嘿一笑，道："这可是你自己说的，我没说。老板，人家是夸你嘛。"

蓝绝撇了撇嘴，走到前方的飞船控制区向舷窗外看去。

"好久没来碎乱星域了，不知道这里是不是还像当初那么混乱。"

修修道："老板，我们这次要去碎乱三星吗？是不是顺便去采购一下？"

碎乱星域虽然混乱，但也是个出好东西的地方。有些特殊的能量宝石盛产于此，价格要比三大联盟的便宜很多。只是因为安全问题，很少有商业联盟愿意来这里采购。

蓝绝点了点头，道："我们先干正事，如果一切顺利的话，不妨去走一趟，大采购一番。"

"嘀！"正在这时，一声轻响突然在飞船内部响起，声音不大，却瞬间让蓝绝和四女都脸色一变。

宙斯一号是他们一手制造出来的，对飞船的每一个细节他们都很熟悉。刚才这声音，分明是睡眠舱开启的声响。可飞船上只有他们五个人，他们都在这里，睡眠舱怎么会开启呢？

蓝绝眼中寒芒一闪，转身看去。

米卡已经如同一只雌豹般跳起，一双美眸中火焰跳动。

"睡得好香啊！好久没有过这样舒服的深度睡眠了。不在乎时间的日子果然最舒服。"一个远超常人语速的声音响起。

听到这个声音，蓝绝的表情顿时变得古怪起来，古怪之后便是冰冷。

米卡已经迅速弹身而起，数秒后，只听一声惨叫传来："大姐，轻点轻点，误会，这是误会。"

米卡大步而回，手上还提着一个人。那人身上明显有焦黑的痕迹。

"珠宝师，救命啊！"那人还在惨叫，但明显已经有些有气无力了。

蓝绝冷冷地看着他，道："会计师，我需要一个能说服我的解释。否则，我就从这里把你扔出去，让你自生自灭。"

"别，别啊！"这从睡眠舱中苏醒过来的人，正是会计师。

四女此时都有些愤怒。被人不知不觉地摸上宙斯一号，而且还在睡眠舱中进入深度睡眠，而她们在进行飞船安全检查的整个过程中居然茫然无知。这不只是不可思议，简直是奇耻大辱。

她们都跟了蓝绝不少年了，但这样的事情还是第一次遇到。

"珠宝师，别发怒，是老学究让我来的。我是他的代言人。你不是要跟他合作吗？老学究本来让我跟你说一声的，但我忘了。啊！大姐，别动手，听我说完。好吧，好吧，我错了。我不该一时好奇，找到你们的飞船仓库；也不该一时好奇，操控了仓库内的系统；更不该一时好奇，上了飞船。不过，这飞船的设计者真是个天才啊！设计得太棒了。为飞船配备了这么多能量宝石，这是何等奢侈啊！珠宝师，你太有钱了。"

蓝绝脸上的冰冷之色渐渐融化，嘴角处流露出一抹四女很熟悉的微笑。

"米卡，不许真的弄伤他。其他的，你随便。"

一道邪恶的弧线在米卡的嘴角处悄然浮现。

第七十五章
海盗？

　　会计师再次出现在蓝绝面前的时候，面部已经肿得看不太出原来的样子了。米卡将他扔在椅子上，做了几个高难度的柔韧动作，这才面无表情地坐回自己的位子。

　　"好了，现在可以说说了，老学究让你来干什么？"蓝绝坐在会计师身边问道。

　　会计师的声音有些模糊："珠宝师，你这样对我是不人道的！"

　　"米卡。"蓝绝直接发出了呼唤。

　　"不要啊！大哥，我错了。"会计师眼中流露出惊恐之色，立刻求饶。

　　蓝绝扫了他一眼。

　　"老学究让我来帮你。他给了我一些设备，能够辅助你们进行宝石探测与开采。"会计师这才说明来意。

　　蓝绝眼中流露出一丝疑惑，问道："你和老学究是什么关系？"

　　"呃……这个不能说。"

　　"米卡！"

　　"我说……我是他唯一的孙子。"

　　听了会计师这句话，蓝绝顿时吃了一惊。因为他很清楚，会计师能够进入天火大道，是经过各种严格考核的，绝对没有走任何捷径。

　　"你竟然是老学究的孙子？"蓝绝一脸不相信他的样子。

　　会计师怒道："我怎么就不能是他的孙子？你以为做他的孙子很幸福吗？从小到大，这老头儿就不断用数据流给我洗脑，强行给我灌输他那些理念与知识。三岁到二十三岁期间，我每天只能睡四个小时，然后就来天火大道参与考核了。我为什么那么爱说话？我是憋了二十年憋出来的！终于离开那个老头儿了，你不知道我对外面的世界是多么感兴趣。可怜我今年二十四岁，好多事都还没经历过，这是多么悲催的一件事啊！"

蓝绝有些好笑地看着他，问道："这就是你擅自闯入宙斯一号的原因？"

"呃……"会计师一滞，"珠宝师，您大人不记小人过，就别和我计较了。我从小有点多动症，遇到好奇的事物总是喜欢钻研钻研，所以就……"

蓝绝挥挥手，阻止他继续说下去。这家伙的话唠程度他可不是今天才知道。

"看在老学究的分上，这次我可以不跟你计较。不过，你需要将宙斯一号系统中的所有漏洞补齐，必须做到你自己也无法入侵的程度，我就饶了你。"

"这没问题。不过，我怎么证明我自己也没办法入侵啊？"会计师眼中精光闪烁。

蓝绝微微一笑，道："告诉你一个秘密，我这四个姑娘中，有一位的异能是精神力。她想要知道你心中的想法，并不是什么难事。你可以猜一猜，她们之中的哪一位会这种异能。"

"精神异能？"会计师心中一凛。身为老学究的孙子，他当然知道精神异能意味着什么，又有多么可怕。

无论什么种类的精神异能，都至少需要具备先天七级的基因天赋，而且必然具备可成长性。会计师完全无法想象，这样的异能者竟然会成为珠宝师的手下。

他的目光不禁飘向了米卡、林果果、可儿和修修。米卡的火属性异能他已经见识过了，她简直就是一头喷火的母龙。她肯定不是，那就是另外三个了，不知道是哪一个。

他的异能不擅长战斗，最怕的反而不是战斗异能者，而是精神异能者，因为一旦自身意识被控制，无论他多么聪明都是无用的。

"米卡，从现在开始，会计师归你管。给他一台电脑，让他体现出自己的价值。"

米卡转过头，向会计师献上迷人的一笑，道："遵命，老板！"

会计师被安排在米卡身边的座位上，哭丧着脸，身体的疼痛让他现在还偶尔抽搐一下。米卡在刚才那段时间，给他留下了太深刻的印象。

"老板，雷达扫描到一艘巡逻舰级别的飞船正在向我们靠近。哦，不，是三艘，其中有两艘正在从两翼靠近。"

"是海盗吗？是海盗吗？要打仗了？"会计师一脸亢奋地问道。

"闭嘴！"米卡冷冷地呵斥道。

三大联盟的飞船等级由高到低大致分为太空堡垒、元首级母舰、统帅级巨舰、远征级主力舰、战列舰、巡逻舰，再往下就是舰载机和机甲之类的存在了。

一般来说，普通巡逻舰无法单独远程航行，需要依靠补给舰。一支舰队则需要多种飞船进行组合。

宙斯一号也可以算作巡逻舰，但它和普通的巡逻舰差别很大，没有专门存放机甲的机舱，最多只能容纳几十人而已。而普通巡逻舰是可以附带一支机甲小队的，是星球登陆作战的最佳选择。

"发信号给对方，确认身份。"蓝绝淡淡地道，他甚至没有回到自己的位子去。

"对方拒绝接收信号。"可儿大声道。

"三艘目的不明的巡逻舰已经开始加速，武器口也已开启。"林果果说道。

"对方发来信号，要求我们投降。"可儿的声音中多了一丝玩味。

蓝绝也笑了："投降？姑娘们，你们谁来？"

"我！"除了修修之外，米卡、林果果和可儿几乎同时举起手。

紧接着，会计师就看到了令他目瞪口呆的一幕。

三个姑娘目光犀利地对视着，高举起右手，一起喊："黑白配！"

三只右手同时挥出，米卡和可儿都是掌心向下，只有林果果掌心向上。

"哈哈！我赢了。"林果果兴奋地大叫一声，双手迅速在键盘上敲击了几下。一个银色头盔缓缓地从飞船顶部降下，笼罩在她的头上。

"对方主炮充能完毕，预计十秒后开火。"可儿看着自己的控制屏迅速说道。

"十秒，足够了。"林果果叫了一声。她迅速变得平静下来。宙斯一号前端，一个三米高，且呈现为锥形发射塔状的金属体缓缓升起。发射塔顶端是一块金灿灿的三角形能量宝石。

第七十六章
精神潮汐林果果

"八秒！"

"关闭防护罩！"修修说道。

会计师大惊失色，道："怎么能关闭防护罩？就算那是巡逻舰，主炮的攻击力也足以摧毁我们了。"

"闭嘴！"米卡一抬手，一巴掌拍在会计师的后脑勺上，拍得他差点和眼前的屏幕直接接触。

"六秒！"

"五、四、三、二、一，对方发射攻击！"

远处，三艘巡逻舰同时一震，三道巨大的光束骤然迸射而出。

会计师抬起头，看到的是绚丽的烟花。

敌方左右两侧，两艘巡逻舰的主炮居然同时轰向了中间的一艘，而中间那艘战列舰则轰向其左翼那艘大的巡逻舰。

炫目的光芒在空中迸射。三艘巡逻舰都开启着护罩，所以这一炮并没有让它们直接毁灭，可就算是这样，也足以让会计师震惊了。

"这是……精神控制？天啊！你们竟然在一艘巡逻舰级别的飞船上装有精神放大器。珠宝师，你这个疯子！"

是的，蓝绝并没有欺骗会计师，四女中真的有一位具有精神异能——宙斯四侍之精神潮汐林果果！

此时的果果，一双美眸已经完全变成了金色，恐怖的精神力通过那银白色头盔迸发而出。如果此时有谁能够看到她的眼睛，必然会震惊地发现，自己的意识仿佛都要被她的眼神吸进去。她的精神力不仅庞大、恐怖，更重要的是还有极其精确的控制力。

通过精神放大器直接去控制对方的战舰，这种战斗方式是极其罕见的，而且只能针对较小的飞船。如果面对的是拥有多套控制系统的战列舰以上级别的飞船，想要完全控制它，难度就会增加。

林果果竟然能够同时控制三艘巡逻舰！哪怕是有精神放大器的增幅作用，会计师脑海中的公式也依然告诉他，这姑娘至少是八级精神控制基因天赋的拥有者。这实在是太可怕了。要知道，精神控制这种强大的异能，一向是能够向上跨越一级的存在啊！八级精神控制足以媲美一般情况下的九级异能了。

正在这时，那三艘巡逻舰的护罩关闭了。紧接着，一朵朵更加绚丽的烟花在空中绽放。巨大的爆炸力化为强烈的冲击波，在宇宙中扩散。

"战斗结束，敌全灭！搜寻补给舰或战列舰。"可儿说道。

另一边，林果果的头盔已经升起，她眼中的金芒也渐渐消失。她扭过头，邀功似的看向蓝绝。

蓝绝向她伸出大拇指，道："果果干得漂亮。精神力有进步。"

林果果得意扬扬地露出一个可爱的笑容，很显然，刚才的战斗对她来说，消耗并不大。

会计师用手推动下颌，让自己因为震惊而张大的嘴合拢，然后他不可思议地看向蓝绝，问道："珠宝师，你们委员难道每一个都像你这么强大吗？"

蓝绝瞥了他一眼，淡淡地道："你还不知道强大的含义。"

会计师嘴角抽搐了一下，想说什么，却感受到米卡凶狠的目光，立刻闭上嘴，心中暗想：好装，不过也好帅啊！什么时候我也能有四个漂亮姑娘当手下？这简直是人间天堂。

"找到一艘补给舰，对方正试图逃逸。需要掠夺其能量吗？"一艘圆滚滚的补给舰出现在主屏幕上，很明显，这艘灰扑扑的补给舰正在仓皇逃窜。

"这种低等补给舰留着没用。米卡。"

"明白，老板。"米卡嫣然一笑，双手在面前的控制面板上飞快敲击。宙斯一号机翼两侧各冒出一排幽蓝色的炮管，紧接着，一个加速就冲向了那补给舰。

一道道蓝光在空中闪过，划出优美的轨迹落在远处的补给舰上。补给舰的防护罩显然不能跟战舰的相比。而宙斯一号动用的虽然只是副炮，但那副炮迸发出的蓝光仿佛死神镰刀一般，轻松地割开了补给舰的护罩和合金护甲。一道道深深的伤痕出现在补给舰上。

"轰——"

当宙斯一号灵巧地从补给舰上方数千米处掠过后，补给舰爆开了一团刺目的光团。

由一艘补给舰、三艘巡逻舰组成的海盗团，在短短的十分钟内全灭。

会计师揉了揉自己的面颊，收起吃惊的表情，开始专注于面前的屏幕。他发现自己对这艘宙斯一号的了解还远远不足。这艘攻击力超越战列舰、速度媲美主力舰、灵巧程度媲美战机的飞船，实在是有太多可以研究的东西了。

"开启隐形，开启海盗标识。全速进入碎乱星域。左倾绕行三十五度。"蓝绝下达了一连串指令。

宙斯一号表面悄然蒙上了一层淡淡的灰黑色。靠近尾部的地方，一个血红色的月亮图案缓缓地浮现而出。五个喷射口同时加大能量输出，飞船略微倾斜，朝着一侧加速飞行而去。

一个小时后。

一艘战列舰级海盗船带着六艘巡逻舰来到之前的空域。当看到空中的碎片时，战列舰上一名光头大汉暴跳如雷！

巨大的陨石、若隐若现的行星以及缝隙间闪耀的恒星光芒，是碎乱星域给人最直观的感受。

在这里，哪怕是主力舰级别的宇宙飞船都很难航行，只有战列舰以及战列舰以下级别的飞船才能勉强通行，此外还需要对地形熟悉，并且操控战舰的船长有丰富的经验。即使这样，它们还有可能要面对海盗团的突袭。

碎乱星域内的海盗团，主要依靠外出劫掠生存。他们游离于三大联盟边境，对商船下手。星域内部反而相对平静。

当然，也不排除一些冒险家会进入碎乱星域探险寻宝，至于能否活着离开，就要看他们的造化了。

宙斯一号上，会计师似乎受了刺激，像变了个人似的坐在控制屏幕前不断地查看、思索着。在他的双眸之中，似乎一直有数据在流淌。

第七十七章
月魔星

蓝绝眉头微皱，脸色显得有些难看。

凭借着宙斯一号上出现的月魔海盗团图案以及月魔海盗团的通信密码，进入碎乱星域后，宙斯一号并没有遇到什么麻烦。飞船灵巧地在陨石中穿梭，躲避着一次次来自于宇宙中的危险。

可是，已经过去了整整三天，他们目标中的那颗小行星依旧没有找到。

在碎乱星域中，除了恒星和一些较大的行星外，陨石、小行星的位置是随时有可能变化的，所以哪怕是碎乱星域内的海盗团，在这里都需要不断地更新自己的星图才行。而且，只有那些较大的行星上，才会生活着较多海盗。

"去碎乱三星的月魔星。看来我们必须获得新的星图才行了。"蓝绝下达了指令。

"是，老板。"

月魔星——碎乱星域的最大行星，它的名字已经不知道更改了多少次，永远都会与碎乱星域内最大的海盗团同名，围绕着魔阳旋转。魔阳是海盗们对碎乱星域核心处巨大恒星的称呼。

月魔星上一天是三十六个小时，一年有四百二十八天，和天火星有较大的差异。但这里温度适宜，体积也比天火星大三倍，是海盗乐园。

除月魔星之外，碎乱三星的另外两颗星球分别是堕落星和魔鬼星。那两颗星球的名称从不更改。

从星空中看月魔星，很难想象这会是一颗属于海盗的星球。蓝色占据了这颗星球超过百分之五十的面积，陆地却几乎被绿色所覆盖，生长着各种各样的植被。

宙斯一号在月魔星巨大的停机坪上缓缓降落。蓝绝嘴里叼着雪茄，双手插在风衣兜里缓缓走下飞船。米卡、林果果和可儿跟在他身后。

会计师显然沉浸在了自己的世界里，并不愿意下飞船，修修则负责留守。

"老板，我们现在去哪儿？"米卡问道。

三女都已经换了衣服，穿的不再是作战服。挽起红发的米卡穿着白衬衫、黑色小礼服、黑色短裙，再加上她的黑框眼镜、黑色高跟鞋，看上去就像一位精明能干的职业女性，性感迷人。

可儿穿着白色西装、肉色高跟鞋。蓝色短发的她看上去充满灵性。

林果果和可儿的衣服差不多，只是将白色长裤换成了白色长裙。三女跟着蓝绝一起走出停机坪，顿时引来无数目光。但在这到处都是海盗的地方，并没有人因为她们的美貌而上来搭讪。

月魔海盗团已经控制了月魔星超过十年。十年来，他们在月魔星上建立了新的秩序。这里的治安极好，虽然也有阴暗的地方，却被单独划分开来。月魔海盗团整顿秩序，发展生产，甚至秘密与三大联盟的一些商团进行交易，实力蒸蒸日上。

"好久没见小月了，我们直接去找她要星图吧。"蓝绝说道。

米卡看了蓝绝一眼，没吭声。林果果却凑过来，嘻嘻一笑，道："老板，您真霸气！直接找月魔女皇。"

可儿认真地道："老板，放心，我们会保护好您的！"

月魔宫是月魔海盗团处理事务的地方，也是月魔女皇的住处。

月魔宫本身就像一座小型城市，外围则是巨大的月城。整个月魔星上只有这一座城市，听起来有些不可思议，可事实确实如此。而这座月城，即使放在人类的三大联盟中，论面积也能排进前五。

高空飞车在空中飞行，穿梭于一座座高大的金属建筑之间。

林果果感叹道："月城变化真大啊，这才几年时间，都快变成现代化大都市了。月魔女皇果然厉害！"

米卡撇了撇嘴，道："这有什么厉害？月城要是真强大到一定程度，恐怕三大联盟就要忍不住对他们下手了。月魔女皇这是自杀的行为。"

蓝绝双眼微眯，道："小月从来都不是一个会屈服的人，这一点你说得对。如此看来，我应该劝劝她。"

如果三大联盟直接动用军事力量对付碎乱星域的海盗团，的确会很麻烦。但是千万不要忘记，三大联盟都掌握着大量异能者，如果真要不惜一切代价对付这里的海盗团，也并不是什么困难的事情。

以高空飞车的速度，足足飞行了一个小时，他们才看到月魔宫。

月魔宫的样子更像一座古城，围绕着白色的城墙，核心处是一座白色城堡，那里就是月魔女皇居住的地方。

高空飞车在月城外就被勒令停下，降落在地面上。月城内部只允许磁浮车行驶，高空飞车、机甲一律禁止进入。

"通信码扫描。"一名头戴青色兜帽的男子拦住蓝绝四人，手中拿着一个扫描仪。

蓝绝递出一个金属牌。

一道光线从金属牌上扫过，顿时发出"嘀嘀嘀"的爆鸣声。

"通信码过期！"青色兜帽男骤然抬起头，眼中的光芒随之变得森寒起来。他那兜帽下的头部竟然有一半是金属的，右眼也是，散发着淡淡的红光。

十几名手持激光枪的青色兜帽男迅速从周围围拢过来。

"过期了？"蓝绝有些疑惑地看着手中的金属牌。宙斯一号飞船上的通信码并没有过期，他现在手上拿的是月城的通信码。

蓝绝苦笑一声，有些无奈地摇摇头，道："看来我是太久没有出门了。"

"双手抱头，原地蹲下，任何反抗都将视为敌对行为。"青色兜帽男们将激光枪指向蓝绝和三女。

米卡、林果果和可儿迅速将蓝绝围在中央，一致对外。

第七十八章
月魔宫

"放下武器，双手抱头，原地蹲下！"

"啪啪啪！"激光枪纷纷落地，青色兜帽男们纷纷蹲在地上，双手抱头，围在蓝绝四人周围。过往的月城人都看得目瞪口呆，不明白发生了什么。

"果果。"蓝绝有些无奈地说道。

"谁让他们用枪指着老板！"林果果一脸愤懑之色。

可儿嘻嘻一笑，道："果果干得好，比我快了一步。"

蓝绝忧郁地看了一眼月魔宫深处，道："本来不想弄出太大动静的。"

刺耳的警报声就在下一瞬骤然响起。月魔宫入口处顶端，一个个金属炮口迅速翻出。月城周围，数辆高空飞车朝着他们的方向飞射而来。

可儿秀眉一挑，刚要有所行动，却被蓝绝用手按住了肩膀。紧接着，一层强烈的蓝光从他身上迸发而出，将三女和他自己都笼罩在内。蓝光一闪，他们居然消失了。

几辆月魔海盗团的巡逻车下一瞬就抵达了现场，而那些先前蹲在地上的青色兜帽男刚刚清醒过来，却不知道发生了什么。等他们调出现场影像时，蓝绝四人早已不见踪影。

隔着扭曲的蓝光，看着五颜六色的光从周围掠过，可儿惊叹道："老板，你的电移好像更厉害了啊！你不是颓废三年了吗？"

林果果碰了一下可儿。一旁的米卡强忍笑意，道："我们可儿就是这么耿直。"

蓝绝抬手在米卡头上敲了一下，道："就你话多。"

米卡吐了吐舌头，道："老板，你偏心！"

蓝光一闪，周围五颜六色的光消失，取而代之的是清晰的景象。他们赫然已经来到了先前看见的那座古堡门前。

"你们是什么人？"两名守在门前的银色兜帽男看到骤然出现的蓝光化为四道身影，都愣了一下。紧接着，他们身上全都散发出强光，就要冲过来。

蓝绝一抬手，蓝光一闪，两名银色兜帽男就在电光闪烁中软倒。

"小月，来接我。"简单的五个字在一层淡淡的蓝色光芒中向那城堡的方向传去。

闪电是光，以光速来大范围传音，绝对比用扩音器喊话强多了。

月魔宫内，一阵嗡鸣声瞬间响起，一道金色身影下一瞬就出现在蓝绝四人面前。

"你是谁？"

那是一名戴着金色兜帽的少女。她看上去不过十八九岁的样子，此时却一脸凝重之色。她的双臂在身体两侧张开，奇异的是——她背后竟然有一对羽翼。此时羽翼竖起，散发着洁白的光芒。她右手中握着一把古朴的青铜色长剑，身上没有任何强势的气息出现。

蓝绝饶有兴趣地看着金色兜帽少女，道："我好像没见过你。你应该是这几年刚刚加入月魔海盗团的吧？你的异能是什么？"

"哼！"少女冷哼一声，手中的古朴长剑骤然举起，奇异的一幕出现了。在她身后那一对羽翼周围，竟然出现了许多白色光点，向着羽翼的方向凝聚过去。她手中的长剑散发出白色的光芒，一种无比纯净的神圣感油然而生。强大的能量波动瞬间笼罩向蓝绝四人。

"天使转移，后天觉醒？难道你是教皇城堡的天使传承者？"蓝绝惊讶地看着少女。

那少女先是愣了一下，紧接着眼中散发出浓重的杀机。她脚尖微微点地，一个闪烁就朝着蓝绝冲来。长剑犹如一道白色闪电一般，朝着蓝绝当头斩落。

"洛殇，住手！"一个威严的声音响起。可惜这声音还是来晚了一步，那白光已经到了蓝绝身前。

"哼！"林果果口中发出一声冷哼，一双淡绿色的眸子骤然变成了金色。

金色兜帽少女身体一震，顿时在空中停顿了一下。一团强盛的橘红色火光从蓝绝身侧甩出，宛如一层橘红色光雾一般挡在蓝绝身前。

白光与火光碰撞在一起，谁也没能将谁碾压。那金色兜帽少女向后飘飞而去，只见她张开双翼，悬浮于半空之中。

一道身影从天而降。她身穿黑色连衣长裙，身材修长，一头黑发披散在身后，一直垂到小腿，肌肤白皙宛如凝脂，淡红色的双眸是她身上唯一的彩色部分。当她飘然落地时，很自然地成了全场焦点。

大量银色兜帽男从月魔宫内涌出。随这名黑衣女子同时从天而降的，还有另外两名戴着金色兜帽的男子。其中一人看到蓝绝时，顿时全身一震，眼中闪过一丝惊惧之色。

"女皇。"金色兜帽少女向黑衣女子恭敬地叫道。

"洛殇，交给我吧。"黑衣女子声音冷冽，面容冰冷，一双淡红色眸子中更充满了无尽的威严，空气仿佛都因为她的出现而变得凝重了几分。

"是。"洛殇退到她身后，和另外两名金色兜帽男站在一起。

黑衣女子缓缓地朝着蓝绝走来，身上散发出的压迫感变得越发强烈了。

一直走到距离蓝绝还有五米的时候，她才停下脚步。

下一刻，她脸上的冰霜竟然如同春风解冻一般迅速融化，一抹诱人的微笑浮现而出。她略带嗔怪语气向蓝绝问道："干吗欺负人？"

蓝绝微微一笑，道："好久不见啊，小月。我也不想这样，只是你上次给我的月城通信码过期了。"

月魔女皇走向蓝绝，娇嗔道："都这么久了，你也不来看人家。"说着，她抬手去拉蓝绝的手臂。旁边，月魔海盗团的高级成员们早都看得目瞪口呆了。他们高贵冷艳的女皇陛下什么时候变成这样了？

"别离得那么近！"米卡一横身，就挡在了月魔女皇面前。

月魔女皇眉头一皱，道："米卡，你还是那么讨厌！"

米卡推了推黑框眼镜，轻轻地摇动了一下头部，原本盘在头顶的红色长发飘然散落，而且竟然从发根处化为一片暗红色。

恐怖的威压瞬间迸发而出，在场所有银色兜帽男全都不禁后退一步。那滔天气势竟然丝毫不逊色于先前月魔女皇散发出的气息。

宙斯四侍之地狱魔姬！

七十九章
撒旦之女

暗红色长发，暗红色眼睛，漆黑如墨的火焰，恐怖的凶威，顿时令周围的空气都为之一震。

这就是米卡——宙斯四侍之地狱魔姬！

"黑暗城堡？这是撒旦的气息！"刚刚退后的金色兜帽少女迅速上前几步，背后的双翼仿佛受到感应了似的，散发出洁白的光芒，对抗着从米卡身上散发出的恐怖气息。

月魔女皇眉头紧皱，眼底亮起一层金色光芒，身上散发出的强势气息也随之一变，变得光明、圣洁。

"米卡，你想和我动手吗？"

米卡冷哼一声："你要是敢再靠近我老板，我就毁了你的月魔宫。"

"好了，米卡，放松些。"蓝绝抬起右手，按在米卡的肩头。能够清楚地看到，他的手掌刚刚接触到米卡的肩膀，就有暗红色的光芒顺着他的手掌向上蔓延过去。

米卡似乎吃了一惊，眼睛和发丝迅速变回原状，气息也恢复了正常。

月魔女皇的脸色明显有些不好看，她有些幽怨地看了蓝绝一眼，道："你好不容易来了，还带着三个醋坛子，真没劲，跟我进来吧。"说着，她转过身，扭动着纤细的腰肢朝月魔宫内走去。

蓝绝手上的暗红色褪去，他再次轻轻地拍了拍米卡的肩膀。

米卡低下头，道："对不起，老板。看到教皇城堡的人，我就有点忍不住。"

蓝绝严肃地道："这几年你做得都很好，魔性一直被压制着，可不能前功尽弃啊！"

"嗯。"米卡乖巧地答应，哪还有之前凶威赫赫的样子。

林果果和可儿从两侧关切地握住她的手。

林果果低声道："米卡姐姐，哪里用得着你出手啊！有我和可儿呢，我们会保护好老板的。"

可儿连连点头，道："是啊！米卡姐姐，你可不能冲动，我现在还记得你上次爆发的时候有多么可怕。"

蓝绝苦笑道："喂，我有手有脚，不需要你们保护也不会有事的。走啦！"说着，他揉揉鼻子，朝着月魔宫的方向走去。

洛殇的目光始终落在米卡身上，一直目送着四人进入月魔宫。她的眼神依旧犀利，自言自语道："她竟然有如此强盛的魔气，怎么会这样？她的魔气这么纯粹，在黑暗城堡中也没有几个人能够拥有这种纯度的魔气啊！难道她和撒旦有关？她究竟是谁？为什么会成为那个男人的仆人……"

"洛殇。"身边响起一个声音，将她从思绪中唤醒。

"嗯？"洛殇抬头看向身边的金色兜帽男。

那名金色兜帽男慎重地道："有些事情还是不要去探究比较好，那样对你没好处，甚至会有危险。我只能告诉你，刚才那个男人的危险程度远在那个红头发女人之上。"

洛殇呆了，那个男人……他是谁？

月魔宫内没有电梯，只有石质的阶梯。在月魔女皇的带领下，蓝绝四人跟着她一直向上攀登，来到月魔宫最顶层。

来到这里后，已经再没有任何银色兜帽男或者其他随行人员了。

顶层并不大，推开一扇木门，里面是一个大约两百平方米的空间，里面有洁白的长绒地毯、古朴的家具，墙壁上悬挂着一幅幅精美的人物画。

看到这些画，米卡的身体微微一震，双眸深处似乎又要有红光散发出来。

"米卡。"蓝绝沉声喝道。

米卡心头一凛，推了一下自己的黑框眼镜，眼神重新变得清明起来。

蓝绝看向月魔女皇，问道："小月，既然你已经离开教皇城堡这么久，为什么还挂着这些画卷？"

月魔女皇淡淡地道："历史是不能遗忘的。尽管我对他们很失望，可我对主的信仰并不会改变。这么多年来，如果不是主的信仰一直支持着我，或许我早就已经堕落了。"

蓝绝皱了皱眉，道："那个叫洛殇的女孩儿是怎么回事？她应该是新一代后天觉醒、天使转移的大天使长吧？她怎么会到你这里来？你就不怕教皇城堡的人来找你麻烦吗？我相信他们一定知道你在这里。"

　　月魔女皇不屑地哼了一声："他们要是敢来，我定会让他们有去无回。说起来，当年是因为你告诉了我真相，从而让我明白了他们的真面目，所以才脱离教皇城堡的。你现在来说这些，不合适吧。洛殇是我看着长大的，我只是将她接过来罢了，教皇城堡的人不会知道的。你应该明白，我这里的监管还算严密。如果不是你，换成别的人看到她，他就永远不可能离开这里了。"

　　"哼！"米卡在旁边也哼了一声。

　　月魔女皇瞥了她一眼，道："你哼什么？我因为这家伙脱离了教皇城堡，你还不是因为他离开了黑暗城堡？你和我可不一样，你是撒旦之女，是黑暗城堡的法定继承人，却被他这么勾搭走了。要是让黑暗城堡找到你，我看你们才有大麻烦。我不知道当初黑暗教皇因为你的逃离有多么愤怒，不过我确实很好奇，为什么这么多年你都能不露行迹，能将魔气压制得这么好。"

　　"不用你管！"米卡冷哼一声。

　　四目相对，她们颜色接近的眼睛仿佛又要有火花迸发而出。

　　蓝绝有些无奈地道："好了，你们不要一见面就打架，好不好？虽说这是因为信仰对立，不过你们现在也都不是原来的立场了。"

　　月魔女皇白了蓝绝一眼，依旧风情十足。

　　"你这次来找我干什么？肯定有事，否则你才不会来见我呢。你这个胆小鬼。"

　　蓝绝仿佛没听懂她的话，道："我要碎乱星域的最新星图，你开个价吧。"

第八十章
决战七星？

"是为了那块能量宝石吧？看来你已经研究出了它的作用。你认为，我应该给你开一个怎样的价格呢？"月魔女皇笑眯眯地看着蓝绝，眼神中仿佛有光芒在闪烁。

蓝绝道："随你狮子大开口好了。"

月魔女皇微微一笑，走到蓝绝面前，道："我干吗要狮子大开口？星图而已，你要，就给你吧。"

说着，她一抬手，光芒一闪，一个小巧的银色圆盘就出现在她的手中。她将圆盘直接递给了蓝绝。

蓝绝也不客气，接过圆盘，递给身边的可儿。

"那就多谢了，算我欠你一个人情。我们走了。"说完，他转身就要向外面走，一点逗留下去的意思都没有。

"站住！"月魔女皇娇喝一声。

蓝绝转过身时，看到的是她一脸羞恼的表情。

"你这个没良心的，吃干抹净，立刻就要走人！"月魔女皇怨愤地说道。

可儿没好气地道："喂，你别这么说，好不好？谁把你吃干抹净了？我们老板可是正经人。"

月魔女皇撇了撇嘴，道："少来这套，恐怕你们更希望他不是正经人才对吧！你们宙斯四侍哪个对他没意思？只不过他装不知道而已。"

蓝绝脸色一沉，道："可儿，把星图还给她，我们走。"

可儿一愣，林果果和米卡的脸色也都微微一变。她们对蓝绝很熟悉，都听得出，他这一次是真的生气了。

月魔女皇吓了一跳，但是她没有去接可儿递过来的圆盘，眼圈微微泛红，泫然欲泣道："你就知道维护她们。宙斯，你说实话，如果我肯放下一切跟你走，你肯不肯也收了我，让我做你的第五侍？"

蓝绝愣了一下，眼神恢复了柔和，叹息一声，道："小月，你明知道这是不可能的事情。你自己是什么性格，难道自己不知道吗？而且我能为你做的也终究有限。"

月魔女皇低下头，道："我就知道，你这三年隐居起来不只是因为赫拉的事情，也是因为身边的她们。米卡，你知道吗？我其实很羡慕你们，有这样一个男人愿意守护着你们。有的时候，他冷厉得如同君王；有的时候，他却又善良得像个天使。你们走吧。"

米卡、林果果和可儿不约而同地看向蓝绝。

蓝绝淡然一笑，道："走。"说完，他转身就向外走去。

正在这时，一个急匆匆的身影突然从下面走了上来。他戴着金色兜帽，正是之前看到蓝绝，并且面露惊惧之色的高永。

"女皇陛下，那边又来人了。"

月魔女皇一瞬间就恢复了她高贵冷艳的模样，道："让他们在会客厅等我，我这就过去。"

高永看了一眼蓝绝，道："女皇陛下，他们这次来意不善，恐怕我们很难再拖延下去了。"

月魔女皇冷哼一声："他们急着下地狱，那我就送他们一程。"

可儿抛接着手中的圆盘，喃喃地道："我就知道，这东西没那么好拿。"

蓝绝微微一笑，道："这样其实更好，省得我再惦记着这件事。"

他转过身，看向娇容冷艳的月魔女皇，问道："小月，发生了什么事？"

月魔女皇却骤然变得倔强起来，道："不用你管，你走吧！"

蓝绝转向高永，问道："什么事？"

高永看看月魔女皇，再看看蓝绝，低声道："蓝先生，来的是炼狱海盗团的人。最近不知道他们从什么地方找来了一些强者，向我们提出要重新划分领地，而且是用海盗最古老的方式。"

"决斗？"蓝绝疑惑地问道。高永点了点头。

蓝绝又问道："具体方式呢？"

高永道："三场异能决斗，四场机甲决斗，七战四胜。在我们碎乱星域，这叫决战七星。"

蓝绝继续问道："你们没把握？以月魔海盗团的实力，应该不会有什么问题吧？"

高永苦笑道："本来我们的实力是占据绝对优势的，但最近炼狱海盗团不知道从什么地方请来了几位强者，我们怀疑是三大联盟的人。随同他们前来的还有六艘战列舰。炼狱海盗团本身的实力就比我们差不了太多，这样一来就更加接近了。"

蓝绝看向月魔女皇，道："小月，这件事我可以帮你，就算我们两清了。这不只是因为星图，你明白的。"

月魔女皇默默地看着蓝绝，眼底闪过一丝复杂之色，别过头道："随你。"

可儿撇了撇嘴，道："老板，我们走吧。我们帮她反而像求着她似的，干吗这么上赶着啊？"

蓝绝看向高永，问道："决战七星什么时候进行？"

高永道："按照他们的意思，是三天后。如果蓝先生愿意帮我们的话，我们就答应下来了。"

蓝绝点了点头，道："那好，三天后我们会再来月魔星。在这之前，我们要去找点东西。我们回来后，就以月魔海盗团的名义出战。"

"那就多谢蓝先生了。"高永大喜。自从知道了蓝绝的身份之后，他只能庆幸当初蓝绝的心情足够好。

出了城堡，蓝绝带着三女向外走去，英俊的面庞上始终带着淡淡的微笑。

"老板！"米卡突然叫了他一声。

蓝绝却没有理会她。两人本来是并肩而行的，米卡感觉到蓝绝的手臂似乎轻轻地碰触了自己一下。

米卡顿时收声，跟着蓝绝继续向前行进，同时悄然在自己手腕上的星际通信仪上按动了两下。

四人一直走出月魔宫，蓝绝都没有再说话。他们租用的那艘高空飞车就在前面不远的停靠处。

"留下吧，宙斯。"一个带着几分感慨的声音突然响起，周围的一切瞬间变得寂静下来。

蓝绝停下脚步，脸上神色未变，轻叹一声，问道："非要逼我杀人吗？"

"看来我的判断是正确的。如果今天让你们离开，恐怕你就再也不会回来了。小月依旧对你有情，虽然不知道她是如何暗示你的，但看起来你是明白了。"

一个高大的身影从远处缓缓走来。周围的空间在这一刻似乎轻微地扭动着，街道上原本正常行走着的人都悄然消失了。米卡三女都感觉到，在这一刻她们仿佛进入了另一个世界。

第八十一章
教皇城堡

那个高大的身影缓缓走近他们，样子渐渐清晰起来。此人身高足有两米，身上竟然穿着一身上元时代中世纪才有的银色铠甲，左手握着一面圆形盾牌，右手则握着一把长剑。

每跨出一步，他身上的气势就变得强盛几分，仿佛他就是这个世界的中心，是这个世界的主宰。

蓝绝脸色平静地看着他，道："好久不见了，拉斐尔。"

"是啊！好久不见了，宙斯。我们找你，真的找了很久。"被称为拉斐尔的高大男子依旧朝着蓝绝走来。奇异的是，穿着厚重铠甲的他在行进的过程中居然没有发出任何声音。

米卡此时已经勃然色变，双眼微眯，眼睛的颜色渐渐变得深邃，道："教皇城堡——治愈天使拉斐尔。"

蓝绝突然转过身，面对米卡，双手抓住她的肩膀，柔声道："米卡，答应我，除非再也没有任何机会，否则不要动用你的力量，好吗？"

米卡愣了一下，但很快她那一双美眸中就有水雾弥漫出来。她激动地道："老板。"

蓝绝揉了揉她的红发，微笑道："你叫我一声老板，我就要好好保护你。相信我。"

米卡用力地深吸一口气，道："好！"眼中刚刚出现的暗红色渐渐消失。

"宙斯，其实你本来没必要这样的。如果你想走，我们不会有任何人拦阻你。我们要的只是地狱魔姬。我们也从来没想过要和你结仇。留下地狱魔姬，你离开，算我们教皇城堡欠你个人情。"

蓝绝笑了，似乎笑得很开心："拉斐尔，你叫我一声宙斯，就应该明白我是什么人。"

"但你并不是真的神王。"正在这时，一个悠扬的声音响起。另一个方向，同样有一道高大的身影走出。此人身上并没有穿铠甲，一身白色长袍显得十分洁净，金色长发披散在脑后。有着英俊面容、淡蓝色眼睛的他看上去是那么优雅，就像一位艺术家。

蓝绝笑了，道："来的都是老朋友啊。我就知道，有拉斐尔的地方，就一定有你。加百列，你还是和以前一模一样。"

加百列微微一笑，问道："是吗？那我是什么样子呢？"

蓝绝毫不犹豫地说道："一脸贱样。"

加百列脸上的笑容微微一僵，但很快又恢复了正常。

"宙斯，你只会耍贫嘴吗？不过我还是很好奇，你是怎么发现这是个圈套的。作为交换，我可以告诉你，我们为什么能布下这个圈套。"

蓝绝平静地道："你们的圈套本来没有什么破绽，却不该让那个天使转移的女孩儿出现在我面前。虽然我知道小月以前的身份，并且也因为她和你们有过交集，但是我很清楚小月的心性，她是不可能让你们的人留在她身边的。她虽然离开了，却依旧热爱教皇城堡。如果我没猜错的话，你们这次一定是用什么她没办法放弃的东西威胁了她，才让她辅助你们设下这个圈套。所谓的决战七星，只是你们设下的完美陷阱——连我也没有任何机会逃脱的陷阱。"

加百列叹息一声，道："你真是个情圣，在这一点上，你和神王宙斯是一样的。到了这时候，你还在维护小月。你说的固然是一个破绽，另一个破绽是高永的出现太过巧合，可这些都不是最重要的。最重要的应该是小月看你的眼神才对。原本我们也以为你真的上当了，但你走后，小月听了你当时对高永说的话，表情明显有些放松了，所以我们才决定不会再给你任何机会。今天我们就在这里了结吧。"

"当然，你现在依旧可以选择离开。只要你肯留下地狱魔姬，你就可以带着其他人走。"拉斐尔恳切地说道。

蓝绝从怀中摸出之前那根雪茄，用右手从兜里摸出一个雪茄剪，轻巧地剪开，然后向身边的米卡道："借个火。"

米卡微微一笑，拇指和食指轻轻一弹，一小簇火焰就出现在蓝绝面前。

蓝绝将雪茄凑过去，深深地吸了一口，将雪茄点燃。浓郁的雪茄香气顿时弥漫而出。

"还有谁来了，就都出来吧。在圣光灵阵内，我又感觉不到你们的具体位置，你们还有什么可隐藏的呢？只凭你们两个，还不够。"

他语气平淡，但在这份平淡之中，似乎充满了无尽的骄傲。

"宙斯，你非要与我们为敌吗？"低沉而充满磁性的声音响起。听到这个声音，蓝绝的脸色终于发生了细微的变化，眼神中多了几分凝重。

一个火红色的身影从加百列和拉斐尔之间缓缓走出。他步行的速度和普通人类差不多，但当他出现之后，整个空间都变得越来越明亮。

米卡俏脸微微一白，道："米迦勒，战斗天使米迦勒！"

蓝绝又笑了，深深地吸了一口雪茄，再缓缓吐出，道："真是看得起我啊！教皇城堡的七大天使长已经出现了三位，不知道还有谁在。"

米迦勒身上穿的是一套红色的铠甲，他也很英俊，但面容如刀削斧凿一般刚硬。他背后是大红色的披风，没有戴头盔，一头金色短发宛如太阳一般耀眼夺目。

"乌利尔也来了，他在你的飞船那边。你应该明白，你留在飞船中的修罗圣剑是无法与乌利尔抗衡的。"米迦勒并没有隐瞒。

"就你们四个吗？"蓝绝淡淡地问道。

米迦勒道："地狱魔姬事关重大，关系到黑暗城堡的传承。"

蓝绝扭头看向加百列，道："你们能够找到我，是因为我曾经在天火星上出手吧？你们发现我在天火大道，而之后我和月魔海盗团的高永起了冲突，你们就猜到我有可能会来碎乱星域，然后在这里布置。我没说错吧？"

第八十二章
神王变

加百列看着蓝绝，道："宙斯，我再次强调，我们并不愿意成为你的敌人。"

蓝绝淡然一笑，道："但我们现在已经是敌人了，对吗？我没有别的选择，你们也没有，那就只能凭实力说话了。想要带走米卡，你们只有一条路——踏过我的尸体。"

米迦勒道："既然如此，那就没什么好说的了。加百列，其他三人交给你，我负责宙斯。"

三道金光几乎同时从三大天使长身上亮起。洁白的羽翼在他们背后舒展开来，每一位身后都有六片羽翼——六翼炽天使！

每一位六翼炽天使都是九级基因天赋，并且至少有七层修为。

眼前这三大天使长之中，战斗天使米迦勒是教皇城堡七大天使长中的主战斗者，九级九层巅峰修为。

告死天使加百列是九级八层，而治愈天使拉斐尔则是九级七层。

金红色光芒在米迦勒身上疯狂地燃烧着，米迦勒道："宙斯，闻名已久，我一直渴望与你一战。"

蓝绝依旧抽着自己的雪茄，道："米迦勒，你们已经想好了？你应该知道，我是个睚眦必报的人。如果今天让我活着离开这里，那么你们的教皇城堡将永无宁日。"

米迦勒眼中金光大放，冷笑道："你在威胁我？"

蓝绝冷冷地道："我只是在讲述一个事实。我死了，你们自然有的是办法制造各种景象来迷惑他人。但如果我活着离开这里，你们要面对的是什么，你应该清楚。否则你们早就去天火大道找我了。"

米迦勒深吸一口气，道："什么时候宙斯也学会用语言来避战了？"

蓝绝笑道："知道吗？我很想把我的雪茄捻在你这张讨厌的脸上。虽然对于一位优雅的贵族来说，这并不是熄灭雪茄的好办法，但我想那样做一定会很有快感。"

"果果、可儿，你们保护米卡。他们三个都是我的！"说着，蓝绝突然向前跨出了一步。

只是这简单的一步，原本平静微笑着的他却发生了质的变化。

金色面具不知道什么时候出现在他的脸上，同时出现的还有金色披风、金色长发。一切都跟那天他骤然降临天山带走周芊琳的时候一样。

此时的他已经不再是蓝绝，而是宙斯！

三大天使长在同一时间动了。

灿烂的金红色光芒宛如一轮朝阳，瞬间就出现在宙斯身前，迸发出无与伦比的光和热。

宙斯脸上的金色面具倒映着那金红色的光芒。他的右手猛然抬起，刺目的蓝光井喷一般爆发开来，化为一支长矛，狠狠地刺入那金阳深处。

恐怖的能量波动以二者碰撞中心为起点瞬间向外爆发。宙斯释放出的雷电光芒似乎被那金红色光芒吞噬了。可就在这种情况下，他依旧再次向前跨出一步，在能量强度被对方压制的情况下，气势再次拔升。

告死天使加百列飘然闪身，始终是那么英俊、优雅。一圈洁白的圣光从他身上绽放而出，飘向米卡三女。圣光中，嘹亮的歌声充满了圣洁的味道。

米卡站在原地没有动，红色长发顺着面颊两侧垂落。她低着头，外界的一切似乎对她已经没有了任何影响。

林果果一步跨出，挡在了告死天使加百列的正前方。她用右手按住额头，刺目金光骤然从她的眼中迸发而出。在果果身后，一片金色光影随之出现，迅速化为无数利箭，直奔加百列暴射而去。

加百列释放出的圣光光环轻轻一动，天空中仿佛出现了一个黑洞，将林果果的金色光箭吞噬。

正在这时，天空突然裂开，一只湛蓝色的大手凭空出现，一把就抓在了那光环侧面，用力一撕，竟然一下子就将那光环撕裂了。

"我说过，他们三个都是我的。"宙斯威严的声音响起。

"轰隆隆！"震耳欲聋的雷鸣声中，蓝色闪电骤然变成金色。剧烈的大爆炸以宙斯和战斗天使米迦勒为中心，瞬间向外爆炸开来。

一道火红色的身影倒飞而出。

宙斯一步跨出，右手在虚空中一招，一道金色闪电形状的长矛就出现在他的手中，朝着米迦勒倒飞出去的方向虚空一刺。

整个天空仿佛被瞬间撕裂了，米迦勒闷哼一声，露出身形，竟然踉跄着向后跌退。

宙斯一回身，金色闪电长矛直接投向加百列的方向。

就在这时，两道洁白的圣光从天而降，分别落在米迦勒和加百列身上，为他们每个人都增加了一层护罩。他们身上散发出的气息也变得越发强盛起来。

"我说，天开！"宙斯威严的声音回荡在空气中。

剧烈的轰鸣声从天空中响起，一道道金色裂缝随之出现。

加百列身前的白色光罩在闪电长矛面前，如同纸糊的一般快速破裂，长矛瞬间就到了他面前。

加百列大惊失色，背后的六翼瞬间合拢在身前。与此同时，他身上也迸发出极其强烈的白光，将自己化为一个光茧。

刺目的强光一闪而逝，加百列发出一声惨叫，身体倒飞而出。再次出现时，六翼竟然有两片被硬生生地折断了，他口中喷出了金色的鲜血。

"神王变？"治愈天使拉斐尔惊骇的声音响起。

宙斯冷冷地看了他一眼，右手再次向空中一指，道："我说，裂天！"

恐怖的金色闪电以他的身体为中心，瞬间将周围的一切化为了金色海洋。哪怕以教皇城堡三大天使长的实力，在这片金色雷电风暴之中，他们也只能全力以赴地去防御。

天空真的裂开了，露出了蓝天白云。一团金色强光在下一瞬迸射而出。

"哼！"一声充满愤怒的冷哼响起。战斗天使米迦勒的身体突然在原地凝滞了，只有背后的六翼轻轻地拍动着。

伴随着羽翼的每一次拍动，都会有金色光芒流淌而出，将他洁白的六翼渲染成金色。

当六翼完全变成金色时，骤然分裂，化为金色十二翼。米迦勒身后随之出现了一个金色的十二翼天使光影。

天使降临！

第八十三章
变数！

十二翼用力一拍，米迦勒已经在虚空中消失，下一瞬，他就出现在更高的空中，直奔带着三女离开的宙斯追去。

拉斐尔飞到加百列身边，双手发出柔和的白光，为他治疗伤口，同时眉头紧皱，道："宙斯果然是宙斯，如此果断，在第一时间就用出了他的神王变。不过，他的实际修为和我们这些活了上百年的老家伙还是有不小的差距。他并没有真正掌控神王变的能力。他这种透支能力的方式应该持续不了太久。"

加百列脸色惨白，嘴角处还有金色血液淌出来，道："好强的神王变，好果断的决定！他竟然没有一点犹豫，就用出了这种方式给自己获取脱离战场的机会。雷属性不愧是爆发力最强的异能。能够逼迫米迦勒用出天使降临，他已经足以自傲了。天使降临状态下的米迦勒，可以暂时进入十级，能够媲美普通状态时的教皇陛下了。已经透支的宙斯一定跑不了。"

金光在空中闪烁，宙斯身上的金色却正在逐渐褪去。金色长发、金色面具、金色披风，都如同水波一般悄然消失。这一次他用的不是替代品，而是真正的神王变啊！

只是以他现在的修为，只能将神王变维持十秒而已。这是他的极限。

此时他脸色苍白，嘴角处流出鲜血，但目光依旧平静。

"老板，让我去吧！"可儿突然毅然决然地说道，眼中光芒跳动。

蓝绝扭过头，看了她一眼。可儿的声音顿时止住。

米卡从始至终都低着头，一言不发。林果果则双拳紧握，眼中的金光不断闪烁着。

"修修，听得到吗？修修！"蓝绝向星际通信仪呼唤着。但星际通信仪中传来的只是沙沙声。

信号屏蔽！

"哈哈，赞美我吧！珠宝师说的事情我做到了！我简直就是个天才。对，就是这样，这样就再也不可能被破解了。谁要是试图破解，除非能够在宙斯一号的主炮轰击下存活。"会计师手舞足蹈地说道。

修修就坐在距离他不远的地方，却仿佛根本没有听到他的话，双手托着粉腮，静静地看着窗外出神。

"哎，我真是个天才啊！"会计师依旧自说自话，赞美着自己。

"嗡——"宙斯一号突然轻轻一震。

刚刚还在出神的修修迅速反应过来，目光灼灼地看向面前的屏幕。

"咦，怎么有这么强的干扰信号？我们的对外联络好像中断了啊！"会计师挠了挠头，有些呆滞地说道。

修修沉声道："不好，老板他们一定出事了。"

她那优雅的古典气质瞬间变得犀利起来。如果仔细看，甚至能够发现，她那美丽的大眼睛中，瞳孔骤然竖起，宛如利刃一般。

光影一闪，屏幕上浮现出一道身影。

那是一名看上去十分优雅的男子，脸上带着几分邪魅的笑容。他穿着一身笔挺的黑色西装，六片洁白的羽翼在背后轻轻地拍动着。

"你好，如果我没猜错的话，现在飞船上剩下的应该只有宙斯四侍中的修罗圣剑吧。我是乌利尔，不知道你听没听过我的名字。请不要妄动，在你的周围已经有四艘战列舰等候，天空中还有四艘。你现在要做的就是保持安静，直到接到我的通知为止。我一向不喜欢对女孩子动手，这是一位绅士应有的风度，所以请修罗圣剑小姐保持现状就好。"

修修眼底寒光闪烁，但脸上的表情依旧一片平静。

"智天使乌利尔？教皇城堡的人？他怎么会在这里？发生了什么事？珠宝师到底干了什么？教皇城堡要对付他吗？"会计师呆呆地看着修修，发出一连串疑问。

修修扭头看向他，认真地说道："我们应该是中计了。这里的一切都是圈套，甚至包括之前那个带了宝石到我们店里的绿色兜帽男。老板他们现在很危险，但以老板和米卡他们的实力，暂时自保应该毫无问题。对方应该不知道飞船上有你，毕竟之前我们都不知道，所以就算对方算计得再周密，也只是算计到我们而已。你是唯一的变数。"

"我这就出去，引开智天使乌利尔。你必须想办法驾驭宙斯一号离开这里，去接应老板他们。明白了吗？"

会计师疑惑地问道："那你怎么办？"

修修平静地道："你不用管我，老板自然会来救我的。"

"可是……"

会计师才说了两个字，就被修修瞬间打断："没有时间犹豫了，想活着离开这里，就按照我说的去做。宙斯一号的系统你已经弄清楚了，现在只能由你自己来操控宙斯一号。记住，我能带给你的时间不会太多。"

说完这句话，修修毫不犹豫地转身就走。

看着她离去的背影，会计师没有再说话，只是眼底流露出若有所思之色。

智天使乌利尔拍动着六翼，悬浮在宙斯一号上空一百米的位置，脸上始终带着那一抹邪异的微笑。

正在这时，他看到宙斯一号的舱门开启了，紧接着，一道光影电射而出。

黑色作战服、黑发、黑眸，修修脚踏飞行器飞出宙斯一号，朝着乌利尔的方向飞来。

乌利尔微笑道："早就听说宙斯有四位绝色侍女，今日一见，果然名不虚传。想必你就是宙斯四侍中的修罗圣剑吧？"

修修冷冷地看着他，道："你们教皇城堡的人敢对付我老板，可曾想过后果？"

乌利尔微微一笑，胜券在握，道："只要将你们全都留下，自然不会有人知道你们发生了什么。毕竟这里是碎乱星域。"

第八十四章
宙斯四侍修罗圣剑

修修道："好。真没想到，老板的付出，引来的却是你们。这也好，我们的生活似乎又要变得丰富多彩了。"

乌利尔有些惊讶地看着她，道："你似乎一点都不担心。"

修修微笑道："我为什么要担心？你以为你们教皇城堡的人就一定对付得了我老板吗？"

乌利尔呵呵一笑，道："看来你并不是那么情愿留在这里，不过你还是不要轻举妄动比较好。如果我记得没错，宙斯四侍的实力都在八级基因天赋到九级一层之间，你们的实力跟我们差得还是太远了。"

修修认真地道："可数据是死的，人是活的，不试试怎么知道呢？您说对吗？"

修修的黑色双眸骤然闪亮，但闪耀的是白色光芒。一道强盛的白光从她身后宛如裂开一般暴射而出。

那是一把白色光剑。当它出现的时候，整个天空都迸发出撕裂般的刺耳鸣响。智天使乌利尔只觉得全身一紧，从他身上顿时散发出一层绵密的金色光纹，将正面冲击而至的锋利剑气挡住。

"好，不愧是宙斯的左右手。很强的剑气！你的异能应该是锋锐之类的吧？能够将这一类异能修炼到八级以上的基因天赋，倒是少见。"乌利尔依旧从容，右手在空中一指，一条条金色丝线顿时以他的身体为中心向外绽放而出。这些金色光线并没有直接射向修修，而是在空中扩张开来，仿佛布下了一张大网。

修修身后的白色光剑渐渐凝实，长约五尺，上面有古朴的花纹，剑脊处还有一道血色凹槽。

修修眼中的白光更加强盛，但她的身体渐渐变得虚化了，背后的长剑光芒一闪，下一瞬竟然将修修完全吸了进去。

白色光剑惊天而起，瞬间膨胀百倍，化为一把巨剑，悍然斩向金色光网。

刺耳的摩擦声中，那光网顿时被劈开了一个口子。强盛的锋锐气息更是势如破竹一般，向下切割，直奔智天使乌利尔而去。

"九级基因天赋？"乌利尔吃了一惊。在他的资料中，这位修罗圣剑应该是宙斯四侍中较弱的一个，只有八级基因天赋才对啊！只有跟随在宙斯身旁的时候，她才会变得强大。

而现在看来，不是资料有误，就是在这短短的几年时间中，这位修罗圣剑已经跨越了异能者最重要的一道门槛，由原本的八级进阶到了现在的九级。而且，她这锋锐的异能似乎对他的能力还有所克制。

就在这时，下方的宙斯一号突然动了。在五个喷射口都没有启动的情况下，它原地扭转了一下。虽然它偏转的度数只有十五度左右，但这突然的动静还是令乌利尔一惊。

飞船自动驾驶？

不远处，一声声震耳欲聋的发动机喷射声响起，恐怖的压力瞬间传来。强盛的气流顿时让空中云开雾散。

乌利尔先前说的情况并不是恐吓，四艘战列舰全都徐徐启动，缓缓升空。而更高的天空中，能隐约看到另外几艘战列舰的庞大身影。这分明就是天罗地网啊！

空中的白色光剑骤然一凝，紧接着剑刃染上了一抹金色，瞬间下落。

面对这一斩，哪怕是乌利尔，也不由得迅速闪身后退，同时身上亮起一道白色光罩。

那光剑分明没有斩在光罩上，可白色光罩还是一阵剧烈波动。

乌利尔似乎被激怒了，冷哼一声，张开背后的六翼，身形一闪就到了修罗圣剑上空，一拳轰向剑身。

"嗡——"地面上，宙斯一号再次动了。这一次，五个喷射口几乎同时发射，而且只是在短短一秒钟的时间内，主喷射口的发射就达到了极致。不仅如此，还有一层白色护罩被释放了出来。

让智天使为之一惊的是，宙斯一号并不是直接起飞，而是在那五个推进器的作用下，瞬间朝着前方电射而出，就那么紧贴着地面，宛如大海中的鱼雷一般冲去。

天空中，原本准备迎击的一道道白光交错闪过，根本就没有捕捉到它。而宙斯一号已经撞入了一大片地面上的建筑之中。它凭借着自身超快的速度与强大的护罩，在地面上划开一道宽大的沟壑，直接冲出千米后，才猛然一仰头，骤然升入空中。

"轰——"无数白色光点在乌利尔闪耀着金光的拳头中迸发，一声闷哼随之传来。

修修重新出现在半空之中，身边还有她释放出的白色光剑。血丝从她的口鼻处渗出，但她的俏脸上明显流露出了欣慰之色。那个家伙总算不是太笨。

"你们飞船上还有其他人？"乌利尔脸色阴沉地问道。身为智天使，竟然有他没有判断到的事情，怎能不让他心中郁闷？

修修淡然一笑，道："你认为我会告诉你什么呢？"

乌利尔大手一张，朝着修修虚空抓来。无数金色光线顿时再次化为大网，朝着修修笼罩而至。

修修冷哼一声，一抬手，从脖子上拉出一根项链。

这条项链的链子细细的，看上去并不怎么起眼，下面的吊坠是一把金色小剑，闪烁着柔和的光芒。

修修握住小剑，眼神在这一瞬又重新变得温柔了，她轻唤道："修罗！"

一道刺目金光骤然从那把小剑上迸发而出。漆黑的空间在修修面前张开，一道巨大的身影随之出现。

那是一台白色机甲，通体修长，背后背着两把长达七米的重剑。它一出现，顿时从本体上迸射出数十道强盛的白光，将乌利尔释放的金色光丝搅得粉碎。

同时，一道白光从那白色机甲胸前射出，将修修罩住。下一瞬，白光和修修同时消失，而那白色机甲的一双眼睛骤然亮了起来。

这台白色机甲高十三米，在机甲中并不算特别高大的，但它出现的瞬间，有一种难以形容的肃杀之气弥漫而出。周围的空间甚至都因为它散发出的能量波动而出现了细微的破碎痕迹，隐隐有黑色裂缝出现。

第八十五章
修罗

看着面前的白色机甲，乌利尔毫不犹豫地倒退而出。一个金色的十字架随之出现在他的手中，十字架中央是一颗明黄色宝石。

一道黄色光芒将他身后的空间撕开，紧接着，一团金光向外迸发而出，不仅将他的身体保护在内，同时挡住了那白色机甲斩下的一记重剑。

虽然顶级的异能者已经具备了和机甲抗衡的实力，但那只是面对普通机甲。如果驾驭机甲的同样是一位强大的异能者，就是另外一回事了。

异能者最强大的时候，一定是他自身和机甲组合在一起的时候。

这台白色机甲名叫修罗，驾驭者就是宙斯四侍之修罗圣剑，修修！

修罗身材修长，有完美的人类身材比例，身上没有任何多余的武器装备，只有背后那一双巨剑。此时，双剑已经都握在修罗手中。它的身体在空中向前滑动，瞬间就再次到了那金色光罩面前。双剑交替斩出，一道巨大的白色十字斩凭空出现，狠狠地轰击在乌利尔的金色光罩上。

巨大的裂痕随之出现，紧接着，光罩内部似乎有强盛的金光爆发而出。光罩破碎，另一道巨大的身影在空中出现。

那是一台黄色机甲，六片羽翼在其背后张开。这些羽翼已经表明它的身份——教皇城堡的天使机甲，而且是最顶级的炽天使。驾驭者是智天使乌利尔。他的机甲与他的称号同名。

智天使机甲，高十八米，胸前有一块巨大的晶石，内部仿佛孕育着能量风暴一般。一面巨大的金色光盾此时已经出现在他身前，刚好架住了随之而来的一双巨剑。

"砰——"能量风暴在二者碰撞的核心区域瞬间肆虐而出。

修罗的步伐是那么轻盈，只是一闪，就绕开了智天使。那么庞大的机甲在这一刻竟然做出了虚空快速移动的动作，在空中留下一连串残影。双剑交织出一层剑网，将智天使机甲完全笼罩在内。

智天使机甲内，乌利尔脸色沉凝，双手宛如雨打芭蕉一般不断在控制面板上敲击着，眼中还持续闪烁着金色光芒。金色光盾看似缓慢地移动着，却总能在修罗那一双巨剑到来时恰好挡住。

一攻一守，两大机甲在空中不断迸发出一道道强光。

宙斯一号突然升空，顿时令空中的战列舰有些混乱。

战列舰的体积要比宙斯一号这种巡逻舰的体积大得多，足足有其十倍大，配备的主炮、副炮相加超过一百门，但相对来说，在灵活性上就要差一些。

理论上来说，用八艘战列舰来封锁一艘巡逻舰，简直就是天罗地网，但凡事总有意外……

宙斯一号一升空，立刻强行扭转，前端上挑，扶摇直上，仿佛火箭升空一般。

空中的战列舰自然毫不犹豫地通过追踪系统对它进行锁定。但就在这时，宙斯一号在空中竟然做出了一个正常飞船根本不可能做到的动作——横向翻滚三周，同时剧烈地一震，五个喷射口同时熄灭，向下坠落。

刚刚完成锁定的战列舰锁定手几乎同时发现，他们已经失去了对宙斯一号的锁定。

宙斯一号马上就要摔到地面时，左侧机翼的发射口突然喷射，带动着它迅速稳定了一下，然后再朝着一个方向电射而出。

接下来，它又先后完成了眼镜蛇挺身、蛇形规避等多个高难度动作。当它那尾部喷射口的能量增强到最大的时候，八艘战列舰竟然已经一片混乱。一道道白光在空中纵横，却就是无法命中目标，反而将地面炸得一片狼藉。

"那是战机还是战舰啊？"一艘战列舰上，一名四十多岁的船长目瞪口呆地看着远处渐渐消失的光影，问道。

"哇，好过瘾！"会计师整个人都被安全带固定在座椅上，却依旧不能阻止他手舞足蹈。此时的他，眼中流淌着数据流，眼神狂热。宙斯一号尾部喷射口持续加速，风驰电掣一般朝着前方急速飞行。

目送着宙斯一号远去，修修将红唇抿得紧紧的，依旧全力操控着修罗。在修罗主控电脑的配合下，一个个机甲操控的高超技巧不断施展出来，向乌利尔发动强大的攻势。

乌利尔的脸色很难看，以他的实力，本来是可以完全压倒修修的，但这台修罗机甲带给他的是一种毁灭性的危险。他分明多次可以占据上风，可全都被对手用与敌皆亡的战斗方式扳了回去。他不敢用自己的智天使机甲去硬碰那双修罗巨剑。

宙斯一号竟然跑了！尽管他们封锁了几乎整个月魔星的电子信号，但那宙斯一号可是能够进行宇宙飞行的。从刚才它的操控和速度来看，外太空的布置能否拦住它还是个问题。而一旦有消息传回天火星，那么教皇城堡很可能就要面临来自于天火大道的压力。他们已经打听得很清楚，宙斯现在是天火大道的十八位委员之一。

他们不能再这样下去了，必须想办法追上宙斯一号。乌利尔瞬间就作出了决断——只有他亲自操控智天使号飞船，才有追上宙斯一号的可能。

智天使机甲在空中突然一停，单脚点地，全身迅速旋转起来，背后的六翼就像六把巨大的铡刀一般，席卷向修罗。

修罗脚下一个滑步，左手的重剑在智天使的羽翼上一点，借力反弹，向后一缩，紧接着身躯骤然前倾，身剑合一，宛如旋转着的尖锥一般朝着智天使刺去。

在机甲的驾驭上，修修并不逊色于智天使。

但是就在这时，突然间，智天使上光影一闪，六片羽翼竟然飞射而出，化为无数光影朝着修罗切割而来。每一片羽翼都骤然散开，化为大量金属羽毛蜂拥而至。

第八十六章
决斗

　　蓝绝悬浮在半空之中，已经停止飞行。他静静地看着前方同样停下来、背后十二翼金光闪烁的战斗天使米迦勒。

　　"交出地狱魔姬吧，你现在依旧可以离去。"米迦勒平静地说道。此时的他，眼中跳动着金红色的火焰，宛如神祇一般高高在上。

　　蓝绝目光平淡地看着他，道："看来今天我们两个只有一人能够活着离开这里了。既然如此，米迦勒，你可敢接受我骑士的挑战？"

　　米迦勒心中一凛。尽管他明知道自己已经占据了绝对上风，眼前这个男人真正的能量层级只是九级六层到七层而已，可是一种莫名的恐惧还是不自觉地从处于天使降临状态下的他心中升起。

　　"宙斯，非要这样吗？"米迦勒沉声问道。

　　蓝绝平静地点了点头。

　　米迦勒的耳朵微微一动，似乎在倾听着什么。他脸色微微一变，深吸一口气，道："好，那我接受你的挑战。不过，我希望这一战是胜负战，有一方认输即可结束。你赢了，就可以带着她们离开，我们的人不会拦阻你；如果你输了，那么留下地狱魔姬，你们依旧可以离开。"

　　林果果和可儿眼中都流露出惊讶之色，米迦勒的条件无疑十分优厚。

　　蓝绝却笑了："看来你们的人并没有完全控制修修。我说得对吗？伪君子。"

　　米迦勒眼神一凝，道："宙斯，你可以决定了。"

　　"不，我不同意。我的命运应该由自己来掌控。所以，米迦勒，你决斗的对手应该是我。"之前一直低头不语的米卡缓缓抬头，美眸中闪烁着执着的光芒。

　　"米卡！"蓝绝厉喝一声。

"老板，对不起，我不能再让您为我承担了。您为我承担得已经太多太多，米卡无以为报。当年您救了我之后，我就打算一直跟随着您，可是我给您带来太多的麻烦了。您不是属于我一个人的，我不能那么自私。如果您真的因为我受到伤害，我永远都不会原谅自己。"泪光在米卡那双美眸中闪烁，折射出粉红色的眸光，分外奇异。

蓝绝轻轻地摇了摇头，道："当初我没有保护好她，让我失去了最心爱的女人，如果今天再保护不了你，对我来说，无异于死去。你真的想让我生无可恋吗？"

"不不不，不是这样的，老板，不是这样的！"米卡用力地摇着头，晶莹的泪珠落在她的黑框眼镜上，眼前的一切顿时变得有些模糊。

蓝绝张开双臂，将她搂入怀中。

"别这样，米卡，你要冷静。"蓝绝轻轻地抚摸着她的红发，就在米卡意识到什么的时候，蓝绝的手指已经拂过了她的颈间。

蓝绝转过身，将软倒的米卡交给林果果。

林果果没有说什么，只是默默地接过米卡的身体。可儿却一把拉住蓝绝的衣袖。

"老板，您要记住，您的生命不只是属于您一个人的，也是属于我们的。如果您真的出事了，那么包括米卡姐姐在内，我们也都不会独活。您的宙斯四侍一定会为您殉葬。"

蓝绝心头一震，眼底闪过一丝暖意。他揉了揉可儿的蓝发，转过身，目光平静地面对米迦勒。

"来吧，米迦勒，让我们一战定胜负。如果我赢了，我可以不杀你，可如果你想赢我，那么就只有从我的尸体上走过去。"

蓝绝的右手向天空中一指，顿时整个天空都暗了下来，无数雷电在空中闪耀，正是无云雷电。

米迦勒的眼神变得凶狠起来，抬起手，金红色光芒宛如火焰一般升腾而起，凝聚成一把光剑，落入他手中。

正在这时，远处两道身影已经飞了过来，正是告死天使加百列和治愈天使拉斐尔。

加百列的脸色依旧苍白，但背后的羽翼已经恢复了。

教皇城堡七大天使长心意相通，他们显然已经知道这里发生了什么，所以并没有过于靠近，而是在远处停了下来。

　　蓝绝一挥手，天空中一道道粗大的雷柱悍然落下，朝着米迦勒的方向轰击而去。

　　炽热的金红色火焰从米迦勒身上燃烧而起，强盛的火焰瞬间弥漫。雷电落在光焰之上，竟然就那么熔化了，似乎一点都没有传导到这位战斗天使身上。

　　米迦勒沉声道："宙斯，你应该明白，这对我来说是无用的。我以人类巅峰的九级九层修为来催动禁术，至少能持续半个小时的时间，而你已经无法再进行神王变，在我面前，你一点机会都不会有。"

　　"废话真多。"蓝绝冷冷地道。电光一闪，他瞬间就出现在米迦勒面前，右手一抬，一条雷鞭就朝着战斗天使缠绕了过去。

　　米迦勒手中的圣剑没有任何技巧可言地从正面斩落。

　　蓝绝只觉得面前的圣剑之中传来一股难以形容的吸扯力，不仅疯狂地吸扯着他的能量，甚至要把他的灵魂也吸扯出来似的。

　　耳畔传来嘹亮的圣歌声，在这一瞬间，他的眼神也随之迷茫了一下。

　　但就在这时，蓝绝的左手在身侧不起眼的位置轻轻地摆动了一下，那挥出的雷鞭突然化为无数电光，朝着他的左手凝聚而去。

　　天空中的气流发出刺耳的尖啸声，一股强横的吸力竟然硬生生地将米迦勒拉扯得晃动了一下。蓝绝的身体就在那时诡异地消失了，就连天使降临状态下的米迦勒都没能将他锁定。

　　巨大的轰鸣声在米迦勒身前响起，一道蓝色光影已悄然出现在他背后。

　　一只湛蓝色的手掌轻巧地拍向米迦勒背后十二翼的核心处。

第八十七章
蓝绝的第二异能

"轰——"米迦勒全身闪烁着夺目的电光，向前飞跌而出，但与此同时，他背后的十二翼就像十二把扇子，猛然一扇。金红色火光瞬间喷射而出，笼罩向蓝绝的身体。

可就是在这样的情况下，蓝绝身上光芒一闪，居然在间不容发之际消失了。当他再次出现时，已经身在空中。他身上虽然还是沾染了一点金红色火焰，但在他那强盛的雷电中正在渐渐熄灭。

米迦勒此时已经回过神来，他身上的电光也在那强盛的金红色火焰中泯灭，可这并不能掩盖他眼神中的震惊。

"你的速度！"

那已经不是普通的能量推动能达到的速度，否则蓝绝根本不可能摆脱他天使降临状态下的锁定。刚才那一瞬间，米迦勒分明感觉到蓝绝的速度甚至能够撕裂空间，或者说是穿透空间。这绝对不是雷属性异能者拥有的能力。

蓝绝冷冷地看着他，双臂缓缓地从身体两侧抬起，身上的蓝紫色雷电渐渐消失，但他的身体像一个发光体一般变得越来越明亮，散发着白色光芒。

远处的加百列和拉斐尔也看得十分震惊。异能者的实力达到九级九层就已经是巅峰了，超越九级之后，就不再是异能者，而被称为主宰者。

在三大联盟之中，一共有十位主宰者，每一位都是异能界的巅峰强者。他们的实力之恐怖，甚至有凭借自身能力对抗战舰的可能。

无论是之前蓝绝使用的神王变，还是战斗天使米迦勒用的天使降临，都能够让他们的实力暂时提升到主宰者的层次。

同样是大天使长的加百利和拉斐尔都做不到这一点。

可是，已经是主宰者的米迦勒，在面对修为不过九级六层到七层之间的蓝绝时，居然在第一时间没能占到便宜，反而吃亏了，这是多么令人难以置信。蓝绝现在可并没有处于神王变状态啊！

米迦勒双目凝滞，背后的十二翼猛然一拍，在空中拉出一连串残影，朝着蓝绝的方向飞了过去。圣剑向前方一点，万千圣光顿时从他背后升起。白色的圣光宛如龙卷风一般向蓝绝席卷而去，瞬间将整个空间填满。

蓝绝嘴角处流露出一丝讥讽的微笑，身上正在散发着的白光骤然变强。眼看着圣光龙卷即将到达他面前时，白光一闪，他已经化为一道流光冲天而起。他那一瞬间达到的速度实在是太快了，快到圣光龙卷根本来不及将他掌控的程度。

蓝绝消失了，而天空骤然大亮，变成了刺目的白炽色。

"轰隆隆！"剧烈的雷鸣声响彻高空，一道闪电在空中划过。

"轰——"米迦勒的身体和他的十二翼几乎同时变成了白色，全身上下电光缭绕，向后飞跌而出。

同样飞跌出去的还有另外一道身影——全身燃烧着金红色光焰的蓝绝。

刚才那一刹那，除了米迦勒自己之外，没有人看到蓝绝的攻击从何而来。

米迦勒背后的十二翼明显变得虚幻了几分，而蓝绝身上的金红色火焰则久久不见熄灭。

两道身影同时从空中向下跌落。

距离地面还有一百米左右时，两人同时身体一挺，在空中稳定下来。蓝绝摇身一晃，竟然将身上的金红色火焰甩开了。米迦勒身上撑起一个金红色光罩，将白色电光逐渐驱除出身体范围。

蓝绝的脸色依旧冰冷、平静。此时米迦勒的脸色却已经无比凝重。

"光的速度！你竟然拥有光的速度！你的异能不只是雷，还有电。难怪你能够在这等修为的情况下就使用神王变禁术，在佣兵界闯下赫赫威名。你的真正实力原本就不在我之下。凭借雷霆和闪电的相辅相成，你已经达到了九级九层的整体实力。"

蓝绝平静地听着米迦勒的话，淡淡地道："其实我只想知道，你的天使降临还能坚持多长时间。天使降临并不以速度见长，擅长攻坚罢了。"

米迦勒脸色难看地道："这些早都在你的计算之中，甚至你提前用出神王变，也是为了引诱我用出天使降临。你刚才在神王变中的消耗并不大，你原本能够凭借两种异能的支撑坚持更久的。只要熬到我结束天使降临状态，你就赢了，对不对？"

蓝绝脸上终于多了一丝笑意，道："和聪明人说话果然轻松。"

米迦勒恢复了平静，道："宙斯不愧是宙斯，除了实力惊人之外，智慧也是超人一等的。好，很好。禁术，大家都只能使用一次，前面这一段，算你占据了上风，但是我们的战斗还没有结束。"

说着，他背后十二翼的光芒渐渐收敛，金红色逐渐褪去，变回了原来的白色。

蓝绝眼神一动，整个人又化为一道白光冲天而起，消失不见。

米迦勒抬起右手，能够看到，在他右手手腕上有一条金属手链，手链上似乎有一个用金属铸成的小天使。

天空中白光一闪，剧烈的轰鸣声再次响起，但这一次米迦勒并没有被雷电轰击而出，一层白色光罩将他守护在内。在他背后，一个黑洞悄然开启，一个金红色的庞大身影缓缓地浮现而出。那道守护着米迦勒的白光就是从这道金色身影胸口处射出的。

蓝绝在空中现出身形来，看着米迦勒，冷冷地道："顶级机甲，战斗天使。好，很好！"

蓝绝抬起左手，看向自己尾指上那枚高贵冷艳的尾戒。

第八十八章
雷神出战

尾戒的本体是银白色金属打造而成，上半部分一侧较宽，一侧较窄，接近梯形的样子，整齐地镶嵌着碎钻和蓝宝石，宛如金钱豹的豹纹一般，最中央却镶嵌着一枚三角形的绿色宝石，高贵冷艳又充满了生命气息。

绿光瞬间转盛，就像是蓝绝眼中强盛的雷电光彩，他左手猛然挥动，天空中顿时闪过一道亮蓝色闪电。

空间像是被硬生生撕开一般，一道裂缝随之出现，两只粗壮有力的大手硬生生将裂缝撕开，庞大的身躯悍然而出，来到蓝绝身边。

"您的雷神！"一个巨大的声音响起。

宙斯能够称雄佣兵界，不只是凭借着他一身强大的异能，更重要的是，他还是一位神级机甲师。

当米迦勒明白，自己无法在天使降临的过程中压倒蓝绝的速度时，他果断地终止了自己的禁术，节约自身异能的能量消耗，召唤出了自己的顶级机甲战斗天使，只有凭借机甲，他才能在速度上不落下风。蓝绝自然也不会落后，雷神，终于再次现世。

战斗天使全身都是金色涂层，火红色的花纹充斥在它的每一片羽翼上。金属六翼，也是控制着机甲动向的折翼，高二十一米；整体充斥着上元中古世纪骑士的风格。

雷神是一尊通体闪烁着蓝宝石光泽的机甲，高二十三米，肩宽八米，通体修长，肩甲分三层，第一层最为宽大，尾端向上翘起，中层平滑，略短于首层。最下层肩甲微微内收，紧贴机械臂两侧。

和一般机甲的金属质感不同，它的本体更像是用蓝宝石雕琢而成的艺术品，而且是最美的皇家蓝。在一些棱角处，还有着若隐若现的紫金色。天空中，雷电映照，它全身都散发着瑰丽的光泽。当将蓝绝吸入后，胸甲闭合的那一瞬，它骤然爆发出强烈的蓝紫色雷光，犹如一团球形闪电般冲天而起。

可儿和林果果眼中都散发出狂热之色，口中喃喃地呼唤着它的名字："雷神！雷神！"

是的，这就是宙斯的雷神！

两尊巨大的机甲，就是放大版的米迦勒和蓝绝，在空中彼此对峙，战斗天使身上散发着强盛的金红色光芒，右手在身前一挥，一柄巨大的金色光剑出现在掌握之中。

顶级机甲相对于普通机甲战斗方式反而要单一得多，因为顶级机甲的防护能力都是超强的，一般的激光武器或者是远程攻击武器几乎不可能给他们造成伤害。所以，顶级机甲大多数都以强大的防御、超强的速度以及恐怖的近战攻击力著称。他们的战斗方式也绝大多数都是近战。比拼的，就是机甲师的操控能力。

雷神一抬手，巨大的手掌两端各有一道光芒射出，化为一柄长达三十米的双锋战矛，战矛犹如雷电形状，散发着幽蓝色的光彩。

战斗天使背后六翼竖起，庞大的能量波动顿时向外绽放，光影一闪，它就到了雷神面前，手中巨剑划出一道轨迹，斩向雷神。巨剑前端骤然喷射出强盛的金红色火焰，化为剑芒，一瞬间就到了雷神近前。

异能者通过自身机甲内部的能量宝石来传导自己异能的力量，机甲的战斗力和异能者自身异能依旧息息相关，也和机甲内部各种能量宝石的品质有关。

雷神身体横移，手中战矛在空中一点，奇异的一幕出现了，雷神这一矛并不是点向战斗天使的金剑，可那金剑直接送了上去，正好被点在剑脊上。

"叮！"脆鸣宛如声波武器一般，向外传播。

加百列、拉斐尔、林果果和可儿，全都迅速向后倒飞，拉开了与战场之间的距离。顶级机甲之间的战斗，能够波及的范围要比异能者战斗大得多。

战斗天使被这一矛点得极为难受，身体在空中晃动了一下，略有不稳。

雷神一沉肩，全身电光闪烁，已经撞到了战斗天使身前。

战斗天使没有闪避。在这个时候闪避，必然会落入下风。它迅速地提起自己的左臂，肘部金属尖刺向外翻出，尖刺上金红色光芒闪烁，对准雷神的肩膀。

眼看着，二者就要碰撞在一起了，可就在这时，雷神突然停顿了一下，这停顿只有千分之一秒，却避过了战斗天使肘部尖刺金红色最强盛的一瞬，然后才狠狠地撞了上去。

"砰——"

战斗天使被撞击得在空中向后飞退，雷神也受到影响，在空中一顿。

战矛与金剑又一次碰触，两股狂暴的能量瞬间肆虐，在空中留下了大片光芒。

雷神的左肩肩头多出一个凹痕，而战斗天使肘部的尖刺消失了，身上还闪烁着电光，全身还发出"嗡嗡"的声音。

"极震！"告死天使加百列低声说道。

"米迦勒吃亏了。在碰撞瞬间用出极震，之前还能规避战斗天使的攻击最强点。宙斯对机甲的控制竟然已经达到如此地步。"

雷神双眼一亮，手中战矛脱手而出，化为一道电芒直奔战斗天使。它自身也是摇身一晃，在空中瞬间加速，竟然在间不容发之际追上战矛，同时来到战斗天使面前，战矛直指战斗天使胸前。

战斗天使猛地一抬头，手中光剑横斩，试图切中战矛，但它的动作明显慢了一拍，战矛已经出现在它胸前，位置正好是驾驶舱。

就算是强大的九级九层异能者，也不可能用自己的身体抵抗顶级机甲武器的一击啊！

战斗天使斩出的光剑突然在空中停顿了一下，原本应该在战矛接触自己胸铠的第一时间将它磕飞，却居然慢了一拍。

雷神强大的战矛闪着刺目雷光，就那么硬生生地刺入了战斗天使的胸甲之中。

但也就在同一时间，战斗天使通体金红色光芒暴涨，一股极其恐怖的吸引力从它身上爆发而出，雷神想要一击即退的动作顿时被遏止。那金红色已经传导到了它的身上。

第八十九章
真空模拟，阳电子炮

当战斗天使和雷神简单地接触之后，米迦勒就明白，在纯粹的机甲操控上，自己和蓝绝是有差距的。

他接触机甲比蓝绝要早得多，但也正因如此，他伴随着机甲一代代成长而变化。米迦勒实际上已经年过百岁，当他年纪超过六十岁之后，就将更多的精力用在自身异能的修炼上，以追求更长久的生命。外表年轻的他，身体状态早已过了巅峰期，操控机甲不只是需要技巧与灵性，同时反应能力也是很重要的。在这方面，他明显已经逊色于蓝绝。

但是无论怎样，米迦勒不仅是战斗天使，而且是教皇城堡以战斗著称的大天使长，更是炽天使之首。

在极其短暂的时间内，他就想到了对付蓝绝的办法，雷神的速度太快了。这样继续下去，虽然雷神想要伤到战斗天使并不容易，但是他也能够凭借经验和战斗天使周旋。而且战斗时间越长就越不利，在操控落于下风的情况下，雷神的优势就会逐渐放大。既然如此，那就破釜沉舟。

没有避开雷神的战矛，是米迦勒刻意为之。此时，雷神的战矛就从他腋下穿过，并没有刺中他的身体，只是上面的雷电能量波动却依旧让他身体微微麻痹。但这并不影响他发动自己的强大能力。

战斗天使驾驶舱内的米迦勒，全身都燃烧着一种奇异的明黄色火焰，这种火焰不断地渗入驾驶舱内，再通过分别布于战斗天使机甲头部、胸口、双肘和双膝的六块暗红色宝石向外扩散而出。这也是那强大吸力的来源。

这种能量宝石名叫深渊之焰，注入纯粹的异能后，它能够产生出强大的火焰之力，但这种火焰有怪异的吸力，并且会产生极其恐怖的高热。这种高热是已知的所有金属、合金都不能长时间抗衡的。

深渊之焰是教皇城堡拥有的专属宝石，当初为了开采这种宝石，甚至牺牲了一艘远征级主力舰。宝石等级为A级。

顶级机甲并不全都拥有S级宝石，因为S级宝石的能量太过庞大，很难被机甲这种体积的机械承受。A级宝石在大多数时候反而是更好的选择，多块A级宝石叠加，效果也并不比S级宝石差多少。

米迦勒身上燃烧着的是牺牲圣焰，能够将他自身的神圣火焰提升一个层级。以牺牲圣焰催动深渊之焰宝石，产生出的恐怖火焰，还从未有机甲幸免过。

但使用牺牲圣焰，会让米迦勒自身元气大伤，比使用禁术的副作用还要大，同时，深渊之焰宝石的点燃，对战斗天使机甲也会产生极大的破坏性，战斗结束后维修代价也是极大的。这六块A级宝石的能力甚至会大损。

米迦勒如此毅然决然，是因为恐惧，对蓝绝未来的恐惧！

蓝绝是先天双系异能者，掌控禁术。如果未来让他成长到主宰者的程度，那么恐怕他将成为当世最强主宰，这绝不是教皇城堡或者西盟愿意看到的。

因此，当米迦勒点燃自己身上的牺牲圣焰时，心中已经充满了杀意。

"嗡——"两尊顶级机甲彼此相贴，同时剧烈地震颤着。但是，这一次，雷神的极震并没有甩开战斗天使，而且在那恐怖的火焰吸力下，雷神的动作已经变得极为迟缓了。

雷神机体表面，蓝色电光缭绕着化为一层护罩，抵御着深渊之焰。但深渊之焰在牺牲圣焰的引发下温度实在是太高了。坐在雷神驾驶舱内的蓝绝，脸色沉凝，雷神护罩的能量开始狂降。

"米、迦、勒！"

白色光羽组成的囚笼将修罗牢牢地捆住，让其无法动弹分毫。但智天使乌利尔坐在机甲驾驶舱内，脸色很难看。

他的智天使机甲从左肩到右侧腹部，被划开了一道巨大的切口，就连驾驶舱都快能隐隐看到了。

乌利尔还是判断错了修罗的攻击力，以至于在诱敌深入的时候险些被修罗一刀两断。尽管最终还是赢了，但他赢在了自身修为超越修罗太多。

修罗本身也不如他的智天使机甲，可是修罗追求的是极致的攻击力。这才让他吃了大亏。这次回去之后，没有三个月以上的维修，他的智天使机甲是不可能恢复原状了。

"是否发现宙斯的飞船？它有没有试图脱离大气层？"乌利尔内部码通信装置问道。

"智天使大人，没有任何飞行物试图离开大气层。那艘蓝色飞船开启了高等级的隐形装置，暂时没有发现。"

乌利尔沉声道："继续监视。开启月魔星所有卫星，一旦发现该飞船飞向大气层，立刻攻击。"

"是！"

"哼！"正在这时，一声低沉的冷哼突然在乌利尔耳边响起。这声音苍老而低沉，智天使机甲竟然丝毫不能阻挡它的到来。

更加恐怖的是，当这声音出现的时候，外面的天空突然变得黑暗了，所有光线似乎在一刹那已经完全被吸光了。

智天使机甲迅速传来外部分析，乌利尔脸色大变。

"真空模拟？"在智天使机甲的探察中，以它和修罗所在位置为中心，外面大片的空间竟然变成了真空。而这个范围诡异地没有扩张。

"阳电子炮！"苍老的声音再次响起，甚至比刚才更加清晰。

乌利尔这一次终于再不敢有半分犹豫，智天使机甲瞬间就松开了对修罗的控制，自身绽放出刺目白光，宛如一颗流星般朝着远方飞遁而去。

一团强光，下一瞬就在他先前所在的位置处亮了起来。刺目的光芒让所有侦察卫星、雷达都暂时失去了效果。

"模拟真空、阳电子炮。奥术君王，他竟然来了。"乌利尔全力以赴地飞遁，脸色惨变。

奥术君王，正是异能者世界中的十大主宰之一啊！单论破坏力，他也绝对是主宰者中排名前三位的存在。

奥术君王怎么会突然出现在这里？乌利尔澄澈的眼中尽是不可思议。他不能不跑，别说是机甲了，就算是战列舰的防护罩都扛不住阳电子炮的正面一击。阳电子炮可是远征级主力舰在太空作战时的攻击手段。奥术君王最可怕的地方，就是他能够将一些现代超级科技用自己的特殊方式释放出来，而且是在任何地方。

真空模拟的意义，也就在于此。

咦，怎么没有能量波动传来，只有光芒？乌利尔心中突然一动，下一瞬，他脸色再次一变。

"不好，上当了！"

第九十章
雷电交轰、雷神七星！

炽热的深渊之焰持续消耗着雷神的护罩能量，灼热的温度更是让雷神表面蒙上了一层淡淡的红色。

米迦勒面容严峻，同样的高热也在烘烤着他，他甚至已经感觉到战斗天使内部的合金开始有软化迹象了。

雷神的情况显然更加危险，表面护罩已经微弱了很多，前身开始出现大片大片高温灼烤后产生的暗红色。不知道它是什么合金，居然还没有任何熔化的迹象，而且雷神内部似乎隐隐还有白光向外渗出。

因为强烈的高温，空气仿佛被灼烧出一个奇异的空间，水波流转，外界的人根本看不清里面发生了什么，只能感受到那强盛的能量波动。

林果果看向可儿，可儿也同时看向她。二女都绝不是迂腐之人。

林果果咬了咬牙，美眸中金光闪过，在她怀中的米卡身体一颤，缓缓苏醒过来。

米卡才一清醒过来，立刻就弹身而起，被林果果一把拉住，才不至于从空中跌落。超过八级基因天赋后，都可以凭借自己的异能能量在空中飞行，飞行速度和修为以及异能种类有关。米卡慌忙稳定住自己的身体，看向战场方向。

"米卡姐姐……"林果果低声将刚刚的事情简单地说了一遍。

"怎么办？"可儿看向米卡。

米卡美眸中寒光闪烁，道："再等等看，老板在异能上或许不如那个米迦勒，但雷神的强大我们都知道。如果真的发生了什么不妙的情况，还管什么骑士决斗，拼死我们也要将老板救出来。"

可儿微微地点了点头，然后在米卡耳边低声说了几句什么。

听了她的话，米卡身体一颤，道："不行！你……"

可儿淡然一笑："你都说了，要不惜一切代价救老板，难道就你能不惜一切代价，我就不行吗？而且，在这种时候，可控的力量才是最可靠的，这点我比你强。"

出奇的是，听了可儿的话，米卡没有生气，反而张开手臂抱住了可儿，道："好可儿，以后再也不跟你吵架了。"

林果果贝齿轻咬红唇，道："老板能赢的，一定能赢的，因为他是我们的老板！"

正在这时，两大顶级机甲交战之处，一道刺目的白光瞬间爆发！

强盛的白光宛如惊天长虹一般，一闪而逝，之前交战的两大顶级机甲几乎是瞬间就失去了踪影，空中因为高温而产生的水波纹也渐渐散去。

"那是……"告死天使加百列、治愈天使拉斐尔眼神都是一凝，因为同样的白光，之前他们在蓝绝身上见过啊！只是这一次换成了雷神，而不再只是单纯的宙斯。

就在下一瞬，天空中突然多了七道瑰丽的光影，七道白光，在空中拉拽出七道强光，它们竟然是按照北斗七星的方式排列出来的，天空中，也随之亮起了七颗闪亮的星星。

"北斗七星？那是！"加百列和拉斐尔的脸色瞬间就变得难看起来，北斗七星根本就不是在碎乱星域能够看到的，那么这突然出现的七点白光又是什么？

"雷神七星落！是老板！"林果果惊喜地大叫一声。

"轰、轰、轰、轰、轰、轰、轰！"七声轰鸣，几乎是在同一时间爆发，听起来就像是一声，但在远处的地面上，七朵闪烁着白光的蘑菇云却是同时升起，依旧排列成七星形状，仿佛蕴含着某种奥义。

紧接着，那七团巨大的光芒突然又重新升腾而起，强烈的白光在空中交织，比之前足足强盛十倍的大爆炸宛如要炸开整个星球一般，在空中迸发出剧烈的轰鸣。

"雷电交轰、雷神七星！"林果果、可儿、米卡三女几乎是异口同声地惊喜喝道。在这一刻，她们的美眸中有的只是亢奋与骄傲。

白炽色的光彩宛如太阳一般照亮了几乎半颗月魔星。

远处，月魔宫中，站在顶层露台上，一直遥望着远方的月魔女皇同样被那白光晃花了眼，泪水，也在这一瞬喷涌而出，她捂住自己的嘴，才勉强将自己的哭声压抑在喉中。

同样，远处。

透过舷窗，看着远方那骤然爆发的恐怖雷鸣与晃花了眼的白光，修修猛地从座位上跳了起来，不顾一切地放声大叫。

会计师目瞪口呆地看着那强盛的白炽光彩，喃喃地自言自语道："哇，这怎么真的有点像爷爷的阳电子炮了。珠宝师啊珠宝师，你可藏得太深了。"

白光足足持续了十几秒，才渐渐衰减，而高空之中依旧有一个巨大的白色闪电光影久久不散。两道巨大的身影，就在那白色闪电符号中，缓缓浮现而出。

"米迦勒！"加百列和拉斐尔，几乎毫不犹豫地就要朝着空中飞去。但也就在这一瞬，三股惊天的气息骤然从不远处迸发而出。

米卡美眸中闪烁着暗红色的光芒，背后隐约有一道巨大的暗红色身影带着无尽的凶焰冲天而起。

林果果双手在胸前合十，此时她闭上了双眼，但全身上下都散发着金灿灿的光芒，仿佛是黄金铸就的一般。

可儿双臂张开，飞行在三女的最前方，狂风吹拂着她那蓝色的短发，让她宛如仙女一般，在她胸口正中位置，一团强盛的蓝光绽放开来，强光闪烁，她自身的气息以惊人的速度提升着，其提升速度之快竟然还要超过米卡身上散发出的凶焰。

三女身上散发出的能量波动混合在一起，甚至还要超过对面的两大天使长。

如果换了半小时之前，加百列和拉斐尔是无论如何也不会相信这几个女孩子能够与他们抗衡的。可是，看了刚才宙斯以雷神发动的恐怖攻击后，他们再也不敢这么想了。天知道宙斯这个疯子究竟培养出了怎样的手下。

尤其是那个蓝头发的姑娘，此时她身上散发出的气息，甚至让他们有种天地泯灭的感觉，比地狱魔姬还要可怕得多。那是真正能够威胁到他们生命的存在。

第九十一章
都在就好

无论多么不愿意相信这一点，加百列和拉斐尔也绝对不会用自己的生命来做赌注。

"骑士的条约你们都忘了？"可儿冷冷地向加百列说道。

告死天使加百列脸色一红，道："是你们先要破坏骑士决斗的，你们刚才说的话，我们都听到了。"

林果果冷哼一声："那又如何？我们不是骑士，是女人。"

加百列和拉斐尔被这句话噎得胸口一闷，差点没顺过气来。

米卡冷冷地道："如果你们想找死，就试试。"

"砰！"正在这时，空中传来异响，五人同时看了过去。

原本贴合在一起的两大顶级机甲终于分开了。一台化为蓝光，朝着这边激射而来，另一台则直接朝着地面落去。

"走！"加百列和拉斐尔几乎毫不犹豫地同时低喝一声，化为两道光影，朝着地面落去。因为，那飞来的，正是雷神。

此时的雷神，看上去已经不是那么炫目，它身上的光芒暗淡了许多，前半身更是多处破损，有些地方甚至都露出了里面的零件，还有电光若隐若现地闪烁着。但是它依旧是高傲的，那种气势已经远远超越了先前。在他胸口处，一道白色闪电符号光芒闪烁，背后也同样如此。它的一双眼睛依旧是那么明亮。

而远处的战斗天使机甲，已经重重地砸向地面，背后六翼只剩下半片，全身破损处至少是雷神的两倍，两条手臂更是完全断掉，根本找不到残肢在什么地方。一直坠落到接近地面的时候，它身上才散发出微弱的金光，勉强稳定住了身形，没有坠毁。

"宙斯，谢谢！"米迦勒低沉的声音在空中回荡，如果只是听声音，根本听不出他的身体是否有损伤。

"不用谢，这件事，我迟早会上教皇城堡找你们说清楚。"蓝绝冰冷的声音响起。

米迦勒沉默了一下后，道："加百列，传我命令，让所有封锁战舰撤走。骑士之战，我输了。"

加百列脸色肃然，道："是。"

正在这时，一道幽蓝色的光芒在远处一闪而过，下一瞬，它已经悄无声息地来到战场上，没有任何停留，直接朝着雷神以及三女的方向飞射而去。

看到这幽蓝色光影，加百列和拉斐尔脸色都是一变，乌利尔竟然也失手了？

蓝光闪烁，空中的四道身影几乎同时消失，光芒再一闪，那蓝光已经在远处空中化为一个光点，消失得无影无踪。

"哧！"泄气一般的声音响起，战斗天使机甲的胸铠缓缓翻起，显现出了内部的情况。

米迦勒早已不复先前的英俊、刚毅。他整个人就像瘫倒在机舱内似的，全身焦黑，一动不动。

"米迦勒！"加百列赶忙冲上去，将他扶了出来。一道白光也从拉斐尔手中亮起，落在米迦勒身上，治疗着他的身体。

在拉斐尔治愈之光的辅助下，米迦勒才缓缓从机舱中脱离，他才一离开战斗天使，残破的战斗天使就直接朝着地面坠落而去，狠狠地砸在地上。

米迦勒面庞焦黑，看不出此时的表情，但可以想象，他的脸色一定不会太好看。

"米迦勒，你怎么样？"加百列扶住他的手臂，能感觉到米迦勒全身都释放着高热，而且触摸他的身体，还有种令人麻痹的感觉从身上传来。

米迦勒摇了摇头，道："我们判断失误，宙斯的实力比他以前展现出来的更加强大，或许是在这三年中又有了飞跃。不过，刚才一战我虽然输了，但他也绝不好受，应该和我一样身受重伤。此人不除，将来必然是大患。"

加百列眼中杀意闪烁，道："那我们……"

米迦勒却苦笑着再次摇头，道："没机会了。你以为他还会再给我们一次机会吗？宙斯可怕的不只是他的实力，还有心计。我可以肯定，至少在见到月魔女皇之前，他是绝对不知道我们的计划的。可就算是在这样的情况下，当他面对我们三人时却能在第一时间作出决断，释放神王变，看似是给自己找一个突破的缺口，实际上却是在迷惑我们。他在三年前所展现出的最强实力也就是神王变而已，正因如此，我们之后才有所麻痹大意，我为了追上他更是动用了天使降临。

"他居然有第二异能，可以在速度上凌驾于我的天使降临之上，而我发现的时候，异能已经消耗得太多了。这才让他找到机会，逼我以机甲进行决斗。在机甲的操控上，我确实是比不上这个年轻人，所以才动用杀招，可是他那尊雷神整体实力还要超越我的战斗天使。我能感觉到，他雷神的核心很可能是一块S级能量宝石。否则，他是不可能以机甲爆发出刚才那种威能战技的。那种威力，已经足以轻松地撕碎一艘战列舰了。"

拉斐尔沉声道："先向教皇陛下汇报吧。宙斯现在隶属于天火大道，恐怕我们接下来要承受巨大的压力了。地狱魔姬的事儿，恐怕要缓缓。"

宙斯一号上，"老板！"林果果惊呼一声，搀扶住表面看上去毫发无伤却面如金纸一般的蓝绝。

蓝绝抬起头，看看她，再看看其他三女，脸上露出一丝微笑，道："都在就好！"

第九十二章
黑衣人

会计师站在一旁,眼神中充满羡慕地看着陷入深度昏迷的蓝绝,因为此时这位强大的佣兵王宙斯正躺倒在四个姑娘的怀抱之中。

可儿抱着他的头,让他枕在自己的大腿上,米卡和修修一左一右托着他的手臂和身体。林果果则是抱着他的双腿。

四个姑娘,无不哭得泪流满面。

"真讨厌!"可儿一边流着泪,一边说道。

"就是,真讨厌!"林果果咬紧牙关,一副恶狠狠的样子。

修修说不出话来。

米卡则是嘴唇抿得紧紧的,美眸深处不断有强烈的凶光闪烁。

突然,四女仿佛感受到了什么,美眸一抬,同时看向某人,同时怒喝道:"看什么看!还不快开飞船去!"

天火星,天火大道,天火博物馆。

"没想到,居然是教皇城堡。"占卜师站在窗前,淡淡地说道。

品酒师就站在他身侧不远处,道:"为什么这次不让我们的人跟着?无论敌人是谁,胆敢算计我们的人,就应该付出代价。"

占卜师淡然一笑,道:"这孩子需要成长,而成长是要付出代价的。不然的话,将来他如何能够统帅天火大道,始终屹立于三大联盟之中而不倒?"

品酒师身体微微一颤,问道:"你决定了?"

占卜师脸上流露出一丝苦涩,道:"不决定不行了啊!"

听了这句话,品酒师骤然脸色大变。

"老不死的，总是神神叨叨的。教皇城堡，哼！"苍老的声音从占卜师另一侧传来。一个苍老的甚至有些佝偻的身影缓缓从椅子上站起，颤巍巍地向外走去。

品酒师看向他，那苍老的背影却头也不回地开门而去，只是在开门的一瞬间，品酒师分明捕捉到从博物馆大门玻璃上反射而来的一点晶莹。

"我去追他回来？"品酒师向占卜师问道。

占卜师淡然一笑，道："让他去吧。我们就是平时太低调了，什么阿猫阿狗的都敢来触犯。他这把老骨头，也该活动活动了。你放心，虽然他看上去总是一副风烛残年的样子，但这是他对自己最好的保护。"

华盟国家学院。

"今天我们来继续讨论空间科技与机甲结合的意义。众所周知，因为空间科技的出现，一些顶级机甲通过高等级空间属性能量宝石，能够将机甲收入宝石内的稳定空间中，在需要时向外释放，以达到在第一时间人机合一的状态，从容战斗。那么，除此之外，空间科技和机甲之间又还有什么关联呢……"

讲台上，一位老教授正在滔滔不绝地讲述着，下面的学员们听得津津有味。

可周芊琳不在这些学生之中。她有些走神地看着窗外，漂亮的蓝色眼睛中倒映着外面参天大树的枝叶的影子。

"芊琳！"身体被轻轻地碰触了一下，周芊琳这才惊醒，看向身边。

唐米一脸疑惑地看着她，道："你怎么回事啊？这可是罗杰教授的课，是需要支付学分才能上的。我都不知道攒了多久学分，才能来听他教导。你倒好，竟然在这种时候溜号。"

周芊琳瞥了她一眼，道："我学习好，学分多，任性！"

"搞不懂你。跟失恋了似的。"唐米哼了一声，继续集中精神听课去了。

台上的罗杰教授目光向下扫过，正好看向这边，周芊琳也赶忙凝神，乖巧地向罗杰教授微微一笑。

罗杰教授显然对她有着很深刻的印象，也是微笑了一下，向她轻轻地点了点头。

罗杰教授是机甲与空间应用结合领域的专家，在这方面有着得天独厚的天赋，更是拥有着七级空间属性基因天赋。他在华盟国家学院只是客座教授而已，一个月才会来一次。所有学系的国士班学员，需要支付学分才能来听讲。

收拾好自己的东西，周芊琳和唐米一起走出教室。

美女无论什么时候都会如同磁石一般吸引周围的目光，尽管大多数人慑于唐米的凶威，只敢悄悄看看。

"芊琳，听说我们班最近要调来一位转校生。"唐米低声说道。

"哦。"周芊琳敷衍地答应一声。

"喂，你有没有在听我说啊！"唐米没好气地道。

周芊琳微微一笑，道："你干吗？来个转校生和我有什么关系。难道你看上人家了？"

唐米神秘地道："这转校生可和我没什么关系，但对某人是痴心一片。人家是特意从西盟转校过来的，你说这距离远不远？而且听说还动用了咱们华盟总长的人脉才成功进入学院。为此，西盟还特意调了两位教授，暂时来我们这边充当客座教授。"

周芊琳脸色终于有些变了，道："你说的是……"

唐米耸了耸肩，道："自然是你那订了婚的未婚夫喽。"

周芊琳停下脚步，美眸中流露出不可思议之色："这怎么可能？上次的事已经是三大联盟内部丑闻，难道奥斯迪家族竟然不在意了？"

唐米道："政治上的事情我怎么懂。不过我知道，席尔瓦·奥斯迪就这么一个儿子。某人的性格你又不是不知道，死缠烂打加深情无限。我看，就算是那位奥斯迪首相大人也不敢失去自己唯一的儿子，这可是他们家族唯一的直系继承人，所以某些事情也并不是不能妥协的吧。"

周芊琳眼神中光芒变化，贝齿轻咬红唇，问道："他什么时候到？"

唐米疑惑地看着她，道："你究竟怎么回事啊？说起来，这李察也没什么不好吧？年少多金，机甲水平也不错，好像比我还强点。异能天赋也还行吧。背后又有奥斯迪家族，你就这么看不上人家？那你当初为什么会突然答应要嫁给他？现在又避之如蛇蝎。真是搞不懂你了。"

"你不懂！"周芊琳道。

"我懂不懂不要紧，我只知道某人会比较麻烦了。"

天火大道。

一道修长笔挺的身影缓缓出现在天火大道一端，此人一身黑色西装、黑衬衫、黑色短发，他的步速并不快，但每一步的距离像是用尺子量过一样毫无差别。

很快，他就来到了天火大道的入口处。

"抱歉，前面是天火大道，请您出示徽章，方可进入。"一名天火大道守卫抬手拦住了黑衣男子的去路。

黑衣男子停下脚步，淡淡地道："我是来找人的。我没有徽章，怎么办？"

这种人每天不知道会遇到多少，守卫很自然地道："获取进入资格徽章需要白天来提交申请表，通过多项考核才可以。没有徽章不能进入。"

黑衣男子道："没有捷径吗？"

守卫摇了摇头，道："没有。"

黑衣男子道："好吧，那我叫他出来。"

守卫笑道："这倒是可以的，您可以让您的朋友出来，如果他的徽章权限足够高，说不定也能带您进去。"

黑衣男子点了点头，"嗯"了一声。

"蓝绝！"他突然抬起头，朝着天火大道轻轻地呼唤出两个字。

守卫只觉得自己眼前微微一黑，下一瞬就恢复了正常，但是他突然骇然听到无数"蓝绝"的回音在天火大道内回荡。

刚开始的时候，这个声音还不算大，他勉强能够听到，但是那声音带着"嗡嗡"声，竟然在不断的回荡中变大。

声音低沉而威严，很快就充斥天火大道的每一个角落。

天火大道上林立的店铺中，一位位店主不约而同地抬起头，侧耳倾听，但更多的人是脸上骤然变色。

"你！"如果这时候守卫还感觉不到不对，他就不配站在这里了。一闪身，他已经向那黑衣人扑了过去，周围也迅速闪出几道身影。

黑衣人站在原地，纹丝不动，当这些闪烁着异能光芒的身影快要扑到他身前的时候，突然，空气似乎变了，以那黑衣人的身体为中心，一阵强烈的气流吹起，顿时将这些守卫席卷而起，落在远处。

但奇怪的是，他们每个人都是脚踏实地，并没有受到任何损伤。那狂暴的气流也在他们落地的一瞬间荡然无存。

黑衣人目光平静，依旧看着天火大道的方向，静静地等待着，除此之外，再没有任何动作。

天火大道护卫们一个个脸色凝重，但也没有再动手，只是将他围在中央。他们都很清楚自己和这个黑衣人之间的差距，在这种情况下，继续动手只能是送死，既然这黑衣人没有后续行动，还是静观其变的好。毕竟，地面上的护卫和地面下另一条天火大道的执法者们，还是有着极大差距的。

时间不长，天火大道深处，一道银色身影宛如星丸跳跃一般，朝着这边飞速而来。

黑衣男子抬起头，目光依旧平静而冰冷。

第九十三章
蓝倾

银光一闪，一道身影已经出现在众多天火大道守卫身后。

"怎么回事？"冰冷而清脆的声音极为动听，更为奇异的是，当这声音出现的时候，空气中的温度仿佛瞬间骤降。

守卫们这才反应过来，回身看到来人，一个个顿时恭敬行礼，喊道："队长。"

银色齐耳短发、银色制服、银色眼睛，当她出现的时候，给人的第一感觉就是金属般的质感，更充满了冰冷。

"刚才是你在呼喊？"她冷冷地向黑衣男子问道。

"是我，我找人。"黑衣人平静地说道，仿佛是在讲述一件和自己完全无关的事情。

暗硫冷声道："你就是这么找人的？"

黑衣男子道："他们说我没有徽章，不让我进，我说那我叫他出来，他们说可以，我才叫的。"

"是这样？"暗硫转向黑衣男子目光方向的守卫。

"是，是的……"守卫赶忙答道。

暗硫眉头微皱，道："好，既然如此，你并没有违背天火大道的规则，你可以走了。同时，我现在告诉你，你用异能传播声音的做法扰乱了天火大道的秩序，是不被允许的。如果再有下次，别怪我对你不客气。"

"我只是来找人。"黑衣人说道。

"你找谁？"暗硫冷声问道。

"蓝绝。"黑衣人道。

暗硫淡然道："这里没有蓝绝，就算有，我们也不知道。天火大道从来不打听任何异能者的名字和资料，如果你是普通人，需要考核徽章。如果你想进入另一条天火大道，那么就需要登记、付费，并且遵守这里的一切规则。"

　　黑衣人道："不考核徽章也可以进？"

　　暗硫道："另一条可以。"

　　"那怎么进？"黑衣人认真地问道。

　　暗硫突然转过身，看着他，道："既然你惊动了我，那么你的考核就要比其他人难。能接我一次攻击，就算你考核通过。"

　　"好。"黑衣人的回答简洁有力。

　　暗硫一抬手，一掌轻飘飘地向黑衣人拍去。周围的守卫们，就像是触电一般迅速后退，空出一大片区域。

　　黑衣人依旧是站在原地，脸上表情也没有任何变化，点漆一般的黑色双眸平静地看着暗硫，任由她的手掌拍击到自己面前。

　　眼看着手掌即将抵达，突然间空气中温度骤降，恐怖的寒意瞬间从暗硫掌心内喷吐而出，将黑衣人完全笼罩在内。

　　黑衣人终于动了，他就像一缕清风伴随着暗硫这一拍，轻飘飘地后退。寒意蔓延得快，但他退得更快。而且在后退的过程中，原本他所站立的位置就像是突然出现了一个巨大的黑洞一般，产生强大的吸扯力。

　　暗硫只觉得那黑衣人后退的瞬间，留下的是一个可以吞噬一切的黑洞。她那一掌中蕴含的冰属性能量瞬间被吸得荡然无存，而且直接在空气中挥散。那吸力更是连带着将她也吸扯得向前一个趔趄。

　　"嗯？"一抹惊异从暗硫眼底闪过。素手纤纤，在空中虚空一点。顿时，一道冰蓝色射线电射而出，追向那黑衣人后退的身影。

　　黑衣人停了下来，冰蓝色射线来到他身前三尺处时就那么自然而然地溃散了，就像是命中了一个罩子，四散纷飞，丝毫没有落在那黑衣人身上。但周围的空气弥散，温度也瞬间骤降，数十米范围内，全都蒙上了一层淡淡的冰霜。

　　"不是说一次攻击吗？"黑衣人说道。

　　暗硫一滞，道："好，算你过关，给他办手续，只允许进入地下天火大道。"

　　"谢谢。"黑衣人向暗硫微微颔首致意，只是从始至终他脸上都没有什么多余的表情。

　　暗硫一双银眸中闪烁着思索的神色，她很清楚自己刚才的攻击强度如何，虽然她刻意留手了，但第二击中蕴含的能量，就算是七级基因天赋的异能者都很难抵挡下来，虽然射线最终只会将对手冻住。

可从始至终，这黑衣人都能举重若轻地接下来。一切看上去都是那么随意，那么这个人的实力……

虽然暗硫并不认为自己不如此人，但她还是决定要盯紧一些。假如这个人是一名九级异能者，那就必须向委员会报告了。

很快，黑衣人办好了进入地下天火大道的手续。在守卫的指引下，坐电梯进入地下去了。

暗硫拿过他登记的资料看去。

"蓝倾，能力，风。"

天火大道对异能者的登记并不会太详细，这是为了给异能者保守秘密。可是看到这个名字，不知道为什么，暗硫始终觉得有些熟悉。

跟去看看！想到这里，她转身而去，将资料留下。

黑衣人蓝倾跨出电梯，当他看到地下天火大道熙熙攘攘的热闹景象时，不禁愣了愣。

"果然不愧是天火大道啊！地下世界竟然如此浩大。"他眼神中除了平静与冰冷之外，终于流露出了一丝赞叹。

缓步向前走去，他的目光扫过那一家家店铺，似乎在寻找着什么。

"你要找的，究竟是什么人？听名字，应该是你的亲人？"冰冷的声音在耳边响起。

蓝倾并没有回头去看，只是淡淡地道："是我弟弟。"

暗硫道："我刚查过了登记记录，来访的异能者中，并没有这个名字。"

蓝倾停下了脚步，转身看向暗硫，道："谢谢。"尽管他的表情中没有一点感谢的意思，但听他说出这两个字的时候，不知道为什么，暗硫心中微微一松。

"他应该不算是来访者，而是你们天火大道的一分子。"蓝倾说道。

暗硫一愣，道："店主？那你说名字肯定找不到他。不用白费力气了。我们的店铺经营者，全都以代号称呼。你知道你弟弟的代号吗？"

蓝倾想了想，道："好像是知道的。哦，对了，应该是珠宝师。"他记得，上次楚城说的应该是这个称号。

"珠宝师？"暗硫停下脚步，扭头看向蓝倾。

"怎么？有问题吗？"蓝倾看着暗硫。

之前还没觉得，听他这么一说，暗硫的眼神顿时发生了一些变化，除了原本的冰冷之外，更多了几分好奇。

珠宝师？他竟然是珠宝师的哥哥？难怪会如此强大了。只是珠宝师的异能是雷，他却是风？

"没什么。珠宝师确实是我们天火大道的。不过，你这次恐怕是白跑一趟了。"暗硫淡淡地说道。

"为什么？"蓝倾问道。

暗硫道："因为他不在。不久前，他刚刚离开了天火大道，好像是外出有事去了。"

"他离开了？"蓝倾眼中闪过一丝惊讶。难道说，他已经想开了？

"是的。"暗硫认真地点了点头。虽然她还不能完全确定眼前这个人说的都是真的，但从相貌和实力来看，八九不离十。

"那你能不能带我去他的店铺看看？"蓝倾想了想后说道。

"好。"暗硫没有犹豫，这并不算什么。她走在前面，带着蓝倾向地下天火大道的宙斯珠宝店走去。

天火大道一共只有两千零四十八米，这一点无论是地面上还是地面下都是一样的。时间不长，那宝蓝色的墙壁，那闪电的符号，就出现在了暗硫和蓝倾面前。

店铺果然是关着门的，写着暂停营业。

蓝倾皱了皱眉，道："他果然是出去了。他还带着什么人吗？"

"四个女店员都带走了，似乎是进货去了。"说完这句话，暗硫突然一愣，连她自己都有些不明白，为什么会对这个黑衣人说这么多话。平时她从来没有这样过。难道就是因为他是珠宝师的哥哥吗？

"谢谢你。"蓝倾走到宙斯珠宝店门前站定，似乎是在思索着什么。

片刻后，他转过身，向暗硫问道："如果他回来了，会回到这里吗？我听说，天火大道是地面上和地面下都有店铺。"

暗硫看了他一眼，道："这个问题我不能回答。"她决定从现在开始，不回答这个家伙的话了，以免泄露太多。

"哦。"蓝倾答应一声，"地面上的店铺我不能去？"

暗硫点点头，道："那里是针对普通人的，有品位的普通人。需要经过多项考核，才有可能进入。"

"考核要多久？都有什么？"

"主要有礼仪、着装、酒、美食……"暗硫说出一大串考核项目。

蓝倾听得很认真，问道："那我现在可以去参加考核吗？"

暗硫愣了一下，道："你要参加考核？那些可不是异能实力强就能通过的。"

蓝倾道："既然蓝绝可以，我就可以，我们从小是一起长大的。"

暗硫道："这个我要请示一下。不过，你如何能证明和珠宝师的兄弟关系？"

蓝倾抬手入怀，摸出一个东西，递给了暗硫。

暗硫接过来，那是一个五角星形状的金属，表面打磨得极为光滑，上面闪烁着淡淡的蓝光光晕，一看就是高等级的稀有金属。

掉转过来，暗硫的眼神骤然一凝。

"你是……"她看着蓝倾的双眸骤然瞪大了，眼神中充斥着强烈的难以置信。

第九十四章
华盟军神

在这一刻，她终于明白自己为什么会熟悉这个名字了，也终于明白为什么自己会对这个黑衣人好奇了。

五角星背面，有着一行小字，是用特殊的涂料写上去的，泛出淡淡金色光芒。

"华盟，安伦星最高军事长官，蓝倾。"简单的一行字，却让一向外表冰冷的暗硫完全失神。

因为她很清楚安伦星是一个什么地方。当蓝倾这个名字和安伦星联系到一起后，她终于想起了眼前这个人是谁。

安伦星位于华盟众星球边境，是最靠近北盟的一颗星球，星球上盛产各种能量宝石，是资源重地，也自然是军事重地。在这颗星球上，只有无尽的开采机械与军队。

而也就在这里，诞生了一个传奇，一个名叫蓝倾的传奇。

没有人知道他的背景是什么，当他第一天踏上安伦星的时候，只是一名再普通不过的机甲兵。

但是，他凭借着一身华盟军方的制式机甲，逐渐走出了一条属于自己的传奇之路。

北盟利用清缴海盗为借口，派遣了一支精锐机甲军团悄悄地潜入安伦星进行破坏活动。那时，蓝倾刚刚从军三天。

北盟这支机甲军团的机甲师，全都是特级以上，一共五百台高级机甲，其中还包括超过三十位王级机甲师和两位帝级机甲师。

他们的目标很简单——摧毁安伦星上最大的能量宝石矿。

在这支机甲军团发动之前，北盟还在外太空和一支莫须有的海盗团开战，吸引了安伦星外太空华盟宇宙军团的注意力。

五百台高级机甲利用最新隐形技术，悄然发起了偷袭，用最短的时间冲到了目的地。而这个时候，那个矿场之中，只有一百名普通机甲师进行驻守，这其中就包括蓝倾。

战斗打响，只是一轮攻击，华盟机甲师们就损失过半，直接溃败了。眼看着，矿区就要失守了。

但就在这个时候，北盟的机甲师们开始发现，己方总是会有机甲师莫名其妙地失踪。他们这才发现，华盟方面还有一台机甲留了下来，似乎是留下来断后的。

蓝倾当时的一句话一直流传至今——你们先撤，我来断后。简单而平实的八个字，却宣告着一位军神的崛起。

用普通的制式机甲以一对五百，根本是一件不可能完成的任务，更何况敌人的目的只是破坏。

但蓝倾创造了一个难以想象的奇迹。

首先，他凭借着自己对机甲强大的掌控力，展开了对外围敌人机甲的突袭。矿区本身的防御系统被他不断地开启、运用，配合着他个人的战斗力发挥到最大效果。

北盟的机甲军团损失不断增大，等他们攻破矿区防御系统的时候，五百台高级机甲只剩下了三百多台，而失去的一百多台机甲中的绝大多数都是被蓝倾操控防御系统干掉的。

就在北盟的机甲军团即将愤怒地毁灭矿区时，蓝倾做出了一个大胆的尝试。当时，该矿区出产的是一种能量储备宝石，这种宝石几乎是那个时期所有机甲动力源中必备的。

蓝倾从矿区内取出了一部分能量储备宝石，进行了特殊的排列组合，并在北盟机甲军团即将发动攻击时，自行引爆了矿区。

这一场大爆炸足足毁掉了小半个矿区，同时吞没了北盟超过一百台机甲。

那时，北盟的机甲军团虽然损失惨重，但他们认为矿区已经自毁了。可他们并不知道，蓝倾炸掉的只是矿区前面已经被开采完的一部分，后面未经开采的矿区被外面爆炸的残留物保存了。

北盟机甲军团迅速开始了撤退。已经完成保护任务，并且立下大功的蓝倾却并没有满足。他宛如幽灵一般，悄然跟在北盟机甲军团后面，凭借着自身强大的机甲操控能力，一个又一个地摧毁了对方的机甲。

他神出鬼没，智计百出。谁也不知道，为什么只来了安伦星三天的他居然会对地形如此熟悉。他善于利用一切可以利用的资源。

当北盟机甲军团最终只剩下五十台机甲的时候，军心骤然崩溃了。他们对这幽灵一般的攻击充满了恐惧与震惊，他们想到的只有逃跑。

就在这个时候，已经精疲力竭的蓝倾发出了信号。分散开的五十多台北盟机甲最终全军覆没。将他们毁灭的正是之前先撤离矿区的那些机甲。

两名北盟帝级机甲师也被赶来的援军包围，并击杀。

蓝倾一战成名，但他将自己的军功分给了参与了这场战争的全部战友。

哪怕在战友们看来，他也是一个疯子，一个以个人之力去对抗五百强敌的疯子。

但是，成功的疯子就是英雄。显然蓝倾是英雄。

在之后与北盟的相互倾轧下，他逐渐展现出自己极其优秀的军事天赋。很快华盟军方发现，这个年轻人不只是个人战斗力强大，在军事素养方面更有着远超同龄人的天赋。他指挥的几场局部战争全都以完胜告终。

那一年，蓝倾二十岁。

之后的十年，他一直都在安伦星，冲在华盟的最前线，凭借着自己的智慧与实力，经历大小两百余战，无一败绩。他累积军功，成为华盟有史以来最年轻的少将，也成为安伦星军事主官。自从他主掌安伦星军方以来，北盟就再也没有占到过任何便宜。而安伦星原本的军事主官应该是联盟中将！

尽管他的军衔还不是最高的，但是哪怕在军方内部，甚至在华盟所有军事学院中，他都被称为安伦军神，而在北盟，他被称为幽灵将军。可以说，华盟以三大联盟中最弱小的整体实力，却始终能够保持与其他两大联盟同等的地位，安伦星至关重要。

在地下黑市的猎杀悬赏榜单上，蓝倾始终都名列前十。可见他对华盟有多么重要了。

而此时此刻，这么一位帝国军神居然就站在自己面前。

无论天火大道的地位多么超然，面对这守卫了华盟十年的青年，暗硫脸上的冰冷无论如何也无法再维持下去。

暗硫深吸一口气，勉强平复着自己激荡的心情，看着蓝倾，道："我需要去验证您的身份。"她已经不自觉地用上了敬语。

"好。"蓝倾的回答永远是那么简单。

暗硫觉得自己的脑子有点乱，帝国军神是珠宝师的哥哥？而且还来天火大道找他了。她脑海中首先想到的就是保密，决不能让其他人知道蓝倾来到了这里。

　　蓝倾看着面前少女闪动的眼神，依旧是面无表情，静静地等待着，只是偶尔看向宙斯珠宝店时，他眼底深处才会闪过一丝情绪波动。

　　暗硫道："您在这里稍等，我马上回来。"说完，她迅速隐没于黑暗之中。

　　蓝倾缓步走到宙斯珠宝店门前，抬起手，将手掌放在大门上那个闪电型符号上，停顿片刻后，他才缓缓放下手。

　　暗硫回来得果然很快，和她一起到来的还有另外一个人。

　　"你不应该出现在这里。"威严的声音响起。

　　听到这个声音，蓝倾身体微微一震，转身看去。

　　品酒师一脸肃穆地看着他，眼神中尽是责怪之色。

　　"你是？"蓝倾问道。

　　品酒师淡淡地道："我是天火大道委员会副会长，你可以叫我品酒师。"

　　"你好，品酒师。我来找蓝绝。"

　　"他是你弟弟？"品酒师有些好奇地问道。

　　"嗯。"蓝倾点了下头。

　　品酒师双眼微眯，道："跟我来。"他一边说着，一边向一侧的电梯走去。

　　品酒师走在前面，蓝倾跟在他身后，最后面是暗硫。

　　从后面看着蓝倾，暗硫只觉得自己的心似乎有些慌乱，这种感觉她已经不知道多少年没有出现过了，可在此时此刻，就那么突如其来地出现了。

　　他的背影依旧挺拔而笔直，依旧给人一种能够支撑一切的感觉。原来他就是蓝倾，是那个人。

　　暗硫隐约记得，蓝倾还是一位强大的异能者，在异能者的世界中，他被称之为普罗米修斯，智慧之神！与异能者世界中另外三个同样以希腊之神的名字为称号的强者并称为四大神君，都是未来极有可能进阶主宰者层面的存在。

　　乘坐电梯而上，品酒师似乎已经忘记了天火大道的规矩，当蓝倾重新出现在地面上的时候，已经在天火大道中段的哥特老酒坊里了。

　　"坐。"品酒师指了指古朴桌案旁的椅子。

　　"弗朗西斯科墨龙？"看着面前的桌椅，蓝倾平静的眸光终于亮了亮。

　　品酒师微微一笑道："没想到你除了打仗之外，也懂得其他，普罗米修斯。"

第九十五章
星空魔影

"蓝绝在哪里？"蓝倾在品酒师对面坐下，并没有继续关于普罗米修斯的话题。

品酒师却淡淡地道："四神君之中，你是唯一一个人所共知的，你是华盟军神，是智慧之神，但你的智慧，为什么让你来到这里。如果我没记错的话，就在上个月，你粉碎了一次北盟军队伪装的海盗突袭之后，你在黑暗世界猎杀榜上的排名已经上升到了第六位。"

蓝倾淡然一笑，道："排在我前面的一位，是一位绰号时空权杖的人。"

品酒师也笑了："你不该来的。既然你们是兄弟，你应该叫他过去找你。"

蓝倾摇摇头，道："他不会去找我的，否则早就去了。"

品酒师道："要不要喝一杯？"

蓝倾依旧摇头，道："曾经很喜欢，但二十岁后滴酒未沾，酒精会影响判断。"

品酒师失笑道："以你的实力也会受到影响？"

蓝倾眼神中闪过一丝寒意，道："永远不要给你的敌人哪怕一丁点的机会。"

品酒师道："珠宝师已经在回来的路上了，再有一个小时差不多也就到了。我估计他会回到地面的宙斯珠宝店。"

蓝倾点了下头，道："谢谢，我等他。"

品酒师道："就在这里等吧，他的店就在对面。"

"嗯。"蓝倾闭合双目，就那么坐在那里，纹丝不动。

暗硫始终在旁边看着，蓝倾闭上了眼睛，原本冷傲的气息似乎变得柔和了几分，他的面部线条似乎也并不是那么硬朗，只是因为他的眼神过于深邃才会显得刚毅。他的眼睫毛很长啊！这么看，似乎长得比珠宝师一点也不差。他就坐在那里，腰背挺得笔直，真不愧是军人。

"小暗，你去忙吧。"品酒师语气温和地向暗硫说道。

"是。"暗硫恭敬地答应一声，向外走去。

当她经过蓝倾身边的时候，突然，蓝倾的右手宛如闪电一般探出，一把抓住了她的手腕。

暗硫反应很快，几乎是下意识地身上就散发出一股强烈的寒气。但她马上就感觉到，一层气罩将她完全笼罩住，自身异能竟然不能从体内溢出点滴。然后她的身体就被蓝倾抢了起来，落向一侧。

一根漆黑如墨的尖刺悄无声息地来到蓝倾胸前，眼看就要没入其中了。

蓝倾身前的光芒突然扭曲了一下，然后他就与暗硫同时消失，桌案对面的品酒师也随之消失了。

一声闷哼仿佛是从另一个空间传来，嘶哑的声音从四面八方响起："看来我还是来晚了，时空权杖！"

声音渐渐散去，三道光影重新在空气中凝实起来。

蓝倾还坐在原来的位置上，看上去脸色没有任何变化。暗硫也恢复了自由，但人到了蓝倾身体的另一边。

品酒师脸色有些难看，道："星空魔影！"

暗硫此时自然明白刚才蓝倾那一抓是为了救她。手腕上还残留着那一抓的温度，但她的脸色瞬间阴沉了下来。

"我去追他。"说着，她转身就要冲出去。

"不用去了。"蓝倾抬起手，拦住了她的去路。暗硫因为速度太快，小腹一下就撞在了他的手臂上，身体顿时有些失去重心。

蓝倾手臂用力，向回一拉，暗硫顿时跌入他怀中。

几乎是一触即发，但那一瞬间的碰触还是令蓝倾呆了呆。

暗硫俏脸通红，问道："你干什么？"

蓝倾在短暂的失神后已经恢复了正常，道："别追了，没用的。星空魔影虽然只是十大主宰中排名最后的一位，但他擅长的能力是速度，三大联盟中能够和他比拼速度的异能者几乎还不存在。他是能够宛如穿越虫洞一般折叠空间的，想必是得到消息后第一时间赶来，只是没想到有时空权杖前辈在这里罢了。"

品酒师冷冷地道："这件事，我们会和他算账。他嚣张的时间有些长了。"

蓝倾脸上难得地流露出一丝微笑，道："想必星空魔影在碰到您之后，也会恐慌。毕竟在这个世界上如果说有谁能够制住他，那么天火大道三大主宰者一定是可能性最大的。"

三大联盟中，十大主宰者分别隶属于不同势力。而三大联盟异能者代表中，天火大道拥有三大主宰者，西盟的教皇城堡、黑暗城堡各拥有一位，北盟的大联盟拥有两位。除此之外，还有三位主宰者属于不同势力。其中，这位排名最后的星空魔影，就属于一个最强大的杀手团体。

品酒师看向蓝倾，道："被星空魔影盯上，你倒是一点都不担心？"

蓝倾淡然一笑，道："担心有什么用。如果这里是安伦星，他甚至不敢向我出手。个人的力量固然可以很强大，但是和现代科技相比，个人的力量终究是有限的。哪怕是一位主宰者，全力以赴地爆发，也只能相当于一艘远征级主力舰的威能。但如果面对的是更高级别的战舰呢？也只能是逃遁。虽然我的比喻并不算太恰当，但在这个世界上，并不是没有科技力量能够对付异能者的。"

品酒师深深地看了蓝倾一眼，道："看来，我对你的担心是多余的。"

蓝倾没有再说话，重新闭上了双眼。

暗硫的呼吸明显有些急促，目光在蓝倾身上停留了半晌之后，才转身大步离开。

出了哥特老酒坊，一股冷风拂面而来，让暗硫眼神变得锋锐了几分。但很快，她那白皙的面庞上又重新浮上了一抹红晕。

他竟然抱了我！

高空飞车悄无声息地在天火大道附近停下。车门徐徐开启，蓝色流线型车门在路旁灯光的映照下分外炫丽。

四道窈窕身影几乎同时下车，最后下车的正是脸色略显苍白、一身卡其色风衣的蓝绝。

"回来的感觉挺亲切的。"蓝绝微笑着说道。

没有人响应他的话，米卡阴沉着脸，林果果、可儿的脸色也很难看，修修眼中则是心痛的伤感。

"走吧，我们回家！"蓝绝微微一笑，拍拍米卡的肩膀，率先朝着天火大道的方向走去。

四女彼此对视一眼，这才快步跟了上去。P12高空飞车的车门缓缓闭合，流线型归一。

"珠宝师！"地面天火大道的守卫向蓝绝恭敬行礼。蓝绝向他们点头致意。

冷风吹来，他紧了紧自己的领口，看着街道两旁闪烁着各种光彩的店铺，他的眼神突然变得有些朦胧。

在这里住了三年，似乎这里真的已经变成自己的家了啊。不知道为什么，当初哪怕是在心痛欲绝的时候来到这里，也有一种归属感，或许这就是上天的安排吧。

正向前走着，突然，蓝绝仿佛感应到了什么，抬头朝着前方看去。

天火大道上的光线并不是太明亮，因为两侧店铺并没有那种炫目的霓虹灯，只是本身的照明会带给天火大道一些光明。

一身黑衣的身影在这种情况下站在天火大道上并不明显，可蓝绝还是第一时间就捕捉到了他的存在。

眼神微微一凝，蓝绝脚下步伐也略微停顿了一下，但他的身体在下一刻轻微晃动了一下。

"老板！"修修快速上前一步，想要搀扶他。蓝绝却摆了摆手，示意自己没事。

远处，那黑色身影已经朝着他这个方向转了过来。

四目相对，哪怕相隔数百米之遥，他们的目光也在瞬间迸发出强烈的火花。

光影一闪，远处的黑色身影突然消失了。

"不好！"米卡突然叫了一声。但她的声音才一出现，蓝绝就已经抬起双手，然后他的身体就如同被火车撞到了一般倒飞而出。

距离最近的修修赶忙挡住他的身体，然后是米卡、林果果和可儿，四女几乎同时扑上去，但那股力量实在是太大了，竟然冲击着蓝绝的身体，带动着四女一起向后飞出数十米才落地。

蓝绝闷哼一声，一口鲜血就喷了出来。原本只是有些苍白的脸色变得如同金纸一般难看。

蓝倾的身影在之前他所站立的地方显现出来，看着蓝绝喷出的鲜血，他的眼神剧烈地闪烁了一下。

"浑蛋！"米卡就像是被瞬间点燃的火山，脚尖在地面上一点，猛然腾起在空中，刺目的橘红色火焰瞬间升腾。紧接着，她就化为一团刺目火光，朝着蓝倾的方向激射而去，在空中留下一道巨大的火龙光影。

林果果眼中金光闪烁，强盛的精神波动宛如潮汐一般朝着蓝倾蜂拥而去。可儿一步上前，猛然在空中腾起，全身蓝光大放，她的身躯也开始出现奇异的变化，蓝色流光闪烁，一门看上去口径超过两百毫米的重炮，就那么凭空出现了。

唯有修修没有动，看着远处的蓝倾，她的眼神中只有震惊之色。

对于三女的行动，蓝倾就像是根本没看到似的，他的眼中只有远处的蓝绝。

蓝绝脸上的笑容消失了，取而代之的是一抹冰冷与倔强！

第九十六章
兄弟

　　"砰"的一声，火光在突然出现的一只青色大手中泯灭。米卡的身体也被这只大手抛飞了出去。

　　刺目青光骤然在蓝倾双眸中出现，他朝着远处的林果果凝望了一眼，林果果顿时闷哼一声，眼中的金光有些散乱。

　　可儿的攻击刚要发动，却被一只带着电光的手按住了。"够了，都住手！"蓝绝冰冷的声音响起，喝住了几个姑娘的后续行动。

　　修修还在蓝绝身边，扶住他的身体。而远处的蓝倾，一步步朝着他的方向走了过来。

　　可儿重新变回人形，挡在蓝绝身前，喊道："老板！"

　　蓝绝却按住她的肩膀，从她身后走了出来。

　　米卡、林果果同样迅速回到蓝绝身边，宙斯四侍，在她们的老板身后一字排开。

　　蓝倾一直走到距离蓝绝还有三米的地方才停下脚步。双手插在裤兜里，黑西服让他看上去酷酷的。

　　此时米卡、林果果和可儿才发现，面前的黑衣青年看上去有些眼熟，再扭头看看自己老板。她们惊讶地发现，这黑衣人和她们老板竟然有六七分相像，只是两人的气质并不相同而已。

　　黑衣人冷傲、刚硬，而蓝绝优雅、从容。

　　"你来干什么？"蓝绝道。

　　"你受伤了？"蓝倾道。

　　两人几乎是同时说出了问句，然后他们就各自沉默了，只是彼此看着对方。

他们的身高差不多，相貌相似，衣着虽然不同，但站在那里，就像天火大道的核心。

但令人惊奇的是，并没有执法者因为他们之前那瞬间的打斗而出现，甚至连整条天火大道都显得静悄悄的。

"大少爷。"修修怯生生地叫道。

"大少爷？"原本充满敌视的米卡三女都是一呆。

宙斯四侍中，跟随蓝绝时间最长的就是修修了，其他三女都是后来才跟随他的。之后不久，蓝绝就在这里隐居了。听到修修的称呼，再看来人和老板相貌的相似度，她们怎能不明白眼前这人的身份？只是为什么他才一见面就动手呢？

蓝倾目光冰冷地看着蓝绝，问道："是谁？"

蓝绝同样脸色冷硬，道："不用你管，我自己的事情自己会处理。"

蓝倾猛然上前一步，一股令人无法形容的恐怖气势骤然从他身上迸发而出，在那一瞬间，米卡、修修、可儿和林果果四女都只觉得一股恐怖至极的血腥气扑面而来。哪怕是绰号地狱魔姬的米卡，也在瞬间俏脸煞白。

刚才还平静、冰冷的黑衣青年，此时此刻带给她们的感觉竟是令人难以想象的恐惧。

唯有蓝绝脸色不变，冷冷地道："我说了，不用你管。"

蓝倾身上的气息骤然散去，伴随着他气势的变化，修修四女都只觉得前方一空，险些向前扑跌出一步。

修修还好一些，其他三女几乎都是心中骇然。这人的实力要强大到何种程度啊！只是气势的变化，就有些令她们控制不住了。

米卡的感受最深，刚才这黑衣人身上散发出的血腥气和她那源自于黑暗之中的凶厉之气不同，乃是最纯正的血腥气息，这必然是杀过不知道多少人才能累积的威严与气势。但在这血腥气之中，又偏偏有股难以形容的正气——刚正不阿，两种感觉看起来矛盾，但结合在一起是如此浩然博大！

"好！既然你不说，我就回去告诉他。"当蓝倾说到"他"这个字的时候，脸色顿时变得肃穆了几分。

蓝绝原本冰冷的目光骤然一动，有些急切地道："不行！"

蓝倾的目光柔和了几分，平静地看着蓝绝。

"是因为我！"米卡从一旁走了出来，"老板是为了保护我才受伤的。动手的是教皇城堡的人。如果你是老板的亲人，应该去找那些人为老板报仇，而不是在这里伤害老板。你知不知道他的伤势有多么严重！"

"教皇城堡？七大天使长的哪一个？"蓝倾冷冷地道。

蓝绝看了他一眼，米卡却有些好奇地道："你怎么不猜是教皇？"

蓝倾冷淡地道："如果是教皇，他和你们几个就回不来了。如果是他自己，还跑得了，但他那优柔寡断的性格，我太了解了。"

"你说谁优柔寡断？"可儿怒道。

蓝倾却理都不理她，上前几步，来到蓝绝身前，一抬手，向他抓去。

可儿一横身，就要挡在蓝绝身前。但四股强势的气流骤然从蓝倾身上迸发而出。

四道青光在空气中只是一闪，就切割在了蓝绝身体周围。

刺耳的厉啸声在空气中响起，空气竟然被硬生生地撕开了四道裂缝。正要上前的四女都是骇然色变，身体一滞，而这时候，蓝倾的手就已经抓到了蓝绝面前，握住了他左手的手腕。

"没事。"蓝绝向四女说道。

片刻之后，蓝倾松开手，冷冷地道："回你那里。"

"嗯。"蓝绝应了一声，朝着宙斯珠宝店的方向走去。

四女跟在后面，都有些摸不着头脑。

"你们今晚都到下面的店里去住吧，我和他有些话要说。"蓝绝突然停下脚步，对宙斯四侍说道。

"老板！"米卡有些迟疑着叫道。

"我们走吧。"修修一拉她，朝着旁边的公用电梯方向走去。米卡、林果果和可儿这才会意。

目送着四女离去后，蓝绝这才重新朝着宙斯珠宝店方向而去。

"修修，到底怎么回事？那个人是谁？"才走到电梯旁边，米卡就忍不住向修修问道。

林果果和可儿也是一脸的疑惑之色。

修修道："那是大少爷，少爷的亲哥哥。少爷就是老板，你们来了以后，他才不让我叫他少爷的。"

林果果眼中的八卦之火熊熊燃烧，道："老板的哥哥好厉害啊！刚才那瞬间割裂空间的能力好强，我差点撞上去。看来老板是很有背景的人啊！他们既然是兄弟，那个人来了之后为什么要打老板？老板的家里又是什么人啊？"

修修为难地摇了摇头，道："我不能说。老板家里的情况我什么都不能说。不过，有些可以告诉你们。你们应该听说过四神君吧，与老板齐名的还有三大神君。"

可儿道："我们认识老板的时候，就只知道他是四神君中的宙斯，你不会告诉我，刚才那个人也是四神君之一吧？四神君应该是普罗米修斯、哈迪斯、宙斯和波塞冬，分别以希腊神话中的一位强大神祇命名。那刚才的是哪一位？"

修修低声道："就是最出名的那一位。"

林果果脱口而出，道："四大神君之首，安伦军神、智慧之神普罗米修斯？"

"嗯。"修修点了下头。

"啊！"林果果突然尖叫一声，把其他三女都吓了一跳。

米卡怒道："你干什么？"

林果果亢奋地道："普罗米修斯可曾经是我偶像啊！我刚跟老板的时候，还问过老板什么时候能带我去见见他呢。老板当时什么都没说。原来，普罗米修斯竟然是老板的亲哥哥，这简直是太劲爆了。好棒啊，真想去再看看他。"

可儿的脸色却有些阴沉，冷冷地道："安伦军神，好威风吗？"

林果果愣了一下，问道："你干吗啊？"

米卡向林果果使了个眼色，林果果这才反应过来，闭口不言。

可儿脸色连变之后，突然拉住林果果的手臂，低声道："对不起，我又想起以前的事情了。我不是故意的。我不应该这样，自从跟随了老板之后，我就不是那里的人了。这里才是我的家。"

林果果赶忙道："是我不好才对，我忘了你来自北盟。抱歉啊，可儿。"

米卡笑道："走啦，说八卦也到咱们的地盘再说，在这里说不定就被谁监听了。"说着，她按动了电梯。

林果果嘿嘿笑道："你们说，会计师那家伙回来了没有？我估计一时半会儿他还回不来呢。谁让P12高空飞车最多只能坐五个人，他只能选择公共交通工具了。一想起他被我们抛弃那会儿的糗样，我就想笑，哈哈！"

宙斯珠宝店。

"丁零零。"打开门，门铃自然响起。因为没有开灯，店铺内的光线很暗。

蓝绝并没有开灯的意思，只是向里走去，到了里间才打开灯。

蓝倾默默地跟在他身后，兄弟二人一直到了内室之中。

在沙发上坐下，蓝绝的表情略微放松了几分，蓝倾则站在他对面，双手环抱在胸前。

"你来找我干什么？"蓝绝冷淡地问道。

蓝倾道："不干什么。"

蓝绝沉默。

"说吧，那个女孩子是怎么回事？教皇城堡为了对付她会调动大天使长这个层面的存在，那就一定知道她是和你在一起的。"

蓝绝猛然抬起头，愤怒地道："你为什么一定要管我的事情？你应该离我远远的。"

"因为，我是你哥！"

（作者语：《天火大道》第一本，一个全新的世界向你们展开，喜欢吗？喜欢的话就继续支持我吧。这也是我第一次尝试的题材，我用了极大的心力，精益求精地去写它，希望每一位书友都能喜欢。让我们一起走进这个全新的世界吧！）

（本册完）

《天火大道2》2月全国震撼上市！

《天火大道》书友会召集令！

新时代，新世界，唐家三少玄幻版图大升级！这里有炫酷至极的机甲激战，有强大的异能新人类，有宇宙无敌的佣兵之王宙斯，还有超乎想象的星际穿越！受到震撼的新新人类们，快来《天火大道》书友会报到吧！

加入书友会的方式：

①扫描下方的二维码或微信搜索"thdd2015"，加关注，就能即刻成为会员哦！

②认真填写下面的报名资料，寄到：湖南省长沙市第169号信箱《天火大道》活动组 邮编：410005

③在新浪微博关注"天火大道书友会"，或加入"天火大道书友会"官方QQ群。官方群一：426911502 官方群二：425917195

④《绝世唐门》书友会会员将自动转为《天火大道》书友会会员，无需再进行报名。为了感谢大家两年来对《绝世唐门》的支持，我们将从书友会名单中不定时抽取会员，赠送书友会礼品！第一批100名幸运会员的礼物已经发出，更多福利还在继续。

←《天火大道》书友会报名表 →

姓名：		性别：		年龄：
星座：	我 年 月 日 **(出生年月)** 来到天火大道			
我在天火大道上是一名 **(职业)**				
我的异能是 **(兴趣，特长)**				
我的星际通信号码是 **(手机号)**				
我的星际编码是 **(QQ号)**				
如果你想找到我，可以来 **(地址)**				
平常阅读的作品：				
希望从书友会获得的福利：				
想对**唐家三少**说的话：				

（此表可复印或裁剪）

《天火大道》书友会福利： 新书咨询抢先知，参与内容互动赢大奖！更有机会获得三少签名新书！我们将每个月选取20名幸运会员，赠送《天火大道》宣传海报+精美卡贴各一张！快来报名吧！

（扫一扫）天火书友会

《天火大道》初印象！

　　天火星上大隐隐于市的异能者，自由穿越星际的佣兵之王宙斯，超炫酷的热血机甲对战，无敌流的世界已经到来！亲爱的小伙伴们，唐家三少2015年全新力作《天火大道》的神秘面纱已经揭开，大家看后感想如何，欢迎写信/发微信/微博留言告诉我们哦！《天火大道》试读本随《绝世唐门26》发行之后，我们收到很多读者来信，快来看看大家的想法吧！

　　当我看完试读本的时候，我骤然觉得宙斯蓝绝不同于三少写的任何小说中的人物。他霸气，比霍雨浩、唐三都霸气；他温柔，比龙皓晨、融念冰都温柔。希望书中会有激烈的打斗场景和充满悬疑的情节。我支持你，三少！——刘千玉（辽宁大连）

　　在看到《天火大道》试读本中出现的美食家、品酒师时，首先想到便是融念冰和姬动，然后才意识到他们是出现在同一本小说内的……依我看，《天火大道》一定是将唐家三少所有作品中的元素融合在一起的一部旷世神作。——李亦扬（广西桂林）

　　既然是发生在宇宙中的故事，我希望书中会出现星际大战之类的情节，最终宙斯蓝绝可以成为神王！——姜博译（辽宁盘锦）

　　作为三少的一个小书迷，我挺佩服他的，他一直在挑战自己，不断写出好作品。无条件支持他！也希望他不要太累……（虽然我很想早点看到这本新书，还有《神界传说》！）——钟依晨（北京）

新书留言区

通信地址：湖南省长沙市第169号信箱《天火大道》活动组　邮编：410005
新浪微博互动地址：请搜索"天火大道书友会"
《天火大道》书友会微信：扫描旁边的二维码或微信搜索"thdd2015"

（扫一扫）天火书友会